Jack London

Michael der Bruder Jerrys

Bibliografische Information der Deutschen Nationalbibliothek:
Die Deutsche Nationalbibliothek verzeichnet diese Publikation in der Deutschen Nationalbibliografie; detaillierte bibliografische Daten sind im Internet über http://dnb.dnb.de abrufbar.

Herstellung und Verlag: BoD – Books on Demand, Norderstedt

ISBN: 978-3-7460-7700-0

Inhaltsverzeichnis

Michael der Bruder Jerrys

Michael sollte Tulagi nicht als Niggerjäger an Bord der Eugénie verlassen. Alle fünf Wochen einmal lief der Dampfer Makambo, auf der Fahrt von Neuguinea und dem Archipel nach Australien, den Hafen von Tulagi an. Und als Kapitän Kellar sich eines Abends verspätet hatte, vergaß er Michael an Land. Das hätte nun an und für sich nicht soviel bedeutet, denn um Mitternacht kam Kapitän Kellar wieder und kletterte selbst das Steilufer zum Bungalow des Kommissars hinauf, während die Schiffsbesatzung vergeblich die Umgebung und die Kanuhäuser durchsuchte.

Michael war jedoch eine Stunde vorher durch eine Steuerbordstückpforte an Bord gekommen, gerade als die Makambo die Anker lichtete, während Kapitän Kellar über die Laufplanke an Land ging. Das kam daher, daß Michael die Welt noch nicht kannte, und daß er erwartete, Jerry an Bord dieses Schiffes zu treffen, da er ihn zuletzt an Bord eines Schiffes gesehen hatte, und es kam auch daher, daß er einen Freund gefunden hatte.

Dag Daughtry war Steward auf der Makambo, und er hätte es besser gewußt und hätte auch besser gehandelt, wäre er nicht von seinem eigenen besonderen Rufe erfüllt gewesen. Mit einem lebensfrohen, aber schwachen Charakter geboren, hatte er nämlich den Ruf erlangt, in den letzten zwanzig Jahren nichts gescheut zu haben, weder seine tägliche Arbeit noch seine täglichen sechs Liter Flaschenbier, und das nicht einmal, wie er stolz behauptete, auf den deutschen Inseln, wo jede Flasche Bier ein halbes Gramm Chininlösung als Gegengift gegen die Malaria enthielt.

Der Kapitän der Makambo, wie vor ihm die Kapitäne der Moresby, der Masena, der Sir Edward Grace und verschiedener anderer, auf ebenso merkwürdige Namen getaufter Dampfer der Burns Philp Company, pflegte ihn den Passagieren mit Stolz als einen in den Annalen der Schiffahrt ungewöhnlichen und einzig dastehenden Fall zu zeigen. Und bei derartigen Gelegenheiten warf Dag Daughtry, während er unten auf dem Verdeck unverdrossen seine Arbeit tat, verstohlene Seitenblicke auf die Brücke, von wo der Kapitän und sein Passagier auf ihn herabsahen, und dann schwoll seine Brust vor Stolz, weil er wußte, daß der Kapitän sagte: »Sehen Sie den dort, das ist Dag Daughtry, der menschliche Tank. Er ist zwanzig Jahre nie betrunken oder nüchtern gewesen und hat jeden Tag seine sechs Liter Bier gekriegt. Sie werden es vielleicht kaum glauben, wenn Sie ihn sehen. Aber ich versichere Ihnen, daß es stimmt. Ich verstehe es nicht, aber ich bewundere ihn. Tut stets seine Arbeit, ja, mehr als das, doppelte Arbeit. Ich versichere Ihnen, mir würde schlecht von nur einem einzigen Glas Bier; es würde mir den Appetit auf die nächste Mahlzeit verderben. Aber er gedeiht dabei. Sehen Sie ihn an! Sehen Sie ihn an!«

Dag Daughtry, der die Lobreden seines Kapitäns kannte, pflegte dann, schwellend vor Stolz über seine eigenartige Begabung, seine Arbeit mit noch größerer Energie fortzusetzen und sich nach dem siebenten Liter des Tages umzusehen, um einen weiteren Beweis für seine ungewöhnliche Konstitution zu liefern. Es war eine merkwürdige Art Ruhm, aber nicht merkwürdiger als der mancher anderer Leute. Dag Daughtry fand jedenfalls in diesem Ruhm seine Existenzberechtigung.

Er setzte deshalb seine ganze Energie und seine ganze Seele dafür ein, seinen Ruf als Sechs-Liter-Mann zu bewahren. Daher verfertigte er in seiner Freizeit Schildpattkämme und Haarschmuck zum Verkauf und ging auch einer Bagatelle nicht aus dem Wege, wie z.B. der, einem anderen Manne seinen Hund zu stehlen. Irgend jemand mußte ja für die sechs Liter bezahlen, die, mit dreißig multipliziert, ein hübsches Sümmchen monatlich ergaben, und da dieser Jemand Dag Daughtry war, hatte er es für nötig gehalten, Michael durch eine Steuerbordstückpforte an Bord der Makambo zu schmuggeln.

Am Strande von Tulagi war Michael nachts, als er vergebens darüber nachdachte, was aus dem Walboot geworden war, dem untersetzten, dicken, grauhaarigen Schiffssteward

begegnet. Die Freundschaft zwischen ihnen wurde fast augenblicklich geschlossen, denn Michael hatte sich aus einem
lebhaften Welpen zu einem lebhaften Hunde entwickelt.
Ohne sich auch nur im entferntesten mit Jerry messen zu
können, war er ein umgänglicher, braver Bursche, und das
trotz der Tatsache, daß er sehr wenige weiße Männer gekannt
hatte. Die ersten waren Herr Haggin, Derby und Bob in Meringe gewesen; dann Kapitän Kellar und Kapitän Kellars
Steuermann auf der Eugénie, und schließlich Harley Kennan
und die Offiziere auf der Ariel. Ausnahmslos hatte er sie alle
verschieden, und zudem prachtvoll verschieden, von den
schwarzen Gestalten gefunden, die er seiner Erziehung gemäß
verachtete, und als deren Herr er sich fühlte. Und Dag Daughtry hatte keine Ausnahme gemacht, als er ihn das erstemal
mit einem »Hallo, du Hund eines weißen Mannes, was machst
du hier im Niggerland?« begrüßte. Michael hatte verschämt
mit angenommener würdevoller Zurückhaltung wiederge-
grüßt, der jedoch das eifrige Spitzen seiner Ohren und die aus
seinen Augen leuchtende Freundlichkeit widersprachen.
Nichts davon entging der Aufmerksamkeit Dag Daughtrys –
er verstand einen Hund abzuschätzen, wenn er ihn sah –, und
er betrachtete Michael genau beim Schein der Laternen, mit
denen die Schwarzen am Löschplatz der Walboote standen.

Zweierlei bemerkte der Steward gleich an Michael: er war
ein gutmütiger Hund mit einem liebenswürdigen Ausdruck,
und er war ein wertvoller Hund. Als Dag Daughtry diese
Entdeckung gemacht hatte, sah er sich schnell um. Niemand
beobachtete ihn. Augenblicklich waren nur Schwarze in der
Nähe, und deren Augen richteten sich auf das Wasser, wo das
Geräusch von Riemen aus dem Dunkel kam und ihnen das
Zeichen gab, daß sie sich bereit halten sollten, um das nächste
beladene Boot zu empfangen.

Etwas weiter rechts konnte er unter einer anderen Laterne
den Bevollmächtigten des residierenden Kommissars und den
Superkargo der Makambo in eifriger Diskussion über irgendeinen Fehler im Konnossement erkennen.

Der Steward warf noch einen schnellen Blick auf Michael
und faßte dann seinen Entschluß. Wie zufällig ging er weiter

9

und schlenderte den Strand entlang, bis er aus dem Bereich des Laternenscheins kam. Ein paar hundert Meter weiter setzte er sich in den Sand und wartete.

»Mindestens zwanzig Pfund wert«, murmelte er vor sich hin. »Wenn ich nicht zehn Pfund oder so und noch ein Dankeschön dazu für ihn kriege, dann bin ich ein Wickelkind, das einen Terrier nicht von einem Windhund unterscheiden kann. – Zehn Pfund, bestimmt, in jeder Kneipe im Sydneyer Hafen.«

Und zehn Pfund erzeugten, in Bierflaschen umgesetzt, in seinem Kopfe eine mächtige, strahlende Vision, die fast einer ganzen Brauerei glich.

Füßescharren im Sande und ein leises Schnaufen rüttelten ihn wach. Es ging, wie er gehofft. Der Hund hatte gleich Gefallen an ihm gefunden und war ihm gefolgt.

Dag Daughtry hatte nämlich eine besondere Art, was Michael bald heraus hatte, als der Mann die Hand ausstreckte und ihm halb um den Kiefer, halb in die Halsgrube unter dem Ohr griff. In diesem Griff lag keine Drohung, kein Tasten und keine Angst. Er war herzlich, durch und durch vertrauensvoll, was wiederum Michael Vertrauen einflößte. Er war derb, aber gut gemeint, fest, aber ohne Drohung, beruhigend, ohne schmeichlerisch zu sein. Für Michael war es das Natürlichste von der Welt, auf diese vertrauliche Art und Weise von einem völlig Fremden gepackt und geschüttelt zu werden, während eine joviale Stimme murmelte: »So ist's recht, Hundchen. Komm nur mit, du wirst vielleicht noch mal mit Gold aufgewogen werden.«

Michael war noch nie einem Manne begegnet, der ihm so unmittelbar gefallen hatte. Dag Daughtry verstand zweifellos ganz instinktiv, Hunde zu behandeln. Von Natur aus war keine Grausamkeit in ihm. Er ging nie zu weit, weder in Festigkeit noch in Zärtlichkeit. Er bemühte sich nicht allzusehr um Michaels Wohlwollen; ein wenig tat er es vielleicht, aber nicht zu offensichtlich. Kaum hatte er Michael zur Einleitung die Schnauze geschüttelt, als er ihn auch schon wieder losließ und augenscheinlich ganz vergaß. Er machte sich daran, seine Pfeife anzustecken, und brauchte dazu verschiedene Streichhölzer, da der Wind sie immer wieder ausblies. Während sie ihm aber bis auf die Finger herabbrannten und er tat, als paffte er tüchtig, betrachteten seine scharfen, kleinen blauen Augen unter den borstigen grauen Brauen Michael gespannt. Und Michael starrte mit gespitzten Ohren und Augen diesen Fremden an, der ihm schließlich, wie ihm schien, nie ein Fremder gewesen war.

Michael fühlte sich fast enttäuscht, daß dieser freundliche zweibeinige Gott ihn nicht mehr beachtete. Er forderte ihn denn auch zu näherer Bekanntschaft heraus, indem er mit einer plötzlichen Bewegung seine ausgestreckten Pfoten vom Boden hob und niederschlug, während der Körper von der Rute in einem Bogen abwärts ging, daß seine Brust fast den Sand berührte. Und während sein Schwanzstummel, als Zeichen seiner freundschaftlichen Gesinnung, eifrig wedelte, stieß er ein scharfes, herausforderndes Bellen aus. Aber der Mann zeigte kein Interesse, paffte nur in dem Dunkel, das auf das dritte Streichholz folgte, träumerisch seine Pfeife.

Nie war jemandem wohlüberlegter und mit gemeineren Absichten der Hof gemacht worden als Michael seitens dieses ältlichen Sechs-Liter-Stewards. Als Michael, dem es nicht ganz an Verständnis für die Zurechtweisung fehlte, die hinter dem Mangel an Interesse des Mannes lag, als Michael sich unruhig bewegte und sich zu entfernen drohte, wurde ihm ein barsches »Also, komm mit, komm mit!« hingeworfen.

Dag Daughtry triumphierte innerlich, als Michael sich näherte und lange und eifrig an seinem Hosenbein schnüffelte. Er benutzte die Gelegenheit, um ihn genauer zu untersuchen, und ließ, während er sich die Pfeife ansteckte, seinen Blick über den prachtvollen Bau des Hundes schweifen.

»Was für ein Hund, was für eine Rasse!« sagte er laut und beifällig. »Weißt du, Hund, du würdest auf jeder Hundeausstellung prämiiert werden. Der einzige Fehler, den du hast, ist das Ohr, aber das kann ich wohl selber absteifen. Ein Tierarzt kann es jedenfalls.«

Er berührte mit der Hand nachlässig Michaels Ohr und begann mit den Fingerspitzen, die von fühlbarer Teilnahme beseelt waren, den Ansatz, wo das Ohr in die straffe Schädelhaut überging, zu bearbeiten. Und das gefiel Michael. Noch nie war die Hand eines Mannes seinem Ohr so nahe gewesen, ohne ihm wehe zu tun. Diese Finger riefen ein so kräftiges körperliches Wohlbefinden hervor, daß er seinen ganzen Körper zum Dank drehte und wand. Die nächste Bewegung war ein langer, fester Zug am Ohr nach oben, das langsam bis zur äußersten Spitze durch die Finger glitt, während ein feines Kribbeln ganz in der Ohrwurzel zu spüren war. Diese Behandlung wurde bald dem einen, bald dem anderen Ohre zuteil, und unterdessen murmelte der Mann Worte, die Michael zwar nicht verstand, von denen er jedoch wußte, daß sie an ihn gerichtet waren.

»Dem Kopf fehlt nichts, der ist gut und wie er sein soll«, meinte Dag Daughtry, indem er zuerst seine Finger darüber hingleiten ließ und dann ein Streichholz anzündete. »Keine Runzeln, ein guter, kräftiger Kiefer und die Backen nicht im geringsten zu dick oder zu hohl.«

Er ließ seine Finger in Michaels Maul gleiten und bemerkte die starken, regelmäßigen Zähne, maß Schulterbreite und Brusttiefe. Hob eine Pfote hoch. Beim Schein eines neuen Streichholzes untersuchte er alle vier Pfoten.

»Schwarz, alle schwarz, jede Kralle«, sagte Daughtry, »und so hübsche Pfoten, wie je ein Hund besessen, gerade Zehen, nur soviel gebogen, wie sie sollen, und klein, aber nicht zu klein. Ich möchte wetten, daß deine Eltern viele Prämien heimgebracht haben.«

Bei dieser eingehenden Besichtigung begann Michael unruhig zu werden. Plötzlich aber hielt Daughtry mitten in der Untersuchung von Form und Bau der Schenkel und Flechsen inne, faßte mit seinen gewandten Fingern Michaels Rute, betastete die Muskeln an der Rutenwurzel, preßte und drückte das angrenzende Rückgrat, dem die Rute entsprang, und bog es auf die zudringlichste und vertraulichste Art und Weise. Und Michael war begeistert und stemmte bald den einen, bald den anderen Hinterbacken gegen die kosenden Finger. Die flachen Hände halb um die Flanken des Hundes, halb unter seinem Bauche, hob Daughtry ihn plötzlich vom Boden auf.

Ehe der Hund aber Zeit hatte, ängstlich zu werden, stand er wieder.

»Sechsundzwanzig oder siebenundzwanzig – du wiegst jetzt schon über fünfundzwanzig Pfund, darauf will ich jede Wette eingehen, und mit deinem vollen Gewicht wirst du auf dreißig kommen«, erzählte ihm Dag Daughtry. »Aber was macht das? Viele Sachverständige legen gerade Wert auf ein Gewicht von dreißig Pfund. Und wenn es sein muß, kannst du dir immer ein paar Gramm herunterlaufen. Du bist ein erstklassiger Hund und gerade so, wie du sein sollst. Bau und Gewicht stimmen, und deine Beine sind tadellos.

Nein, verehrter Herr Hund, dein Gewicht ist gut und das Ohr kann von dem ersten besten Hundedoktor in Ordnung gebracht werden. Ich wette, daß es in diesem heiligen Augenblick Hunderte von Menschen in Sydney gibt, die zwanzig Pfund bar auf den Tisch legen würden, um dich ihr eigen nennen zu können.« Damit Michael sich aber nicht einbildete, daß man zuviel mit ihm hermachte, lehnte Daughtry sich plötzlich zurück, zündete sich wieder seine Pfeife an und vergaß die Anwesenheit des Hundes offenbar ganz. Statt selbst um Freundschaft zu betteln, beschloß er, Michael dies tun zu lassen.

Und Michael tat es, stieß seine Flanken gegen Daughtrys Knie, rieb seinen Kopf an Daughtrys Hand, als eine Art Bitte, die beseligende Ohrenmassage und Schwanzgymnastik fortzusetzen. Statt dessen packte Daughtry ihn um die Schnauze und schob ihm, während er mit ihm redete, den Kopf langsam vor und zurück. »Wem gehörst du? Vielleicht einem Nigger, aber das ist ja Unsinn. Vielleicht hat dich irgendein Nigger gestohlen, aber das wäre Sünde und Schande. Denk' nur, welch grausames Schicksal einem Hunde begegnen kann! Es ist eine verfluchte Schande. Kein Weißer würde es sich gefallen lassen, daß ein Nigger einen Hund wie dich hat. Hier jedenfalls ist ein weißer Mann, der es sich nicht gefallen lassen will. Soll ein Nigger dich besitzen, ohne zu ahnen, wie er dich erziehen soll? Natürlich hat dich ein Nigger gestohlen. Wenn ich ihn in diesem Augenblick erwischen könnte, würde ich ihn zum Leierkastenmann prügeln. Das kannst du mir glauben.

Du brauchst ihn mir nur zu zeigen, dann wirst du sehen, was ich mit ihm tue. Sollst du einem Nigger gehorchen und apportieren? Nein, verehrter Herr Hund, das wirst du nicht mehr tun. Du wirst mich begleiten, und ich glaube nicht, daß ich dich erst lange darum bitten muß.«

Dag Daughtry stand auf und schlenderte gleichgültig den Strand entlang. Michael sah ihm nach, folgte ihm aber nicht. Er wollte furchtbar gern, hatte aber keine Aufforderung dazu erhalten. Schließlich brachte Daughtry einen leisen, kosenden Laut mit den Lippen hervor. Dieser Laut war so gedämpft, daß er ihn selber kaum hören konnte, da er aber die Lippen bewegt hatte, verließ er sich darauf, daß er ihn hervorgebracht hatte. Kein Mensch hätte ihn in der Entfernung hören können. Michael aber hörte ihn und sprang dem Manne in weiten, begeisterten Sprüngen nach.

*

Dag Daughtry schlenderte den Strand entlang, und Michael trottete ihm auf den Fersen nach oder tanzte vor Freude im Kreis herum, sobald der merkwürdige, leise Lippenlaut wiederholt wurde. Der Mann blieb vor dem kreisförmigen Lichtschein der Laternen stehen, in dem dunkle Gestalten die Ladung des Walbootes löschten und der Bevollmächtigte des Kommissars sich immer noch mit dem Superkargo der Makambo über das Konnossement stritt. Als Michael weitergehen wollte, hielt Daughtry ihn mit demselben fast unhörbaren Lippenlaut zurück.

Daughtry machte sich nämlich nichts daraus, bei einer solchen Hundediebstahlexpedition gesehen zu werden, er dachte vielmehr daran, wie er ungesehen an Bord kommen könnte. Er bog seitwärts ab und ging um den Lichtschein herum den Strand entlang nach dem Negerdorf. Wie vorausgesehen, waren alle arbeitsfähigen Männer am Landungsplatz, um zu löschen. Die Grashütten schienen ausgestorben, schließlich aber ertönte aus einer von ihnen in jammerndem, greisenhaftem Falsetton ein Ruf.

»Was Name?«

»Mich gehen herum viel zuviel«, antwortete Daughtry in dem Trepang-Englisch, das auf den westlichen Südseeinseln gesprochen wird. »Mich gehören zu Dampfer. Wenn du mich nehmen in Kanu und washee-washee (tüchtig rudern), mich geben dich fella Nigger zwei Stück Tabak.«

»Glaube, du mich geben zehn Stück stimmt bei mich,« lautete die Antwort.

»Mich geben fünf Stück«, feilschte der Sechs-Liter-Steward. »Wenn du nicht wollen fünf Stück, dann du fella Nigger gehen zur Hölle sehr gleich.« Eine Pause trat ein.

»Du wollen fünf Stück?« fragte Daughtry eindringlich ins Dunkel hinein.

»Mich wollen«, antwortete es aus dem Dunkel, und aus dem Dunkel näherte sich das Wesen, dem die Stimme gehörte, mit so merkwürdigen Geräuschen, daß der Steward ein Streichholz anstrich, um sehen zu können.

Ein triefäugiger alter Mann stand, auf einer Krücke balancierend, vor ihm. Seine Augen waren halb von einer krankhaften Hautwucherung überzogen, und was noch nicht verdeckt war, leuchtete rot und entzündet. Sein Haar war räudig und starrte fleckenweise in grauen Büscheln, seine Haut war zernarbt, runzlig und marmoriert, die Farbe blaurot mit einem grauen Überzug versehen, der fast aussah, als wäre er angestrichen, wenn es nicht unzweifelhaft gewesen wäre, daß er auf ihm wuchs und organisch zu ihm gehörte. »Ein armer Aussätziger«, dachte Daughtry, während er einen schnellen Blick von den Händen zu den Füßen gleiten ließ, um möglicherweise das Fehlen von Zehen und Fingergliedern zu entdecken. Aber in dieser Beziehung war der Alte intakt, wenn das eine Bein auch nur bis zur Mitte zwischen Knie und Schenkel reichte.

»Mein Wort! Was Platz bleiben das fella Bein«, sagte Daughtry und zeigte auf den Raum, den das Bein ausgefüllt hatte, wäre es nicht verschwunden gewesen.

»Groß fella Haifisch, das fella Bein bleiben bei ihm«, antwortete der Alte grinsend und zeigte dabei ein scheußliches, zahnloses Loch von Mund.

»Mich alt fella jetzt zu viel«, sagte der einbeinige Methusalem zitternd. »Lang Zeit so viel nicht rauchen Tabak. Wenn du groß fella weiß Herr geben mich ein fella Stück, sehr gleich mich washee-washee dich zu fella Dampfer.«

»Und wenn mich nicht geben?« sagte der Steward ungeduldig, um so billig wie möglich davonzukommen.

Statt einer Antwort machte der alte Mann halb kehrt und begann, seinen Beinstumpf in der Luft schwingend, auf der Krücke seitwärts in die Grashütte zu humpeln.

»Schon gut«, rief Daughtry schnell. »Mich geben dich Tabak schnell fella.«

Er suchte in einer Seitentasche nach diesem Zahlungsmittel der Salomoninseln und riß von einer Handvoll gepreßter Stücke eines los. Der alte Mann, der gierig nach dem Stück griff, war wie verwandelt. Er stieß abwechselnd kleine summende Laute und scharfe wie Schmerzgewimmer klingende Schreie aus, während er entzückt und mürrisch zugleich eine schwarze Tonpfeife aus einem Loch in seinem Ohrläppchen zog, mit zitternden Fingern die billigen Blätter des verdorbenen Virginiatabaks hineintat und den Pfeifenkopf stopfte. Nachdem er den Inhalt des gefüllten Pfeifenkopfes mit dem Daumen niedergedrückt hatte, ließ er sich plötzlich, die Krücken neben und das eine Bein unter sich, zu Boden fallen, so daß er einem beinlosen Torso glich. Aus einem kleinen, aus Kokosfasern geflochtenen Beutel, der von seinem Hals auf die welke, eingefallene Brust herabhing, zog er Feuerstein, Stahl und Zunder und schlug, gerade als der ungeduldige Steward ihm eine Schachtel Streichhölzer anbot, einen Funken, fing ihn mit dem Zunder auf, entfachte ihn durch Blasen und steckte sich seine Pfeife damit an.

Nach dem ersten vollen Zuge hörte sein Jammern und Kläffen auf, die Aufregung legte sich, und Daughtry, der wartend dastand, sah mit Befriedigung, wie seine Hände zu zittern und die hängenden Lippen zu beben aufhörten, der Speichel nicht mehr aus den Mundwinkeln floß und ein Schimmer von Ruhe und Zufriedenheit in die traurigen Reste seiner Augen trat. Welche Visionen der alte Mann in der Stille, die sich über ihn gesenkt hatte, sah, versuchte Daughtry nicht zu erraten. Er war zu sehr von seiner eigenen Vision in Anspruch genommen, denn er sah klar und deutlich vor sich die schmutzige Höhle eines Armenhauses, in der ein alter Mann, sehr ähnlich dem, was er selbst einmal werden würde, jammerte, lallte und sabberte, um eine Krume Tabak für seine alte Tonpfeife zu bekommen, und wo es, um allen Schrecken die Krone aufzusetzen, nicht möglich war, einen Schluck Bier, geschweige denn sechs Liter zu erhalten. Michael aber, der beim matten Schein der glimmenden Pfeife Zeuge der Szene zwischen den zwei alten Männern war, von denen der eine im Dunkel zusammenkroch, während der andere aufrecht dastand, ahnte nichts von der Tragödie des Alters, sondern war ausschließlich von der unermeßlichen Anziehungskraft erfüllt, die von diesem zweibeinigen weißen Gott ausstrahlte, der nur durch die Berührung seiner zauberhaften Finger mit Michaels Ohren, Rute und Rückgrat sein Herz gewonnen hatte.

Als die Tonpfeife ganz ausgeraucht war, erhob sich der alte Neger mit Hilfe seiner Krücke mit verblüffender Schnelligkeit auf das eine Bein und humpelte lächerlich hüpfend zum Strande. Daughtry mußte alle Kraft aufbieten, um das zerbrechliche Kanu aus der Felskluft ins Wasser zu schaffen. Das Kanu war ebenso alt und hinfällig wie sein Besitzer, und um ohne zu kentern hineinzukommen, mußte Daughtry sich dareinfinden, daß ihm das eine Bein bis über den Knöchel und das andere fast bis zum Knie durchnäßt wurde.

Der alte Mann wand sich an Bord, indem er seinen Körper mit solcher Eile über den Rand wälzte, daß sein Gewicht gerade in dem Augenblick, als das Kanu kentern wollte, drüben war, die Gefahr abwehrte und das Kanu ausbalancierte.

Michael blieb auf dem Strande und wartete auf eine Aufforderung, mitzukommen. Er hatte zwar noch keinen Entschluß gefaßt, war aber so weit, daß nur noch eines erforderlich war: dieser merkwürdige Lippenlaut. Dag Daughtry machte den Lippenlaut so schwach, daß der alte Mann ihn nicht hörte. Michael aber sprang vom Strand geradeswegs ins Kanu, ohne sich auch nur die Pfoten zu benetzen. Daughtrys Schulter als Trittbrett benutzend, sprang er über ihn hinweg auf den Boden des Kanus. Daughtry machte wieder den Kußlaut mit den Lippen, und Michael wandte sich um, so daß er ihm ins Gesicht sehen konnte, setzte sich nieder und legte seinen Kopf auf die Knie des Stewards.

»Ich glaube, ich könnte auf einen ganzen Stapel Bibeln schwören, daß du mir von selbst gefolgt bist«, grinste er Michael ins Ohr.

»Washee-washee schnell fella«, kommandierte er.

Der Alte senkte gehorsam seine Paddel ins Wasser und begann einen unregelmäßigen Kurs in der Richtung des Lichthaufens zu nehmen, der den Platz der Makambo bezeichnete. Aber er war zu schwach, schnaufte und stöhnte in einem fort vor Anstrengung und hielt zwischen den Paddelschlägen inne, um auszuruhen. Ungeduldig nahm ihm der Steward die Paddel fort und begann selbst zu rudern. Als sie den Dampfer halbwegs erreicht hatten, hörte der Alte mit seinem Schnaufen auf und begann zu sprechen, während er kopfnickend auf Michael wies.

»Das fella Hund ihn gehören groß fella weiß Herr auf Schoner ... du geben mich zehn Stück Tabak«, fügte er nach einer passenden Pause hinzu, um die Nachricht erst richtig wirken zu lassen.

»Ich geben dir bang auf Kopf«, versicherte Daughtry ihm heiter. »Weißer Herr auf Schoner guter Freund von mir sehr viel. Gerade jetzt er sein auf Makambo. Mich nehmen Hund zu ihm auf Makambo.«

Die Unterhaltung wurde von dem Alten nicht fortgesetzt, und obwohl er noch viele Jahre lebte, erwähnte er nie den nächtlichen Passagier im Kanu, der Michael mitgenommen hatte. Als er später in der Nacht die Verwirrung und den Aufruhr am Strande sah und hörte – Kapitän Kellar stellte bei seiner Suche nach Michael ganz Tulagi auf den Kopf –, verharrte der Alte in diskreter Schweigsamkeit. Warum sollte er sich hineinmischen in den Streit zwischen den Fremden, den weißen Herren, die kamen und gingen, schalteten und walteten, wie sie wollten.

In diesem Punkt verhielt sich der Alte keineswegs anders als die dunkelhäutige melanesische Rasse sonst. Die Weißen hatten unglaubliche, undenkbare Gewohnheiten und Einfälle. Sie bildeten eine andere Welt, traten als höhere Wesen in einem Schauspiel auf erhöhter Bühne auf, wo es keine Wirklichkeit gab, jedenfalls keine wie die, welche die schwarzen Männer kannten, wo sich aber die weißen Männer wie Traumbilder, wie auf den unermeßlichen, geheimnisvollen Teppich des Universums geworfene Scharten bewegten.

Da das Fallreep sich an Backbord befand, paddelte Daughtry nach Steuerbord und hielt das Kanu unter einer bestimmten Stückpforte an.

»Kwaque«, rief er leise, erst einmal und dann noch einmal. Nach dem zweiten Rufe verdunkelte sich das Licht in der Stückpforte, offenbar durch einen Kopf, der in dünnem pfeifenden Ton sagte: »Mich hier, Herr.«

»Ein fella Hund bleiben bei dir«, flüsterte der Steward. »Halt Tür geschlossen. Du warten auf mich. Paß auf! Jetzt!« Mit einem schnellen Griff packte er Michael, reichte ihn den unsichtbaren Händen, die sich ihm vom Schiff entgegenstreckten, und paddelte nach vorn zu einer offenen Ladepforte. Er griff in seine Tabakstasche, steckte dem Alten ein Päckchen in die Hand und stieß das Kanu ab, ohne weiter darüber nachzudenken, ob der hilflose Insasse je an Land kommen würde.

Der alte Mann berührte die Paddel nicht und bemerkte nicht die hohen Seiten des Dampfers, während das Kanu an ihnen vorbeiglitt und achteraus ins Dunkel trieb. Er war zu sehr damit beschäftigt, den Reichtum an Tabak zu zählen, der auf ihn herabgeregnet war. Sein Zählen war ein schwieriges Stück Arbeit. Fünf war die letzte Zahl, die er kannte. Als er bis fünf gezählt hatte, begann er wieder von vorn und zählte zweimal bis fünf. Alles in allem bekam er dabei dreimal fünf und noch zwei Stück dazu heraus; als er aber soweit war, wußte er über die Zahl der Stücke ebenso genau Bescheid, wie ein weißer Mann es mit Hilfe der einen Zahl siebzehn getan hätte. Das war mehr, weit mehr, als er in seiner Gier verlangt hatte. Und doch war er nicht überrascht. Nichts, was weiße Männer taten, konnte ihn überraschen.

Paddelnd, schnaufend, sich ausruhend und die Schattenwelt des weißen Mannes vergessend, legte der alte Schwarze langsam den Weg zum Lande zurück; er kannte nur die Wirklichkeit des Tulagiberges, der seine finsteren Zinnen in den matten Strahlenglanz des perlenübersäten Himmels reckte; nur die Wirklichkeit der See und des Kanus, das er so schwach über das Meer trieb, und die Wirklichkeit des Todes, in dessen Armen er mit seiner erlöschenden Lebenskraft sicher bald endete.

*

Und Michael? Nachdem er durch die Luft gehoben und unsichtbaren Händen übergeben worden war, die ihn durch eine enge, runde, in Messing eingefaßte Öffnung in einen erleuchteten Raum zogen, sah Michael sich um, in der Erwartung, Jerry zu sehen. Jerry aber lag in diesem Augenblick zusammengerollt neben Villa Kennans Hängematte auf dem schrägen Deck der Ariel, während das schöne Schiff den Archipel hinter sich ließ und auf Neuguinea losfuhr, unter dem frischen Passat, der es mit einer Schnelligkeit von elf Knoten vor sich hintrieb, seine Speigatten auf die Seite legte und mit den Wellen an seiner Seite flüsterte und schwatzte. Statt Jerry sah Michael Kwaque.

Kwaque? Ja, Kwaque war Kwaque, ein Wesen, das mehr von andern Menschen abwich, als Menschen sonst im allgemeinen voneinander abweichen. Eine seltsamere Existenz war sicher nie auf den wilden Wogen des Lebens umhergeworfen worden. Nach menschlicher Zeitrechnung war er siebzehn Jahre alt, sah aber aus, als wäre ein Jahrhundert über seine scharfgeschnittenen Züge, seine gerunzelte Stirn, seine eingefallenen Schläfen und seine tiefliegenden Augen dahingegangen. Seine dünnen Beine glichen gebrechlichen Stielen, ihre Knochen waren mit einer Scheide aus welker Haut überzogen, unter der es offenbar nirgends Muskeln gab. Aber auf diesen dünnen Stielen wuchs der Oberkörper eines dicken Mannes. Der riesige, vorstehende Bauch wurde kräftig von schweren, massiven Hüften gestützt, und die Schultern waren so breit wie die eines Herkules. Von der Seite gesehen, zeigte sich aber, daß diese Schultern und die Brust keine Tiefe hatten. Es schien fast, als wäre sein Knochenbau nach zwei verschiedenen Maßen angefertigt worden. Seine Arme waren ebenso dünn wie die Beine, und als Michael ihn das erstemal erblickte, fand er, daß er völlig einer dickbäuchigen schwarzen Spinne glich.

Kwaque begann sich anzukleiden, die Sache eines Augenblicks, da er sich nur ein Hemd und ein Paar Hosen anzog, die durch langen Gebrauch schmutzig und verschlissen waren. Zwei Finger seiner linken Hand waren dauernd geknickt und hätten einem Sachverständigen verraten, daß er aussätzig war. Obwohl er Dag Daughtry ebenso unbedingt gehörte, wie wenn der Steward eine Quittung für seinen Kaufpreis gehabt hätte, wußte sein Besitzer doch nicht, daß diese Verzerrung seiner Finger ein Symptom der furchtbaren Krankheit war.

Das eigentümliche Verhältnis war auf ganz einfache Art und Weise zustande gekommen. Auf der König-Wilhelms-Insel – einer der Admiralitätsinseln – hatte Kwaque, um im Südseejargon zu reden, einen Brückenkopfsprung gemacht. Er war sozusagen mitsamt seinem Aussatz und allem üblichen Zubehör Dag Daughtry geradeswegs in die Arme geplumpst. Der Steward hatte Kwaque aufgelesen, als er auf den Pfaden der Eingeborenen am Rande der Dschungel zum Strande schlenderte, was er zu tun pflegte, um zu sehen, ob er nicht auf irgend etwas stoßen würde. Und er hatte ihn in der äußersten Not aufgelesen.

Von zwei sehr energischen jungen Leuten mit eisernen Speeren verfolgt, war Kwaque, der auf seinen zwei dünnen Stelzen unglaublich schnell angewackelt kam, Daughtry ermattet zu Füßen gefallen und hatte ihn mit flehenden Augen wie ein von Hunden gehetzter Hirsch angeblickt. Daughtry hatte die Angelegenheit untersucht, und die Untersuchung war etwas heftig gewesen; denn er hatte eine heilsame Angst vor Ansteckung und Bazillen, und als die beiden jungen Leute ihn mit ihren schmutzigen rostigen Speeren zu durchbohren suchten, nahm er den Speer des einen unter den Arm und versenkte den anderen durch einen bedauerlichen Schlag unter das Kinn in tiefen Schlaf. Einen Augenblick später schlief der andere junge Mann, dessen Speer er genommen hatte, ebenso fest. Der bejahrte Steward begnügte sich nicht mit den Speeren allein. Während der gerettete Kwaque weiter jammerte und Laute der Dankbarkeit zu seinen Füßen schnaufte, begann er die beiden bis auf die Haut zu entkleiden. Nun hatten sie zwar nichts, was man nach unserem Begriff Kleidung nennen konnte, aber von den Hälsen der beiden entfernte er je ein Halsband aus Delphinzähnen, das als Tauschgegenstand mindestens ein Goldstück wert war. Aus einer der merkwürdigen Locken der nackten jungen Leute zog er einen handgeschnitzten, feinzinkigen Kamm, dessen hoher Rücken mit Perlmutter eingelegt war, und den er später einem Antiquitätenhändler in Sydney für acht Schilling verkaufte. Nasen- und Ohrenschmuck aus Knochen und Schildpatt raubte er auch, ferner einen Brustmond aus Perlmutter, vierzehn Zoll im Durchmesser und überall seine fünfzehn Schilling wert. Die beiden Speere endlich brachten ihm bei Touristen in Port Moresby fünf Schilling das Stück ein. Es ist nicht leicht für einen Steward, einen Sechs-Liter-Ruhm aufrechtzuerhalten.

Als er sich umdrehte, um die energischen jungen Leute zu verlassen, die wieder zum Bewußtsein gekommen waren und ihn mit klaren, glänzenden Tieraugen beobachteten, folgte Kwaque ihm so dicht auf den Fersen, daß er ihn fast auf die Füße trat und zum Straucheln brachte. Dann belud Daughtry Kwaque mit seinem Fund und ließ ihn den Pfad zum Strande vorangehen. Und den ganzen Rest des Weges bis zum Dampfer gluckste und kicherte Dag Daughtry beim Anblick seiner Beute und Kwaques, der auf phantastische Weise stolperte und wie ein wanderndes Faß auf seinen dünnen Stelzen trabte.

An Bord des Dampfers – es war zufällig die Cockspur – überredete Daughtry den Kapitän, Kwaque als Understeward für zehn Schilling den Monat anzuheuern. Und dann erfuhr er auch die Geschichte Kwaques.

Es war eigentlich die Geschichte eines Schweines. Die energischen jungen Leute waren Brüder, die in einem Dorfe in der Nähe des seinen lebten, und das Schwein hatte ihnen gehört – so erzählte Kwaque in seinem furchtbaren Trepang-Englisch. Er, Kwaque, hatte das Schwein nie gesehen. Er hatte nichts von seiner Existenz geahnt, ehe es tot war. Die beiden jungen Leute hatten das Schwein geliebt. Aber wenn schon! Das ging ja Kwaque nichts an, der von ihrer Liebe zu dem Schwein so wenig wußte wie von dem Schwein selbst. Das erste, was er gehört hätte, erzählte er, sei der Dorfklatsch gewesen, daß das Schwein tot sei, und daß irgend jemand dafür sterben müsse. Das sei ganz in Ordnung, sagte er als Antwort auf eine Frage des Stewards. So sei es Schick und Brauch. Jedesmal, wenn ein geliebtes Schwein stürbe, wäre der Besitzer nach dem Gewohnheitsrecht gezwungen, irgend jemand, einerlei wen, zu töten. Selbstverständlich sei es am besten, den zu töten, durch dessen Zauberei das Schwein krank geworden wäre. Könne man den aber nicht finden, so wäre jeder andere brauchbar. Daher sei Kwaque als blutiges Sühneopfer auserwählt worden.

Dag Daughtry trank, während er lauschte, einen siebenten Liter, so ergriffen war er von der düsteren Romantik dieser dunklen Dschungelbegebenheit, daß die Leute sogar fremde Menschen töteten, weil ein Schwein gestorben war.

Späher, die auf dem Dschungelpfad postiert waren, hatten, wie Kwaque weiter erzählte, gemeldet, daß die zwei trauernden Schweinebesitzer sich näherten, und die Bevölkerung des Dorfes war in die Dschungel geflüchtet und auf die Bäume geklettert – alle mit Ausnahme Kwaques, der nicht imstande war, auf Bäume zu klettern.

»Mein Wort,« schloß Kwaque, »mich nicht machen ihr fella Schwein krank.«

»Mein Wort,« sagte Dag Daughtry, »du zaubern zuviel mit dies fella Schwein. Du sein wie Teufel. Du machen alle fella Dinge krank, wenn nur dich sehen. Du machen mich krank zuviel.«

Es wurde reine Gewohnheit, daß der Steward, ehe er sich in seine Koje legte, sich zu seiner sechsten Flasche Bier Kwaques Geschichte erzählen ließ. Sie rief ihm seine Kindheit wieder ins Gedächtnis, als er von Abenteuern, von wilden Menschenfressern in fernen Ländern erfüllt gewesen war und davon geträumt hatte, sie eines Tages mit eigenen Augen zu sehen. Und jetzt saß er hier – er konnte vor Freude darüber kichern – mit einem richtigen Menschenfresser als Sklaven. Denn Sklave, das war Kwaque ebenso unbedingt, wie wenn

Daughtry ihn auf der Auktion erstanden hätte. So oft der Steward innerhalb der Flotte der Burns-Philp-Gesellschaft das Schiff wechselte, machte er zur Bedingung, daß Kwaque ihm folgen und brav und redlich mit zehn Schilling gelohnt werden sollte. Kwaque hatte nichts hiergegen einzuwenden. Selbst wenn er Lust gehabt hätte, in einem australischen Hafen auszureißen, hätte Daughtry keine Ursache gehabt, deshalb auf ihn aufzupassen. Australien mit seiner Politik »Nur für Weiße« paßte selbst auf. Kein Farbiger, weder Malaie noch Japaner oder Polynesier, konnte an seinen Küsten landen, ohne eine Kaution von hundert Pfund bar bei der Regierung zu hinterlegen.

Auch an den andern Plätzen, die die Makambo anlief, hegte Kwaque keinen Wunsch, auszureißen. Die König-Wilhelms-Insel war das einzige Land, das er je betreten hatte, sie war für ihn der Maßstab, den er allen andern Inseln anlegte. Und da die König-Wilhelms-Insel eine Menschenfresserinsel war, mußte er unweigerlich schließen, daß auf den andern Inseln dieselben Lebensgewohnheiten herrschten.

Die Makambo lief jede zehnte Woche die König-Wilhelms-Insel an. Aber die furchtbarste Drohung, die Daughtry für ihn hatte, war, daß er ihn an der Stelle, wo die zwei energischen jungen Leute noch über ihr Schwein trauerten, an Land setzen würde. Tatsächlich machten sich die beiden auch jedesmal das Vergnügen, um die Makambo herumzurudern und wilde Grimassen zu schneiden, die Kwaque durch ebenso wilde Grimassen von der Reling aus erwiderte. Daughtry ermunterte sogar dies Auswechseln physiognomischer Freundlichkeiten in der Absicht, in Kwaque die Hoffnung, je in sein Heimatdorf zurückzukehren, für immer zu ersticken. Übrigens hegte Kwaque auch gar nicht den Wunsch, seinen Herrn zu verlassen, der freundlich zu ihm war und nie die Hand gegen ihn erhob. Nachdem Kwaque den ersten Anfall von Seekrankheit überstanden hatte, war er, da er seine Füße nie mehr an Land setzte, ein für allemal gegen die Krankheit gefeit, und so meinte er, in einem Paradies auf Erden zu leben. Er erhielt regelmäßig sein Essen, und herrliches Essen obendrein! In seinem Dorfe ahnte keiner auch nur in seinen wildesten Träumen, in wie vielen leckeren Dingen er täglich schwelgte. Dank diesen guten Verhältnissen kam er sogar über einen leichten Anfall von Heimweh hinweg und war das zufriedenste Geschöpf, das je die See befahren.

Und Kwaque war es nun, der Michael durch die Stückpforte in Dag Daughtrys Kajüte zog und dann darauf wartete, daß dieser Ehrenmann auf einem Umweg zur Tür hereinkommen sollte. Nachdem Michael einen schnellen Blick durch die Kajüte geworfen, an und unter der Koje geschnüffelt und entdeckt hatte, daß Jerry nicht anwesend war, wandte er seine Aufmerksamkeit Kwaque zu.

Kwaque versuchte liebenswürdig zu sein. Er stieß einen glucksenden Laut aus, um seine freundlichen Absichten zu erkennen zu geben. Aber Michael knurrte den Neger an, der gewagt hatte, ihn zu berühren – Michaels ganzer Erziehung zufolge ein Schimpf –, und der es jetzt wagte, sich zu ihm, der nur mit weißen Göttern verkehrte, zu wenden.

Kwaque schlug die Ablehnung mit einem dummen, unartikulierten Lachen in den Wind und begann sich der Tür zu nähern, um bereit zu sein, sie zu öffnen, wenn sein Herr kam. Kaum aber hatte er das Bein gehoben, als Michael daraufloszfuhr. Kwaque blieb augenblicklich stehen, und Michael legte sich nieder, paßte aber scharf auf. Was wußte er von diesem fremden Nigger, als daß er eben ein Nigger, und daß es allen Niggern gegenüber geboten war, aufzupassen, wenn kein weißer Herr zugegen war! Kwaque versuchte langsam den Fuß vorzuschieben, aber Michael bemerkte den Kniff, knurrte und verhinderte ihn mit gesträubten Haaren.

Da trat Daughtry ein, und während er Michael in dem hellen elektrischen Licht höchlichst bewunderte, wurde er sich gleichzeitig über die Situation klar.

»Kwaque, du spazieren auf Bein gehören dir«, kommandierte er, um Gewißheit zu erhalten.

Kwaques ängstliche Blicke auf Michael waren überzeugend genug, aber der Steward blieb bei seinem Befehl. Kwaque gehorchte vorsichtig, hatte aber kaum den Fuß einen Zoll breit vorgeschoben, als Michael auf ihn losfuhr. Fuß und

Bein blieben regungslos, während Michael hartnäckig in einem Halbkreis um ihn herumging und ihn in Schach hielt.

»Hat dich auf den Fußboden festgenagelt, he?« lachte Daughtry.

»Mein Wort, das ist ein Niggerjäger!«

»Los, du, Kwaque, geh holen zwei fella Flaschen Bier, sein in Eisschrank«, befahl er in seinem bestimmtesten Ton.

Kwaque sah ihn flehend an, rührte sich aber nicht vom Fleck. Nicht einmal, als der Befehl noch barscher wiederholt wurde, ging er.

»Mein Wort«, drohte der Steward. »Wenn du nicht bringen Bier sehr gleich, ich läuten die Glocken sehr lange. Wenn du nicht bringen sehr gleich, mich lassen dich gehen an Land spazieren auf König-Wilhelms-Insel.«

»Kann nicht«, murmelte Kwaque furchtsam. »Augen gehören Hund, sehen auf mich zuviel. Mich nicht mögen, Hund essen mich.«

»Du Furcht vor Hund?« fragte sein Herr.

»Mein Wort, mich Furcht vor Hund allzuviel.«

Dag Daughtry war begeistert. Da er aber nach seinem kurzen Landausflug durstig war, zog er die Szene nicht in die Länge.

»He, du Hund«, sagte er zu Michael. »Dies fella Nigger sein brav. Savvee? Sein brav.«

Michael wedelte mit der Rute und legte die Ohren an den Kopf, um zu zeigen, daß er verstand. Als der Steward dann dem Schwarzen auf die Schulter klopfte, schnüffelte Michael an den beiden Beinen, die er an den Boden genagelt hatte.

»Geh los«, kommandierte Daughtry. »Geh langsam, fella«, warnte er, obwohl es ziemlich überflüssig war.

Michael sträubten sich die Haare, aber er ließ den ersten furchtsamen Schritt zu. Beim zweiten sah er Daughtry an, um sich über die Situation klar zu werden.

»Stimmt schon«, lautete es zu seiner Beruhigung. »Das fella gehören jetzt mir. Er brav, jawoll.«

Michael gab mit lachenden Augen zu erkennen, daß er verstanden hatte, und wandte sich vorderhand ab, um einen auf dem Fußboden stehenden offenen Kasten mit Schildpatt-platten, Sägen und Sandpapier zu untersuchen.

»Und jetzt«, murmelte Dag Daughtry nachdrücklich, in-dem er sich mit der Flasche in der Hand auf seinem Sessel zurücklehnte, während Kwaque zu seinen Füßen kniete und ihm die Schuhe aufschnürte, »jetzt gilt es, einen Namen für dich zu finden, Herr Hund. Einen Namen, der deiner Ab-stammung und Erziehung entspricht und meiner Erfindungs-gabe Ehre macht.«

Irische Terrier zeichnen sich, wenn sie erwachsen sind, nicht allein durch ihren Mut, ihre Treue und Ergebenheit, sondern auch durch ihre Besonnenheit, Selbstbeherrschung und Selbstzucht aus. Sie lassen sich nicht leicht aus dem Gleichgewicht bringen; sie können die Stimme ihres Herrn selbst in einem Handgemenge und in der Wut unterscheiden und ihr gehorchen, und nie brausen sie in nervösen, hysteri-schen Anfällen auf, die zum Beispiel bei Foxterriern so häufig sind.

Michael war nicht im geringsten hysterisch, wenn auch reizbarer als sein leiblicher Bruder Jerry, und wenn auch seine Eltern, mit ihnen verglichen, unweigerlich als ein gesetztes älteres Paar bezeichnet werden mußten. Der erwachsene Michael war weit verspielter und heftiger als der erwachsene Jerry. Sein aufbrausendes Temperament war stets im Begriff, bei dem geringsten Anlaß aufzukochen, und er konnte, wie sich später zeigte, selbst einen Welpen im Spiel ermüden. Kurz, Michael war eine lustige Seele. Das Wort »Seele« ist hier mit Wohlbedacht gebraucht. Wie man auch die Seele eines Geschöpfes bezeichnen will – als werdenden Geist, Identität, Persönlichkeit oder Bewußtsein –, jedenfalls besaß Michael diesen unbestimmbaren Begriff. Seine Seele hatte – nur mit einem Gradunterschied – dieselben Eigenschaften wie die menschliche.

Weder Liebe noch Kummer, weder Freude noch Stolz, Selbstbewußtsein oder Humor waren ihm fremd. Drei der wichtigsten Attribute der menschlichen Seele sind Erinne-rung, Wille und Verstand; und Erinnerung, Willen und Verstand besaß Michael. Ganz wie ein Mensch stand er mit Hilfe seiner fünf Sinne mit der umgebenden Welt in Berührung. Wie bei einem Menschen bestand das Ergebnis dieser Berührung auch für ihn aus Sinneseindrücken. Und wie bei einem Menschen stiegen diese Sinneseindrücke auch bei ihm zuweilen zu Seeleneindrücken. Ferner vermochte er wie ein menschliches Wesen zu urteilen, und solche Urteile entwickelten sich in seinem Kopfe zu Begriffen. Oh, vielleicht nicht zu Begriffen, die so umfassend, tief und dunkel wie die eines menschlichen Wesens waren, aber doch zu Begriffen.

Um den Menschen ein wenig über diese entehrende Gleichartigkeit auf dem Gebiete der höchsten Seeleneigenschaften hinauszuheben, sollte man doch vielleicht einräumen, daß die Sinneseindrücke Michaels nicht ganz so scharf waren, wenn es sich um einen Nadelstich durch seine Pfote handelte, wie wenn es sich entsprechend um einen Nadelstich durch die Handfläche eines Menschen gehandelt hätte. Wir wollen auch einräumen, daß, wenn das Bewußtsein sein Hirn mit einem Gedanken erfüllte, dieser Gedanke doch unklarer und verschwommener als ein ähnlicher Gedanke in einem Menschenhirn war. Ferner wollen wir einräumen, daß Michael nie, und wenn er so alt wie Methusalem geworden wäre, eine geometrische Figur hätte konstruieren oder eine Gleichung zweiten Grades hätte lösen können. Immerhin war er imstande, zu begreifen, und zwar ohne einen Schatten von Zweifel, daß drei Knochen mehr als zwei waren, und daß zehn Hunde eine gefährlichere Streitmacht ausmachten als zwei.

Aber ein Zugeständnis können wir nicht machen, nämlich, daß Michael nicht imstande gewesen wäre, ebenso warm, aus ebenso vollem Herzen und ebenso uneigennützig, wahnsinnig und aufopfernd zu lieben wie ein Mensch. Denn so liebte er – nicht weil er Michael, sondern weil er ein Hund war.

Michael hatte Kapitän Kellar mehr geliebt als sein Leben. Wie Jerry für Schiffer nicht gezaudert hätte, sein Leben zu geben, so würde er willig das seine für Kapitän Kellar gewagt haben. Und als es ihm mit der Zeit klar wurde, daß Kapitän Kellar in das unumgängliche große Nichts von Meringe und den Salomoninseln eingegangen war, wurde es seine Bestimmung, ebenso voll und ganz diesen Sechs-Liter-Steward mit seiner einschmeichelnden Art und den unwiderstehlichen zärtlichen Lippenlauten zu lieben. Kwaque? Nein; denn Kwaque war schwarz. Kwaque nahm er nur hin als ein Zubehör, als einen Teil des menschlichen Milieus, als einen Besitzgegenstand Dag Daughtrys.

Aber er kannte diesen neuen Gott nicht als Dag Daughtry. Kwaque nannte ihn »Herr«; aber Michael hatte andere Weiße ebenso von den Schwarzen nennen hören. Kapitän Duncan nannte den Steward »Steward«. Michael hörte ihn, seine Offiziere und alle Passagiere seinen Herrn so nennen; für Michael wurde daher der Name seines Gottes »Steward«, und sein ganzes Leben kannte er ihn und dachte er an ihn nur als »Steward«.

Im übrigen erhob sich die Frage, wie er selbst heißen sollte. Dag Daughtry hatte das an dem Abend, als er an Bord gekommen war, mit ihm erörtert. Michael saß da, die Schnauze auf Daughtrys Knie, und während seine Augen sich weiteten, wieder zusammenzogen und glühten, spitzte er die Ohren, um zu lauschen, und klopfte mit dem Rutenstummel begeistert auf den Boden.

»Siehst du, mein Junge«, sagte der Steward zu ihm, »dein Vater und deine Mutter waren Irländer, doch, leugne es nicht, du Schlingel.«

Weiter kam er nicht, denn Michael, von der unverkennbaren Liebenswürdigkeit und Freundlichkeit in der Stimme des Mannes ermutigt, wand den ganzen Körper vor Begeisterung und verdoppelte das Klopfen mit der Rute. Nicht, weil er ein Wort verstand, aber er verstand das unerklärliche Etwas, das hinter den Worten lag, und das dieser Kette von Lauten die ganze unerklärliche Gutmütigkeit der weißen Götter mitteilte.

»Schäm' dich nie deiner Eltern und vergiß nicht, daß Gott die Irländer liebt. – Kwaque, hol' mir zwei fella Flaschen Bier – stehen im Eisschrank! – Ja, ja, mein Junge, man kann es dir an der Nase ansehen, daß du ein Irländer bist.« (Michaels Rute schlug einen förmlichen Zapfenstreich.) »Na, versuch' nicht, dich bei mir einzuschmeicheln. Ich muß aufpassen, daß du kein Speichellecker wirst. Laß dir nur sagen, daß mein Herz undurchdringlich ist. Es ist zu lange von Bier durchtränkt worden. Ich habe dich gestohlen, um dich zu verkaufen, nicht, um Schoßhündchen mit dir zu spielen. Ich hätte dich vielleicht einmal liebgewinnen können; aber das war, ehe das Bier und ich uns kennenlernten. Ich würde dich auf der Stelle für zwanzig Pfund bar verkaufen, wenn ich soviel für dich kriegen könnte, darauf kannst du Gift nehmen. Aber, was wollte ich dir noch sagen, als du mich so unerzogen mit deinen fidelen Manieren unterbrachst –« Er brach ab, um die aufgezogene Flasche, die Kwaque ihm reichte, an den Mund zu setzen. Er seufzte, wischte sich den Mund mit dem Handrücken und fuhr fort: »Es ist komisch mit dem dummen Bier, mein Sohn. Du kannst mir glauben, Herr Hund, ich beneide dich, wie du so dasitzt mit einem guten Magen, der nie einen Schluck Alkohol gesehen hat. Du bist kein Sklave des Bierteufels, du bist doch ein freierer Mann als ich, Herr Hund, obwohl ich deinen Namen nicht kenne. Ja, sag' mal, es ist wahr, wir wollten ja –«

Er leerte die Flasche, schleuderte sie Kwaque zu und machte ihm ein Zeichen, die letzte zu öffnen.

»Einen Namen für dich zu finden, ist nicht leicht, mein Sohn. Ein irischer muß es natürlich sein, aber was für einer? Paddy? Ja, du magst den Kopf schütteln. Der ist weder geschmackvoll noch vornehm. Wer würde dich mit einem Steinträger verwechseln? Ballymena könnte gehen, aber das klingt zu sehr nach einer Dame, mein Junge. Und ein Junge bist du ja. Warte mal: wie wäre es mit Banshee Boy? Ausgeschlossen. Knabe von Erin!«

Er nickte beifällig und streckte die Hand nach der zweiten Flasche aus. Er trank, überlegte, trank wieder.

»Jetzt hab' ich's«, meldete er feierlich. »Killeny-Boy ist ein hübscher Name. Du sollst Killeny-Boy heißen. Wie gefällt das Euer Hochwohlgeboren? – Prachtvoll, würdevoll wie ein Graf. Oder ... wie ein früherer Brauer. Manchem von der Sorte habe ich dazu verholfen, daß er sich vom Geschäft zurückziehen konnte.«

Er leerte die Flasche, packte plötzlich Michaels Schnauze, lehnte sich vor und rieb seine Nase an der des Hundes. Michael starrte, plötzlich losgelassen, mit leuchtenden Augen dem Gott ins Gesicht und wedelte mit der Rute. In den Augen des Hundes leuchtete eine entschlossene Seele, ein Wesen, ein Gemüt, das bereits zärtliche Ergebenheit für diesen grauhaarigen Gott hegte, der zu ihm, er wußte nicht wovon, sprach, dessen Rede allein aber seiner Seele herrliche, wenn auch unfaßbare Dinge verkündete.

»He, Kwaque!«

Kwaque, der auf dem Boden hockte, hielt in seiner Beschäftigung, einen von seinem Herrn gezeichneten und geschnitzten Schildpattkamm zu polieren, inne und blickte diensteifrig auf.

»Kwaque, du fella diesmal nicht savvee, Name bleiben dies Hund. Sein Name, gehören ihm, Killeny-Boy. Du machen Name bleiben in Kopf gehören dir. Allzeit du sprechen mit dies fella Hund, du sagen ihm Killeny-Boy. Savvee? Wenn du nicht savvee, ich nehmen viertel Lohn gehören dir. Killeny, savvee, Killeny-Boy.«

Während Kwaque Daughtry beim Ausziehen half, betrachtete der Steward Michael mit schläfrigen Augen.

»Ich hab' ihn gefunden, mein Junge«, erklärte er, während er sich erhob und nach der Koje schwankte. »Ich hab' deinen Namen gefunden, und ich habe auch herausgekriegt, wie du bist. Stolz, aber vernünftig. Ja, das bist du.«

»Stolz, aber vernünftig, das bist du, Killeny-Boy, stolz, aber vernünftig«, murmelte er weiter, während Kwaque ihm half, sich in seine Koje zu wälzen.

Kwaque polierte weiter. Stotternd sprach er hin und wieder mit nachdenklich gerunzelten Brauen, fast lautlos flüsternd, zum Steward.

»Herr, was Name bleiben bei das fella Hund?«

»Killeny-Boy, du wollköpfiger Menschenfresser, Killeny-Boy«, murmelte Daughtry schläfrig. »Kwaque, du schwarzer Blutsäufer, lauf und bring' ein fella Flasche, stehen in Eisschrank.«

»Nicht bleiben eine, Herr«, sagte der Schwarze zitternd und mit wachsamen Augen, ängstlich, daß ihm etwas an den Kopf geworfen würde. »Sechs fella Flaschen, er alle fertig.« Die einzige Antwort des Stewards war ein Schnarchen. Mit der aussätzigen Klauenhand und dem gerade sichtbar werdenden Beginn der Lepra, der Verdickung der Stirnhaut zwischen den Augen, beugte der Schwarze sich über seine Arbeit und wiederholte, die Lippen bewegend, immer wieder: »Killeny-Boy.«

*

Tagelang sah Michael nur den Steward und Kwaque. Das kam daher, daß er in der Kabine des Stewards eingesperrt war. Kein anderer wußte, daß er sich an Bord befand, und Dag Daughtry hoffte, seine Anwesenheit geheimhalten und ihn, wenn die Makambo in Sydney anlegte, an Land schmuggeln zu können.

Der Steward merkte bald, wie ungewöhnlich gelehrig Michael war. Hin und wieder gab er ihm beim Füttern Kükenknochen. Nach zwei Unterrichtsstunden, die jedoch kaum Stunden genannt werden konnten, da sie beide im Laufe einer halben Stunde gegeben wurden und jede nicht länger als fünf Minuten dauerte, hatte Michael schon gelernt, daß er die Knochen nur in der Ecke der Kabine, hinter der Tür zerbeißen durfte. Bald trug er jeden Knochen, den er erhielt, unaufgefordert und wie selbstverständlich in die Ecke. Und warum auch nicht? Er hatte Verstand genug, um zu verstehen, was der Steward von ihm wollte, und für seine Seele war Dienen ein Glück. Steward war ein Gott, der freundlich war, ihn streichelte, ihm die Schnauze rieb oder die Arme um ihn schlang. Wie jede Willigkeit keimte auch die Michaels in dem Boden der Liebe. Hätte Steward ihm befohlen, den Knochen liegenzulassen, nachdem er ihn in die Ecke gebracht hatte, so würde er es getan haben. So ist nun einmal der Hund, das einzige Tier, das, vor Freude springend, sein Futter unberührt läßt, um nur seinen Herrn begleiten und ihm dienen zu dürfen.

Dag Daughtry beschäftigte sich tatsächlich alle freie Zeit, die er nicht verschlief, mit dem eingesperrten Michael, der schnell gelernt hatte, auf Kommando mit Winseln und Bellen aufzuhören. Und in diesen Stunden des Zusammenseins lernte Michael vieles. Daughtry merkte, daß er schon gewisse einfache Worte verstand und ihnen gehorchte, Worte, wie zum Beispiel: »Nein«, »Ja«, »Aufstehen« und »Hinlegen«, und dabei blieb er nicht stehen, sondern lehrte ihn Ausdrücke wie: »Geh in die Koje und leg' dich«, »Geh unter die Koje«, »Bring' einen Schuh«, »Bring' zwei Schuhe«. Und fast mühelos lehrte er ihn Purzelbäume schlagen, »Schön«-machen, sich »tot« stellen, mit dem Hut auf dem Kopfe auf den Hinterbeinen sitzen und Pfeife rauchen, und auf den Hinterbeinen nicht nur stehen, sondern sogar gehen.

Dann kam das Kunststück »Du darfst« und »Du darfst nicht«. Nachdem er einen duftenden, aufreizenden Bissen Fleisch oder Käse auf den Kojenrand gerade vor Michaels Nase gelegt hatte, sagte Daughtry einfach: »Du darfst nicht.«

Es fiel Michael auch nicht ein, den Bissen anzurühren, ehe er das willkommene »Du darfst« hörte. Zuweilen verließ Daughtry, ohne sein »Du darfst nicht« zu widerrufen, die Kajüte und war sicher, selbst wenn er eine halbe oder mehrere Stunden fortblieb, den Bissen unberührt und Michael möglicherweise in der ihm als Schlafplatz überlassenen Ecke am Fußende der Koje eingeschlafen zu finden. In der ersten Zeit, als dieses Kunststück geübt wurde, hatte Kwaque einmal, als der Steward die Kabine verlassen hatte und Michaels lüsterne Nase nur einen Zoll von der verbotenen Frucht entfernt war, gierig die Hand nach dem Leckerbissen ausgestreckt, aber dank dem schnellen Zuschnappen von Michaels Kiefern einen tüchtigen Riß in der Hand davongetragen. Für Kwaque wollte Michael keines der Kunststücke ausführen, die er so gern für den Steward machte, und das, obgleich nicht das geringste Böse oder Schlechte in ihm war. Michael war aber, solange er denken konnte, dazu erzogen worden, zwischen Schwarzen und Weißen zu unterscheiden. Schwarze waren immer die Diener der Weißen – das war jedenfalls seine Erfahrung; und Schwarze waren stets ein Gegenstand des Mißtrauens, sie heckten gemeine Streiche aus, und man mußte daher gut auf sie aufpassen. Die erste Pflicht eines Hundes war, seinem weißen Gott zu dienen, indem er jeden auftauchenden Schwarzen scharf im Auge behielt.

Immerhin erlaubte Michael, daß Kwaque ihm mit Wasser, Futter und andern Dingen aufwartete, anfangs nur, wenn Steward von seinen Pflichten an Bord in Anspruch genommen war, später aber jederzeit. Denn ohne darüber nachzudenken, war es ihm klar, daß, was Kwaque auch für ihn tat und welches Futter er ihm vorsetzte, dies alles nicht auf Kwaque, sondern auf Kwaques Herrn, der auch der seine war, zurückzuführen war. Dennoch trug Kwaque Michael nichts nach, sondern war selbst so besorgt um das Wohl und Wehe seines Herrn, daß er Michael um seines Herrn willen liebte. Als er sah, daß der Hund seinem Herrn ans Herz wuchs, begann Kwaque selbst wirkliche Sympathie für Michael zu hegen, wie er ja auch alles andere, was dem Steward gehörte, anbetete, mochten es nun die Schuhe sein, die er für ihn putzte, die Kleidungsstücke, die er für ihn klopfte und bürstete, oder die sechs Flaschen Bier, die er täglich für ihn in den Eisschrank stellte. Offen gestanden war Kwaque keine Herrschernatur, wohingegen Michael der geborene Aristokrat war. Michael war bereit, Steward zu dienen, weil er ihn liebte, dem kraushaarigen Kwaque gegenüber aber spielte er den Herrn. Kwaque war ganz und gar eine Sklavennatur, während Michael kaum mehr zum Sklaven geeignet war als die nordamerikanischen Indianer, die man vergeblich zu Sklaven auf den Plantagen von Kuba zu machen versucht hatte. Und dies alles konnte man ebensowenig Kwaque zur Last legen wie Michael zugute halten. Michaels Familienerbe, das der Mensch seit undenklichen Zeiten immer mehr entwickelt hatte, bestand hauptsächlich aus Wildheit und Treue. Und Wildheit und Treue erzeugen zusammen unweigerlich Stolz. Und Stolz kann man sich nicht ohne Ehre denken.

Das schwerste Kunststück, das Michael unter Daughtrys Leitung während der ersten Tage seines Aufenthalts in der Kabine zu lernen hatte, war, bis fünf zu zählen. Das erforderte viele Stunden Arbeit, trotz Michaels ungewöhnlicher Begabung. Denn er mußte ja erstens die Zahlen so lernen, wie sie ausgesprochen wurden und lauteten; zweitens mit seinen

Augen und in seinem Hirn unterscheiden zwischen einem einzelnen Gegenstand und mehreren Gruppen von Gegenständen bis zu fünf und einschließlich fünf; und drittens in seinem Hirn einen Gegenstand oder eine Sammlung mehrerer Gegenstände mit der von Steward ausgesprochenen Zahl in Verbindung setzen.

Bei dem Unterricht benutzte Daughtry mit Bindfaden umwickelte Papierkugeln. Er konnte fünf Kugeln unter die Koje werfen und Michael beauftragen, drei zu bringen, und Michael brachte nicht zwei oder vier, sondern genau drei und legte sie ihm in die Hand. Wenn Daughtry drei unter die Koje warf und vier verlangte, lieferte Michael die drei ab und suchte vergebens nach der vierten, tanzte dann um Steward herum, wedelte mit der Rute und machte kleine Sprünge vor dem Manne, um schließlich in die Koje zu springen und die vierte unter einem Kissen oder zwischen den Decken hervorzuholen.

Ebenso ging es mit anderen bekannten Dingen. Ob es nun Schuhe, Hemden oder Kissenbezüge waren, bis fünf brachte Michael die verlangte Anzahl. Zwischen der mathematischen Begabung Michaels, der bis fünf zählte, und der des alten Tulaginegers, der Tabakstücke nach dem Mehrfachen von fünf zählte, war ein geringerer Gradunterschied als zwischen dem Neger und Dag Daughtry, der sowohl multiplizieren wie dividieren konnte. Ein noch größerer Unterschied auf der Rangleiter der mathematischen Tüchtigkeit bestand zwischen Dag Daughtry und Kapitän Duncan, der mit Hilfe der Mathematik den Kurs der Makambo leitete. Der größte Unterschied bezüglich mathematischer Tüchtigkeit bestand jedoch zwischen Kapitän Duncan und den Astronomen, die die Himmelskarte zeichneten und tausend Millionen Meilen entfernt zwischen den Sternen navigierten, und die von ihrem mathematischen Wissen ein paar Brocken Kapitän Duncan hinwarfen und ihn dadurch in den Stand setzten, von einem Tag auf den anderen zu bestimmen, wo die Makambo sich auf dem Meere befand. Nur in einem Punkt war Kwaque Michael überlegen. Kwaque besaß eine Maultrommel, und so oft das Leben auf der Makambo und das Dienstverhältnis zu seinem

Herrn ihm zu langweilig wurden, konnte er sich nach der König-Wilhelms-Insel versetzen, indem er das primitive Instrument an den Mund setzte und ihm unheimliche Töne entlockte. Wenn er sich derart über Zeit und Raum hinwegsetzte, sang oder vielmehr heulte Michael, als hätte sein Heulen dieselbe sanfte Weichheit wie das Jerrys. Michael wollte nicht heulen, aber seine Natur war nun einmal, daß er auf Musik ebenso unbedingt reagierte, wie die Elemente im Laboratorium aufeinander reagieren.

Solange er in Stewards Kabine versteckt war, durfte seine Stimme sich auf keinen Fall hören lassen, und so war Kwaque genötigt, sich mit der Maultrommel in der schmelzenden Wärme auf den Rosten über dem Heizraum zu trösten. Das sollte jedoch nicht lange dauern – denn, ob es nun Zufall war, oder ob es seit Anbeginn der Welt im Buche des Schicksals geschrieben stand – Michaels wartete ein Ereignis, das entscheidend nicht nur in sein eigenes Schicksal, sondern auch in das Kwaques und Dag Daughtrys eingreifen und sogar Zeit und Ort für ihren Tod und ihr Begräbnis bestimmen sollte.

∗

Das Ereignis, das derart die Zukunft beeinflußte, traf ein, als Michael auf die unzweideutigste Art und Weise all und jedem seine Anwesenheit auf der Makambo kundgab. Im Grunde war die Nachlässigkeit Kwaques schuld, der die Kajüte verließ, ohne die Tür ordentlich hinter sich zu schließen. Als die Makambo auf einer leichten See rollte, schwang die Tür hin und her, wobei sie bald ganz offen stand, bald zuschlug, aber doch nicht so hart, daß das Schloß einschnappte.

Michael kletterte über die hohe Türschwelle in der unschuldigen Absicht, nur die nächste Nachbarschaft zu erforschen. Kaum war er jedoch drüben, als ein kräftigeres Schlingern das Schloß zuschnappen ließ, und jetzt wollte Michael sofort umkehren. Sein Gehorsam war stark entwickelt, denn es war ihm ein Herzenswunsch, sich dem Willen seines Herrn unterzuordnen, und aus der mehrtägigen Einsperrung verstand, erriet oder ahnte er, daß er nach dem Willen Stewards in der Kabine bleiben sollte.

Eine Weile saß er vor der geschlossenen Tür und betrachtete sie sinnend, war aber zu klug, einen so leblosen Gegenstand anzubellen oder gar anzureden. Schon als kleiner Welpe hatte er gelernt, daß nur lebendige Dinge sich durch Bitten oder Drohungen bewegen ließen. Hin und wieder trottete er den kurzen Quergang hinab, in den die Kabinentür mündete, und starrte den langen Gang, der sich zu beiden Seiten erstreckte, auf und nieder.

Fast eine Stunde lang unternahm er nichts anderes und kehrte immer wieder zu der Tür zurück, die sich nicht öffnen wollte. Dann aber hatte er einen bestimmten Einfall. Da die Tür sich nicht öffnen wollte und weder Steward noch Kwaque zurückkehrten, wollte er sie aufsuchen. Sobald diese Vorstellung ganz klar in seinem Kopfe stand, trabte er furchtsam zaudernd und unentschlossen durch den langen Gang nach achtern. Als er am Ende des Ganges rechts um die Ecke bog, stieß er auf eine schmale Treppe. Unter vielen anderen Spuren erkannte er die Kwaques und Stewards und erfaßte, daß sie hier hinaufgegangen waren.

Auf der Treppe und dem Hauptdeck begegnete er Passagieren. Da sie weiße Götter waren, nahm er ihnen nicht übel, daß sie mit ihm anzubandeln versuchten, ließ sich aber andererseits nicht aufhalten, sondern ging auf das offene Deck hinaus, wo mehrere der begünstigten Götter auf Deckstühlen lagen. Aber immer noch war kein Kwaque und kein Steward zu sehen. Von einer zweiten schmalen steilen Treppe verlockt, gelangte er auf das Bootsdeck. Hier lagen unter dem großen Sonnensegel noch mehr Götter – viel mehr, als er je in seinem Leben gesehen hatte.

Vorn wurde das Bootsdeck von der Brücke begrenzt, die, statt sich über das Deck zu heben, in gleicher Flucht mit ihm weiterlief. Als er um das Steuerhäuschen herum nach der schattigen Leeseite trottete, begegnete er seinem Schicksal, denn – um es gleich zu sagen – Kapitän Duncan hatte außer zwei Foxterriern noch eine große persische Katze an Bord, und diese Katze hatte gerade Junge geworfen. Zum Kinderzimmer hatte sie sich das Steuerhäuschen erkoren, und Kapitän Duncan hatte sich ihr gefügt, ihr eine Kiste für ihre Jungen gegeben und den Quartiermeistern alles Unglück der Welt angedroht, wenn sie einem von den Jungen auch nur auf die Zehen traten. Aber Michael wußte von alledem nichts, und ehe er die große Perserkatze sah, hatte sie ihn schon entdeckt. Er ahnte nichts, ehe sie ihm in der offenen Tür des Steuerhäuschens entgegensprang. Als er diese plötzliche Gefahr inne ward, hatte er sich durch einen Seitensprung gerettet, noch ehe er erfassen konnte, worum es sich handelte. Von seinem Standpunkt aus war der Angriff völlig unmotiviert. Er starrte die Katze mit gesträubten Haaren an und hatte sie gerade als das, was sie war, als eine Katze, erkannt, als sie auch schon wieder auf ihn losfuhr. Ihr Schwanz hatte einen Umfang wie der Arm eines dicken Mannes, und wie sie jetzt vor Wut und Rachgier fauchte, schien sie nur aus Krallen und Zähnen zu bestehen.

Das war denn doch zuviel für das Selbstgefühl eines irischen Terriers. Sein Zorn brauste auf, und als sie jetzt wieder auf ihn lossprang, entging er ihren Krallen durch einen Sprung und drang seitwärts auf sie ein; während sie noch in der Luft schwebte, schnappten seine Kiefer schon über ihrem Rückgrat zusammen. Im nächsten Augenblick lag sie mit zerbrochenem Rückgrat, zappelnd und sich krümmend auf dem Deck. Für Michael aber war das nur der Anfang. Ein schriller Laut, eher ein Heulen als ein Kläffen, von mehreren Feinden veranlaßte ihn, sich halb umzudrehen, aber er war nicht schnell genug. Durch den Flankenangriff eines erwachsenen Foxterriers wurde er kopfüber auf das Deck geschleudert.

Als Michael wieder auf die Beine kam, war er ernstlich zornig. Tatsächlich regnete es Backpfeifen, und dieser ganze kriegerische Überfall war ja nicht von ihm veranlaßt, denn er hatte den Streit nicht angefangen, ja, nicht einmal etwas von der Existenz seiner Feinde geahnt, ehe sie ihn angriffen. Die Foxterrier waren trotz ihrer hysterischen Wut tapfer und gingen, sobald er wieder auf den Füßen stand, auf ihn los. Die Zähne des einen stießen gegen die seinen, wobei beider Lippen zerbissen wurden, und der leichtere Hund zog sich zurück. Dem andern glückte es, Michael in der Flanke zu packen und ihm mit seinen Zähnen Wunden und Bisse beizubringen. Sich blitzschnell krümmend, befreite Michael seine Flanke, wobei der andere das Maul voller Haare behielt, und packte im selben Augenblick das Ohr seines Feindes so kräftig, daß er es vollkommen durchbiß. Mit einem schrillen Schmerzensgeheul sprang der Foxterrier zurück, so daß Michaels Zähne sein Ohr wie ein Kamm durchpflügten.

Jetzt machte der erste Terrier kehrt und ging auf ihn los, und Michael drehte sich blitzschnell um, um ihm zu begegnen, als er Gegenstand eines neuen und ebenso unmotivierten Angriffs wurde. Diesmal war es Kapitän Duncan, der beim Anblick seiner getöteten Katze vor Wut entbrannte. Er schob Michael den Fuß unter die Brust, trat ihm fast den Atem heraus, hob ihn hoch in die Luft und ließ ihn niederstürzen, so daß er schwer auf die Seite fiel. Sofort fielen die beiden Terrier wieder über ihn her, bohrten die Zähne in ihn und bekamen die Fänge voll von seinem glatten, dichten Haar. Im Begriff, wieder auf die Beine zu kommen, schlug er, immer noch auf der Seite liegend, seine Kiefer über dem Bein des einen der Hunde zusammen, der vor Schmerz aufheulte und sich auf drei Beinen zurückzog, das vierte, ein Vorderbein, das Michaels Zähne fast zerbrochen hatten, hochhaltend. Zwei scharfe Bisse versetzte Michael dem zweiten vierbeinigen Feind und verfolgte ihn dann im Kreise, während er seinerseits wieder von Kapitän Duncan verfolgt wurde.

Michael übersprang eine Sehne des Bogens, den der fliehende Hund beschrieb, und seine Zähne schnappten in den Hals des anderen. So mitten im Sprunge von dem schweren Hund festgehalten, verlor der Foxterrier das Gleichgewicht und taumelte krachend auf das Deck. Im selben Augenblick traf Kapitän Duncans zweiter Fußtritt Michael.

Jetzt wandte Michael sich gegen den Kapitän. Aber wenn das nun ein weißer Gott war? In seiner Wut über so viele Angriffe seitens so vieler Feinde ließ Michael sich nicht Zeit zu näherer Überlegung. Außerdem war dies ein merkwürdiger weißer Gott, den er nie zuvor gesehen.

Anfangs hatte er die Zähne gefletscht und geknurrt. Aber einen Gott anzugreifen, war eine ernstere Angelegenheit, und als er gegen das Bein sprang, das ihm in einem neuen Tritt entgegenflog, gab er nicht einen Laut von sich. Er sprang nicht gerade auf das Bein los. Seine Methode war, auszuweichen, sich zu krümmen, und im Augenblick, wenn es vorbeifuhr, drauf loszuspringen. Diesen Kniff hatte er unter den Wilden in Meringe und an Bord der Eugénie gelernt, und er glückte ihm ebenso oft, wie er ihm mißlang. Seine Zähne faßten nur die weiße Leinenhose. Der aufgeregte Seemann verlor dadurch das Gleichgewicht. Er fiel beinahe auf die Nase, kam mit einer gewaltsamen Anstrengung wieder auf die Füße, stolperte über Michael, der sich zu einem neuen Biß anschickte, taumelte und setzte sich auf das Deck.

Wie lange er dort hätte sitzenbleiben können, um wieder zu Atem zu kommen, ist fraglich, denn so schnell, wie seine Wohlbeleibtheit es zuließ, sprang er wieder auf, angespornt durch Michaels Zähne, die bereits in dem fleischigen Teil seiner Schulter saßen. Michael erwischte das Bein des aufstehenden Mannes nicht, zerriß aber dafür das andere Hosenbein und erhielt einen Tritt, der ihn drei Ellen weit sausen, einen halben Purzelbaum schlagen und rücklings auf dem Deck landen ließ.

Bis zu diesem Augenblick hatte der Kapitän eine grimmige Offensive geführt, und er wollte wieder treten, als Michael wieder auf die Füße kam und hochflog, nicht um das Bein, sondern um die Kehle des Mannes zu packen. Sie war jedoch zu hoch, und seine Zähne faßten nur die schwarze Krawatte und zerfetzten sie. Dann fiel er wieder auf den Rücken. Weniger das, sondern Michaels Schweigen war es, was Kapitän Duncan zu reiner Defensive übergehen und rückwärts retirieren ließ. Dieses Schweigen war unheilverkündend wie der Tod. Der Hund ließ weder Knurren noch drohende Kehllaute hören. Er sprang und sprang immer wieder, die Augen, ohne zu blinzeln, geradeaus gerichtet. Mit einem Schweigen, das an den Ernst des Todes gemahnte, griff er immer wieder an, selbst als der Kapitän sich unter Fußtritten zurückzog. Ein Matrose rettete Kapitän Duncan mit einem Schwapper. Er warf sich dazwischen, und es glückte ihm, Michael den Schwapper ins Maul zu stopfen und ihn beiseitezuschieben.

Das erstemal schlossen sich seine Zähne automatisch über dem Schwapper. Als er ihn aber ausgespuckt hatte, biß er nicht wieder hinein. Denn jetzt wußte er, was das war: ein lebloses Ding, das seine Zähne nicht verwunden konnten.

Er interessierte sich auch nicht für den Matrosen, abgesehen davon, daß er ihm zu entgehen versuchte. Michaels Opfer war Kapitän Duncan, der den Rücken gegen die Reling lehnte und sich den perlenden Schweiß von der Stirn wischte. Die Ereignisse waren sich so schnell gefolgt, daß die Passagiere, die von ihren Deckstühlen aufsprangen und zur Walstatt eilten, erst herankamen, als Michael gerade glücklich wieder dem Schwapper entging und Kapitän Duncan anfiel. Diesmal hatte er Erfolg, denn er bohrte seine Zähne mit solcher Wildheit in einen runden Schenkel, daß der Besitzer des Schenkels in ein unzusammenhängendes Fluchen und ein Geheul erbitterter Überraschung ausbrach. Ein erfolgreicher Tritt schleuderte Michael beiseite und ermöglichte es dem Matrosen, noch einmal mit dem Schwapper zu intervenieren. Und jetzt tauchte auf der Szene Dag Daughtry auf, gerade früh genug, um seinen Kapitän zerfetzt, blutend und keuchend, Michael in unheimlichem Schweigen am Ende eines Schwappers wüten und eine große persische Katze sich mit zerbrochenem Rückgrat auf dem Boden krümmen zu sehen.

»Killeny-Boy«, rief der Steward gebieterisch.

Die Stimme seines Herrn kam Michael trotz dem Zorn und der Wut, die ihn erfüllten, zum Bewußtsein. Er wurde fast augenblicklich ruhig, seine Ohren, seine gesträubten Haare legten sich, und seine Lippen glitten wieder über die Zähne, während er den Kopf wandte, um Anerkennung zu ernten. »Hierher, Killeny!« Michael gehorchte – nicht kriecherisch und nicht in sklavischer Demut, nein, eifrig und froh trabte er zu Stewards Füßen.

»Hinlegen!«

Er machte eine halbe Drehung, ehe er sich mit einem befriedigten Seufzer niederlegte und mit seiner flammendroten Zunge Steward den Fuß leckte.

»Ihr Hund, Steward?« fragte Kapitän Duncan mit halberstickter Stimme, in der Wut und Atemlosigkeit miteinander kämpften.

»Ja, Herr Kaptän, mein Hund. Was hat er denn gemacht?«

Michaels Verbrechen raubten dem Kapitän die Sprache. Er konnte nur mit einer Handbewegung von der sterbenden Katze auf seine eigenen zerrissenen Hosen und blutenden Wunden und auf die Foxterrier zeigen, die zu seinen Füßen winselnd ihre Wunden leckten.

»Das ist ja arg, Herr Kaptän ...«, begann Daughtry.

»Zu arg, zum Teufel«, unterbrach der Kapitän ihn. »Bootsmann!

Schmeißen Sie den Hund über Bord.«

»Den Hund über Bord schmeißen, Herr Kapitän?« wiederholte der Bootsmann zögernd.

Dag Daughtrys Gesicht wurde unbewußt hart, während sein Wille sich gleichzeitig zu einem trotzigen Widerstand anschickte, den er nicht scheute, auf seine eigene ruhige Art auf die Spitze zu treiben, wenn es galt, etwas durchzusetzen. Aber er antwortete ganz ehrerbietig, während er sich, wenn auch mit einiger Anstrengung, wieder zu seinem gewöhnlichen liebenswürdigen Ausdruck zwang:

»Er ist ein guter Hund, Herr Kaptän, und ganz harmlos. Ich kann nicht begreifen, was in ihn gefahren ist. Er muß einen Grund gehabt haben, Herr –«

»Das hat er auch«, fiel einer der Passagiere, ein Kokosplantagenbesitzer vom Archipel, ein.

Der Steward warf ihm einen dankbaren Blick zu und fuhr fort: »Er ist ein guter Hund, Herr Kaptän, ein sehr gehorsamer Hund, Herr Kaptän. – Sehen Sie nur, wie er mitten im Kampf gehorchte, zu mir kam und sich niederlegte. Er ist der bravste Hund, den man sich denken kann, Herr Kaptän, tut alles, was ich ihm sage. Er soll Frieden schließen. Sehen Sie ...«

Er trat zu den hysterischen Foxterriern und rief Michael zu sich. »Er ist brav, Killeny. Verstanden, er ist brav«, murmelte er, während er gleichzeitig die eine Hand auf den einen Terrier und die andere auf Michael legte.

Der Terrier winselte und preßte sich an das Bein Kapitän Duncans, Michael aber kam mit ruhig wedelnder Rute und friedlich hängenden Ohren auf ihn zu, sah, um seiner Sache sicher zu sein, Steward an, beschnüffelte dann seinen früheren Widersacher und streckte sogar die Zunge aus, um zärtlich das Ohr des anderen zu lecken.

»Sehen Sie, Herr Kaptän, es ist keine Schlechtigkeit in ihm«, rief Daughtry triumphierend. »Er ist ein ehrlicher Gegner, Herr Kaptän. Er ist ein sauberer Hund, ein Menschenhund. – Hierher, Killeny-Boy! Und nun der andere. Der ist auch brav. Gib ihm einen Kuß und schließ Frieden mit ihm. Ist ja dummes Zeug.« Der andere Foxterrier, der mit dem verletzten Bein, ließ sich Michaels Schnüffeln ruhig gefallen, abgesehen von einigen hysterischen Knurrlauten, die ihm tief aus der Kehle kamen; als Michael aber die Zunge ausstreckte, wurde es ihm doch zuviel. Der verwundete Terrier explodierte und schnappte, wenn auch vergebens, nach Michaels Schnauze.

»Er ist brav, Killeny, er ist brav, ganz gewiß«, ermahnte ihn der Steward schnell.

Mit einem Schlag der Rute, zum Beweis, daß er die Situation verstand, und ohne ein Zeichen von Zorn, hob Michael eine Pfote und ließ sie scherzhaft und wie zufällig auf den Hals des andern fallen, so daß er kopfüber auf das Deck rollte. Der Terrier knurrte wütend, aber Michael wandte sich ruhig um und blickte dem Steward ins Gesicht, in der Hoffnung auf Anerkennung. Eine Lachsalve von den Passagieren begrüßte den Purzelbaum des Foxterriers und das liebenswürdige Auftreten Michaels.

»Jawohl, Herr Kaptän«, fuhr der Steward mit steigender Zuversicht fort. »Ich wette, daß die drei morgen um diese Zeit die besten Freunde sind ...«

»Um diese Zeit, in fünf Minuten ist er über Bord«, antwortete der Kapitän. »Bootsmann! über Bord mit ihm!«

Der Bootsmann trat einen Schritt näher, aber ein protestierendes Gemurmel erhob sich unter den Passagieren.

»Sehen Sie meine Katze und sehen Sie mich an«, rief Kapitän Duncan, um seine Handlungsweise zu rechtfertigen.

Der Bootsmann machte noch einen Schritt, aber Dag Daughtry starrte ihn drohend an.

»Wird's bald!« kommandierte der Kapitän.

»Halt!« ergriff der Plantagenbesitzer das Wort. »Seien Sie gerecht gegen den Hund. Ich habe alles gesehen. Er war ganz friedlich. Zuerst ging die Katze auf ihn los. Sie tat es zweimal, ehe er sich wehrte. Sie hätte ihm die Augen ausgekratzt. Dann gingen die beiden Hunde auf ihn los. Er hatte ihnen nichts getan. Dann gingen Sie selbst auf ihn los. Ihnen hatte er auch nichts getan. Und dann kam der Matrose mit dem Schwapper. Und jetzt wollen Sie, daß der Bootsmann ihn über Bord wirft. Seien Sie gerecht. Er hat sich nur verteidigt. Was wollen Sie von einem Hund, der nun einmal ein Hund ist? Soll er sich von jedem fremden Hund, von jeder fremden Katze verprügeln lassen? Das geht nicht, Schiffer. Sie haben ihm ein paar mächtige Tritte versetzt. Er hat sich nur verteidigt.«

»Ja, eine schöne Verteidigung«, lachte Kapitän Duncan mit einer Andeutung seiner früheren Liebenswürdigkeit, während er gleichzeitig behutsam seine Schulter befühlte und traurig an seinen zerfetzten Leinenhosen hinabsah. »Na schön, Steward. Wenn Sie ihn dazu kriegen, daß er in fünf Minuten mit mir Freundschaft geschlossen hat, darf er an Bord bleiben. Aber ein Paar neue Hosen müssen Sie mir kaufen, um es wieder gutzumachen.«

»Mit Freuden, Herr Kaptän. Vielen Dank, Herr Kaptän«, rief Daughtry. »Und eine neue Katze sollen Sie auch haben, Herr Kaptän – hierher, Killeny-Boy. Dies große fella Herr, er gut genug, darauf kannst du schwören.«

Und Michael lauschte. Aber er lauschte nicht besessen von der schwelenden, würgenden inneren Hysterie, unter der die Foxterrier immer noch litten, auch nicht mit zitternden Muskeln und bebenden, überspannten Nerven, sondern ruhig und gefaßt, als hätte nicht erst vor einem Augenblick ein regulärer Kampf stattgefunden, als brenne und schmerze sein Körper nicht mehr von Bissen und Tritten.

Als er das erstemal an den Hosenbeinen schnüffelte, die seine Zähne vor einem Augenblick zerfetzt hatten, konnte er es jedoch nicht lassen, zu knurren.

»Berühren Sie ihn, Herr Kaptän«, bat Daughtry.

Und Kapitän Duncan, der wieder zu sich gekommen war, beugte sich nieder und legte ohne Bedenken seine Hand fest auf Michaels Kopf. Ja, mehr als das: er streichelte und knetete ihm sogar die Ohren. Und Michael, der frohmütige Michael, der wie ein Löwe kämpfte und wie ein Mann vergab und vergaß, glättete sein Nackenhaar, wedelte mit dem Rutenstummel, lächelte mit Augen, Ohren und Maul und leckte die Hand, mit der er soeben erst gekämpft hatte.

Während des Restes der Reise war Michael der Mittelpunkt des ganzen Schiffes. Er war freundlich zu allen, aber seine Liebe war Steward allein vorbehalten, obwohl er mancher freundschaftlichen Anrempelung seitens der Foxterrier nicht aus dem Wege ging.

»Das ist der spaßigste Hund, den ich je gesehen habe, ohne daß er dabei albern wäre«, lautete Dag Daughtrys Urteil dem Plantagenbesitzer gegenüber, dem er gerade einen seiner Schildpattkämme verkauft hatte. »Sehen Sie, es gibt Hunde, die nie über das Spielstadium hinauskommen und nie etwas taugen. Killeny-Boy aber kann sich zusammennehmen und in einer Sekunde ernst sein. Ich werde es Ihnen zeigen, ich werde es Ihnen beweisen, daß er einen Kopf hat, der bis fünf zählen kann und sich auf drahtlose Telegraphie versteht. Passen Sie auf.«

Im selben Augenblick stieß er seinen schwachen Lippenlaut aus, so schwach, daß er ihn selber kaum hören konnte und fast im Zweifel war, ob er ihn überhaupt hervorgebracht hatte; so schwach, daß der Plantagenbesitzer nichts davon ahnte. In diesem Augenblick lag Michael gerade ein Dutzend Schritte entfernt auf dem Rücken und wand sich, alle viere in die Luft gestreckt, während beide Foxterrier ihn mit gut gespielter Grimmigkeit neckten. Mit einer schnellen Bewegung seiner vier Beine rollte er sich auf die Seite und spähte und lauschte mit forschenden Augen und gespitzten Ohren. Daughtry stieß wieder den Lippenlaut aus; der Plantagenbesitzer hörte und ahnte immer noch nichts. Michael aber sprang auf und war mit einem Satz neben seinem Herrn.

»Das ist ein Hund, was?« prahlte der Steward.

»Aber woher weiß er, daß er zu Ihnen kommen soll?« fragte der Plantagenbesitzer. »Sie haben ihn ja gar nicht gerufen.«

»Telepathie, Seelenverwandtschaft, oder wie Sie es nennen wollen. Sehen Sie, Killeny und ich sind aus demselben Stoff gemacht. Er würde vielleicht mein Bruder und ich der seine sein, wäre nicht irgendwo in der Schöpfungsfabrik ein Irrtum passiert. Und jetzt will ich Ihnen zeigen, daß er sich auch ein wenig aufs Rechnen versteht.«

Und die Papierkugeln aus der Tasche ziehend, führte Dag Daughtry zum Erstaunen und zur Genugtuung aller Passagiere Michaels Fertigkeit vor, bis fünf zu zählen.

»Jawohl, mein Herr«, sagte Daughtry, als die Vorstellung beendet war. »Wenn ich in einer Wirtschaft an Land vier Glas Bier bestellte und nicht bemerkte, daß der Kellner nur drei brächte: Killeny-Boy würde schon Lärm schlagen.«

Seit Michaels Anwesenheit auf der Makambo bekannt war, brauchte Kwaque sich nicht mehr mit seiner Maultrommel auf den Rosten über dem Heizraum zu belustigen, jetzt unternahm er, wenn er Gelegenheit dazu hatte, mit Michael in der Kabine Privatexperimente. Wenn die Maultrommel ihre barbarischen Töne erklingen ließ, war Michael hilflos. Er mußte, ob er wollte oder nicht, das Maul öffnen und sein widerstrebendes, gefühlvolles Geheul ausstoßen. Aber wie Jerry, heulte auch er nicht schlechthin. Die Töne glichen eher einem sanften Singen, und es dauerte nicht lange, so konnte Kwaque die Stimme Michaels auf und ab und innerhalb eines gewissen Registers in einer schnurrenden Tonart und mit einem gewissen Takt dirigieren.

Michael liebte diese Stunden nicht, denn da er auf Kwaque hinabsah, haßte er es, dem Schwarzen gehorchen zu müssen. Aber alles das sollte sich ändern, als Dag Daughtry sie eines Tages beim Gesangunterricht überraschte. Er holte sofort die Harmonika hervor, mit der er sich, wenn er nicht die Wirtshäuser an Land besuchte, die Zeit zu vertreiben pflegte. Er entdeckte, daß Michael am schnellsten zum Singen zu bringen war, wenn er in Moll spielte; und hatte der Hund erst einmal angefangen, so sang er weiter, solange die Musik anhielt. Michael konnte auch ohne Instrument singen, nur angefeuert und begleitet von der Stimme des Stewards, der in diesem Fall zuerst ein langes, betrübtes »Kau-Kau« jammerte und später in ein altes Lied oder eine Ballade überging, die Michael nur höchst ungern mit Kwaque gesungen hatte, aber freudig mit dem Steward sang, sogar wenn Steward ihn mit an Deck nahm und ihn vor den Passagieren, die vor Lachen brüllten, auftreten ließ.

Am Ende der Reise hatte der Steward ernste Unterredungen mit Kapitän Duncan und mit Michael.

»Die Sache ist nämlich so, Killeny«, begann Daughtry eines Abends, als Michaels Kopf auf dem Knie seines Herrn ruhte, während er ihm bewundernd ins Gesicht starrte, außerstande, auch nur das geringste von dem Gesprochenen zu verstehen, aber begeistert über die Vertraulichkeit, die gewissermaßen im Klang der Worte lag. »Ich stahl dich für Biergeld. Und als ich dich damals auf dem Strande sah, wußte ich, daß ich jederzeit zehn Pfund für dich kriegen konnte. Zehn Pfund sind eine schauerliche Masse Geld. Fünfzig Dollar in amerikanischem Geld und hundert Dollar in chinesischer Münze.

Für fünfzig Dollar in Gold könnte man Bier genug kriegen, um darin zu ersaufen, wenn man kopfüber hineinfiele. Aber ich will doch eine Frage an dich richten. Kannst du dir vorstellen, daß ich zehn Pfund für dich nähme? ... Los, sprich! Kannst du dir das denken?«

Und Michael schlug mit der Rute den Fußboden, stieß ein scharfes hohes Bellen aus und zeigte dadurch, daß er mit dem Vorgebrachten völlig übereinstimmte.

»Oder laß uns sogar sagen: zwanzig Pfund. Das ist ein schönes Angebot. Würde ich es tun? Was? Würde ich es? Was würdest du zu fünfzig Pfund sagen? Oder gar zu hundert? Ach, hundert Pfund, etwa in Bier angelegt, würden diesen alten Kasten schon zum Schwimmen bringen. Aber wer würde hundert Pfund bieten, Donnerwetter? Den möchte ich sehen, nur ein einziges Mal. Willst du wissen, warum? Schön. Ich will es dir flüstern. Damit ich ihn bitten könnte, sich zum Teufel zu scheren, jawohl!«

Michaels Liebe zu Steward war so groß, daß sie fast zur Verblendung wurde. Und Stewards Gefühle für Michael offenbarten sich deutlich in seiner Unterredung mit Kapitän Duncan.

»Ich versichere Ihnen, Herr Kaptän, daß er mir an Bord nachgelaufen sein muß«, so schloß Daughtry seinen lügenhaften Bericht, »und ich hatte keine Ahnung. Ich sah ihn das letztemal am Strande. Als ich ihn wiedersah, lag er fest schlafend in meiner Koje. Und nun frage ich Sie, Herr Kaptän, wie kam er dahin? Wie machte er gerade meine Kammer ausfindig? Die Lösung des Rätsels überlasse ich Ihnen, Herr Kaptän. Ich nenne es ein Wunder, ein reines Wunder.«

»So sehen Sie aus«, lachte Kapitän Duncan. »Als ob ich Ihre Kniffe nicht kennte, Steward. Es ist kein Wunder. Es ist ganz gemeiner Diebstahl. Ist Ihnen an Bord nachgelaufen? Der Hund ist nie über die Reling geklettert. Er kam durch eine Stückpforte, aber nicht von selber. Ihr Viech von Nigger hat die Hand im Spiel gehabt, darauf möchte ich wetten. Aber wir wollen uns nicht darüber streiten. Geben Sie mir den Hund, und ich werde nicht mehr über die Katze reden.«

Daughtry antwortete: »Wenn Sie glauben, was Sie sagen, würden Sie sich ja mitschuldig an dem Verbrechen machen.«

Und die trotzigen Runzeln, die seine Stirn furchten, zeigten seinen festen Willen. »Ich, Herr Kaptän, ich bin nur ein Schiffssteward, und mir würde es nichts ausmachen, wenn ich wegen Hundediebstahls eingesperrt würde; aber Sie, Herr Kaptän, Sie sind Schiffer auf einem feinen Dampfer – wie würde Ihnen das stehen, Herr Kaptän? Nein, Herr Kaptän, es ist schon am besten, ich behalte den Hund, der mir an Bord nachgelaufen ist.«

»Ich lege noch zehn Pfund drauf«, bot der Kapitän.

»Nein, es geht nicht, es geht wirklich nicht, Herr Kaptän, Sie sind nun einmal Schiffer«, wiederholte der Steward, melancholisch den Kopf schüttelnd. »Außerdem weiß ich, wo es eine prachtvolle Angorakatze in Sydney gibt. Der Besitzer will aufs Land ziehen und kann sie nicht mehr gebrauchen, und es hieße der Katze einen Freundschaftsdienst erweisen, wenn man ihr ein so gutes und ordentliches Heim wie die Makambo verschaffte.«

Ein anderes Kunststück, das Dag Daughtry Michael beibrachte, hob den Hund derart in den Augen Kapitän Duncans, daß er dem Steward fünfzig Pfund bot und »auf die Katze pfeifen« wollte. Zuerst übte Daughtry das Kunststück ganz für sich mit dem ersten Maschinisten und dem Plantagenbesitzer ein. Eine öffentliche Vorstellung veranstaltete er erst, als er voll und ganz zufrieden war.

»Also wir wollen jetzt mal annehmen, daß Sie Schutzleute oder Detektive sind«, sagte Daughtry zum ersten und dritten Offizier, »und daß ich ein furchtbares Verbrechen begangen habe. Und wir wollen annehmen, daß Killeny-Boy der einzige Schlüssel ist, und daß Sie Killeny-Boy haben. Wenn er seinen Herrn – also mich – wiedererkennt, dann haben Sie Ihren Verbrecher erwischt. Sie führen ihn an der Leine das Deck entlang. Dann kommen Sie auf demselben Wege mit ihm zurück, wir tun, als sei es die Straße, und wenn er mich erkennt, verhaften Sie mich. Wenn er mich aber nicht erkennt, können Sie mich nicht verhaften. Verstehen Sie?«

Die beiden Offiziere führten Michael fort und kamen nach einigen Minuten das Deck entlang. Michael zerrte an der gespannten Leine, um Steward zu suchen.

»Was wollen Sie für den Hund haben«, fragte Daughtry, als sie sich näherten – das war das Stichwort, das er Michael beigebracht hatte.

Und Michael ging vorbei, an der Leine zerrend, ohne auch nur mit der Rute zu wedeln oder einen Blick auf Steward zu werfen. Die Offiziere blieben vor Daughtry stehen und zogen Michael zurück.

»Der Hund hat sich verlaufen«, sagte der Erste Offizier.

»Wir suchen den Besitzer«, fügte der Dritte Offizier hinzu.

»Ist es ein guter Hund? Was wollen Sie für ihn haben?« fragte Daughtry, während er Michael aufmerksam mit kritischen Blicken betrachtete. »Ist er gutartig?«

»Versuchen Sie es«, lautete die Antwort.

Der Steward streckte die Hand aus, um ihm den Kopf zu streicheln, zog sie aber schnell zurück, als Michael mit gesträubtem Haar und boshaft knurrend die Zähne fletschte.

»Keine Angst, er beißt Sie nicht«, sagten die begeisterten Passagiere. Diesmal wäre der Steward fast in die Hand gebissen worden, und er sprang zurück, als Michael wütend, soweit die Leine reichte, auf ihn losfuhr.

»Nehmen Sie ihn weg«, brüllte Daughtry wütend. »Das falsche Vieh! Ich will ihn nicht geschenkt haben!«

Und als sie gehorchten, bemühte Michael sich in einem Wutanfall, umzukehren, und sprang heftig gegen die gespannte Leine an, während er mit größter Wildheit Steward anknurrte.

»Nicht wahr? Wer wollte behaupten, daß er mich je im Leben gesehen hätte?« fragte Daughtry triumphierend. »Das ist ein Kunststück, das ich noch nie gesehen habe, aber ich habe davon gehört. Die alten Wilddiebe in England pflegten es ihren Hunden beizubringen, damit kein Förster sie mit Hilfe des Hundes überführen konnte.«

»Wissen Sie, er kann viel, der Killeny-Boy. Er kann Englisch. Meine Kabinentür steht offen, und drinnen sind Schuhe, Pantoffel, Mützen, Handtücher, Handschuhe, Tabaksbeutel und Haarbürste. Sagen Sie, was er davon holen soll.«

Die Passagiere antworteten sofort, gaben aber so verschiedene Antworten, daß jeder Gegenstand verlangt wurde.

»Lassen Sie nur einen von Ihnen den Gegenstand wählen«, riet der Steward.

»Pantoffel«, sagte Kapitän Duncan.

»Einen oder beide?« fragte Daughtry.

»Beide.«

»Hierher, Killeny-Boy«, begann Dag Daughtry und beugte sich zu ihm nieder, sprang aber zurück, um mit Mühe und Not einem Kieferpaar zu entgehen, das gerade vor seiner Nase zusammenschnappte.

»Meine Schuld«, sagte er. »Ich habe ihm nicht erzählt, daß das andere Spiel aus ist. Aber jetzt hören und sehen Sie genau zu, ob Sie den Wink entdecken können, den ich ihm gebe.«

Nicht ein einziger sah und hörte etwas, aber nichtsdestoweniger sprang Michael, vor Eifer und Freude winselnd, mit lächelndem Maul und den ganzen Körper verdrehend auf Steward los, leckte ihm in wahnsinniger Freude die Hände, drehte und wand sich, als er von den Händen umfaßt wurde, die er eben erst bedroht hatte, und versuchte in kurzen Sprüngen an ihm hochzuspringen, wobei er die Zunge ausstreckte, um das Gesicht seines Herrn zu erreichen. Es war für Michael eine Nerven- und Kopfanstrengung schwerster Art, sich so beherrschen, Komödie spielen und Zorn und Feindschaft gegen seinen geliebten Steward vorgeben zu sollen. »Es dauert etwas, ehe er sich nach solchen Kunststücken erholt«, erklärte Daughtry, während er Michael beruhigte. »So, Killeny-Boy: Jetzt geh und hol' Pantoffel! Halt, bring' einen Pantoffel, bring' zwei Pantoffel.« Michael spitzte die Ohren und sah mit großen, fragenden Augen auf.

»Zwei Pantoffel, schnell.«

Der Hund fuhr auf und schoß so blitzschnell davon, daß er flach auf dem Bauch zu liegen schien und seine Hinterfüße auf dem glatten Deck ausrutschten, als er auf dem Wege nach der Treppe um die Ruff fuhr.

Im Augenblick war er zurück und hatte im Maul beide Pantoffel, die er Steward zu Füßen legte.

»Je mehr ich von Hunden kennenlerne, desto unglaublicher und wunderbarer kommen sie mir vor«, vertraute Dag Daughtry am Abend vor Schlafenszeit nach seiner vierten Flasche dem Plantagenbesitzer unter vier Augen an. »Nehmen Sie Killeny-Boy. Er tut nichts rein mechanisch, nur weil ich ihn dazu dressiert habe. Es steckt mehr dahinter. Er tut es, weil er mich lieb hat. Ich kann es Ihnen nicht erklären, aber ich fühle es, ich weiß es.

Vielleicht ist es das, worauf ich hinziele. Killeny-Boy kann nicht sprechen, wie Sie und ich; daher kann er mir nicht erzählen, wie er mich liebt. Aber er ist lauter Liebe, vom Scheitel bis zur Sohle. Und da Taten lauter sprechen als Worte, erzählt er mir, wie er mich liebt, indem er diese Dinge für mich tut. Kunststücke? Selbstverständlich. Aber im Vergleich mit ihnen werden die schönsten Redensarten des Menschen zu nichts. Natürlich ist es Rede. Stumme Hunderede. Als ob ich das nicht wüßte. So gewiß ich ein lebendiger, zu Mühe und Arbeit geborener Mensch bin, ebenso gewiß ist es, daß ich ihn glücklich mache, wenn ich ihn Kunststücke für mich ausführen lasse, ganz wie es einen Mann glücklich macht, wenn er einem Kameraden in einer kitzligen Situation beisteht, oder wie ein Liebender glücklich ist, wenn er seinen Mantel um das Mädchen legt, das er liebt, damit sie nicht friert. Ich kann Ihnen versichern ...«

Hier konnte Daughtry nicht weiter; er war außerstande, den Vorstellungen, die in seinem vom Bier erregten und durchdünsteten Hirn rumorten, Ausdruck zu verleihen, aber nach einigem Stammeln und Schlucksen begann er von neuem.

»Sie wissen, die Sprache ist die Hauptsache, und Killeny kann nicht sprechen. Er hat Gedanken in seinem Kopfe – die können Sie aus seinen herrlichen braunen Augen leuchten sehen – aber er kann sie mir nicht mitteilen. Oh, ich sehe manchmal, wie er sich bemüht, mir etwas zu erzählen, so sehr, daß er beinahe platzt. Es ist ein großer Abgrund zwischen ihm und mir, die Sprache ist beinahe die einzige Brücke, und er kann nicht über den Abgrund gelangen, obwohl er Gedanken und Gefühle hat wie ich.

»Aber, wissen Sie, am nächsten kommen wir uns, wenn ich Harmonika spiele und er singt. Es ist ein wirkliches Singen ohne Worte. Und ... ich kann nicht erklären, wie ... aber einerlei, wenn wir mit unserm Lied fertig sind, fühle ich, daß wir uns ein ganz Teil erzählt haben, zu dessen Verständnis wir keine Worte brauchen.«

Dag Daughtry hielt in seinen Gedanken inne und schloß, um seine Verlegenheit zu verbergen, mit einer prahlerischen Lobrede auf Michael.

»Oh, glauben Sie mir, Hunde wie ihn gibt es nicht alle Tage. Jawohl, ich habe ihn gestohlen. Ich sah, daß er gut war. Und wenn es wieder dazu käme, und ich kennte ihn, wie ich ihn jetzt kenne, so würde ich ihn wieder stehlen, und wenn es mich ein Bein kostete. Solch ein Hund ist er.«

An dem Morgen, als die Makambo in den Sydneyer Hafen einlief, machte Kapitän Duncan noch einen Versuch, Michael zu erhalten. Die Barkasse des Hafenarztes war gerade längsseits gekommen, als er Daughtry, der das Deck entlangkam, zunickte: »Steward, ich gebe Ihnen zwanzig Pfund.«

»Nein, Herr Kaptän, vielen Dank«, antwortete Daughtry. »Ich könnte es nicht übers Herz bringen, mich von ihm zu trennen.«

»Also fünfundzwanzig Pfund. Weiter kann ich nicht gehen. Es gibt doch viele irische Terrier in der Welt.«

»Eben, Herr Kaptän. Und ich will Ihnen einen verschaffen, hier in Sydney, ohne daß es Sie einen Pfennig kostet, Herr Kaptän.«

»Aber ich möchte eben Killeny-Boy haben«, beharrte der Kapitän.

»Und ich auch, das ist das Schlimme. Und ich habe ihn zuerst bekommen.«

»Fünfundzwanzig Pfund sind ein hübsches Sümmchen ... für einen Hund«, sagte Kapitän Duncan.

»Und Killeny-Boy ist ein hübscher Hund ... für das Geld«, antwortete der Steward schlagfertig. »Wissen Sie, Herr Kaptän, wenn wir ganz nüchtern davon reden wollen, so sind seine Kunststücke allein mehr wert. Daß er mich nicht erkennt, wenn ich es nicht haben will, ist an sich schon fünfzig Pfund wert, und dazu kommen noch sein Zählen und Singen und all seine andern Nummern. Ich pfeife darauf, wie ich ihn gekriegt habe. Jedenfalls konnte er damals die Kunststücke noch nicht. Die Kunststücke gehören mir. Ich hab' sie ihm beigebracht. Er ist nicht derselbe Hund, als der er an Bord kam. Jetzt ist er ein ganz Teil von mir selbst, und ihn verkaufen, hieße ein Stück von mir selbst verkaufen.«

»Dreißig Pfund«, sagte der Kapitän entschlossen.

»Nein, Herr Kaptän«, sagte Daughtry ebenso entschlossen. Und Kapitän Duncan mußte gehen, um den Hafenarzt zu begrüßen, der in diesem Augenblick das Deck betrat.

Kaum war die Makambo durch die Quarantäne geschlüpft, als sie auf der Fahrt durch den Hafen zum Pier von einer schmucken Kriegsschiffbarkasse angelaufen wurde, und gleich darauf erkletterte ein schmucker Leutnant das Fallreep der Makambo.

Sein Auftrag war bald erklärt. Die Albatros, ein britischer Kreuzer zweiter Klasse, hatte Tulagi mit Depeschen vom Großkommissar der englischen Südseebesitzungen angelaufen. Das war zwölf Stunden nach Abfahrt der Makambo geschehen, und der Kommissar der Salomoninseln sowie Kapitän Kellar hatten beide gemeint, daß der vermißte Hund an Bord des Dampfers entführt worden war. Der Kapitän der Albatros, der wußte, daß sein Schiff die Makambo in Sydney treffen würde, hatte es übernommen, nach dem Hunde zu forschen.

Ob ein auf den Namen Michael hörender irischer Terrier an Bord sei?

Kapitän Duncan gab wahrheitsgetreu zu, daß er an Bord war, deckte jedoch weniger wahrheitsgetreu Dag Daughtry, indem er die Geschichte wiederholte, daß der Hund von selbst an Bord gekommen wäre. Die nächste Frage war, wie man den Hund Kapitän Kellar zurückschicken sollte? Denn die Albatros befand sich auf dem Wege nach Neuseeland.

Kapitän Duncan antwortete dem Leutnant: »In acht Wochen ist die Makambo wieder in Tulagi, und ich werde den Hund persönlich seinem Besitzer übergeben. Inzwischen werde ich gut auf ihn aufpassen. Unser Steward hat ihn sozusagen adoptiert. Er ist also in guten Händen.«

»Mir scheint, daß keiner von uns den Hund kriegt«, bemerkte Daughtry resigniert, als Kapitän Duncan ihm die Situation erklärt hatte.

Als Daughtry sich aber umdrehte und das Deck hinabschritt, runzelte er die Stirn in seinem angeborenen Trotz so, daß der Plantagenbesitzer, der es bemerkte, nachdachte, weshalb der Kapitän ihn wohl ausgescholten haben mochte.

Trotz seinen sechs Litern täglich und seiner leichtfüßigen Natur besaß Dag Daughtry gewisse gute Eigenschaften. Konnte er auch einen Hund oder eine Katze ohne Gewissensbisse stehlen, so tat er doch seine Arbeit gut, das lag nun einmal in seiner Natur. Er konnte seine Löhnung als Steward nicht beziehen, ohne treulich die Arbeit eines Stewards zu tun. Wenn sein Entschluß auch schon in den nicht wenigen Tagen, die die Makambo am Burns-Philp-Pier in Sydney lag, gefaßt war, so sorgte er doch dafür, daß die Kabinen gründlich aufgeräumt und für den Empfang der neuen Passagiere vorbereitet wurden, die sich Billetts für Reisen nach dem Korallenmeer und den Menschenfresserinseln gekauft haben mochten.

Diese Arbeit wurde nur von einem frohen Abend und zwei freien halben Nachmittagen unterbrochen. Der frohe Abend war den Wirtshäusern gewidmet, die von Seemännern besucht werden, und wo man den neuesten Klatsch und die letzten Neuigkeiten über Schiffe und seefahrendes Volk hören kann. Bei mancher Flasche Bier zog er so eingehende Erkundigungen ein, daß er sich am nächsten Nachmittag für den Preis von zehn Schilling eine kleine Barkasse mietete und durch den Hafen nach der Jackson-Bucht fuhr, wo der hochgetakelte, feingebaute Schoner Mary Turner lag.

Als er an Bord geklettert war und erklärt hatte, was er wollte, wurde er in die Hauptkajüte geführt, wo er sich mit einem Quartett von Männern unterhielt, das Daughtry bei sich »eine komische Gesellschaft« nannte. Dank seiner langen Unterhaltung mit dem Steward, der das Schiff verlassen hatte, wußte Daughtry über die vier Männer Bescheid. Der, welcher zu hinterst und für sich saß und wasserblaue Augen von einer so blassen Farbe hatte, daß das Blau fast wie verblichenes Weiß aussah, mußte »der alte Seemann« sein. Lange dünne Zotteln silberweißen, ungekämmten Haares umrahmten sein Gesicht wie eine Glorie. Er war dünn, beinahe mager, hohlwangig, und Hautlappen, die nicht mehr Fleisch und Muskeln umspannten, hingen grotesk an seinem Hals herab und verbargen den Adamsapfel, der nur hin und wieder bei merkwürdigen Schluckbewegungen aus der mumienhaften Hautfülle hervorguckte, um gleich wieder in sein Versteck zurückzugleiten.

Ein richtiger alter Seebär, dachte Dag Daughtry. Er kann fünfundsiebzig, aber ebensogut hundertfünf oder hundertfünfundsiebzig Jahre alt sein.

Eine unheimliche Narbe, die an der rechten Schläfe begann, spaltete den Backenknochen, ging durch die hohle Wange, erstreckte sich über den Unterkiefer und verschwand zwischen den ungeheuren Hautfalten am Halse. Die welken Ohrläppchen waren wie bei Zigeunern von Goldringen durchbohrt. An den skelettartigen Fingern seiner Hand staken nicht weniger als fünf Ringe – keine Herren- und auch keine Damenringe, sondern »Stutzerringe« – die, wie Daughtry abschätzend bei sich sagte, »etwas einbringen konnten«. Auf der Linken staken keine Ringe, es waren nämlich keine Finger dafür da. Die Hand hatte nur einen Daumen; im übrigen war auch das meiste von der Hand selbst verschwunden, wie abgeschnitten von derselben schneidenden Klinge, die ihm von der Schläfe bis zum Kiefer, und, der Himmel allein wußte wie weit hinab, den hautbehängten Hals gespalten hatte. Die verblichenen Augen des alten Seemanns schienen Daughtry zu durchbohren, oder wenigstens hatte Daughtry dies Gefühl, was ihm so unheimlich war, daß er hin und wieder ein Stück zur Seite rückte. Das war angängig, weil man es für eine Selbstverständlichkeit hinnahm, daß er als Bedienter, der eine Stellung suchte, Angesicht zu Angesicht mit den vier Sitzenden dastehen sollte, als wären sie Richter am Richtertische und er der Verbrecher auf der Anklagebank. Aber das Auge des Alten schien ihn andauernd zu verfolgen, bis er nach genauerer Beobachtung zu dem Ergebnis kam, daß der Blick gar nicht ihm galt. Diese verblichenen, blassen Augen schienen von Träumen verschleiert zu sein, und der Verstand, der in diesem Schädel wohnte, schien zu flattern, gegen Traumbilder zu stoßen und nicht weiter zu können.

»Wieviel verlangen Sie?« fragte der Kapitän, nach Daughtrys Ansicht ein sehr wenig seemännischer Kapitän, eher ein tüchtiger kleiner Geschäftsmann oder ein soeben aus einem Modegeschäft gekommener Geck.

»Er soll keinen Anteil haben«, erklärte ein anderer von den vieren, ein großer, derbgebauter Mann in mittleren Jahren, in dem Daughtry wegen seiner lederartigen Hände den kalifornischen Weizenfarmer erkannte, den der frühere Steward ihm beschrieben hatte.

»Mehr als genug für alle«, erschreckte der alte Seemann Daugthry, in schrillem Ton quakend. »Massenweis, meine Herren, in Fässern und Kisten, in Fässern und Kisten, einen Faden tief unterm Sande.« »Anteil – woran?« fragte Daughtry, obwohl er sich gut erinnerte, daß der andere Steward an dem Tage, als er von San Franzisko abfuhr, über einen unsicheren Gewinn statt eines richtigen regulären Lohnes geflucht hatte. »Das macht nichts«, fügte er schnell hinzu. »Ich habe einmal eine Reise mit einem Walfänger gemacht. Drei Jahre dauerte sie, und als ich abgemustert wurde, kriegte ich einen Dollar. Lohn ist mir lieber, sechzig Goldstücke monatlich, weil Sie nur vier sind.«

»Und ein Steuermann«, fügte der Kapitän hinzu.

»Und ein Steuermann«, wiederholte Daughtry.

»Ausgezeichnet. Und keinen Anteil.«

»Aber wie steht es mit Ihnen«, sagte der vierte Mann, ein ungeheurer, fettig aussehender Fleischberg – der armenische Jude und San Franziskoer Pfandleiher, vor dem der frühere Steward ihn gewarnt hatte. »Haben Sie Papiere – Empfehlungen, Abmusterungsscheine?«

»Mit demselben Recht«, sagte Daughtry frech, »könnte ich nach Ihren Papieren fragen. Dies hier ist ebensowenig ein gewöhnliches Fracht- oder Passagierschiff, wie Sie, meine Herren, eine gewöhnliche Gesellschaft von Schiffsreedern mit wirklichen Bureaus und regulärem Geschäft. Wie kann ich wissen, ob das Schiff überhaupt Ihnen gehört, ob die Kompanie nicht längst aufgeflogen ist, und ob Sie mich nicht irgendwo auf einem wüsten Strand absetzen und mir keinen Pfennig geben. Aber meinetwegen« – selbst Komödie spielend, kam er dem Wutanfall des Armeniers zuvor, der, wie er wußte, auch nichts anderes als Komödie war – »meinetwegen, hier sind meine Papiere.«

»Ich frage nicht nach Ihren Papieren«, fuhr er fort. »Das einzige, wonach ich frage, ist: Bargeld am Ersten jedes Monats, sechzig Dollar monatlich in Gold.«

»Massenweis, Gold über Gold, und besseres als das, in Fässern und Kisten, in Fässern und Kisten, einen Faden tief unterm Sande«, versicherte der alte Seemann ihm, freigebig quakend. »Königskronen und Fürstentümer und Schätze! Für jeden, selbst für den geringsten von uns. Und noch viel mehr, meine Herren, noch viel mehr. Ich habe Längengrad und Breitengrad und die Peilung von den Eichenspanten auf dem Grunde bis zum Löwenkopf und die Kreuzpeilung von den unnennbaren Punkten, die ich allein kenne. Ich bin der einzige Überlebende von der tapferen, tollen, lumpigen Besatzung ...«

»Wollen Sie darauf eingehen?« fragte der Armenier, das Lallen des anderen unterbrechend.

»Von welchem Hafen ist es losgegangen?« fragte Daughtry.

»San Franzisko.«

»Dann will ich anheuern, unter der Bedingung, daß ich in San Franzisko wieder abgemustert werde.«

Der Armenier, der Kapitän und der Farmer nickten.

»Aber es sind noch verschiedene Dinge, über die wir uns einigen müssen«, fuhr Daughtry fort. »Erstens verlange ich sechs Liter täglich. Das bin ich gewöhnt, und ich bin zu alt, um meine Gewohnheiten zu ändern.«

»Schnaps, vermutlich?« sagte der Armenier sarkastisch.

»Nein, Bier, gutes englisches Bier. Sie müssen dafür sorgen, daß genügend Vorrat mitgenommen wird, ohne Rücksicht auf die Dauer der Reise.«

»Sonst noch etwas?« fragte der Kapitän.

»Jawohl«, antwortete Daughtry. »Ich habe einen Hund, der mitgenommen werden muß.«

»Sonst noch was –? Vielleicht Frau oder Familie?«

»Weder Frau noch Familie. Aber ich habe einen Nigger, einen durch und durch ehrlichen Nigger, der auch mit muß. Wenn er die ganze Zeit für das Schiff arbeiten soll, muß er zehn Dollar monatlich haben. Wenn er die ganze Zeit für mich arbeitet, können Sie ihn für zweieinhalb Dollar anheuern.«

»Achtzehn Tage in der Pinasse«, schrillte der alte Seemann zu Daughtrys Entsetzen. »Achtzehn Tage in der Pinasse. Achtzehn Tage in der Hölle.«

»Wahrhaftig«, meinte Daughtry. »Von dem alten Herrn kann man Delirium kriegen. Sie müssen durchaus dafür sorgen, daß massenhaft Bier vorhanden ist.«

»Die Stewards werden feine Herren, das muß ich sagen«, meinte der Weizenfarmer, ohne sich um den alten Seemann zu kümmern, der immer noch von der Hitze in der Pinasse erzählte.

»Wenn wir aber keinen Vorteil darin sehen, einen Steward anzuheuern, der auf diese Weise reist?« fragte der Armenier und wischte die Innenseite seines Kragens mit einem bunten Taschentuch. »Dann werden Sie nie zu wissen kriegen, welch ein guter Steward Ihnen entgangen ist«, antwortete Daughtry leichthin.

»Ich sollte mich sehr irren, wenn es nicht massenhaft andere Stewards im Sydneyer Hafen gibt«, sagte der Kapitän schnell. »Und ich habe nicht die alten Tage vergessen, als ich sie wie Dreck, ja, weiß Gott, wie Dreck anheuern konnte, so viele gab es.« »Vielen Dank, Herr Steward, daß Sie uns die Ehre erwiesen haben«, sagte der Armenier mit höhnischer Liebenswürdigkeit. »Wir bedauern außerordentlich, daß wir nicht in der Lage sind, Ihre Wünsche in dieser Beziehung zu befriedigen ...«

»Und dann geht es in den Sand hinunter, einen Faden tief in den Sand. Bei der unnennbaren Kreuzpeilung, wo die Mangroven verdorren und die Kokospalmen wachsen und das Land vom Strand bis zum Löwenkopf ansteigt.«

»Maul halten«, sagte der Weizenfarmer gereizt, nicht zu dem alten Seemann – sondern zu dem Kapitän und dem Armenier gewandt. »Wer bezahlt die Expedition? Habe ich nichts zu sagen? Wird gar nicht nach meiner Meinung gefragt? Mir gefällt der Mann. Ich glaube, er ist von der richtigen Sorte. Ich sehe, daß er ebenso höflich wie alle anderen ist, und ich kann sehen, daß er einen Befehl ohne Einwände entgegennimmt. Und ein Dummkopf ist er auch nicht. Im Gegenteil.«

»Das ist es ja gerade, Grimshaw«, antwortete der Armenier beruhigend. »In Anbetracht des Umstandes, daß unsere –

Expedition ein bißchen ungewöhnlich ist, wäre uns besser mit einem Steward gedient, der etwas dümmer wäre.«

»Andererseits wollen Sie freundlichst nicht vergessen, daß Sie nicht einen roten Heller mehr in die Reise gesteckt haben als ich —«

»Und was würde das euch beiden nützen, wenn ich nicht mit meinen seemännischen Kenntnissen da wäre?« fragte der Kapitän gekränkt. »Gar nicht zu reden von der Hypothek auf mein Haus, das reizendste, rentabelste kleine Mietshaus, das es seit dem Erdbeben in San Franzisko gibt.«

»Aber wer muß immer blechen? Ich frage euch alle.« Der Weizenfarmer beugte sich vor und stützte die Hände auf die Knie, daß die Finger an seinen Schienbeinen entlang hingen, halb bis zu den Füßen hinab, wie es Daughtry schien. »Sie, Kapitän Doane, können nicht einen roten Heller mehr auf Ihre Grundstücke kriegen. Auf meinem Boden wächst immer der Weizen, der das Bargeld einbringt. Sie, Simon Nishikanta, wollen nichts mehr herausrücken, obgleich Ihre blutsaugerische Pfandleihe immer noch die alten Geschäfte mit besoffenen Seeleuten zu Gott weiß welchen Prozenten macht. Und Sie haben die Expedition in diesem Loch vermauert, um abzuwarten, daß mein Agent weiteres Geld telegraphiert. Nun, ich denke, wir tun am besten, wenn wir diesen Steward für sechzig monatlich und alles, was er sonst verlangt, anheuern, sonst lasse ich euch einfach sitzen und fahre mit dem nächsten Dampfer nach San Franzisko zurück.«

Er stand plötzlich auf und ragte so hoch empor, daß Daughtry erwartete, seinen Scheitel an die Decke stoßen zu sehen.

»Ihr hängt mir alle zum Hals heraus, jawohl«, fuhr er fort. »Macht schnell! Los! Mein Geld ist unterwegs. Morgen wird es hier sein. Laßt uns einen Steward anheuern, der ein wirklicher Steward ist. Mir ist es einerlei, und wenn er zwei Familien mitbringt.«

»Ich glaube, Sie haben recht, Grimshaw«, sagte Simon Nishikanta beruhigend. »Wir fangen an, ein bißchen nervös zu werden. Nichts für ungut. Selbstverständlich nehmen wir diesen Steward, wenn Sie ihn haben wollen. Ich dachte, er wäre Ihnen zu anspruchsvoll.« Er wandte sich an Daughtry. »Natürlich – je weniger an Land über uns gesprochen wird, desto besser.«

»Jawohl, Herr. Ich kann dicht halten, aber es ist wohl am besten, wenn ich Ihnen gleich erzähle, daß im Hafen allerhand über Sie gemunkelt wird.«

»Über das Ziel unserer Expedition?« fragte der Armenier schnell.

Daughtry nickte.

»Ist das der Grund, daß Sie mit uns fahren wollen?« fragte er ebenso eifrig.

Daughtry schüttelte den Kopf.

»Solange Sie mir jeden Tag mein Bier geben, interessiert mich Ihre Schatzgräberei nicht. Das ist nichts Neues für mich. Die Südsee wimmelt von Schatzsuchern –« Daughtry hätte fast darauf schwören mögen, einen Schimmer von Angst den Traumschleier, der die Augen des alten Seemanns verdunkelte, durchbrechen zu sehen. –

»Und ich muß Ihnen sagen, Herr«, fuhr er sehr beredt fort, obwohl er sagte, was er nicht gesagt haben würde, wäre er nicht fast sicher gewesen, soeben recht gesehen zu haben, »daß es Schätze wie Läuse in der Südsee gibt. Zum Beispiel auf den Keeling-Kokosinseln. Millionen und aber Millionen warten auf den glücklichen Mann mit der glücklichen Hand.«

Diesmal hätte Daughtry schwören mögen, einen veränderten, gleichsam befreiten Ausdruck in den Augen des alten Seemanns gesehen zu haben, die wieder von Träumen verschleiert wurden.

»Aber ich interessiere mich nicht für Schätze, Herr«, schloß Daughtry. »Was mich interessiert, ist das Bier. Sie können auf die Jagd nach Ihren Schätzen gehen, mir ist es gleich, wie lange es dauert, wenn ich nur jeden Tag meinen sechs Literflaschen den Hals brechen kann. Aber ich sage es Ihnen offen und ehrlich, ehe ich anheuere: Wenn das Bier auf die Neige geht, gedenke ich mich für das zu interessieren, wonach Sie aus sind. Ehrliches Spiel ist mein Wahlspruch.«

»Verlangen Sie, daß wir Ihnen das Bier bezahlen?« fragte Simon Nishikanta.

Das klang in Daughtrys Ohren fast zu herrlich, um wahr zu sein. Aber jetzt, da der Armenier sich mit dem Weizenfarmer vertragen hatte, dessen Agent immer wieder Geld schickte, war es Zeit, das Eisen zu schmieden.

»Gewiß, das ist eine unserer Vereinbarungen, Herr. Wann würde es Ihnen passen, den Vertrag beim Heuerbaas zu machen, morgen nachmittag?«

»Fässer und Kisten voll, Fässer und Kisten voll, massenweise, einen Faden tief unter dem Sande«, lallte der alte Seemann.

»Einen kleinen Nagel haben Sie alle«, grinste Daughtry. »Aber das geht mich nichts an, solange Sie mich mit Bier versehen, mir ehrlich am Ersten jedes Monats bezahlen, was ich zu kriegen habe, und mich schließlich in San Franzisko abmustern. Solange Sie Ihr Wort halten, fahre ich mit Ihnen bis ans Ende der Welt und wieder zurück und sehe Ihnen zu, wenn Sie Ihre Fässer aus dem Sande wühlen.«

Simon Nishikanta blickte die anderen an. Grimshaw und Kapitän Doane nickten.

»Also sagen wir morgen nachmittag um drei beim Heuerbaas«, sagte der Armenier. »Wann wollen Sie Ihren Dienst antreten?«

»Wann fahren Sie ab, Herr?« fragte Daughtry.

»Übermorgen früh.«

»Dann werde ich morgen im Laufe des Abends an Bord kommen und meinen Dienst antreten.«

Als er den Kajütsniedergang hinaufging, konnte er noch den alten Seemann lallen hören:

»Achtzehn Tage in der Pinasse, achtzehn Tage in der Hölle ...«

Michael verließ die Makambo genau so, wie er sie betreten hatte: durch eine Stückpforte. Ganz wie damals geschah es abends, und auch diesmal waren es Kwaques Hände, die ihn entgegennahmen. Es war ein schnelles, gewagtes Stück. Vom Bootsdeck hatte Dag Daughtry seinen aussätzigen Diener an einer unter den Armen hindurchgezogenen und an einem Pflock befestigten Bugleine in das wartende Boot hinabgefiert.

Auf der Treppe begegnete er Kapitän Duncan, der die Gelegenheit benutzte, um ihn zu warnen:

»Keine Dummheiten, Steward. Killeny-Boy muß mit uns nach Tulagi.«

»Gewiß«, antwortete der Steward. »Ich habe ihn der Sicherheit halber in meine Kabine eingesperrt. Wollen Sie ihn sehen, Herr Kaptän?«

Gerade diese freimütige Einladung kam dem Kapitän verdächtig vor, und ihm fuhr der Gedanke durch den Kopf, daß der Hundedieb von Steward Killeny-Boy schon irgendwo an Land versteckt hätte.

»Ja, ich hätte schon Lust, ihn zu begrüßen«, antwortete er.

Und er war wirklich überrascht, als er in die Kabine des Stewards trat und Michael erblickte, der sich vom Fußboden erhob, wo er zusammengerollt geschlafen hatte. Hätte der Kapitän aber durch die geschlossene Tür sehen können, was unmittelbar darauf geschah, so wäre sein Erstaunen unermeßlich gewesen. Durch die offene Stückpforte reichte Daughtry ein Stück nach dem andern vom Inhalt der Kabine hinaus. Sein ganzes Eigentum wurde hinausbefördert, einschließlich Schildpattschalen, Photographien und Wandkalender. Zuletzt kam Michael, dem strengstes Schweigen auferlegt war. Zurück blieben nur eine Schiffskiste und zwei Koffer, die ihrer Größe wegen nicht durch die Öffnung gegangen wären, und die deshalb vollständig geleert waren.

Als Daughtry einige Minuten später das Deck hinabschlenderte und an der Zollbrücke stehenblieb, um sich mit dem Zolloffizier und einem Quartiermeister zu unterhalten, ahnte Kapitän Duncan nicht, daß er seinen Steward, dem er zufällig einen Blick zuwarf, das letztemal sah. Mit leeren Händen und ohne Hund sah er ihn über die Laufbrücke und gemächlich den Kai unter den Bogenlampen entlang gehen.

Zehn Minuten, nachdem Kapitän Duncan seinen breiten Rücken hatte verschwinden sehen, saß Daughtry mit all seinen Besitztümern im Boot und hielt auf die Jackson-Bucht zu. Er beugte sich über Michael und streichelte ihn, während Kwaque, ganz leise vor Freude singend, weil er mit allem, was ihm auf der Welt teuer war, zusammen war, noch einmal in der Seitentasche seiner dünnen Jacke nachfühlte, um sich zu vergewissern, ob er seine geliebte Maultrommel nicht vergessen hatte.

Dag Daughtry hatte Michael nicht umsonst bekommen, er hatte gut für ihn bezahlt. Unter anderem hatte er keinen Verdacht erregen wollen, indem er seine Heuer bei der Burns Philp Company abhob. Sein Guthaben von zwanzig Pfund hatte er schießen lassen, und das war genau die Summe, die er in jener Nacht am Strande von Tulagi durch den Verkauf Michaels zu erhalten gedacht hatte. Er hatte ihn gestohlen, um ihn zu verkaufen, und jetzt bezahlte er den Preis für ihn, der ihn gelockt hatte. Und während das Boot sich unter den Sternen des südlichen Himmels über den stillen Hafen wiegte, fühlte Dag Daughtry, daß er selbst sein Leben aufs Spiel gesetzt haben würde, um im Besitz dieses Hundes zu bleiben, den er ursprünglich in soundso viele Flaschen Bier umzusetzen gedacht hatte.

Die Mary Turner wurde kurz nach Tagesanbruch von einem Schlepper hinausgeschleppt, und Daughtry, Kwaque und Michael warfen einen letzten Blick auf den Sydneyer Hafen.

»Noch einmal haben diese alten Augen den schönen Hafen gesehen«, plapperte der alte Seemann, der neben ihnen zurückschaute; und Daughtry bemerkte unwillkürlich, wie der Weizenfarmer und der Pfandleiher die Ohren spitzten, lauschten und beredte Blicke miteinander wechselten. »Es war zweiundfünfzig, im Jahre 1852, an einem Tage wie heute, als wir, alle Mann an Deck, trinkend und singend, an Bord der Wide Awake Sydney verließen. Ein schönes Schiff, meine Herren, ach, ein ungewöhnlich gutes und schönes Schiff. Eine Besatzung, eine brave Besatzung, lauter junge Leute, wir alle zusammen; vorn und achtern, keiner über vierzig, eine tolle, lustige Besatzung. Der Kapitän war ein älterer Herr von achtundzwanzig, der dritte Offizier war achtzehn, die Daunen, die noch nie ein Messer gesehen hatten, saßen wie feiner Samt auf seiner Backe. Er starb auch in der Pinasse, und der Kapitän hauchte sein Leben unter den Palmen auf der unnennbaren Insel aus, während die braunen Mädchen rings weinten und seinen brennenden Lungen Luft zufächelten.«

Dag Daughtry hörte nicht mehr, denn er ging nach unten, um sich seinen neuen Pflichten zu unterziehen. Als er aber die Kojen in Ordnung brachte, reine Laken auflegte und Kwaques Aufmerksamkeit auf die lange vernachlässigten Fußböden lenkte, schüttelte er den Kopf und murmelte: »Ein durchtriebener Bursche. Es ist nicht jeder so dumm, wie er aussieht.«

Die Mary Turner verdankte ihre schönen Linien dem Umstand, daß sie als Robbenfänger gebaut war, und aus demselben Grunde gab es auch mehr Platz als genug an Bord. Die Back, die zwölf Kojen enthielt, beherbergte nur acht skandinavische Seeleute. Die fünf Kabinen boten Schlafplätze für die drei Schatzsucher, den alten Seemann und den Steuermann, einen derben, gutmütigen russischen Finnen, der Herr Jackson genannt wurde, da seine Genossen den Namen, der in seinen Papieren stand, nicht aussprechen konnten.

Es blieb noch das Zwischendeck vor der Hauptkajüte, von dieser durch ein Schott getrennt, mit einem Niedergang zum Hauptdeck. Auf diesem Deck, zwischen Hütte und Kajütsniedergang, stand die Kombüse. Im Zwischendeck, das weit geräumiger als die Hauptkajüte war, befanden sich sechs große Kojen, jede doppelt so breit wie die Kojen in der Back, und jede mit Vorhängen versehen und ohne eine zweite Koje darüber.

»Ein prachtvolles fella Loch, nicht wahr, Kwaque?« sagte Daughtry zu seinem siebzehnjährigen braunhäutigen Papua mit dem welken, alten, an einen Hundertjährigen erinnernden Gesicht.

»Nicht wahr, Kwaque! Was meinen du fella?«

Kwaque aber, zu überwältigt von der Räumlichkeit, um reden zu können, gab seine Zustimmung nur durch ein beredtes Rollen seiner Augen zu erkennen.

»Du mögen dies Stück Koje?« fragte der Koch, ein kleiner alter Chinese, den Steward eifrig und demütig, indem er dem weißen Mann mit einer Armbewegung seine eigene Koje anbot.

Daughtry schüttelte den Kopf. Er hatte früh gelernt, daß es klug war, sich mit Schiffsköchen gut zu stellen, weil

Schiffsköche allgemein für ihre Neigung bekannt waren, ihre Kameraden beim geringsten Anlaß mit Schlachtermessern und Fleischbeilen in Stücke zu hacken. Außerdem befand sich eine ebenso gute Koje an der gegenüberliegenden Wand, weit von der des Chinesen. Die Koje an Backbord, gleich achtern von der des Kochs, teilte Daughtry Kwaque zu. So behielt er für sich und Michael die ganze Steuerbordseite mit ihren drei Kojen. Die achtern von der seinen bezeichnete er als »Killeny-Boys Koje« und rief Kwaque und den Koch, um es ihnen begreiflich zu machen.

Daughtry hatte die Empfindung, daß der Koch, der sich schnell und unaufgefordert als Ah Moy vorgestellt hatte, mit dem Arrangement nicht ganz zufrieden war; aber das berührte ihn nicht weiter, außer daß er einen Augenblick ein gewisses neugieriges Interesse für diesen Chinesen spürte, dem es unangenehm war, daß ein Hund eine Koje im selben Raum wie er haben sollte.

Als er eine halbe Stunde später, nachdem er die Hauptkajüte aufgeräumt hatte, ins Zwischendeck zurückkehrte, um sich von Kwaque eine Flasche Bier geben zu lassen, bemerkte Daughtry, daß Ah Moy sein ganzes Bettzeug in die dritte Koje an Steuerbord geschafft hatte. So hauste er mit Daughtry und Michael auf derselben Seite und hatte Kwaque das halbe Zwischendeck für sich überlassen. Daughtrys Neugier wurde wieder rege.

»Was Name des fella Chinamann?« fragte er Kwaque. »Er nicht mögen, du fella Junge bleiben auf fella Seite bei ihm. Warum? Mein Wort! Was Name? Das fella Chinamann machen mich cross auf ihn zuviel.«

»Ich glauben, das fella Chinamann vielleicht er denken, mich kai-kai ihn«, grinste Kwaque, der hin und wieder einmal witzig sein konnte.

»Schön«, schloß der Steward. »Wir finden es schon heraus. Du bringen meine Koje weg, ich bringen Koje von Chinamann weg.«

Als das besorgt war, so daß Kwaque, Michael und Ah Moy an Steuerbord schliefen, während Daughtry allein eine Koje an Backbord hatte, begab er sich an Deck und nach achtern an seine Arbeit. Als er wiederkam, sah er, daß Ah Moy wieder nach Badebord gezogen war, diesmal aber in die letzte Koje achtern.

»Es scheint, daß der Kerl sich in mich verliebt hat«, lachte der Steward bei sich.

Er konnte auch nicht erraten, warum Ah Moy stets eine Koje auf der entgegengesetzten Seite von der Kwaques wählte.

»Ich umziehen«, erklärte der kleine alte Koch als Antwort auf Daughtrys direkte Frage und mit Augen, aus denen der Eifer leuchtete, ihm zu gefallen und ihn zu beruhigen.

»Alle Zeit mögen mich umziehen, viel umziehen, du savvee?«

Daughtry verstand nicht und schüttelte den Kopf, während Ah Moys schiefe Augen, ohne die Angst, die er fühlte, zu verraten, heimlich auf die zwei für alle Ewigkeit gekrümmten Finger an der Linken Kwaques und auf dessen Stirn starrten, deren Haut über der Nase einen Ton dunkler und eine Spur dicker war; er sah dort den ersten Anfang der drei kurzen senkrechten Falten, die ihm schon ein löwenartiges Aussehen verliehen, das Löwengesicht, wie die Dermatologen es nennen.

In der folgenden Zeit belustigte sich der Steward, wenn er fünf Liter seiner täglichen Ration getrunken hatte, damit, für sich und Kwaque andere Kojen zu nehmen, und unweigerlich zog dann auch Ah Moy um, aber Daughtry bemerkte nicht, daß er nie in eine Koje zog, in der Kwaque gelegen hatte. Er bemerkte auch nicht, daß, als der Zeitpunkt kam, da Kwaque abwechselnd alle sechs Kojen benutzt hatte, Ah Moy sich eine Hängematte verfertigte, die er zwischen den Deckenbalken aufhängte.

Daughtry gab es auf, über dieses Benehmen nachzugrübeln, und betrachtete es als eine der vielen Unergründlichkeiten der chinesischen Seele. Er bemerkte jedoch, daß Kwaque nie in die Kombüse kommen durfte, und noch etwas bemerkte er und drückte es in folgenden Worten aus: »Das ist der sauberste Chinese, den ich je gesehen habe. Sauber in der Kombüse, sauber im Zwischendeck, sauber überall. Er wäscht die Schüsseln immer in kochendem Wasser, wenn er nicht damit zu tun hat, sich oder sein Zeug zu waschen. Auf Ehre, er kocht tatsächlich seine Decken einmal wöchentlich.«

Es gab aber andere Dinge, die den Steward in Anspruch nahmen. Er brauchte viel Zeit, um die fünf Männer in der Kajüte kennenzulernen und die ganze Situation und das Verhältnis eines jeden der Männer zu dieser Situation und zueinander zu erfassen.

Dazu kam der Weg der Mary Turner übers Meer. Der Seemann ist noch nicht geboren, der nicht Bescheid wissen möchte über den jeweiligen Kurs seines Schiffes und den nächsten Hafen.

»Wir müssen eine Linie entlang fahren, die irgendeinen Punkt nördlich von Neuseeland schneidet«, erriet Daughtry im stillen, nachdem er hundert verstohlene Blicke ins Kompaßhäuschen geworfen hatte. Das war aber auch alles, was er über die Reise in Erfahrung bringen konnte, denn Kapitän Doane machte die Beobachtungen, arbeitete sie unter Umgehung des Steuermanns aus und hielt aus Prinzip Karten und Log stets unter Schloß und Riegel. Daß es heiße Diskussionen in der Kajüte gab, bei denen man sich über Breiten- und Längengrad stritt, wußte Daughtry; darüber hinaus aber wußte er nichts, denn es war ihm sehr bald eingeprägt worden, daß der einzige Ort, wo er bei solchen Beratungen nicht zu sein hatte, die Kajüte war. Er konnte daher nur den Schluß ziehen, daß diese Beratungen wirkliche Schlachten waren, in denen die Herren Doane, Nishikanta und Grimshaw alle durcheinanderschrien und auf den Tisch schlugen, wenn sie nicht geduldig und äußerst höflich den alten Seemann ausfragten.

»Er hat sie in der Tasche«, sagte sich der Steward schon bald; aber so sehr er sich auch bemühte, konnte er doch nicht hinter das Geheimnis kommen.

Der alte Seemann hieß Charles Stough Greenleaf. Soviel bekam Daughtry aus ihm heraus, mehr aber auch nicht außer Lallen und Phantasieren von der Hitze in der Pinasse und dem Schatz einen Faden tief unterm Sande.

»Die einen spielen das Spiel, und die andern sehen zu und bewundern es«, sagte der Steward eines Tages, als er etwas aus ihm herauslocken wollte. »Und ich bin sicher, daß in diesen Tagen manch schönes Spiel vorbereitet wird. Je mehr ich zusehe, desto mehr bewundere ich es.«

Der alte Seemann sah träumerisch dem Steward mit einem leeren, blinden Blick in die Augen.

»Auf der Wide Awake waren alle Stewards ganz jung, die reinen Kinder«, murmelte er.

»Jawohl«, sagte Daughtry entgegenkommend und liebenswürdig. »Nach allem, was Sie erzählt haben, ist die Wide Awake mit all ihren jungen Leuten ganz sicher ein herrliches Schiff gewesen. Nicht eine Sammlung von Altertümern, wie auf diesem Kahn hier. Aber ich zweifle, ob die jungen Leute je ein so feines Spiel spielten, wie es augenblicklich hier an Bord gespielt wird. Ich muß die Feinheit bewundern.«

»Ich will Ihnen noch etwas erzählen«, fuhr der alte Seemann mit einer so vertraulichen Miene fort, daß Daughtry sich beinahe vorbeugte, um zu hören. »Kein Steward auf der Wide Awake konnte so nach meinem Geschmack mixen wie Sie. Wir kannten damals noch keine Cocktails. Aber wir hatten Sherry und Bittern. Und auch einen guten, einen ganz ausgezeichneten Appetitanreger.«

»Ich will Ihnen noch etwas erzählen«, fuhr er fort, als er gerade ausgesprochen zu haben schien, und eben noch früh genug, um Daughtrys dritten Versuch, dem wirklichen Zusammenhang der Dinge und dem Anteil des alten Seemanns daran nachzuspüren, zu vereiteln. »Es muß jeden Augenblick fünf Glasen schlagen, und ich hätte sehr gern einen von Ihren herrlichen Cocktails, ehe ich zum Mittagessen hinuntergehe.«

Seit dieser Episode war er Daughtry verdächtiger als je. Mit der Zeit gelangte er aber zu der Ansicht, daß Charles Stough Greenleaf ein seniler Greis war, der aufrichtig an einen vergrabenen Schatz irgendwo in der Südsee glaubte.

Als Daughtry einmal das Messinggeländer des Kajütsniedergangs putzte, hörte er den Alten Grimshaw und dem Armenier erklären, wie er sich die furchtbare Narbe geholt und die Finger verloren hatte. Die beiden hatten ihn tüchtig unter

Alkohol gesetzt, in der Hoffnung, ihm dadurch die Zunge zu lösen.

»Es war in der Pinasse«, quakte die alte Stimme. »Am elften Tage brach die Meuterei aus. Wir auf den Achtersitzen hielten zusammen gegen sie. Es war alles Wahnsinn. Der Hunger schmerzte und der Durst machte uns geradezu wahnsinnig. Wegen des Wassers fing es an. Denn, sehen Sie, wir pflegten den Tau von Riemen, Dollborden, Duchten und Innenplanken zu lecken. Und jeder von uns hatte sich das Eigentumsrecht an gewissen Teilen der tausammelnden Oberfläche vorbehalten. So gehörten Ruderpinne, Ruderkopf und der halbe Achtersitz auf Steuerbord dem Zweiten Offizier. Keiner von uns hatte so wenig Ehrgefühl, daß er das nicht respektiert hätte. Der Dritte Offizier war ein Bursche von nur achtzehn Jahren, ein braver, mutiger Junge. Er teilte mit dem Zweiten Offizier die Steuerbord-Heckplanke. Sie zogen einen Strich, um die Teilung zu markieren, und wenn sie sich an dem sparsamen Tau labten, der nachts gefallen war, fiel es keinem von ihnen ein, die Linie zu überschreiten und dem andern ins Gehege zu kommen. Dazu waren sie zu ehrlich.

Aber die Matrosen – die nicht. Die stritten sich um die Tauflächen, und gerade in der Nacht zuvor war einer von ihnen erdolcht worden, weil er Tau gestohlen hatte. Als ich aber in dieser Nacht darauf wartete, daß der sparsame Tau an den Stellen, die mir gehörten, reichlicher würde, hörte ich, wie jemand achtern an der Backbordreling – die von den hintersten Duchten bis zum Achterende mein Eigentum war – den Tau leckte.

Er näherte sich immer mehr meinem Gebiet, und ich konnte ihn leise stöhnen und wimmernde Laute ausstoßen hören, während er das feuchte Holz leckte. Es war, als lauschte ich einem Tier, das nachts auf einer Weide graste und immer näher kam.

Zufällig hielt ich eine Fußlatte in der Hand – um das bißchen Tau, das darauf fallen konnte, zu erhalten. Ich wußte nicht, wer es war, als er aber die Grenzlinie überschritt und stöhnend und wimmernd meine kostbaren Tautropfen aufleckte, schlug ich zu. Die Fußlatte traf ihn gerade auf die Nase

– es war der Bootsmann –, und die Meuterei begann. Das Messer des Bootsmanns war es, das durch meine Backe fuhr und mir die Finger abschnitt. Der Dritte Offizier, der achtzehnjährige Bursche, kämpfte brav neben mir und rettete mich, und ehe ich ohnmächtig wurde, warfen wir beide den Leichnam des Bootsmanns über Bord.«

In der Kajüte begann Füßeschurren und Stuhlrücken, und Daughtry machte sich schnell wieder an seine vergessene Putzarbeit. Und während er das Messing rieb, sagte er ganz leise bei sich: »Der Alte kennt den Rummel. Solche Dinge sind wirklich vorgekommen.«

»Nein«, fuhr der alte Seemann als Antwort auf eine Frage mit seiner dünnen Fistelstimme fort, »es war so wenig Flüssigkeit in meinem Körper, daß ich nicht viel blutete. Am nächsten Tage nähte mich der Zweite Offizier mit einer Nadel, die er aus einem elfenbeinernen Zahnstocher gemacht, und einem Faden, den er aus einer zerfaserten Persenning gedreht hatte, zusammen.«

»Darf ich fragen, Herr Greenleaf, ob die abgehauenen Finger damals Ringe trugen«, hörte Daughtry Simon Nishikanta fragen. »Ja, und zwar einen ungewöhnlich schönen. Ich fand ihn später im Boot und schenkte ihn dem Sandelholzhändler, der mich rettete. Es war ein großer Diamant. Ich hatte einem englischen Seemann auf Barbados hundertachtzig Guineen dafür bezahlt. Er hatte ihn gestohlen, und er war selbstverständlich mehr wert. Es war ein prachtvolles Juwel. Der Sandelholzmann rettete für ihn nicht allein mein Leben. Er spendierte dazu noch über hundert Pfund für meine Ausrüstung und ein Billett von der Donnerstagsinsel nach Schanghai.«

»Ich kann die Ringe, die er trägt, nicht vergessen«, hörte Daughtry am Abend Simon Nishikanta in der Dunkelheit auf dem Hüttendeck zu Grimshaw sagen. »Solche Ringe sieht man heute nicht mehr. Sie sind alt, wirklich alt. Das sind keine Männerringe, sondern eher, was man in der guten alten Zeit Herrenringe genannt hätte. Wirkliche Herren, ich meine, vornehme Leute trugen solche Ringe. Ich möchte Pfänder wie die in meine Pfandleihe kriegen. Sie sind viel Geld wert.«

»Ich will dir nur sagen, Killeny-Boy, daß ich vielleicht doch, ehe die Reise vorbei ist, wünschte, ich wäre für einen Anteil am Schatz statt für richtigen Lohn mitgefahren«, vertraute Dag Daughtry abends zur Schlafenszeit Michael an, während Kwaque ihm die Schuhe auszog und er die halbwegs geleerte sechste Flasche einen Augenblick absetzte. »Glaub' mir, Killeny-Boy, der alte Herr weiß, wovon er redet, der ist seinerzeit ein toller Bursche gewesen. Man verliert nicht die Finger an seiner Hand und läßt sich nicht das Gesicht zerhacken für nichts und wieder nichts – oder läuft mit Ringen herum, die einem Pfandleiher das Wasser im Munde zusammenlaufen lassen.«

Ehe die Reise der Mary Turner zu Ende ging, taufte Dag Daughtry, als er eines Tages zwischen den langen Reihen von Wasserfässern im Raum saß, laut lachend den Schoner »Das Narrenschiff«. Aber das war einige Wochen später. Unterdessen besorgte er seine Arbeit so pflichteifrig, daß nicht einmal Kapitän Doane den geringsten Grund zur Klage finden konnte.

Besondere Aufmerksamkeit schenkte der Steward dem alten Seemann, für den er jetzt eine hohe Bewunderung, um nicht zu sagen Ergebenheit, fühlte. Der alte Bursche glich nicht seinen Kajütsgenossen. Die liebten nur das Geld. Daughtry mußte, selbst großzügig, ob er wollte oder nicht, die Großzügigkeit des alten Seemanns schätzen, der offenbar selbst flott gelebt hatte und immer betonte, daß der Schatz, nach dem sie aus waren, geteilt werden sollte.

»Sie sollen Ihren Anteil haben, Steward, und wenn ich ihn Ihnen von dem meinen abgeben müßte«, versicherte er Daughtry oft, wenn der besonders liebenswürdig zu ihm gewesen war. »Es sind Millionen und aber Millionen, und ganz abgesehen davon, daß ich weder Verwandte noch Freunde habe, lebe ich wohl nur noch so kurze Zeit, daß ich nicht viel mehr davon brauche.«

Und so segelte denn das Narrenschiff dahin; genarrt und narrend, von dem gutmütigen finnischen Steuermann mit den ehrlichen Augen, dem aber die Fährte des Schatzes die Nase kitzelte, und der mittels eines Nachschlüssels die täglichen Ortsbestimmungen des Schiffes aus Kapitän Doanes verschlossenem Schreibtisch stahl, bis zu Ah Moy, dem Koch, der sich Kwaque vom Leibe hielt, nie aber einen anderen vor der Berührung mit dem Opfer der furchtbaren Krankheit warnte.

Kwaque selbst dachte an nichts und kümmerte sich um nichts. Schmerzen störten ihn kaum, und ihm kam nie der Gedanke in seinen Krauskopf, daß sein Herr nichts davon wüßte. Ebensowenig machte er sich Gedanken darüber, daß Ah Moy ihn sich so fernhielt. Auch andere Sorgen hatte Kwaque nicht. Er betete seinen Gott, den Steward, an, und da er selbst immer bei ihm sein durfte, lebte er im Paradiese.

Und ebenso erging es Michael. Ungefähr auf die gleiche Art und Weise wie Kwaque liebte er seinen Sechs-Liter-Mann und betete ihn an. Für Michael und Kwaque war die Anerkennung, die Dag Daughtry ihnen täglich, ja, stündlich erwies, dasselbe, wie wenn sie in Abrahams Schoß geruht hätten. Der Gott der Herren Nishikanta, Doane und Grimshaw war ein Götzenbild, namens Gold. Der Gott Kwaques und Michaels aber war ein lebendiger Gott, dessen Herzschlag man in tausend Schlägen und Stößen immer fühlen konnte.

Michael kannte keine größere Freude, als stundenlang neben Steward zu sitzen und mit ihm all die Lieder und Melodien, die er sang oder summte, zu singen. Michael, der sogar noch eine Spur mehr Talent oder Originalität als Jerry hatte, lernte schneller, und da er direkt im Singen ausgebildet wurde, sang er schließlich viel besser, als Jerry je unter der Anleitung Villa Kennans gesungen hatte.

Michael konnte jede Melodie heulen oder, richtiger ausgedrückt (weil sein Heulen so sanft und beherrscht war), singen, wenn sie nur nicht außerhalb des Registers lag, das Steward für ihn aufgestellt hatte. Außerdem konnte er allein und unverkennbar leichte Melodien wie »Home, Sweet Home«, »God save the King« und »The Sweet By and By« singen. Und wenn der Steward ihm aus einer Entfernung von mehreren Metern

soufflierte, konnte er die Schnauze heben und sogar
»Shenandoah« und »Roll me down to Rio« singen.

War Steward nicht zugegen, so konnte es geschehen, daß
Kwaque verstohlen seine Maultrommel hervorholte und
Michael mit Hilfe der Töne des primitiven Instrumentes
zwang, die barbarischen, teuflischen Melodien der König-
Wilhelms-Insel mit ihm zu singen. Und noch ein Gesangmeis-
ter, aber einer, von dem Michael sich angezogen fühlte, erhielt
Macht über ihn. Der Name dieses Meisters war Cocky. So
stellte er sich selbst Michael vor, als sie sich das erstemal
trafen. »Cocky«, sagte er tapfer, ohne Furcht und Beben, als
Michael ihn beim ersten Anblick angreifen und vernichten
wollte. Und die menschliche Stimme, die Stimme eines Gottes, die aus der Kehle des schneeweißen Vögelchens kam,
machte, daß Michael sich hinsetzte und mit Augen und Nüstern das Zwischendeck durchforschte, um den Menschen zu
entdecken, der gesprochen hatte. Aber es war kein Mensch da
– nur ein kleiner Kakadu, der ihn frech mit auf die Seite geleg-
tem Kopf anblinzelte und sein »Cocky« wiederholte.

Das Tabu eines Kükens hatte Michael in seiner Kindheit
auf Meringe gut gelernt. Küken, auf die Herr Haggin und die
weißen Götter, die ihn umgaben, Wert legten, waren etwas,
das Hunde nicht angreifen, sondern im Gegenteil verteidigen
mußten. Dieses Ding hier aber war kein Küken, sondern glich
einem wilden gefiederten Ding aus dem Dschungel, der ge-
setzmäßigen Beute jedes Hundes, und doch sprach es ihn mit
der Stimme eines Gottes an. »Mach', daß du wegkommst!«
kommandierte die Stimme so gebieterisch und so menschlich,
daß Michael wieder erschrak und im Zwischendeck umher-
spähte, um die Götterkehle, aus der die Worte kamen, zu
finden.

»Mach', daß du wegkommst, sonst schmeiß ich dir die
Knochen von Moses an den Kopf!« lautete das nächste
Kommando von dem gefiederten kleinen Ding.

Dann kam ein chinesischer Mischmasch, derart an Ah
Moys Stimme erinnernd, daß Michael sich wieder, jetzt aber
zum letztenmal, im Zwischendeck umsah. Hierüber brach
Cocky in ein so wildes, herzliches Lachen aus, daß Michael,

mit gespitzten Ohren und den Kopf auf die Seite gelegt, die verschiedenen Stimmen, die er soeben gehört hatte, aus dem Gelächter herauszukennen vermochte.

Und Cocky, der nur einige wenige Gramm, kaum ein halbes Pfund wog und aus einigen gebrechlichen, von einer Handvoll Federn bedeckten Knochen bestand, die aber ein Herz umschlossen, das so mutig wie nur eines an Bord der Mary Turner war, Cocky wurde sofort Michaels Freund und Kamerad und zugleich sein Herrscher. So klein der freche, tapfere Cocky auch war, nötigte er doch Michael vom ersten Augenblick an Respekt ab. Und Michael, der mit einem einzigen, unvorsichtigen Schlag seiner Pfote Cockys dünnen Hals hätte brechen und den tapferen Glanz in Cockys Augen für immer erlöschen können, war von Anfang an um ihn besorgt und erlaubte ihm tausend Freiheiten, die er Kwaque nie erlaubt haben würde.

Das Verteidigen der Beute war ein in Michaels Natur wurzelndes Erbteil, das auf den ersten vierbeinigen Hund auf Erden zurückging. Er dachte nie darüber nach. Wenn er einmal seine Pfote auf die Beute gesetzt und seine Zähne hineingeschlagen hatte, war ihre Verteidigung für ihn etwas ebenso Automatisches und Unwillkürliches wie sein Herzschlag und sein Atem. Nur Steward konnte er mit Aufbietung seiner ganzen Selbstbeherrschung erlauben, sein Futter anzurühren, sobald er es erst selbst angerührt hatte. Selbst Kwaque, der ihn gewöhnlich auf Anweisung Stewards fütterte, wußte, daß die Sicherheit seiner Finger und seines Fleisches davon abhingen, daß er sich nicht einfallen ließ, das Futter anzurühren, wenn es einmal in Michaels Besitz gelangt war. Cocky aber, eine kleine, gefiederte Flocke, ein winziger Funke von Licht und Leben mit der Kehle eines Gottes, Cocky verletzte frech und dreist Michaels Tabu: die Verteidigung der Beute. Wenn er auf dem Rande von Michaels Schüssel saß, konnte dieser kleine Guck-in-die-Luft durch ein Heben seines lachsfarbenen Federschopfes, eine schnelle, heftige Erweiterung der perlenartigen Pupillen und ein heiseres, gebieterisches Schreien Michael veranlassen, ihm zu erlauben, daß er sich sorgfältig die leckersten Bissen aus seiner Schüssel fischte. Cocky hatte nämlich eine eigene Methode, oder vielmehr mehrere Methoden. Abgesehen davon, daß sein Wille wie Stahl war, konnte er schimpfen und schwadronieren wie ein Feldwebel oder sich schalkhaft und liebenswürdig einschmeicheln wie das erste Weib im Paradies oder das letzte Weib, das von Eva abstammt. Wenn Cocky, auf einem Bein balancierend und mit dem andern Michael im Nacken kraulend, sich zu dem Hunde hinabbeugte und ihm freundliche Worte ins Ohr sprach, konnte Michael nicht anders, er mußte die gesträubten Nackenhaare seidenglatt legen und mit dummblickenden Augen begeistert in alles willigen, was Cockys Laune forderte.

Cocky wurde bald noch enger in Michael geknüpft. Ah Moy hatte ihn in Sydney einem Seemann für achtzehn Schilling abgekauft und eine halbe Stunde um ihn gefeilscht. Als er aber eines Tages Cocky auf Kwaques linker Hand sitzen und die verzerrten Finger lecken sah, faßte er sofort einen solchen Widerwillen gegen den Vogel, daß er lieber auf die achtzehn Schillinge verzichten wollte, als ihn noch länger zu besitzen und möglicherweise zu berühren. »Du mögen ihn? Du wollen ihn haben?« fragte er.

»Tausch für Tausch?« fragte Kwaque, der es für gegeben hielt, daß ihm ein Tauschhandel angeboten wurde, und darüber nachdachte, ob der kleine alte Koch vielleicht in seine teure Maultrommel verliebt sei.

»Nicht Tausch für dich«, antwortete Ah Moy. »Du wünschen ihn, schön, gemacht.«

»Wie heißt gemacht?« fragte Kwaque, der außer seinem Trepang-Englisch auch schon ein wenig Pidgin-Englisch konnte. »Wenn mich fella nicht haben, was du fella mögen?«

»Kein Tausch«, wiederholte Ah Moy. »Du wünschen ihn, du mögen ihn, bleiben bei dir fella, schön, mein Wort.«

Und so ging die kleine, tapfere, gefiederte Seele mit dem mutigen Herzen, sterblich oder unsterblich wie jeder andere Lebensfunke auf dem Planeten, nachdem er Ah Moy, einem Schiffskoch, gehört hatte, der vor vierzig Jahren aus gewissen Gründen seine junge Frau in Macao getötet hatte und auf See geflüchtet war, auf Kwaque, einen aussätzigen schwarzen Papua über, der der Sklave eines andern, nämlich Dag Daug-

htrys, war, der selbst wieder andern Leuten demütig aufwartete.

Und noch einen Kameraden fand Michael, obwohl Cocky
an dieser Freundschaft keinen Teil hatte. Das war Scraps, der
ungeschickte junge Neufundländer, der niemandem gehörte –
es hätte denn die Mary Turner selbst sein müssen –, denn
keiner vorn oder achtern machte ein Anrecht an ihn geltend,
und keiner wollte ihn an Bord gebracht haben. Man nannte
ihn Scraps, und er wurde, da er ein Niemandshund war, ein
Allerweltshund – und das in dem Maße, daß Herr Jackson Ah
Moy drohte, ihm den Kopf abzuschlagen, wenn er dem
Hündchen etwa nicht genug zu fressen gäbe, und Sigurd
Halvorsen in der Back tat, was er konnte, um Henrik Gjertsen
den Kopf abzuschlagen, wenn Scraps ihm in den Weg kam
und er ihm einen Fußtritt versetzte. Ja, nicht genug damit.
Wenn Simon Nishikanta, der große, derb gebaute Bursche,
der immer fade, süßliche Aquarelle malte, seinen Liegestuhl
nach ihm warf, weil er ungeschickt war und seine Staffelei
umstieß, legte sich ihm Grimshaws Schinkenhand plötzlich
schwer auf die Schulter, und er wurde halb herumgewirbelt,
ja, fast aufs Deck geschleudert und war noch mehrere Tage
hinterher braun und blau und lahm.

Der ausgewachsene, reife Michael war ein so lustiges Geschöpf, daß er am liebsten nur immer gespielt hätte. So stark
war sein Spieltrieb und so stark zugleich sein Körper, daß er
Scraps immer kläglich ermüdete, so daß der Kleine schließlich
auf dem Deck lag, nach Luft schnappte, mit trockenen Lippen lachte und mit kraftlosen Vorderpfoten Michaels fort-
während Sturmangriffe abzuwehren versuchte, die furchtbar
grimmig aussahen, es aber gar nicht waren. Und das trotz der
Tatsache, daß Scraps ihn sowohl an Größe wie an Gewicht
mindestens dreimal übertraf und sich der Macht seiner Beine
und Schultern ebenso unbewußt war und ebenso ungeschickt
mit ihnen umging wie ein Elefantenjunges auf einer Wiese
voller Tausendschönchen. Sobald Scraps sich erholt hatte,
war er aufgelegt wie nur je zu neuen Späßen, und Michael war
es genau so. Alles das war ein glänzendes Training für Michael, denn es hielt ihn körperlich und geistig in bester Form.

So ging die Fahrt des Narrenschiffs – Michael spielte mit Scraps, respektierte Cocky und wurde von ihm tyrannisiert und umschmeichelt, sang mit Steward und betete ihn an; Daughtry trank seine sechs Liter Bier täglich, kassierte am Ersten jedes Monats seinen Lohn ein und bewunderte Charles Stough Greenleaf als den besten Mann an Bord. Kwaque liebte seinen Herrn, während seine Stirn von dem wachsenden Aussatz immer dicker, dunkler und faltiger wurde; Ah Moy ging dem schwarzen Papua wie der Pest aus dem Wege, wusch sich andauernd und kochte seine Decken einmal wöchentlich; Kapitän Doane lenkte das Schiff und machte sich Sorgen über sein Haus in San Franzisko; Grimshaw ließ seine Schinkenhand auf seinen riesigen Knien ruhen und forderte den Pfandleiher höhnisch auf, ebensoviel zu dem gewagten Unternehmen beizusteuern wie er selbst; Simon Nishikanta wischte sich den schweißigen Hals mit dem fettigen seidenen Taschentuch und malte unaufhörlich Aquarelle; der Steuermann stahl mit seinem Nachschlüssel geduldig Breiten- und Längengrad des Schiffes, und der alte Seemann tröstete sich mit schottischem Whisky, rauchte duftende Havannazigarren, die – drei Stück für einen Dollar – für Rechnung der Expedition eingekauft waren, und plapperte beständig von der Hölle in der Pinasse, von den unnennbaren Kreuzpeilungen und von dem Schatz, einen Faden unter dem Sande.

Sie durchfuhren eine Strecke des Ozeans, die, wie Dag Daughtry fand, allen andern Strecken des Ozeans glich. Kein Land brach den Rand des Meeres. Das Schiff war Zentrum des unveränderlichen, ewigen Horizonts. Die Magnetnadel des Kompasses war der Punkt, um den die Mary Turner immer schwang. Die Sonne ging unveränderlich im Osten auf und im Westen unter, selbstverständlich korrigiert und geprüft mit Bezug auf Deklination, Division und Mißweisung; Sterne und Sternbilder schritten weiter auf ihrem nächtlichen Weg über den Himmel.

Und in diesem Teil des Ozeans befand sich der Ausgucksmann auf der Saling von Morgengrauen bis zur Abenddämmerung, wenn die Mary Turner beigedreht wurde, um nachtsüber auf der Stelle zu bleiben. Und als mit den Tagen die Witterung, wie der alte Seemann sagte, immer schärfer wurde, gingen die drei Teilhaber selbst nach oben. Grimshaw begnügte sich damit, sich auf die Dwarssaling zu setzen. Kapitän Doane kletterte höher und setzte sich auf die Fockmaststenge, die Beine um das Ende der Vormarsstenge gekreuzt. Und Simon Nishikanta riß sich von seinen ewigen Malereien los, um in die Kreuzmastwanten zu klettern, oder vielmehr seinen ungeheuren Körper von zwei grinsenden, schlanken Matrosen hinaufheben zu lassen, die ihn schließlich an der Dwarssaling festzurrten, von wo aus er mit Augen, die von Golddurst funkelten, über das sonnenglitzernde Meer durch das feinste Glas starrte, das je auf seiner Pfandleihe versetzt und nicht eingelöst worden war. »Sonderbar,« murmelte der alte Seemann, »sonderbar, höchst sonderbar. Hier ist die Stelle. Zweifellos. Ich hätte dem jungen Burschen von Drittem Offizier überall geglaubt. Er war nur achtzehn, aber er konnte besser navigieren als der Kapitän. Fand er vielleicht nicht die Koralleninsel nach achtzehntägiger Fahrt in der Pinasse? Kein ordentlicher Kompaß, und Sie wissen, wie der Horizont in einem kleinen Boot auf schwerer See im Sextanten aussieht. Er starb, aber der Kurs, den er mir sterbend angab, war richtig, so daß ich genau einen Tag, nachdem ich seine Leiche über Bord geworfen hatte, die Koralleninsel erreichte.«

Kapitän Doane zuckte die Achseln und begegnete trotzig den mißtrauischen Blicken des Armeniers.

»Versunken kann sie nicht sein, bestimmt nicht«, sagte der alte Seemann. »Die Insel war nicht nur eine Sandbank oder ein Riff. Der Löwenkopf war dreitausendachthundertfünfunddreißig Fuß hoch. Ich sah, wie der Kapitän und der Dritte Offizier es triangulierten.«

»Ich habe die See hier geharkt und gepflügt,« rief Kapitän Doane, »und die Zähne meiner Harke sitzen nicht so weit auseinander, daß ein viertausend Fuß hoher Berg durchschlüpfen könnte.«

»Sonderbar, sonderbar«, murmelte der alte Seemann wieder, halb zu seiner eigenen grübelnden Seele, halb zu den

Schatzsuchern gewandt. Dann klärte sich seine Miene plötzlich auf, und er fügte hinzu:

»Aber natürlich, die Mißweisung hat sich verändert, Kapitän Doane. Haben Sie die Mißweisungsveränderung in einem halben Jahrhundert in Betracht gezogen? Das macht natürlich einen großen Unterschied. Und soviel ich weiß, kannte man damals die Mißweisung noch nicht so genau wie heute.«

»Breitengrad ist Breitengrad und Längengrad Längengrad«, antwortete der Kapitän. »Mißweisungen und Deviation braucht man, wenn man den Kurs setzen und Berechnungen machen will.«

Alles das waren böhmische Dörfer für Simon Nishikanta, der sich gleich auf die Seite des alten Seemanns stellte.

Aber der alte Seemann war gerecht. Gab er in dem einen Augenblick dem Armenier einen Trumpf in die Hand, so gab er im nächsten Augenblick dem Schiffer einen.

»Es ist schade«, sagte er zu Kapitän Doane, »daß Sie nur einen Chronometer haben. Der ganze Fehler liegt vielleicht am Chronometer. Warum fahren Sie nur mit einem Chronometer?«

»Ja, ich wollte auch zwei kaufen«, verteidigte der Armenier sich. »Da haben Sie schuld, Grimshaw.«

Der Weizenfarmer nickte widerstrebend, aber der Kapitän fertigte ihn kurz ab. »Aber Sie wollten keine drei Chronometer kaufen.«

»Aber wenn zwei nicht besser wären als einer, wie Sie ja selbst sagten, was Grimshaw bezeugen kann, dann wären auch drei nicht besser als zwei, nur teurer.«

»Wie kann man wissen, welcher Chronometer falsch geht, wenn man nur zwei hat?« fragte Kapitän Doane.

»Da haben Sie's«, rief der Pfandleiher. »Wenn Sie bei zweien nicht sagen können, welcher falsch geht, wieviel schwieriger muß es dann sein, herauszukriegen, welcher von zwei Dutzend falsch geht?«

»Aber verstehen Sie denn nicht ...«

»Ich verstehe, daß dieses ganze gelehrte Seemannsgeschwätz Quatsch ist. Ich habe in meinem Kontor vierzehnjährige Lehrlinge, die Ihnen und Ihrer ganzen Navigation über sind. Fragen Sie sie, wieso zweitausend Chronometer besser als tausend sind, wenn zwei Chronometer nicht mehr nützen als einer, und sie werden Ihnen sofort sagen, daß, wenn zwei Dollar nicht mehr wert sind als ein Dollar, zweitausend Dollar auch nicht mehr wert sind. Das sagt der gesunde Menschenverstand.«

»Das ist ja Unsinn, Sie haben eben überhaupt unrecht«, unterbrach ihn Grimshaw. »Ich sagte seinerzeit, der einzige Grund, Kapitän Doane als Teilhaber mitzunehmen, sei, daß wir einen Navigator brauchten, weil Sie und ich nicht das geringste von der Geschichte verständen. Sie sagten: ›Ja, gewiß‹, wußten aber gleich besser Bescheid als er und wollten die drei Chronometer nicht spendieren. Die Ausgabe tat Ihnen leid, das war alles. Sie wollen eben zehn Millionen Dollar mit einem gebrauchten Spaten für achtundsechzig Cent ausgraben.«

Dag Daughtry mußte einige dieser Unterredungen mit anhören, die eher Zank als Beratung waren. Für Simon Nishikanta endeten sie unweigerlich mit einem Anfall von »Seemuffigkeit«, wie die Seeleute es nennen. Noch stundenlang hinterher wollte der mürrische Armenier mit keinem Menschen sprechen. Wenn er einen vergeblichen Versuch gemacht hatte, zu malen, konnte er plötzlich in heftiger Wut auffahren, seinen Entwurf zerreißen, mit den Füßen darauf treten, sein schwerkalibriges automatisches Gewehr holen, sich auf die Back setzen und auf jeden vorbeikommenden Tümmler, jeden Boniten, jeden Delphin schießen. Es schien ihn in hohem Maße zu beruhigen, einem daherbrausenden, prächtiggefärbten Fisch eine Kugel in den Leib zu jagen, seine stolze, strahlende Fahrt für immer zum Stillstand zu bringen und ihn auf die Seite zu werfen, so daß er langsam dem Meer und dem Tod in die Arme sank.

Als sich einmal eine Herde Schwarzwale vorbeitummelte – jedes der Tiere war von respektabler Größe –, geriet Nishikanta außer sich vor Begeisterung, Böses tun zu können. Er traf vielleicht zwanzig Riesen aus der Herde; seine Kugeln brannten wie Peitschenhiebe, so daß sie alle wie junge Pferde, die von der Peitsche überrascht werden, in die Höhe sprangen oder mit einem Schwanzschlag unter die Oberfläche tauchten, in wahnsinniger Fahrt durchschossen und verschwanden.

Der alte Seemann schüttelte betrübt den Kopf, und Dag Daughtry, der auch empört war, fühlte mit ihm und brachte ihm unaufgefordert eine der teuren Zigarren, damit er sich beruhigte. Grimshaws Lippen schürzten sich zu einem höhnischen Lächeln, während er murmelte: »Der Lausigel. Kein Mann, der auch nur etwas von einem Mann ist, könnte unschuldige Tiere so behandeln. Er gehört zu denen, die, wenn man ihre Sprache oder ihre Rechenbegabung kritisiert, dem Hund des andern dafür einen Tritt versetzen. In der guten alten Zeit pflegten wir in Colusa Leute seines Kalibers aufzuhängen, nur um die Luft, die wir atmeten, rein und gesund zu erhalten.«

Kapitän Doane aber protestierte offen. »Hören Sie, Nishikanta«, sagte er, weiß vor Zorn und mit zitternden Lippen. »Sie haben kein Recht, auf diese Weise mit unserm Leben zu spielen. Ich weiß, was ich sage. Wurde vielleicht nicht das Lotsenboot Annie Mine direkt im Goldenen Tor von einem Wal versenkt? Und sank nicht der Walfänger Essex, ein Vollschiff, irgendwo an der Westküste von Südamerika, und die Boote mußten dreihundert Meilen rudern, ehe sie die nächste Küste erreichten, und das alles nur, weil eine verwundete große Walkuh sie zu Brennholz gehackt hatte?« Aber Simon Nishikanta, der so beleidigt war, daß er nicht antworten mochte, feuerte weiter auf den letzten Wal, bis seine Augen ihm nicht mehr zu folgen vermochten.

»Ich erinnere mich noch gut des Walfängers Essex«, sagte der alte Seemann zu Dag Daughtry. »Es war eine Kuh mit einem Kalb, die das Schiff erledigte. Zwei Drittel von ihren Fässern waren voll, in weniger als einer Stunde ging sie unter. Von einem der Boote hat man nie mehr etwas gehört.«

»Kam nicht eines von den Booten nach Hawaii, Herr?« fragte Daughtry mit schuldigem Respekt. »Ich traf jedenfalls vor dreißig Jahren in Honolulu einen Mann, eine alte Mumie, der behauptete, Harpunier auf einem Walboot gewesen zu sein, das von einem Wal an der südamerikanischen Küste versenkt worden sei. Das war das erste und das letzte Mal, daß ich von der Sache hörte, bis Sie jetzt davon sprachen. Es muß dasselbe Schiff gewesen sein, glauben Sie nicht?«

»Wenn nicht zwei Schiffe an der Westküste versenkt wurden«, antwortete der alte Seemann, »aber über das Schicksal des einen Schiffes, der Essex, herrscht kein Zweifel. Das ist historisch. Es ist indessen anzunehmen, Steward, daß der Mann, von dem Sie sprechen, zur Essex gehörte.«

Kapitän Doane hatte schwere Mühe, die Sonne auf ihrem täglichen Wege über den Himmel zu verfolgen, mittels Zeitgleichung die durch den Kreislauf der Erde verursachte Abweichung zu korrigieren und Ortsbestimmungen mit angenommenen Breitengraden zu machen, bis ihm der Kopf schwindelte.

Simon Nishikanta verlachte offen die Navigation des Kapitäns, malte weiter Aquarelle, wenn er ruhig war, und schoß nach Walen, Seevögeln, und was ihm sonst vor die Büchse kam, wenn er niedergedrückt und seekrank war, weil der Gipfel des Löwenkopfes auf der Schatzinsel des alten Seemanns immer noch nicht in Sicht kam. »Ich will zeigen, daß ich kein Knicker bin«, erklärte Nishikanta eines Tages, nachdem er sich, um Ausguck zu halten, fünf Stunden im Mastkorb hatte braten lassen. »Kapitän Doane, wieviel würde ein zweiter Chronometer in San Franzisko gekostet haben, ein gut erhaltener gebrauchter, meine ich.«

»Sagen wir: hundert Dollar«, sagte der Kapitän.

»Schön. Ich will jetzt ein Angebot machen, und nicht das eines Knickers. Die Ausgabe für einen Chronometer würde sich auf uns drei verteilt haben. Ich spende den ganzen Betrag. Wollen Sie so freundlich sein und den Leuten sagen, daß ich, Simon Nishikanta, dem ersten, der auf Herrn Greenleafs Breiten- und Längengrad Land sichtet, hundert Dollar in Gold bezahle.«

Aber die Matrosen, die die Mastkorbspitzen stürmten, mußten notgedrungen enttäuscht werden, denn nur zwei Tage winkte ihnen die Belohnung. Das war jedoch nicht ausschließlich Dag Daughtrys Schuld, trotz der Tatsache, daß sein Auftreten genügt hätte, ihre Aussichten auf längere Zeit zunichte zu machen.

Im Proviantraum, unter dem Fußboden der Hauptkajüte, nahm er zufällig die Bierkisten, die speziell für ihn an Bord gekommen waren, in Augenschein. Er zählte die Kisten, zweifelte, ob er im Vollbesitz aller seiner Sinne war, zündete mehrere Streichhölzer an, zählte wieder und durchsuchte dann vergebens den ganzen Proviantraum in der Hoffnung, irgendwo sonst weitere Bierkisten verstaut zu finden.

Er setzte sich unter die Luke im Kajütsboden und dachte eine geschlagene Stunde nach. Das war wieder dieser verdammte Armenier, dachte er – der Armenier, der die Mary Turner mit zwei Chronometern, aber nicht mit dreien hatte ausstatten wollen, der Armenier, mit dem das Abkommen getroffen war, daß Daughtry täglich seine sechs Liter bekommen sollte. Noch einmal zählte der Steward die Kisten, um seiner Sache sicher zu sein. Es waren drei. Und da jede Kiste zwei Dutzend Liter enthielt, und da seine Ration täglich ein halbes Dutzend Liter ausmachte, war es klar wie die Sonne, daß der Vorrat, den er vor Augen hatte, nur noch für zwölf Tage reichte, und zwölf Tage waren nicht viel für eine Fahrt in dieser unbestimmbaren, öden Ozeanregion bis zu dem nächsten Hafen, wo man Bier kaufen konnte.

Als der Steward seinen Entschluß gefaßt hatte, verlor er keine Zeit. Die Uhr war dreiviertel zwölf, als er aus dem Proviantraum herauskletterte, die Luke zuschlug und schleunigst den Tisch deckte. Er bediente die Gesellschaft während des Essens, wenn er sich auch kaum enthalten konnte, die große Schüssel mit gelben Erbsen Nishikanta auf den Kopf zu schütten. Was ihn am meisten zurückhielt, war der Gedanke an das, was er am Nachmittag im großen Raum, wo die Wassertonnen verstaut waren, zu tun gedachte; den Entschluß dazu hatte er im Proviantraum gefaßt.

Um drei Uhr, als der alte Seemann vermutlich in seiner Kabine ein Nickerchen machte und Kapitän Doane, Grimshaw und die Hälfte der Wache in Trauben an den Masten hingen, um, wenn möglich, den Löwenkopf in dem saphirblauen Meere zu entdecken, kletterte Dag Daughtry leise durch die Luke in den Lastraum. Hier lagen in langen Reihen, sicher verstützt, die Wasserfässer.

Der Steward zog eine Bohrleier aus seinem Hemd und versah sie mit einem halbzölligen Bohrer aus seiner Hosentasche. Auf den Knien liegend, bohrte er ein Loch in das erste Faß, bis das Wasser herausschoß und in den Schiffsraum lief. Er arbeitete schnell und durchbohrte Faß auf Faß. Als er das Ende der ersten Reihe erreicht hatte, hielt er einen Augenblick inne, um auf die vielen Ströme zu lauschen, die glucksend aus den halbzölligen Bohrlöchern liefen und verloren waren. Seine scharfen Ohren fingen ein ähnliches Glucksen auf, das rechts aus dem nächsten Gang zwischen den Fässern kam. Er lauschte genau und hätte schwören mögen, daß er das Geräusch eines Bohrers hörte, der in hartem Holz arbeitete.

Eine Minute später hatte er Bohrleier und Bohrer sorgsam beiseitegeschafft und legte seine Hand auf die Schulter eines Mannes, den er in der Dunkelheit nicht erkennen konnte, der aber auf den Knien lag und schnaufend an einer Tonne bohrte. Der Verbrecher gab sich keine Mühe, zu entwischen, und als Daughtry ein Streichholz anzündete, starrte er in das ihm zugewandte Gesicht des alten Seemanns.

»Donnerwetter«, murmelte der Steward in seinem Erstaunen ganz leise. »Warum lassen Sie das Wasser auslaufen, zum Teufel?« Er spürte, daß der alte Mann vor Nervosität am ganzen Körper zitterte, und sein eigenes schlechtes Gewissen bedrückte ihn und machte ihn freundlich.

»Schön«, flüsterte er. »Haben Sie keine Angst vor mir. Wieviel haben Sie angebohrt?«

»In dieser Reihe alle«, lautete die geflüsterte Antwort. »Sie werden mich doch nicht ... den anderen angeben?«

»Angeben?« Daughtry lachte leise. »Ich kann Ihnen sagen, daß wir alle beide genau dasselbe vorgehabt haben, wenn ich auch nicht verstehe, welche Gründe Sie dazu hatten. Ich habe eben die ganze Steuerbordseite angebohrt. Aber, hören Sie, jetzt machen Sie, daß Sie verschwinden, während es noch Zeit ist. Sie sind alle oben auf den Masten und werden nichts merken. Ich werde dies Stück Arbeit fertig machen ..., daß wir nur noch Wasser auf zwölf Tage behalten.«

»Ich möchte gern mit Ihnen reden ..., um Ihnen alles zu erklären«, flüsterte der alte Seemann.

»Ja, Herr, und ich muß Ihnen sagen, daß ich einfach wahnsinnig neugierig bin, was Sie mir zu erzählen haben. Ich komme, sagen wir, in zehn Minuten, zu Ihnen in die Kajüte, dann können wir uns gemütlich darüber unterhalten. Auf jeden Fall aber stehe ich, was Ihre Pläne betrifft, auf Ihrer Seite. Weil es mir zufällig in den Kram paßt, schnell in einen Hafen zu kommen, und weil ich viel Sympathie für Sie hege. Jetzt machen Sie, daß Sie wegkommen. In zehn Minuten bin ich bei Ihnen.«

»Ich hab' Sie so gern, Steward«, sagte der alte Mann.

»Und ich Sie, Herr, und zwar ein ganz Teil mehr als die verfluchten Geldhaie achtern. Aber dafür ist jetzt keine Zeit. Machen Sie, daß Sie wegkommen, während ich den Rest des Wassers in die Speigatten laufen lasse.«

Eine Viertelstunde später saß Charles Stough Greenleaf in der Kajüte und nippte an einem Grog, und Dag Daughtry stand auf der anderen Seite des Tisches und trank Bier direkt aus einer Literflasche.

»Sie haben es vielleicht noch nicht erraten«, sagte der alte Seemann; »aber dies ist meine vierte Reise nach dem Schatz.«

»Sie meinen ...?« fragte Daughtry.

»Eben. Es gibt gar keinen Schatz. Es hat nie einen gegeben – ebensowenig wie den Löwenkopf, die Pinasse und die unnennbaren Peilungen.«

Daughtry schüttelte verwirrt seinen grauen Schopf, während er einräumte:

»Na, Sie haben mich schön auf den Leim gelockt, Herr. Ich hab' wirklich an den Schatz geglaubt.«

»Ich gestehe, Steward, daß es mich freut, das zu hören. Wenn ich sogar einen Mann wie Sie an der Nase führen kann, muß ich doch noch ganz gerissen sein. Es ist nicht schwer, Leute zu betrügen, deren Seelen nur vom Geld erfüllt sind. Aber so sind Sie nicht. Ich hab' das daran gemerkt, wie Sie mit Ihrem Hund umgehen, und ich hab' gesehen, wie Sie

Ihren Nigger behandeln. Wessen Herz in Gier erstarrt ist, der ist erstaunlich leicht anzuführen. Der ist billig zu haben. Zeigen Sie ihm die Aussicht, an einem Dollar hundert zu verdienen, und er wird wie ein hungriger Hecht nach dem Köder schnappen. Ich bin ein alter Mann, ein sehr alter Mann. Ich möchte gern leben, bis ich sterbe – ich meine, anständig, gut und ordentlich leben.«

»Und Sie lieben lange Reisen? Ich fange an zu verstehen, Herr. Gerade, wenn Sie sich der Stelle nähern, wo der Schatz nicht ist, zwingt Sie ein kleines Unglück, zum Beispiel der Verlust des Wasservorrats, einen Hafen aufzusuchen und die Jagd wieder von vorn zu beginnen.«

Der alte Seemann nickte und blinzelte mit seinen verblichenen Augen.

»Sehen Sie, da war die Emma Louisa. Mit Wasserunfällen und ähnlichem hielt ich sie über achtzehn Monate unterwegs, und dazu wohnte ich über vier Monate in einem der besten Hotels von New Orleans, ehe die Reise wieder anfing, und bekam einen reichlichen Vorschuß, jawohl.«

»Aber erzählen Sie mir noch ein bißchen, Herr, es interessiert mich sehr«, sagte Daughtry und leerte seine Bierflasche. »Das ist eine gute Sache. Ich sollte sie vielleicht lernen und in meinen alten Tagen benutzen. Aber ich gebe Ihnen mein Ehrenwort, daß ich Ihnen nicht ins Gehege kommen werde. Ich werde mich erst darauf legen, wenn Sie von der Bildfläche verschwunden sind, so gut die Sache auch ist.«

»Zuallererst müssen Sie Leute mit Geld finden – mit sehr viel Geld, so daß ein Verlust ihnen nichts ausmacht. Die sind am leichtesten dafür zu bekommen –«

»Weil sie am schmutzigsten sind«, unterbrach der Steward ihn. »Je mehr Geld sie kriegen, desto mehr wollen sie haben.«

»Eben«, fuhr der alte Seemann fort. »Und sie werden ja auch wenigstens schadlos gehalten. Solche Seereisen sind ausgezeichnet für ihre Gesundheit. Alles in allem schädige ich sie nicht, sondern tue ihnen nur Gutes und verbessere ihre Gesundheit.«

»Aber die Narben – der Schmiß in Ihrem Gesicht – und all die Finger, die an Ihrer Hand fehlen? Das haben Sie nie beim Kampf in der Pinasse gekriegt. Aber wo haben Sie es sich geholt? Einen Augenblick, Herr. Lassen Sie mich erst Ihr Glas füllen.«

Und bei einem frischen Glase erzählte Charles Stough Greenleaf dann die Geschichte der Narben.

»Lassen Sie mich Ihnen erst sagen, Steward, daß ich – na ja, ein feiner Herr bin. Mein Name steht in der Geschichte der Vereinigten Staaten verzeichnet, sogar noch ehe sie vereinigt waren. Ich machte ein feines Examen an der Universität, was nebensächlich ist. Im übrigen ist der Name, unter dem Sie mich kennen, nicht mein eigener. Ich habe ihn sorgfältig aus den Namen anderer Familien zusammengestellt. Ich habe Pech gehabt. Als junger Mann habe ich das Schanzdeck betreten, wenn auch nie das der Wide Awake, das Schiff ist eine Ausgeburt meiner Phantasie und augenblicklich meine Erwerbsquelle.

Die Narben, nach denen Sie fragen, und die fehlenden Finger? Das ging so zu. Es war morgens in einem Pullman-Wagen, als das Unglück geschah; ich war ein bißchen spät aufgestanden. Da der Wagen überfüllt war, hatte ich mich mit der oberen Koje begnügen müssen. Vor ein paar Jahren. Ich war schon ein alter Mann. Wir kamen aus Florida. Es war ein mächtiger Zusammenstoß. Der ganze Zug ging in Stücke, und einige von den Wagen stürzten um und fielen dreißig Meter tief in einen ausgetrockneten Bach. Er war zwar ausgetrocknet, aber in einem Loch von zehn Fuß Durchmesser und einem halben Meter Tiefe war noch Wasser. Alles andere waren trockene Kiesel, und ich fiel gerade mitten in das Wasserloch. Das kam so: Ich hatte mir eben Schuhe, Hosen und Hemd angezogen und war im Begriff, aus der Koje zu kriechen. Ich saß auf dem Kojenrand und ließ die Beine herunterbaumeln, als die Lokomotiven zusammenstießen.

Ich kam natürlich aus der Koje heraus, flog wie ein Vogel durch den Gang, schoß kopfüber durch die Fensterscheibe auf der andern Seite, schlug bei dem dreißig Meter tiefen Fall so viele Purzelbäume, daß ich ungern daran zurückdenke, und fiel dann mitten in das Wasserloch. Das war nur einen halben Meter tief. Aber ich traf es flach ausgestreckt und so hart, daß es wie ein Kissen unter mir gefedert haben muß. Ich war der einzig Überlebende aus meinem Wagen. Als sie mich aus dem Wasserloch zogen, war ich durchaus nicht tot. Aber als die Ärzte mit mir fertig waren, hatte ich keinen Finger mehr an der Hand und die Narbe an der Backe ... und außerdem habe ich seit damals drei Rippen weniger, als ich eigentlich haben müßte. Aber ich hatte keinen Grund zu klagen. Denken Sie nur an die andern im Wagen – alle tot. Unglücklicherweise reiste ich auf ein Freibillett und konnte daher die Eisenbahn nicht haftbar machen. Aber hier sitze ich nun, der einzige Mensch, der je dreißig Meter tief hinunterfiel und in einen halben Meter Wasser tauchte, es aber überlebte und imstande ist, die Geschichte zu erzählen. – Steward, wenn Sie nichts dagegen haben, mir mein Glas wieder zu füllen —«

Dag Daughtry kam der Aufforderung nach und öffnete in der Erregung und Spannung noch eine Flasche Bier für sich selber.

»Weiter, weiter«, murmelte er heiser und wischte sich den Mund. »Und der Schatzsucherhumbug? Ich sterbe vor Neugier. Ihr Wohl, Herr!«

»Ich kann Ihnen sagen, Steward«, fuhr der alte Seemann fort, »daß ich mit einem silbernen Löffel geboren wurde, der mir im Munde schmolz, und daher endete ich als der typische ›Verlorene Sohn‹. Dazu war ich noch mit einer gewissen Portion Stolz geboren, der nicht schmolz. Meine Familie ließ mich sterben, nicht durch ein lumpiges Eisenbahnunglück, sondern wegen etwas, das lange vorher und nachher geschah. Ich winselte nie. Ich ließ mir nie etwas merken; ich schmolz das letzte Stückchen von meinem silbernen Löffel – Südseebaumwolle, Kakao in Tonga, Gummi und Mahagoni in Yucatan. Und zuletzt schlief ich in Logierhäusern in Bowery, aß Dreck in den Wirtschaften im Osten und stand mehr als einmal um Mitternacht an und dachte ohnmächtig zu werden, ehe ich was zu essen kriegte.«

»Und Sie haben nie vor Ihrer Familie gewinselt«, murmelte Dag Daughtry bewundernd, als der andere schwieg.

Der alte Seemann zuckte die Achseln, warf den Kopf zurück, beugte ihn wieder und sagte: »Nein, ich habe nie gejammert. Ich ging ins Armenhaus. Sechs Monate lang lebte ich wie ein Tier, dann aber nahm ich eine Gelegenheit wahr und entwischte. Ich begann die Wide Awake zu bauen. Ich baute sie Planke für Planke, beschlug sie mit Kupfer, suchte selbst ihre Masten und jedes Stück Holz an ihr aus, musterte die Besatzung vorn und achtern an, kaufte die Ausrüstung bei Altwarenhändlern und segelte mit ihr nach der Südsee, um den Schatz zu finden, der einen Faden unterm Sande begraben lag.

Sehen Sie«, erklärte er. »Das alles tat ich in Gedanken, denn ich war die ganze Zeit Gefangener in einem Asyl für Menschenwracks.«

Das Gesicht des alten Seemanns wurde plötzlich hart und grimmig, seine Rechte griff nach Daughtrys Handgelenk und umschloß es mit welken Stahlfingern.

»Es dauerte lange und war sehr schwer, aus dem Armenhaus herauszukommen, um mein klägliches Wide-Awake-Abenteuer zu finanzieren. Können Sie sich vorstellen, daß ich zwei Jahre lang für anderthalb Dollar die Woche mit meiner einen brauchbaren Hand und mit der andern auch, so gut es ging, in der Wäscherei des Asyls arbeitete, schmutziges Zeug sortierte und Laken und Kissenbezüge zusammenlegte, bis ich zum tausendsten Male glaubte, daß mein armer, alter Rücken zerbrechen sollte, und bis ich zum millionsten Male fühlte, wo in meiner Brust jeder Zoll meiner fehlenden Rippen saß.

Sie sind noch ein junger Mann —«

Daughtry grinste abwehrend, während er sich seinen grauen Schopf kratzte.

»Sie sind noch ein junger Mann, Steward«, fuhr der Alte leicht gereizt fort. »Sie sind nie vom Leben ausgeschlossen gewesen. Im Asyl ist man vom Leben ausgeschlossen. Da gibt es keine Achtung – nein, weder vor dem Alter noch vor Menschenleben überhaupt. Wie soll ich es ausdrücken? Man ist nicht tot, aber man ist auch nicht lebendig. Man ist ein Etwas, das einmal lebendig war und im Begriff ist, zu sterben. Aussätzige behandelt man so. Irrsinnige auch. Als ich jung und auf See war, wurde ein Kamerad, ein Leutnant verrückt. Zuweilen war er tobsüchtig, und wir kämpften mit ihm, verdrehten ihm die Arme, quetschten seinen ganzen Körper und fesselten ihn, daß er sich nicht rühren konnte, während wir uns verschnauften und ihn baten, uns, sich und dem Schiff nichts zu tun. Und dieser Mann, der immer noch lebte, war für uns tot. Können Sie das nicht verstehen? Er war nicht mehr einer von uns, nicht mehr wie wir. Er war etwas anderes. Das ist es – etwas anderes. Und ebenso sind wir im Asyl, wir sind noch nicht begraben – wir sind etwas anderes. Sie haben mich von der Hölle in der Pinasse schwatzen hören. Das war eine angenehme Zerstreuung im Vergleich mit dem Asyl.

Zwei Jahre lang arbeitete ich für anderthalb Dollar die Woche in der Wäscherei. Und denken Sie sich, ich, der ich einen silbernen Löffel – und einen recht ansehnlichen – in meinem Munde geschmolzen hatte, denken Sie sich, ich mit meinen alten, wehen Beinen, meinem alten Bauch, der sich noch der Freuden der Jugend erinnerte, meinem alten Gaumen, der immer noch kitzlig und noch nicht ganz von den verfluchten Raffinements verdorben war, die er in jüngeren Tagen kennengelernt hatte – wie gesagt, Steward, denken Sie sich, ich, der ich immer flott und verschwenderisch gewesen war, sparte die anderthalb Dollar wie ein Geizhals, verbrauchte nicht einen Cent davon für Tabak, kaufte mir nie die kleinste Delikatesse, linderte nie den traurigen Zustand meines Magens, der eine Folge unserer unangenehmen, unverdaulichen, schlechten Kost war. Ich erbettelte mir Tabak, elenden, billigen Tabak von armseligen, alten, zitternden Burschen, die mit einem Bein im Grabe standen. Ja, und als ich Samuel Merrivale morgens tot in dem Bett fand, das neben dem meinen stand, untersuchte ich zuerst die Taschen seiner elenden alten Hosen, um den Tabak zu finden, der, wie ich wußte, seine ganze Hinterlassenschaft ausmachte, und meldete erst dann das Geschehene.

Oh, Steward, ich hütete die anderthalb Dollar, können Sie das verstehen? – Ich war ein Gefangener, der sich mit einer winzigen Stahlsäge freisägte. Und ich sägte mich frei!« Seine Stimme stieg zu einem triumphierenden, schrillen Quaken.

»Steward, ich sägte mich frei!« Dag Daughtry hob seine Bierflasche und sagte ernst: »Ihr Wohl, Herr!«

»Ich danke Ihnen – Sie verstehen mich«, sagte der alte
Seemann mit ungekünstelter Würde, stieß sein Glas gegen die
Flasche und trank mit dem Steward, während sie sich in die
Augen sahen.

»Ich hätte hundertsechsundfünfzig Dollar haben müssen,
als ich das Asyl verließ«, fuhr der Alte fort. »Aber zwei Wochen verlor ich durch Influenza und eine Woche durch Brust-
fellentzündung, so daß ich dies Haus der lebendigen Toten
nur mit hunderteinundfünfzig Dollar und fünfzig Cent verließ.«

»Ich verstehe, Herr«, unterbrach Daughtry ihn mit auf-
richtiger Bewunderung. »Die winzige Säge war zu einem
Brecheisen geworden, und mit dem wollten Sie nun wieder
ins Leben einbrechen.«

Das narbige Gesicht Charles Stough Greenleafs mit seinen verblichenen Augen strahlte, als er jetzt das Glas hob.

»Ihr Wohl, Steward! Sie verstehen mich. Und Sie haben
sich gut ausgedrückt. Ich ging, um ins Haus des Lebens einzubrechen. Sie war ein Brecheisen, die klägliche Summe, die
ich unter zweijährigen Leiden gesammelt hatte. Denken Sie!
Eine Summe, die ich in alten Tagen in der leichtsinnigen
Laune eines Augenblicks im Kartenspiel wagte. Ich kehrte
zurück wie ein Einbrecher, um ins Leben einzubrechen, und
ich kam nach Boston. Sie verstehen sich glänzend auszudrücken, Steward, Ihr Wohl.«

Flasche und Glas klirrten wieder aneinander, die beiden
tranken und sahen sich in die Augen, und jeder von ihnen war
sich klar darüber, daß er in ein ehrliches, verständnisvolles
Auge blickte.

»Aber es war ein dünnes Brecheisen, Steward. Ich durfte
nicht mein ganzes Gewicht darauflegen. Ich mietete mir ein
Zimmer in einem kleinen, aber anständigen Hotel. Es war in
Boston, wie ich wohl sagte. Oh, ich war vorsichtig mit meinem Brecheisen. Ich aß kaum genug, um das Leben zu fristen.
Aber ich hielt andere frei, einen sorgsam gewählten Kreis –
gab aus mit der Miene eines wohlhabenden Mannes, um

meiner Geschichte Vertrauen zu verschaffen; und wenn ich berauscht war (scheinbar berauscht, Steward!), spann ich alter Mann ein Ende von der Wide Awake, der Pinasse, den unnennbaren Peilungen und dem Schatz unterm Sande. – Einen Faden unterm Sande; das war literarischer Stil, ein psychologischer Trick; das schmeckte nach dem salzigen Meer, nach kühnen Freibeutern und Plünderungen im Karaibischen Meer.

Sie haben wohl den Goldklumpen bemerkt, den ich an der Uhrkette trage, Steward? Damals konnte ich mir keinen leisten, aber ich sprach statt dessen von Gold, von kalifornischem Gold, von Klumpen und wieder Klumpen, von unendlichen Massen Gold aus den Goldgräbereien in den Jahren neunundvierzig und fünfzig. Das war literarischer Stil. Das gab Farbe. Später, nach meiner ersten Reise von Boston aus, erlaubten mir meine Finanzen, einen Goldklumpen zu kaufen. Das war ein Köder, der die Leute wie die Fische anbeißen ließ. Diese Ringe waren auch – Köder. Solche Ringe sehen Sie heute nicht mehr. Als ich zu Geld gekommen war, kaufte ich auch die. Sehen Sie zum Beispiel den Goldklumpen. Ich schwatze. Ich spiele zerstreut mit ihm, während ich von dem großen Goldschatz schwatze, den wir im Sande begruben. Plötzlich schießen mir beim Anblick des Goldklumpens neue Erinnerungen durch den Kopf. Ich erzähle von der Pinasse, von unserm Durst und Hunger und vom Dritten Offizier, dem blonden Jungen, dessen jungfräuliche Wange nie ein Rasiermesser gesehen hatte, und der Goldklumpen als Senkbleie benutzte, als wir Fische fangen wollten. Geschichte auf Geschichte erzählte ich, scheinbar betrunken, diesen Männern, die scheinbar meine guten Freunde waren – die ich aber als Dummköpfe verachtete. Aber der Klatsch ging weiter, und eines Tages versuchte ein junger Mann, ein Reporter, mich über den Schatz und die Wide Awake zu interviewen. Ich war beleidigt, böse. Innerlich aber strahlte ich vor Freude, als ich es dem jungen Mann abschlug, denn ich wußte, daß er schon verschiedene Einzelheiten von meinen guten Freunden wußte. Und die Morgenzeitungen opferten zwei ganze Spalten und fette Überschriften für die Geschichte. Viele Leute besuchten mich. Ich studierte sie genau. Die meisten, die auf die Schatzsuche ausgehen wollten, hatten kein Geld. Ich wich ihnen aus, wartete ab und aß noch weniger als zuvor, weil mein kleines Kapital auf die Neige ging.

Und dann kam er, mein heiterer junger Doktor – er war Doktor der Philosophie und sehr reich. Mir hüpfte das Herz im Leibe, als ich ihn sah, ich hatte nur noch achtundzwanzig Dollar, und ich wäre lieber gestorben, als wieder Mitglied der traurigen Gesellschaft lebendiger Toter im Asyl zu werden. Aber ich kehrte nicht zurück, und ich starb auch nicht. Dem heiteren jungen Doktor lief das Wasser im Munde zusammen, wenn er an die Südsee dachte, und ich fächelte ihm alle Düfte des fernen Landes in die Nase und rollte vor seinen inneren Augen abenteuerliche Bilder von den Passatwolken, dem Monsunhimmel und den Palmeninseln im Korallenmeer auf.

Er war ein lustiger, toller Bursche, prachtvoll freigebig, furchtlos wie ein junger Löwe, geschmeidig und schön wie ein Leopard und ein bißchen verrückt von all den Tollheiten, die in seinem feinen Kopfe spukten. Aber hören Sie zu, Steward. Der Doktor hatte die Gloucester gekauft, einen schönen Fischerschoner, der wie eine Lustjacht aussah und segelte.«

»Und wie benahm sich der junge Doktor, als der Versuch, den Schatz zu finden, fehlschlug?« fragte Dag Daughtry.

Das Gesicht des alten Seemanns erhellte sich.

»Er nannte mich einen herrlichen alten Schwindler, und als er das sagte, legte er seinen Arm um meine Schulter. Ich versichere Ihnen, Steward, ich hatte den jungen Mann wirklich liebgewonnen wie einen Sohn. Und den Arm um meine Schulter geschlungen – und ich weiß, daß mehr als bloße Freundlichkeit in der Bewegung lag –, erzählte er mir, daß er schon, als wir kaum den La Plata erreicht hatten, hinter meine Schliche gekommen war. Und lachend und mir immer wieder auf die Schulter klopfend, machte er mich auf Widersprüche in meiner Erzählung aufmerksam (später habe ich es besser gemacht, Steward, dank ihm, viel besser!) und erzählte mir, daß die Reise ein großer Erfolg gewesen sei und er für ewig in meiner Schuld stehe.

Was sollte ich machen? Ich sagte ihm die Wahrheit. Ihm vertraute ich sogar meinen Familiennamen an und die Schande, die ich diesem Namen erspart hatte, indem ich ihn ablegte.

Er legte mir den Arm um die Schulter – ich versichere es Ihnen – und ...«

Der alte Seemann konnte nicht weitersprechen, der Hals war ihm rauh geworden, und etwas Nasses rollte aus seinen Augen über beide Wangen.

Dag Daughtry trank ihm schweigend zu, und nach einem Schluck aus seinem Glase beherrschte der alte Seemann seine Bewegung. »Er bot mir an, heimzufahren und mit ihm zusammen zu leben, und nahm mich auch an dem Tage, als wir in Boston landeten, mit in sein großes, einsames Haus. Er erzählte mir, daß er mit seinen Rechtsanwälten reden und mich adoptieren wollte – der Gedanke kitzelte seine Phantasie.

Und so war ich denn also wieder ins Leben zurückgekehrt und sollte gesetzmäßig adoptiert werden. Aber das Leben ist dumm und tückisch. Achtzehn Stunden später fanden wir ihn tot im Bett. Herzfehler, irgendein Blutgefäß im Gehirn war geplatzt.

Seine Kusinen und Tanten ließen mir eine Woche Zeit, um zu verschwinden. Ich ging, bevor eine Stunde verflossen war, und ehe sie mich fortließen, untersuchten sie mein bescheidenes Gepäck.

Ich ging nach New York. Die Komödie wiederholte sich, nur daß ich mehr Geld hatte und sie besser zu spielen verstand. Ebenso ging es in New Orleans und in Galveston. Dann kam ich nach Kalifornien. Dies ist meine fünfte Reise.

Es war ein schweres Stück Arbeit, diese drei Leute zu interessieren, und ich setzte mein ganzes Geld zu, ehe ich sie so weit hatte, daß sie das Abkommen unterschrieben. Sie waren sehr knickerig. Vorschuß? Der bloße Gedanke daran wäre töricht gewesen. Aber ich wartete ab, machte eine größere Hotelrechnung, bestellte mir zuallerletzt meine eigene, ordentliche Auswahl an Spirituosen und Zigarren und ließ ihnen den Betrag in Rechnung stellen. Welch ein Spektakel! Sie rasten alle drei und wollten sich – und mir – die Haare raufen.

Sie sagten, das ginge nicht. Ich wurde augenblicklich krank. Ich erzählte ihnen, daß sie mich nervös und krank machten. Je mehr sie rasten, desto kränker wurde ich. Da gaben sie nach, und mir ging es sofort besser. Und jetzt sind wir hier, haben kein Wasser mehr und setzen bald den Kurs auf die Marquesas, wahrscheinlich, um unsere Fässer zu füllen. Dann werden sie wiederkommen und weitersuchen.«

»Glauben Sie wirklich, Herr?«

»Ich werde noch viel wichtigere Daten aus meinem Gedächtnis ausgraben, Steward«, lächelte der alte Seemann. »Zweifellos werden sie wieder herfahren, oh, ich kenne sie genau. Es sind armselige, kleinliche, gierige Narren.«

»Narren! Alles Narren! Ein Narrenschiff!« jubelte Dag Daughtry. Und er kicherte über seine Entdeckung, daß der alte Seemann dasselbe Spiel spielte wie er.

Früh am nächsten Morgen entdeckte die Morgenwache, die den täglichen Wasservorrat für Kombüse und Kajüte zu holen pflegte, daß die Fässer leer waren. Herr Jackson war so erschrocken, daß er augenblicklich Kapitän Doane rief, und wenige Minuten später hatte Kapitän Doane Grimshaw und Nishikanta herausgepurrt, um ihnen das Unglück mitzuteilen.

Das Frühstück war eine dramatische Szene, die der alte Seemann und Dag Daughtry heimlich genossen, während die drei Teilhaber wüteten und jammerten. Namentlich Kapitän Doane jammerte. Simon Nishikanta schmiedete teuflische Pläne, wie das Scheusal, das die Untat begangen – wer immer es auch sein mochte –, sie entgelten sollte, während Grimshaw immer wieder seine großen Fäuste ballte, als ob er einen an der Kehle gepackt hätte.

Es sollte ein Tag reich an Überraschungen werden. Kapitän Doane erwischte den Steuermann dabei, wie er mit Hilfe des Nachschlüssels die Ortsbestimmung des Schiffes von seinem Schreibtisch stahl. Es gab eine Szene, mehr aber auch nicht, denn der Finne war zu riesenstark, als daß ein persönlicher Kampf mit ihm gereizt hätte, und Kapitän Doane versuchte sein Benehmen nur mit einer ununterbrochenen Wiederholung von »Ja«, »Nein« und »Tut mir sehr leid« zu brandmarken.

Am bedeutungsvollsten war vielleicht eine Entdeckung Dag Daughtrys, wenn er sich auch jetzt noch nicht klar darüber war. Nachdem der Kurs geändert und alle Segel gesetzt waren, und nachdem der alte Seemann ihn unter vier Augen davon unterrichtet hatte, daß ihr Ziel Taichae, eine der Marquesas, war, schritt Daughtry heiter dazu, sich zu rasieren. Aber eine Sorge bedrückte ihn doch. Er war nicht ganz sicher, ob an einem so entlegenen Ort wie Taichae gutes Bier aufzutreiben sein würde.

Als er, fast das ganze Gesicht weiß eingeseift, den ersten Strich mit dem Messer machen wollte, bemerkte er einen dunklen Fleck auf seiner Stirn, gerade über den Augenbrauen. Nach dem Rasieren berührte er den Fleck und wunderte sich, daß er gerade hier von der Sonne verbrannt war. Aber er hatte die Berührung nicht gespürt, der dunkle Fleck war gefühllos.

»Merkwürdig«, dachte er, trocknete sich das Gesicht und vergaß es wieder.

Sowenig er wußte, welches Grauen sich hinter dem dunklen Fleck barg, sowenig ahnte er auch, daß Ah Moys schiefe Augen ihn längst bemerkt hatten und von Tag zu Tag mit heimlichem, immer wachsendem Entsetzen beobachteten.

Hart am Südostpassat begann die Mary Turner ihre lange Kreuzfahrt nach den Marquesas. In der Back war alles glücklich. Nur Seeleute mit der Löhnung von Seeleuten, empfingen sie die Botschaft, daß sie eine von den Tropeninseln anlaufen sollten, um die Wasserfässer zu füllen, mit Begeisterung. Achtern waren die drei Teilhaber schlechter Laune, und Nishikanta lachte offen und höhnisch über Kapitän Doane und bezweifelte seine Fähigkeit, die Marquesas zu finden. Im Zwischendeck waren alle glücklich – Dag Daughtry, weil seine Löhnung sich ansammelte und weil er eines weiteren Biervorrats sicher war; Kwaque, weil er glücklich war, wenn sein Herr glücklich war; und Ah Moy, weil er bald Gelegenheit finden sollte, von dem Schoner und den zwei Aussätzigen, mit denen er zusammen wohnte, zu desertieren.

Michael teilte die allgemeine Glückseligkeit im Zwischendeck und begann mit großem Eifer, ein fünftes Lied mit Steward auswendig zu lernen. Es war »Lead, kindly Light«. In seinem Singen, das alles in allem nichts als abgerichtetes Geheul war, suchte Michael nach etwas, er wußte nicht was. Tatsächlich war es das verschwundene Rudel, das Rudel der Urzeit, ehe der Hund sich je an die Feuerstätten des Menschen gewagt, und übrigens auch, ehe die Menschen Feuerstätten errichteten, und ehe die Menschen überhaupt Menschen waren.

Er war erst zwei Jahre auf der Welt, so daß er aus eigener Erfahrung nichts vom Rudel wußte. Viele tausend Generationen lagen dazwischen, und doch lebte tief in seinem Innern eine unauslöschliche, vage Erinnerung an die Zeiten in der Wildnis, wo ferne Vorfahren mit dem Rudel jagten und ihre eigene Kraft und gleichzeitig die des Rudels mehrten. Wenn Michael schlief, stiegen die Erinnerungen an das Rudel an die Oberfläche seines Unterbewußtseins. Diese Träume waren, solange sie dauerten, Wirklichkeit, wachend aber erinnerte er sich ihrer kaum. Im Schlaf aber, wenn er mit Steward sang, fühlte er die unsichtbare Verbindung zwischen sich und dem verschwundenen Rudel, nach dem er sich brennend sehnte, und er spürte gleichsam den Trieb, es auf den längst vergessenen Wegen zu suchen.

War Michael wach, so hatte er ein anderes, wirkliches Rudel. Das bestand aus Steward, Kwaque, Cocky und Scraps, und er tummelte sich mit dem Rudel, wie es seine Vorfahren auf der Jagd mit ihrem eigenen Geschlecht getan. Das Zwischendeck war die Höhle dieses Rudels, und draußen lag die große, weite Welt, das heißt, die Mary Turner, die beständig auf dem unbeständigen Meere schaukelte, krängte und schlingerte.

Aber das Zwischendeck und seine Bewohner bedeuteten für Michael mehr als das Rudel. Es war der Himmel selbst, wo Gott thronte. Der Mensch schuf sich früh seinen Gott, oft aus Stein, Erde oder Feuer, dachte ihn sich in Bäumen und Bergen und zwischen den Sternen. Der Grund war die Entdeckung, daß der Mensch verschwand und verlorenging für den Stamm oder die Familie, oder wie er nun die Gruppe nannte, zu der er gehörte, die aber, alles in allem, nur ein

Rudel von Menschen war. Und der Mensch verließ sein Rudel nur ungern. Daher schuf er in seiner Phantasie ein neues Rudel, das ewig dauern und mit dem er ewig jagen konnte. Da er die Finsternis fürchtete, in die er alle Menschen verschwinden sah, schuf er hinter der Finsternis eine lichtere Welt, ein glücklicheres Jagdgebiet, eine schönere und größere Festhalle, eben seinen »Himmel«.

Ganz wie manche der ersten, am niedrigsten stehenden, primitiven Menschen, träumte Michael nie davon, ein Schattenbild seiner selbst in seiner Seele aufzunehmen und es als Gott anzubeten. Er betete keinen Schatten an. Was er anbetete, war ein wirklicher, unzweifelhafter Gott, der nicht nach seinem eigenen, vierbeinigen Bilde, sondern aus Fleisch und Blut im Bilde Stewards geschaffen war; einen zweibeinigen, unbehaarten, aufrechtgehenden Gott.

*

Hätte der Passat sich nicht am zweiten Tage, nachdem der Kurs auf die Marquesas gesetzt war, gelegt; hätte Kapitän Doane nicht beim Mittagessen noch einmal gemurrt, weil er nur einen Chronometer hatte; wäre Simon Nishikanta nicht darüber erbost und wütend geworden und mit seiner Büchse an Deck gegangen, um möglichst irgendeinen Meeresbewohner zu erblicken, den er töten konnte; und wäre der Meeresbewohner, der sich ganz in der Nähe zeigte, ein Bonite, ein Delphin, ein Tümmler oder sonst irgendein Tier, nur nicht gerade eine große, fünfundzwanzig Meter lange Walkuh mit ihrem Kälbchen gewesen – hätte eines dieser Glieder in der Kette der Ereignisse gefehlt, so würde die Mary Turner zweifellos die Marquesas erreicht, ihre Wasserfässer gefüllt und die Schatzsuche wieder aufgenommen haben, und die Geschicke Michaels, Daughtrys, Kwaques und Cockys hätten sich ganz anders und möglicherweise weniger furchtbar gestaltet.

Aber im entscheidenden Augenblick fehlte eben kein Glied in der Kette der Ereignisse. Der Schoner rollte in der Windstille über die schweren, glatten Seen, und seine Schoten und Taljen krachten um die Wette mit dem großen, hohldonnernden Segel, als Simon Nishikanta dem kleinen Walkalb eine Kugel in den Leib jagte. Fast wie durch ein Wunder

wurde es ein Zufallstreffer, der das Kalb tötete. Es war ungefähr dasselbe, wie wenn man einen Elefanten mit einer Salon-
flinte getötet hätte. Das Kalb war nicht sofort tot. Es hörte
nur augenblicklich mit seinen tollen Sprüngen auf und lag eine
Weile zitternd auf der Oberfläche des Ozeans. In dem Augenblick, als es getroffen wurde, war die Mutter neben ihm,
und an Bord, wo man sie deutlich sah, konnte man über ihre
Sorge und Unruhe nicht im Irrtum sein. Sie berührte das Kalb
mit ihrem ungeheuren Bug, umkreiste es immer wieder und
legte sich dann, unter fortwährenden Berührungen und kleinen Püffen, daneben.

Auf der Mary Turner standen alle vorn und achtern in einer Reihe an der Reling und starrten ängstlich auf den Riesen,
der ebenso lang wie der Schoner war.

»Wenn ihm nun einfällt, es mit uns ebenso zu machen,
wie der andere Wal mit der Essex«, sagte Dag Daughtry zu
dem alten Seemann.

»Dann würde uns recht geschehen«, lautete die Antwort.
»Es war unnötig – leichtsinnig, grausam.«

Michael, der die Aufregung spürte, den aber die Reling
hinderte, etwas zu sehen, sprang auf das Kajütsdach und
bellte herausfordernd beim Anblick des Ungeheuers. Alle
Blicke wandten sich in Schrecken und Entsetzen auf ihn, und
der Steward beruhigte ihn, gebieterisch flüsternd.

»Das ist das letztemal«, murmelte Grimshaw Nishikanta
mit leiser, vor Zorn zitternder Stimme zu. »Wenn Sie noch ein
einziges Mal auf dieser Reise einen Wal schießen, drehe ich
Ihnen Ihren dreckigen Hals um. Glauben Sie mir. Ich würge
Sie, daß Ihnen die Augen zum Kopfe heraustehen.«

Der Armenier lächelte matt:

»Es geschieht nichts. Ich glaube nicht, daß die Essex
überhaupt von einem Wal versenkt wurde.«

Von seiner Mutter angetrieben, machte das Kalb krampf-
hafte Anstrengungen, um zu schwimmen, aber vergebens, es
vermochte sich nur von einer Seite auf die andere zu wälzen.

Während die Mutter das Kalb umkreiste, streifte sie zufällig die Mary Turner mit dem Bug Backbord unter dem Achterspiegel, und die Mary Turner krängte nach Steuerbord,

während sich ihr Achterspiegel zwei Meter oder mehr hob. Aber es blieb nicht bei diesem unfreiwilligen, sanften Stoß. Im nächsten Augenblick schlug das Tier, erschrocken über die Berührung, mit dem Schwänze. Der Schlag traf die Reling gerade vor der Vorwant, schlug ein kräftiges Loch hinein, als wäre es eine Zigarrenkiste, und zerschmetterte die Decksplanken.

Das war alles, aber die ganze Besatzung starrte schweigend und furchtsam auf dieses Seeungetüm, das vom Kummer über sein sterbendes Junges überwältigt war.

Im Laufe einer Stunde, während deren der Schoner und die beiden Wale immer weiter auseinandertrieben, machte das Kalb mehrere vergebliche Schwimmversuche. Dann wurde es von einem starken Zittern gepackt, bis es sich schließlich wild herumwälzte und das Meer mit dem Schwänze peitschte.

»Das ist der Todeskampf«, sagte der alte Seemann gedämpft.

»Ja, verflucht, es ist tot«, sagte Kapitän Doane fünf Minuten später. »Wer sollte es glauben? Eine Büchsenkugel! Ich möchte nur, es wehte eine halbe Stunde, daß wir von hier wegkämen.«

»Vielleicht geht es«, sagte Grimshaw.

Kapitän Doane schüttelte den Kopf, während sein Blick besorgt über die schlaffen Segel und dann über das Meer schweifte, in der Hoffnung, das Wasser sich im Winde kräuseln zu sehen. Aber es war spiegelblank und still, jede große See in der regelmäßigen Folge der Dünung hob sich berghoch und rund wie eine Woge aus Quecksilber.

»Es geht gut«, sagte Grimshaw ermutigend. »Jetzt schwimmt sie weg.«

»Selbstverständlich ist gar keine Gefahr, es war überhaupt keine«, rief Nishikanta herausfordernd, während er sich den Schweiß von Gesicht und Hals wischte und mit den anderen dem fortziehenden Wale nachsah. »Ihr seid mir ein paar schöne Helden, euch vor einem Fisch zu fürchten.«

»Ich sah, daß Ihr Gesicht weniger gelb war als gewöhnlich«, lächelte Grimshaw spöttisch. »Die gelbe Farbe ist Ihnen wohl ins Herz gesunken?«

Der Kapitän seufzte tief. Er fühlte sich so erleichtert, daß er sich nicht überwinden konnte, an dem Gezänk teilzunehmen.

»Sie sind gelb«, fuhr Grimshaw fort, »durch und durch gelb.« Er nickte dem alten Seemann zu. »Sehen Sie, das ist ein Mann. Er hat nicht mit den Augen geblinzelt, obwohl ich annehme, daß er sich über die Gefahr klarer war als Sie. Wenn ich auf einer öden Insel Schiffbruch erleiden und wählen sollte, ob mit ihm oder mit Ihnen, so möchte ich es tausendmal lieber mit ihm. Wenn —« Aber ein Ruf der Matrosen unterbrach ihn.

»Barmherziger Gott«, stöhnte Doane laut.

Die große Walkuh war umgekehrt und stürmte, auf der Oberfläche liegend, gerade auf sie los. Ihre Schnelligkeit war so groß, daß sich vor ihrem Maul eine Woge erhob, ganz wie ein Dreadnought oder ein großer Ozeandampfer sie auf dem Meere hervorbringt.

»Festhalten, alle Mann!« brüllte Kapitän Doane.

Jeder straffte sich, um den Stoß zu erwarten. Henrik Gjertsen, der Rudergast, spreizte die Beine, krümmte sich, straffte Schultern und Arme und packte die Speichen des Rades gerade vor sich. Mehrere Mann von der Besatzung flohen zur Achterhütte, andere wieder sprangen in die Haupttakelung. Daughtry, der sich mit der einen Hand an die Reling klammerte, umschlang den alten Seemann mit seinem freien Arm.

Alle hielten sich fest. Der Wal traf die Mary Turner gerade achtern von der Vorwant. Zehn bis zwanzig Dinge ereigneten sich gleichzeitig. Ein Matrose fiel, eine Want in der Hand, kopfüber aus der Großtakelung, wurde aber von einem Kameraden am Fuß gepackt und gerettet, während der Schoner an Backbord hochgehoben wurde, krachte und zitterte und an Steuerbord niedergepreßt wurde, daß das Meer über die Reling hereinströmte. Michael, der auf dem glatten Kajütsdach stand, glitt die steile Schräge nach Steuerbord hinab und verschwand, mit den Krallen scharrend und knurrend, im Gang. Die Backbordwanten zerrissen an der Pütting, und die Vormarsstenge taumelte wie ein Betrunkener nach Steuerbord.

»Donnerwetter!« sagte der alte Seemann. »Das haben wir gespürt.«

»Herr Jackson!« befahl Kapitän Doane dem Steuermann. »Wollen Sie den Pumpenschacht auspeilen?«

Der Steuermann gehorchte, behielt aber ängstlich den Wal im Auge, der sich plötzlich ostwärts entfernte.

»Da sehen Sie, was Sie angerichtet haben«, fauchte Grimshaw Nishikanta an.

Nishikanta nickte, während er sich den Schweiß abwischte, und murmelte: »Und ich bin zufrieden. Ich hab' genug. Ich glaubte nicht, daß ein Wal dazu imstande wäre. Ich werd' es nie wiedertun.«

»Vielleicht werden Sie auch nie wieder Gelegenheit dazu haben«, antwortete der Kapitän. »Wir sind noch nicht fertig mit dem Biest. Der Wal, der die Essex versenkte, griff immer wieder an, und ich glaube nicht, daß sich die Wale in den paar Jahren sehr verändert haben.«

»Knochentrocken«, meldete Herr Jackson das Ergebnis seines Peilens.

»Jetzt kehrt sie um«, rief Daughtry.

Eine halbe Meile entfernt machte der Wal scharf kehrt und kam wieder auf das Schiff los.

»Mach', daß du wegkommst, da vorn«, rief Kapitän Doane einem Matrosen zu, der eben, seinen Seesack in der Hand, aus der Back kam, und über dem jetzt die Vormarsstenge, die jeden Augenblick herabzustürzen drohte, hin und her schwang.

»Der hat schon gepackt«, murmelte Dag Daughtry dem alten Seemann zu. »Wie eine Ratte, die das sinkende Schiff verläßt.«

»Wir sind alle Ratten«, lautete die Antwort, »soviel hab' ich jedenfalls gelernt, als ich selbst eine Ratte unter den räudigen Ratten im Asyl war.«

Jetzt war auch Michael von der Aufregung und Angst aller an Bord Befindlichen angesteckt worden. Er sprang auf das Kajütsdach, um sehen zu können, und knurrte die Walkuh an, als er sie sich nähern sah, während die Leute sich wieder festklammerten und Schutz vor den drohenden Stößen suchten.

Die Mary Turner wurde achtern von der Besanwant getroffen. Sie wurde nach Steuerbord geschleudert – dasselbe schmähliche Schicksal widerfuhr Michael –, und man hörte deutlich das Krachen des zersplitternden Holzes. Henrik Gjertsen, der mit aller Kraft das Rad gepackt hatte, wurde mit dem Rade selbst, das der Bewegung des Ruders folgte, durch die Luft gewirbelt. Er stieß gegen Kapitän Doane, der seinen Halt an der Reling verloren hatte. Beide wurden hart auf das Deck geschleudert und vermochten kaum zu atmen. Nishikanta fluchte, gegen die Kajütswand gelehnt, weil ihm die Nägel an beiden Händen aus dem Fleisch gerissen waren, als er die Reling loslassen mußte.

Während Daughtry eine Leine um den alten Seemann und die Besantakelung schlang und ihm das Ende in die Hand gab, um sich daran zu halten, kroch Kapitän Doane, nach Atem ringend, zur Reling und kam wieder auf die Füße.

»Das hat getroffen«, flüsterte er heiser dem Steuermann zu, während er die Hand gegen die Seite preßte, um seine Schmerzen zu beherrschen. »Peilen Sie wieder den Schacht aus.«

Mehrere Matrosen benutzten die Pause, um nach vorn unter die Vormarsstenge, die jeden Augenblick herabstürzen konnte, zu stürmen, in der Back zu verschwinden und eiligst ihre Seesäcke zu packen. Als Ah Moy mit seinem eigenen runden Seesack aus dem Zwischendeck auftauchte, schickte Daughtry Kwaque, um auch ihr Eigentum zusammenzupacken.

»Knochentrocken, Herr Kapitän«, meldete der Steuermann.

»Peilen Sie weiter, Herr Jackson!« befahl der Kapitän, dessen Stimme kräftiger wurde, da er sich allmählich von dem Zusammenstoß mit dem Rudergast erholte. »Peilen Sie weiter. Jetzt kommt das Viech wieder, und der Schoner ist nicht so gebaut, daß er ein solches Hämmern aushalten kann.«

Daughtry hatte jetzt Michael unter den einen Arm genommen und war im Begriff, sich in die Takelung zu schwingen, um der nächsten Katastrophe zuvorzukommen.

Die Walkuh machte einen Kreis, um zurückzukommen, verlor dabei aber ihre Orientierung in dem Maße, daß sie zwanzig Fuß hinter dem Achterende der Mary Turner vorbeischoß. Dennoch hob die Wassermasse, die ihr Körper verdrängte, den Schoner sanft in die Höhe und ließ den Bug mit einer majestätischen Verneigung ins Meer tauchen.

»Wenn das getroffen hätte —« murmelte Kapitän Doane, hielt aber gleich wieder inne.

»Dann hätte es gute Nacht geheißen«, vollendete Daughtry den Satz für ihn. »Sie hätte uns den ganzen Achterspiegel abgeschlagen, Herr Kaptän.«

Der Wal machte wieder kehrt, diesmal in einer Entfernung von nur vierhundert Meter, stürmte wieder an, vollendete aber den Halbkreis nicht genau und kam dadurch von Steuerbord gegen den Bug des Schoners. Der Rücken des Tieres traf den Steven, und obwohl es aussah, als hätte er nur leicht den Stampfstock berührt, setzte sich die Mary Turner doch so hart nieder, daß die See über die Reling des Achterspiegels spülte. Aber das war nicht alles. Stampfstock, Wasserstag, alles ging zum Teufel, und ebenso alle Steuerbordstags bis zum Bugspriet, von dem ein Stück nach Backbord im rechten Winkel zum Rundholz des Marsstengenstags gehoben wurde. Die Marsstenge schwankte eine Weile in der Luft, krachte dann aber auf das Deck nieder, wodurch das Bugspriet in die See getaucht wurde und längsseit mitschleifte, da es mit dem dicken Ende von der Back klar kam.

»Stopfen Sie dem Köter das Maul«, sagte Nishikanta gebieterisch zu Daughtry. »Wenn Sie es nicht tun …« Michael, der in Stewards Armen lag, fletschte die Zähne und knurrte zu Schreck und Warnung nicht nur die Walkuh, sondern alles Feindliche und Drohende an, das Schrecken unter den zweibeinigen weißen Göttern seiner schwimmenden Welt verbreitet hatte.

»Jetzt lasse ich ihn gerade heulen«, fauchte Daughtry. »Sie haben schuld an der Geschichte, und wenn Sie die Hand gegen meinen Hund erheben, werden Sie nicht erleben, wie die Geschichte ausgeht, die Sie angerichtet haben, Sie dreckiger Pfandleiher.«

»Sehr richtig«, sagte der alte Seemann beifällig.

»Sagen Sie, Steward, könnten Sie nicht eine Bahn Segelleinen oder eine Decke, oder sonst etwas Weiches und Breites bekommen, das diese Leine ersetzen könnte. Sie schneidet zu stark ein an der Stelle, wo mir die drei Rippen fehlen.«

Daughtry drückte dem Alten Michael in die Arme.

»Halten Sie ihn«, sagte der Steward. »Wenn der Pfandleiher einen Finger gegen Killeny-Boy hebt, dann spucken Sie ihm ins Gesicht, beißen ihn oder sonst irgendwas. Ich bin im Augenblick zurück, ehe er Ihnen etwas tun und ehe der Wal uns wieder treffen kann. Und lassen Sie Killeny-Boy nur soviel Lärm machen, wie er will. Ein Haar an ihm ist mehr wert als alle stinkenden Wucherer der ganzen Welt.« Daughtry stürzte in die Kajüte, kam mit einem Kopfkissen und drei Laken zurück, band den alten Seemann gehörig fest, indem er das Kissen als Unterlage benutzte und die Laken mit Weberknoten zusammenknüpfte, und konnte Michael wieder nehmen.

»Sie zieht Wasser, Herr Kaptän«, rief der Steuermann. »Sechs Zoll – nein, sieben Zoll, Herr Kaptän.« Die Matrosen bahnten sich ihren Weg durch die Trümmer der Vormarsstengen in die Back, um ihre Seesäcke zu packen.

»Schwingen Sie das Steuerbordboot aus, Herr Jackson«, kommandierte der Kapitän und starrte auf die schäumende Bahn des Wals, der zu einem neuen Angriff heranbrauste. »Aber fieren Sie es nicht hinunter. Halten Sie es in den Taljen, sonst zerschmettert das verfluchte Vieh es. Schwingen Sie es nur aus, daß es bereit ist, und lassen Sie die Leute ihre Seesäcke und Proviant und Wasser darin verstauen.«

Die Zurringe waren kaum vom Boot abgeworfen und die Taljen eingehakt, als die Leute auch schon fliehen mußten, um sich in Sicherheit zu bringen, denn der Wal kam wieder. Er traf die Mary Turner mittschiffs an Backbord, so daß man von der Hütte aus ihre lange Flanke wie einen elastischen Stoff sich biegen und wieder zurückspringen sah. Die Steuerbordreling wurde beim Überkrängen des Schoners in der See begraben, und als er sich mit gewaltsamer Anstrengung wieder aufrichtete, überschwemmte das Wasser das Deck, daß es den Matrosen am Boot bis zu den Knien reichte, und spritzte zu den Backbordspeigatten hinaus.

»Hievt los!« befahl Kapitän Doane von der Hütte aus. »Hoch damit! Ausschwingen! Festmachen!«

Das Boot befand sich außenbords, sein Rand ruhte auf der Reling der Mary Turner.

»Zehn Zoll, Herr Kaptän, und steigt schnell«, meldete der Steuermann, während er mit dem Peilstock maß.

»Ich muß mein Werkzeug holen«, bemerkte der Kapitän und schritt nach der Kajüte. In der Tür blieb er stehen und fügte mit einem spöttischen Lächeln, zu Nishikanta gewandt, hinzu: »und meinen einzigen Chronometer.«

»Anderthalb Fuß, und steigt immer noch«, rief ihm der Steuermann nach achtern zu.

»Wir tun wohl am besten, auch zu packen«, sagte Grimshaw, der dem Kapitän folgte, zu Nishikanta.

»Steward«, sagte Nishikanta. »Gehen Sie hinunter und packen Sie mein Bettzeug. Das übrige werde ich selbst besorgen.«

»Herr Nishikanta, Sie können zum Teufel gehen, und alle anderen meinetwegen auch«, antwortete Daughtry ruhig, wandte sich aber im selben Atemzug zu dem alten Seemann und sagte ehrerbietig: »Wollen Sie Killeny-Boy halten, Herr. Ich werde mich Ihrer Sachen annehmen. Wünschen Sie etwas Besonderes zu retten, Herr?«

Jackson schloß sich den vieren an, die hinuntergingen, und während die fünf Mann schnell und zitternd allerlei Gebrauchsgegenstände zusammenpackten, wurde die Mary Turner wieder getroffen. Ohne Warnung überrascht, wurden alle, die sich unten befanden, heftig nach Backbord geschleudert. Aus Nishikantas Kabine ertönten jammernde Flüche, die verkündeten, daß der Kojenrand ihm einen tüchtigen Rippenstoß versetzt hatte. Aber alles das ging unter in einem ungeheuren Krachen an Deck.

»Brennholz – das ist alles, was hier übrigbleibt«, bemerkte Kapitän Doane in der jetzt folgenden Stille, während er vorsichtig mit seinem Chronometer den Kajütsniedergang hinaufkroch.

Nachdem er ihn einem Matrosen anvertraut hatte, ging er wieder hinunter und brachte mit Hilfe des Stewards seine Seekiste heraus, dafür half er Daughtry, die Seekiste des alten Seemanns heraufzuschaffen. Dann ließen beide sich mit Hilfe eifriger Matrosen durch die Luke im Kajütsboden in den Proviantraum hinuntergleiten und begannen Kisten aufzubrechen und einen Berg von Proviant hinaufzureichen – Dosen mit Lachs und Ochsenfleisch, Marmelade und Biskuits, Butter und kondensierte Milch und allerlei getrocknete, eingemachte und kondensierte Büchsenkonserven, wie man sie heutzutage an Bord zur Verpflegung der Besatzung verwendet.

Als Daughtry und der Kapitän schließlich aus der Kajüte auftauchten, starrten beide einen Augenblick auf die Lücke in der feinen, himmelanstrebenden Oberkreuzbramtakelung, wo noch vor wenigen Minuten Großstenge und Besanmarsstenge gesessen hatten. Einen zweiten Blick warfen Sie auf die Trümmer dieser Dinge an Deck – die Besanmarsstenge, die durch das Segel gegangen war, wurde von dem starken Leinen in senkrechter Stellung gehalten und schlug bei jedem Klatschen des Segels hin und her; die Großstenge lag quer über dem zertrümmerten Zwischendecksniedergang. Während die Walmutter, die ihrem Kummer durch Vernichtung Ausdruck verlieh, auf die zu einem neuen Angriff notwendige Entfernung zurückschwamm, scharten sich alle Leute auf der Mary Turner um das Steuerbordboot, das ausgeschwungen war und zum Herabfieren bereit hing. Ein ansehnlicher Berg von Kisten, Wassertonnen und persönlichem Gepäck war neben dem Boot auf dem Deck aufgeschichtet. Ein Blick hierauf und auf die vielen Leute vorn und achtern bewies, daß das Boot bedenklich überlastet werden mußte.

»Die Matrosen müssen wir jedenfalls mitnehmen – die können rudern«, sagte Nishikanta.

»Aber brauchen wir Sie?« fragte Grimshaw finster. »Sie nehmen zuviel Platz weg und sind auf alle Fälle eine Bestie.«

»Ich glaube schon, daß man mich braucht«, meinte der Pfandleiher, und indem er sein Hemd mit einer solchen Heftigkeit aufriß, daß vier Knöpfe ausgerissen wurden, zeigte er einen automatischen Colt-Revolver, Kaliber vierundvierzig, der im Halfter um seinen bloßen Leib unter dem linken Arm festgeschnallt war, so daß er den Kolben der Waffe mit einem Griff seiner Rechten fassen konnte. »Ich bin sicher, daß man mich braucht. Aber wir können weniger wünschenswerte Personen entbehren.«

»Wenn Sie durchaus Ihren Willen haben wollen«, höhnte der Weizenfarmer, obwohl er unwillkürlich seine riesigen Hände zur Faust ballte, als würge er eine Kehle. »Im übrigen werden Sie, wenn wir Proviantmangel leiden sollten, willkommen sein – wegen Ihres Umfangs, meine ich, aus keinem anderen Grunde. Nun, so lassen Sie uns hören, wen Sie als weniger wünschenswert betrachten – den schwarzen Nigger? Er hat keinen Revolver.«

Aber seine Späße wurden unvermittelt durch den nächsten Angriff des Wals unterbrochen – ein neuer, gewaltsamer Schlag gegen den Achterspiegel riß das Ruder fort und zerstörte das Steuergerät.

»Wieviel Wasser?« fragte Kapitän Doane.

»Drei Fuß, Herr Kaptän, ich habe gerade gepeilt«, lautete die Antwort. »Ich glaube, Herr Kaptän, es wäre ratsam, das Boot teilweise zu beladen und es, sobald der Wal uns das nächste Mal getroffen hat, hinunterzufieren, den Rest der Sachen und uns selbst hineinzuschmeißen und klar vom Schiff zu kommen.«

Kapitän Doane nickte. »Das ist ein Stück Arbeit, das rasch gehen muß«, sagte er. »Haltet euch alle bereit. Steward, springen Sie zuerst hinein, dann reiche ich Ihnen den Chronometer.«

Nishikanta schob sich mit seinem breiten Körper kriegerisch neben den Kapitän, öffnete sein Hemd und entblößte den Revolver.

»Es sind zu viele für das Boot«, sagte er, »und der Steward ist einer von denen, die nicht mit sollen. Verstehen Sie? Und hüten Sie sich, es zu vergessen. Der Steward ist einer von denen, die nicht mit sollen.«

Kapitän Doane betrachtete ruhig den großen Revolver, während er gleichzeitig vor seinem inneren Auge in einer blendenden Vision sein Haus in San Franzisko sah.

Er zuckte die Achseln. »Mit all diesem Gepäck wird das Boot unter allen Umständen überladen sein. Lassen Sie uns machen, daß wir fortkommen, wenn Sie aber irgend etwas dabei im Sinne haben, so vergessen Sie nicht, daß ich der einzige bin, der was von Seefahrt versteht, und daß Sie, wenn Sie Ihre Pfandleihe wiedersehen wollen, am besten tun, darauf zu achten, daß mir nichts geschieht. – Steward!«

Daughtry trat näher.

»Es ist kein Platz für Sie – und für einen oder zwei andere; es tut mir leid, Ihnen das sagen zu müssen.«

»Gott sei Dank«, sagte Daughtry, »ich fürchtete schon, daß Sie mich mitnehmen wollten, Herr Kaptän. Kwaque, du nehmen fella Gepäck gehören mir, tun in ander fella Boot an der Seite.«

Während Kwaque gehorchte, peilte der Steuermann zum letztenmal und meldete dreieinhalb Fuß Wasser; dann warfen die Matrosen die leichtere Ladung in das Steuerbordboot.

Ein hochgewachsener, junger skandinavischer Matrose mit hängenden Schultern, zwei Meter groß und schlank wie eine Bohnenstange, mit hellen Augen vom blassesten Blau und Haut und Haar von entsprechend hellen Tönen, schloß sich Kwaque an und half ihm bei seiner Arbeit.

»He, du, Großer John«, sagte der Steuermann. »Dies ist dein Boot. Du arbeitest hier.«

Der schlanke Bursche lächelte verlegen und erklärte zögernd: »Ich glaube, ich gehe am liebsten mit dem Steward.«

»Ja, natürlich, lassen Sie ihn, desto leichter wird das Boot«, sagte Nishikanta, der die Führung in die Hand nahm. »Hat sonst noch jemand was zu bemerken?«

»Aber sicher«, sagte Daughtry und blickte ihm mit spöttischem Lächeln ins Gesicht. »Ich nehme an, daß der Rest vom Bier mit in mein Boot kommt, wenn Sie sich nicht mit mir über die Sache streiten wollen.«

»Wenn Sie auch nur für zwei Cent —« fauchte Nishikanta wütend. »Nicht für zwei Milliarden Cent würden Sie einen Streit mit mir riskieren, Sie alter Wucherer«, antwortete Daughtry. »Großer John, bring' die Kiste Bier und die kleine dazu und schaff' sie in mein Boot. Nishikanta, legen Sie es mit mir an, wenn Sie es wagen.«

Nishikanta wagte es nicht und wußte auch nicht, was er tun sollte. Aber er wurde aus seiner Verlegenheit gerettet durch den Ruf: »Jetzt kommt er!«

Alles stürmte fort, um sich festzuhalten, während der Wal noch einiges Holz zertrümmerte und die Mary Turner tot und träge von einer Seite auf die andere rollte.

»Hinunterfieren! Los!«

Kapitän Doanes Befehl wurde augenblicklich befolgt. Das Steuerbordboot hob sich und fiel dann aufs Wasser, während die Matrosen es klar vom Schiff hielten und den Rest des Gepäcks und Proviants hineinschafften. »Ich kann Ihnen auch gut helfen, Herr Kaptän, weil ich sehe, daß Sie solche Eile haben«, sagte Daughtry, indem er Kapitän Doane den Chronometer aus der Hand nahm, um ihn zu reichen, sobald er im Boot war.

»Kommen Sie, Greenleaf«, rief Grimshaw dem alten Seemann zu. »Nein, danke schön«, lautete die Antwort. »Ich glaube, es ist mehr Platz im andern Boot.«

»Wir wollen den Koch mithaben«, rief Nishikanta vom Achtersitz. »Los, du gelber Affe. Spring!«

Der kleine alte, eingeschrumpfte Ah Moy überlegte. Man sah, daß ihm Gedanken durch den Kopf schossen, obwohl niemand sie kannte, während seine Blicke zwischen dem Revolver des dicken Pfandleihers und dem Aussatz Kwaques und Daughtrys hin und her schweiften. Er wog eines gegen das andere ab und warf schließlich noch die leichte Ladung des einen Bootes und die schwere Ladung des anderen mit in die Waagschale.

»Mich gehen ander Boot«, sagte Ah Moy und begann seinen Seesack über das Deck zu schleifen.

»Loswerfen«, kommandierte Kapitän Doane.

Als Scraps, der junge Neufundländer, der während der ganzen bewegten Szene herumgespielt und getanzt hatte, so viele von den menschlichen Bewohnern der Mary Turner in dem Boot neben dem Schiff sah, sprang er über die Reling, die niedrig, dicht über dem Wasserspiegel lag, und landete zappelnd auf den vielen Seesäcken und Proviantkisten. Das Boot schaukelte, und Nishikanta rief, den Revolver in der Hand: »Zurück mit ihm! Schmeißt ihn wieder an Bord.«

Die Matrosen gehorchten, und der verblüffte Scraps landete nach einer kurzen Luftreise rücklings auf dem Deck der Mary Turner. Aber das hielt er jedenfalls nur für einen derben Spaß, rollte sich begeistert herum und wand sich wie ein Wurm, während er darüber nachdachte, welche neuen Späße seiner warteten. Mit einschmeichelndem Knurren, das gute Kameradschaft ausdrücken sollte, versuchte er sich mit Michael einzulassen, der jetzt frei an Deck herumspazierte, erhielt aber zur Antwort nur ein unbehagliches, mürrisches Knurren.

»Ich denke, wir werden ihn unserer Sammlung einverleiben müssen, nicht wahr, Herr«, sagte Dag Daughtry, während er einen Augenblick den Kopf des Hündchens streichelte und dadurch gleichsam sein Versprechen besiegelte, wofür das junge Tier ihm eifrig die Hand leckte.

Alle erstklassigen Stewards besitzen ungewöhnliche administrative Fähigkeiten. So war auch Dag Daughtry ein erstklassiger Steward. Nachdem er den alten Seemann in einen geschützten Winkel gebracht und den Großen John beauftragt hatte, das letzte Boot loszuzurren und die Taljen einzuhängen, schickte er Kwaque in den Raum, um die Wassertonnen aus dem spärlichen Vorrat zu füllen, und Ah Moy in die Kajüte, um Lebensmittel zu holen.

Das Steuerbordboot, das mit Leuten, Proviant und Besitztümern in bunter Mischung gefüllt war und schnell von dem gefährlichen Punkt, das heißt der Mary Turner, weggerudert wurde, war kaum zweihundert Meter fort, als der Wal, der den Schoner verfehlt hatte, in voller Fahrt umkehrte und so nahe durch das schäumende Wasser vorbeischoß, daß das Boot mit Mühe und Not einer Kollision mit ihm entging. So nahe kam er, daß die Ruderer auf der dem Wale zugekehrten Seite die Riemen einzogen. Die Bugwelle, die er erzeugte, ließ das schwerbeladene Boot so weit überkrängen, daß ein gut Teil Wasser überkam, ehe es sich wieder aufrichtete. Nishikanta, der, immer noch den Revolver in der Hand, auf dem Achtersitz stand, vermochte sich kaum auf den Füßen zu halten. Bei seinem instinktiven krampfhaften Versuch, das Gleichgewicht zu bewahren, ließ er den Revolver ins Wasser fallen.

»Ha–ah!« höhnte Daughtry. »Was kostet es jetzt, Nishikanta? Jetzt habt ihr ihn. Und wenn es dazu kommt, daß ihr euch gegenseitig auffreßt, dann nehmt ihn zuerst. Er ist allerdings ein Stinktier und wird dementsprechend schmecken. Aber manch braver Mann hat schon Stinktiere gefressen, wenn er in der Klemme saß. Das beste ist, ihr legt ihn die ganze Nacht in Salzwasser.«

Grimshaw, dessen Platz auf dem Achtersitz nicht gerade gut war, erkannte die Situation gleichzeitig mit Daughtry, erhob sich schnell, streckte die Hand aus, packte schnell den dicken Pfandleiher am Kragen und warf ihn von seinem Sitz herunter, dann nahm er selbst, ohne sich jedoch zu übereilen, den bequemeren Platz ein.

»Möchten Sie mitkommen?« rief er Daughtry zu.

»Nein, vielen Dank, Herr«, lautete die Antwort. »Wir sind zu viele und nehmen besser das andere Boot.«

Jetzt legten sie sich in die Riemen und ruderten mit wahnsinniger Schnelligkeit fort, während Daughtry mit Ah Moy in den Vorratsraum unter der Kajüte ging, wo sie weiteren Proviant auspackten und hinaufreichten.

Während sie unten beschäftigt waren, streifte der Wal den Schoner ungefähr mittschiffs an Backbord, schlug mit seinem mächtigen Schwanz, tauchte und riß Pütting und Schanzbekleidung der Besanwant vollkommen weg. Beim nächsten Schlingern in der schweren, spiegelblanken See stürzte der Besanmast über Bord.

»Das ist ein Wal, das muß ich sagen«, meinte Daughtry zu Ah Moy, als sie den Kajütsniedergang heraufkamen und die Bescherung sahen.

Ah Moy hielt es für das beste, weitere Lebensmittel aus der Kajüte zu holen, während Daughtry, Kwaque und der Große John sich mit ihrem ganzen Gewicht gegen die Läufer, je einen Läufer auf einmal, stemmten und das Backbordboot erst mit dem einen, dann mit dem andern Ende über die Reling hißten, um es dann auszuschwingen.

»Wir warten den nächsten Stoß ab, dann fieren wir es hinunter, werfen alles hinein und stoßen schnell ab«, sagte der Steward zu dem alten Seemann. »Wir haben noch viel Zeit.«

Schon jetzt befanden sich die Speigatten in Höhe des Meeres, der Schoner schlingerte merkwürdig tot in der hohen See.

»He!« rief er mit einem plötzlichen Einfall Kapitän Doane hinüber. »Wie ist der Kurs nach den Marquesas, Herr Kaptän?«

»Nordnordost«, lautete die undeutliche Antwort. »Werdet Nuka-Hiva treffen. An zweihundert Meilen. Dreht in den Südost-Passat. Am Wind, dann wird's schon gehen.«

»Danke, Herr Kaptän«, rief der Steward, lief dann nach achtern und holte den Kompaß.

Der Wal zögerte, seine Angriffe zu erneuern, und sie begannen schon fast zu glauben, daß er genug hätte. Doch während sie seine Bewegungen beobachteten, sank die Mary Turner beständig.

»Wir könnten wohl den Versuch machen«, sagte Daughtry zum Großen John, aber im selben Augenblick mischte sich eine neue Stimme in die Unterhaltung.

»Cocky, Cocky«, tönte es klagend den Kajütsniedergang herauf. »Teufel auch! Teufel auch!« klang es kurz darauf in gereiztem, zornigem Tone. »Teufel auch! Teufel auch!«

»Selbstverständlich soll er nicht hierbleiben«, sagte Daughtry bei sich, lief über das Deck, kroch durch die Reste der Vormarsstenge und ihrer vielen Stags, die wirr durcheinander den Weg versperrten, und fand das kleine, weiße Geschöpf auf einem Kojenrand, wo es saß, sich aufplusterte, seinen rosenroten Schopf hob und senkte und in ehrlicher Menschensprache die Launenhaftigkeit der Welt, der Schiffe sowie auch der Menschen auf dem Meere verfluchte. Der Kakadu setzte den Fuß auf Daughtrys Zeigefinger, kletterte schnell seinen Hemdärmel hinauf, setzte sich ihm auf die Schulter, lehnte dann seinen Kopf gegen das Auge Stewards und sagte dankbar und erleichtert: »Cocky, Cocky!«

»Du Spitzbube«, brummte Daughtry.

»Gott sei Dank«, antwortete Cocky in einem Tonfall, der dem Daughtrys so glich, daß er ganz verblüfft war.

»Du Spitzbube«, wiederholte Daughtry und legte zärtlich Wange und Augen gegen den befiederten und beschopften Kopf des Kakadus. »Und da glauben die Menschen, daß nur sie etwas wert sind.«

Der Wal zögerte immer noch, und da das Meer buchstäblich seine Zehen auf dem Deck, das sich in Höhe des Wasserspiegels befand, wusch, befahl Daughtry, das Boot hinunterzufieren. Ah Moy sprang eifrig und schnell in den Bug. Aber Daughtrys Annahme, daß die Furcht, mit dem Schiff zu versinken, ihn so antrieb, stimmte nicht. Ah Moy erstrebte den Platz im Boot, der am weitesten von Kwaque und dem Steward entfernt war.

Nachdem sie abgestoßen hatten, schoben sie in aller Eile Proviant und Gepäck von den Sitzen und nahmen ihre Plätze ein. Ah Moy am ersten Riemen vorn, hinter ihm der Große John und Kwaque und dann, am Achterriemen, Daughtry, dem immer noch Cocky auf der Schulter saß. Vom Achtersitz oder auf dem Gepäck starrte Michael sinnend auf die Mary Turner und knurrte Scraps, der dumm genug war, spielen zu wollen, streitlustig an. Der alte Seemann stand aufrecht an der Ruderpinne und gab, als alles bereit war, Befehl, die Riemen auszulegen.

Knurren und Haarsträuben Michaels zeigte ihnen an, daß der Wal sich näherte. Aber er griff nicht an, statt dessen umkreiste er langsam den Schoner.

»Ich möchte wetten, daß das Vieh von all dem Losdonnern Kopfschmerzen gekriegt hat«, grinste Daughtry, um seine Kameraden zu ermutigen.

Sie waren kaum ein Dutzend Schläge gerudert, als ein Ausruf des Großen John sie seinem Blick folgen ließ, der nach der Back des Schoners gerichtet war, wo die Schiffskatze eine große Ratte jagte. Sie sahen auch andere Ratten, die offenbar von dem steigenden Wasser aus ihren Schlupfwinkeln vertrieben waren.

»Wir können die Katze nicht zurücklassen«, sagte Daughtry laut und energisch.

»Natürlich nicht«, antwortete der alte Seemann, und er stemmte sich gegen die Ruderpinne und steuerte das Boot zurück.

Zweimal schaukelte der Wal sie ein wenig, während er sie ruhig umkreiste, ehe sie sich über die Riemen beugten und auslegten. Der Wal schien keine Notiz von ihnen zu nehmen. Das große Ding, der Schoner, war es, der sein Junges getötet hatte, und an dem Schoner ließ er seine Wut aus.

Gerade, als sie wegruderten, machte der Wal kehrt und schwamm geradeaus übers Meer. In einer Entfernung von einer halben Meile bog er ab und kehrte zu einem neuen Angriff zurück.

»Mit all dem Wasser in sich wird der Schoner es ihm ordentlich wiedergeben, wenn er getroffen wird«, sagte Daughtry. »Mein Gott, ruht auf den Riemen und paßt auf.«

Der Stoß, der genau mittschiffs traf, war der schwerste, den die Mary Turner erhalten hatte. Stags und Splitter der Schanzbekleidung flogen in die Luft, und der Schoner krängte so stark, daß die Hälfte seiner Kupferbekleidung sichtbar wurde und naß und funkelnd in der Sonne leuchtete. Als er sich träge wieder aufrichtete, schwankte der Großmast wie ein Betrunkener, fiel aber nicht.

»Eine tüchtige Ohrfeige«, rief Daughtry beim Anblick des Wals, der das Wasser ziel- und zwecklos aufrührte. »Sie müssen beide mächtig eins abgekriegt haben.«

»Schoner ganz fertig«, sagte Kwaque, als die Reling der Mary Turner verschwand.

Sie sank schnell, und einige Augenblicke später war die Spitze des Großmasts verschwunden. Nur der Wal wälzte sich noch auf der Oberfläche des Meeres.

»Damit ist nicht zu prahlen«, lauteten Dag Daughtrys letzte Worte über dem Grabe der Mary Turner. »Niemand wird uns glauben. Ein kräftiges, kleines Schiff wie sie, versenkt, mit

Überlegung versenkt von einer Walkuh! Nein, mein Herr, ich glaubte dem alten Seebären in Honolulu nicht einen Augenblick, als er behauptete, daß er einer der Überlebenden der Essex sei. Und mir werden die Leute nicht mehr glauben als ich ihm.«

»Schöner Schoner, das schöne, gute Schiff«, sagte der alte Seemann betrübt. »Nie gab es elegantere und prächtigere Marsstengen auf einem Dreimastschoner, und nie gab es einen Dreimastschoner, der so wie sie kreuzen konnte.«

Dag Daughtry, der stets frei, ungebunden und unverheiratet gewesen war, blickte alle Insassen des Bootes an, für die er jetzt die Verantwortung trug – da waren Kwaque, das schwarze Papua-Ungetüm, das er vor dem Bauch seiner Kameraden gerettet hatte; Ah Moy, der kleine Schiffskoch; der alte Seemann, der erhabene, geliebte, geachtete; der langaufgeschossene Große John, der junge Skandinavier, ein Riese mit dem Herzen eines Kindes; Killeny-Boy, der Wunderhund; Scraps, das empörend dumme, dicke, ungeschickte Hündchen; Cocky, der kleine, weißgefiederte Vogel, hart wie eine Stahlklinge, aber einschmeichelnd verführerisch wie ein reizendes Kind; und endlich die Katze aus der Back des Schoners, der geschmeidige, rotgelbe Rattentöter, der warm und gut zwischen Ah Moys Knien lag. Und dabei waren es zweihundert Meilen bis zu den Marquesas, vorausgesetzt, daß der Passat ihnen erlaubte, am Winde zu segeln, der Passat, der jetzt ruhte, der sich aber, so sicher wie die Morgensonne am Himmel, wieder erheben mußte.

Der Steward seufzte, und merkwürdigerweise tauchte in seiner Seele eine Erinnerung aus seiner Fibel auf, das Bild einer alten Frau, die in einem Schuh wohnte. Er wischte sich mit dem Handrücken den Schweiß von der Stirn und bemerkte wieder die Hautverdickung, die den runden, gefühllosen Fleck zwischen seinen Brauen umgab, und dabei sagte er:

»Ja, Kinder, mit den Riemen werden wir nicht nach den Marquesas kommen. Wir brauchen ein bißchen Wind. Zunächst aber gilt es, ein paar Meilen zwischen uns und die brummige alte Walkuh zu legen. Vielleicht lebt sie wieder auf, vielleicht nicht, auf alle Fälle aber fühle ich mich in ihrer Nähe nicht recht behaglich.«

*

Als der Dampfer Mariposa zwei Tage später seine gewöhnliche Fahrt zwischen Tahiti und San Franzisko machte, hörten die Passagiere plötzlich mit ihrem Scheibenwerfen an Deck auf, verließen ihre Karten im Rauchsalon, ihre Romane und ihre Deckstühle und drängten sich an die Reling, um auf das kleine Boot zu starren, das von einem leichten Winde auf sie zugetrieben wurde. Als der Große John mit Hilfe von Ah Moy und Kwaque das Segel strich und den Mast umlegte, hörten sie die Passagiere lachen. Was die sahen, widersprach so völlig ihren früheren Begriffen von der Rettung Schiffbrüchiger in einem offenen Boot mitten auf dem Meere.

Dieses Boot erinnerte ja direkt an die Arche Noah, mit seiner Ladung von Bettzeug, Packkisten, Bierkisten, einer Katze, zwei Hunden, einem weißen Kakadu, einem Chinesen, einem kraushaarigen Neger, einem langen blonden Riesen, einem grauhaarigen Daughtry und einem alten Seemann, der ungewöhnlich waschecht aussah.

»Sagen Sie, Noah«, rief einer der Passagiere, »ist die große Sintflut gewesen, wie? Haben Sie schon den Ararat gefunden?«

»Haben Sie viele Fische gefangen?« schrie ein anderer junger Mann von der Reling herunter.

»Großer Gott, sehen Sie das Bier! Gutes englisches Bier! Notieren Sie eine Kiste für mich.«

Kaum je ist eine schiffbrüchige Besatzung unter so großer Heiterkeit gerettet worden. Die frischen jungen Leute blieben dabei, daß es kein anderer, als der alte Noah selber mit den Resten der verschwundenen Stämme sei, und die älteren weiblichen Passagiere erzählten die haarsträubendsten Geschichten von einer bei einem Seebeben versunkenen Insel.

»Ich bin Steward«, sagte Dag Daughtry zu dem Kapitän der Mariposa. »Und ich wäre Ihnen dankbar, wenn ich bei Ihren Stewards in der Stewardskajüte schlafen könnte. Der Große John dort ist Seemann, Sie können ihn also gut in der Back unterbringen. Der Chinese ist Koch, und der Nigger gehört mir. Aber Herr Greenleaf, Herr Kaptän, ist ein feiner Herr, und die beste Verpflegung und die beste Kajüte wären nicht zu gut für ihn, Herr Kaptän.«

Als bekannt wurde, daß diese Geschöpfe ein Teil der Überlebenden von dem Dreimastschoner Mary Turner waren, der von einem Wal zu Brennholz zerhackt und versenkt war, glaubten die älteren Damen daran nicht mehr, als sie an die Geschichte von der versunkenen Insel geglaubt hatten.

»Kapitän Hayward, könnte ein Wal die Mariposa versenken?« fragte eine von ihnen den Kapitän.

»Bis jetzt ist ihr das noch nie passiert«, antwortete er.

»Das dacht' ich mir doch«, sagte sie mit Nachdruck. »Schiffe pflegen nicht von Walen versenkt zu werden, nicht wahr, Kapitän?«

»Nein, gnädige Frau, im allgemeinen nicht, das kann ich Ihnen versichern«, antwortete er. »Aber nichtsdestoweniger behaupten die fünf Leute es alle.«

»Seeleute sind bekannt für ihre Unwahrhaftigkeit, nicht wahr?« Die Dame drückte ihre innerste Meinung in einer vorsichtig fragenden Form aus.

»Die schlimmsten Lügner, die ich je gekannt habe, gnädige Frau. Können Sie sich vorstellen: ich habe jetzt vierzig Jahre lang die See befahren und kann mich noch nicht auf mich selbst verlassen, nicht einmal unter Eid.« –

Neun Tage später fuhr die Mariposa in das Goldene Tor ein und legte am Kai von San Franzisko an. Lange humoristische Artikel in den Zeitungen, in dem üblichen törichten Stil kindischer, eben aus der Schule entlassener Reporter, kitzelten für einen flüchtigen Augenblick die Phantasie San Franziskos mit ihrer Erzählung von den Schiffbrüchigen, die eine Räubergeschichte auftischten, welche selbst die Reporter nicht glaubten.

Daughtry ging daher mit seiner Besatzung in San Franzisko an Land, ohne weiteres Aufsehen zu erregen und ohne daß besonders viel mit ihnen hergemacht wurde. Der Große John verschwand sofort in einem Seemannsheim und ließ sich noch vor Ausgang der Woche auf einem Dampfer anheuern, der mit Rotholz nach Bandon, Oregon, bestimmt war. Ah

Moy kam nicht weiter als bis zu den Unterkunftbaracken der Auswandererkommission und wurde mit dem nächsten Postdampfer nach China zurückgeschickt. Die Katze der Mary Turner wurde von der Mannschaft der Mariposa adoptiert und fuhr nach Tahiti zurück. Scraps wurde von einem Quartiermeister an Land genommen und im Schoß seiner Familie hinterlassen.

Dag Daughtry aber ging mit seinem bescheidenen Spargroschen an Land, um zwei billige Zimmer für sich und den Teil seiner Besatzung zu mieten, für den er noch die Verantwortung trug, nämlich Charles Stough Greenleaf, Kwaque, Michael und Cocky. Aber er erlaubte dem alten Seemann nur kurze Zeit, mit ihm zusammen zu wohnen.

»Das geht nicht, Herr«, sagte er zu ihm. »Wir brauchen Kapital. Wir müssen sehen, das Kapital für uns zu interessieren und das ist Ihre Sache. Sie müssen sich daher heute noch ein paar Koffer kaufen, eine Droschke nehmen und als ein Mann mit Geld in der Tasche vor dem Bronxhotel vorfahren. Das ist ein gutes Hotel, aber mit mäßigen Preisen, und wird das richtige für Sie sein. Nehmen Sie sich ein kleines Zimmer nach dem Hofe hinaus, ohne Pension natürlich, so daß Sie am Essen sparen können.«

»Aber ich habe kein Geld, Steward«, protestierte der alte Seemann.

»Das macht nichts, ich helfe Ihnen mit allem, was ich habe.«

»Ja aber, mein Lieber, Sie wissen, daß ich ein alter Sünder bin. Ich kann Sie nicht betrügen wie die anderen. Sie ... ja, ja, sehen Sie, Sie sind mein Freund, sehen Sie den Unterschied nicht ein?«

»Doch gewiß, und ich danke Ihnen, daß Sie das sagen, Herr. Aber deshalb halte ich ja gerade zu Ihnen. Und wenn Sie eine Bande von neuen Schatzsuchern und das Schiff bereit haben, dann heuern Sie mich einfach als Steward an, mit Kwaque, Killeny-Boy und dem Rest unserer Familie. Sie haben mich jetzt adoptiert, ich bin Ihr erwachsener Sohn, und Sie müssen tun, wie ich Ihnen sage. Bronx ist gerade das rechte Hotel für Sie, ein gutklingender Name, nicht wahr? Er duftet nach Vornehmheit. Ich versichere Ihnen, wenn Sie sich in einem großen Klubsessel zurücklehnen und mit einer Viertel-Dollar-Zigarre im Mund und einem Getränk für zwanzig Cent neben sich vom Schatz reden, dann schmeckt das schon geradezu nach dem Schatz. Man kann nicht anders, als Ihnen glauben. Und wenn Sie jetzt gleich mitkommen, können wir losgehen und die Koffer kaufen.«

Tapfer und ohne mit den Augen zu blinzeln, fuhr der alte Seemann in einer Droschke beim Bronxhotel vor, trug sein »Charles Stough Greenleaf« mit altertümlicher Handschrift ein und nahm die Tätigkeit wieder auf, die ihn seit Jahren vor dem Asyl bewahrte. Nicht weniger tapfer begab Dag Daughtry sich auf die Arbeitssuche. Das war im höchsten Maße erforderlich, weil er große Ausgaben hatte. Seine Familie – Kwaque, Michael und Cocky – mußte Kost und Logis haben; noch teurer aber war es, daß der alte Seemann in dem feinen Hotel wohnte; und dazu kam noch sein eigener Durst, der seine sechs Liter täglich forderte.

Aber es war gerade die Zeit einer industriellen Krise. Die Frage der Arbeitslosigkeit beschäftigte in höherem Maße als gewöhnlich die Bürger San Franziskos, und für jeden freien Stewardposten auf Dampfern und Segelschiffen meldeten sich drei Bewerber. Daughtry konnte keine Stellung finden, und die Gelegenheitsarbeit, die er erhielt, vermochte sein Budget nicht im Gleichgewicht zu halten. Er arbeitete sogar beim Straßenbau für die Gemeinde, aber nur drei Tage, dann mußte er der Bestimmung gemäß einem andern weichen, den die drei Tage Arbeit ein wenig über Wasser hielten.

Daughtry würde Kwaque auf Arbeit geschickt haben, wäre Kwaque nicht unmöglich gewesen. Der Schwarze, der nur vom Deck des Dampfers aus Sydney gesehen hatte, war nie in seinem Leben in einer Stadt gewesen. Das einzige, was er von der Welt kannte, waren Dampfer, ferne Südseeinseln und seine eigene König-Wilhelms-Insel in Melanesien. Kwaque blieb daher in den beiden Zimmern, kochte, bestellte das Haus und sorgte für Michael und Cocky. Dies war das reine Gefängnisleben für Michael, der gewöhnt war, sich auf Schiffen und Koralleninseln zu tummeln.

Abends aber machte Michael Spaziergänge mit Steward, zuweilen auch von Kwaque gefolgt, der sich einige Schritte hinter ihnen hielt. Die Menge der weißen Götter auf den überfüllten Bürgersteigen wurde eine Qual für Michael, so daß Gottmenschen im allgemeinen tief in seiner Achtung sanken. Steward aber, der Gott, der im besonderen Maße der Gegenstand seiner Huldigung und Verehrung war, stieg nur noch in seinen Augen. Michael wurde verwirrt unter so vielen Göttern, dafür wurde aber der Abrahamsschoß Stewards für ihn mehr als je der einzige sichere Hafen, in dem weder Unannehmlichkeiten noch Gefahren je auf ihn lauerten. »Vorsicht« ist der erste und letzte Warnruf des städtischen Lebens im zwanzigsten Jahrhundert. Michael war nicht faul, ihn sich hinters Ohr zu schreiben, und er nahm seine Pfoten in acht zwischen den unzähligen Tausenden gestiefelter Menschenfüße, die stets dahinhasteten und nie Rücksicht auf die Existenz eines geringen vierbeinigen irischen Terriers nahmen.

Die abendlichen Ausgänge mit Steward führten unweigerlich von einer Wirtschaft zur andern, wo Männer, an langen Schanktischen stehend oder an kleinen Tischen sitzend, tranken und schwatzten. Diese Männer tranken und schwatzten viel, und das tat Steward auch, bis er nach Einnahme seines täglichen Minimums von sechs Litern heimkehrte, um zu Bett zu gehen. Er und Michael machten viele Bekanntschaften. Es waren meistens Seeleute, die die Küste oder die Bucht befuhren, aber es befanden sich auch viele Fischer und Hafenarbeiter unter ihnen.

Einer dieser Bekannten, der Kapitän eines flachgehenden Schoners, der die Küste der Bucht sowie den San Joaquin und den Sacramento befuhr, hatte Daughtry versprochen, ihn als Koch und Matrosen auf der Howard anzuheuern. Das Schiff hatte, die Decklast eingerechnet, eine Tragfähigkeit von achtzig Tonnen, und regelmäßig luden und löschten Kapitän Jörgensen, der Koch und zwei andere Matrosen immer wieder und segelten Tag und Nacht zu allen Zeiten und unter allen Wasserverhältnissen, wobei ein Mann steuerte, während die andern drei schliefen oder sich stärkten. Das bedeutete Arbeit, doppelte Arbeit und Überarbeit und noch mehr, aber die

Verpflegung war reichlich, und der Lohn belief sich auf fünf-
undvierzig bis sechzig Dollar monatlich.

»Sie können sich darauf verlassen«, sagte Kapitän Jörgensen. »Diesen Koch, den Hanson, werde ich sehr bald vertrimmen und zum Teufel schicken, und dann kommen Sie an
Bord – und der Wauwau auch.« Mit diesen Worten legte er
seine arbeitsrauhe Hand herzlich auf Michaels Kopf und
streichelte ihn. »Das ist ein schöner Wauwau. Ein Wauwau ist
gut auf einer Schute, wenn sie vor Anker liegt und alle Mann
am Kai oder auf Wache schlafen.«

»Dann schicken Sie Hanson doch zum Teufel«, forderte
Dag Daughtry ihn auf.

Aber Kapitän Jörgensen schüttelte schwerfällig seinen
schwerfälligen Kopf.

»Erst will ich ihn vertrimmen.«

»Dann vertrimmen Sie ihn jetzt und schicken Sie ihn zum
Teufel« beharrte Daughtry. »Dahinten in der Ecke sitzt er.«

»Nein. Er muß mir einen Grund dazu geben. Ich habe
massenhaft Grund. Aber ich muß einen haben, den alle Welt
versteht. Er muß mich dazu bringen, daß ich ihn vertrimme,
so daß alle Leute sagen: ›Hurra, Kaptän, das ist recht!‹ Dann
kriegen Sie den Platz, Daughtry.«

Hätte Kapitän Jörgensen nicht gezögert, Hanson zu vertrimmen, und hätte Hanson nicht gezögert, ihm einen hinrei-
chenden Vorwand zu geben, so würde Michael dem Steward
an Bord des Schoners Howard gefolgt sein, und alle folgenden Erlebnisse Michaels hätten sich anders gestaltet. Aber sie
waren nun einmal vorbestimmt, und zwar durch einen Zufall
oder durch eine Verkettung von Zufällen, denen Michael
nicht entgehen konnte, und von denen er nicht mehr ahnte
als Steward selbst. In diesem Augenblick waren die spätere
Bühnenkarriere Michaels und die grausame Mißhandlung, die
er erleiden sollte, ein Schicksal, das keiner in seinen wildesten
Träumen geahnt hätte. Und was Daughtrys und Kwaques
Schicksal anging, so hätte sich keiner, selbst im wahnsinnig-
sten Opiumrausch, etwas auch nur annähernd so Furchtbares
träumen lassen.

*

Eines Abends saß Dag Daughtry an einem Tisch in einem Wirtshaus. Er befand sich in einer tüchtigen Klemme; er hatte seine letzten Spargroschen verbraucht. Vor einer Weile hatte er den alten Seemann angerufen, der ihm insofern einen Fortschritt berichten konnte, als an eben diesem Tage ein Quacksalber, der seine Praxis aufgegeben hatte und von seinem Gelde lebte, ungewöhnlich kräftig angebissen hatte.

»Lassen Sie mich meine Ringe versetzen«, hatte der alte Seemann eindringlich, und nicht zum erstenmal, am Telephon gesagt.

»Nein, Herr«, hatte Daughtry geantwortet. »Die brauchen wir für das Geschäft. Sie sind die Warenlager. Sie geben den nötigen Duft von Schätzen und Reichtümern. Ich werde mir heute nacht den Kopf zerbrechen und morgen mit Ihnen reden, Herr. Behalten Sie ja die Ringe und halten Sie sie dem Doktor hin und wieder, wie zufällig, unter die Nase. Er muß Ihnen kommen. Das ist die einzige Möglichkeit. Machen Sie sich keine Kopfschmerzen, Herr. Dag Daughtry ist immer noch auf die Füße gefallen.«

Als er aber im »Rammbock« saß, erschien ihm sein Fall sehr nahe bevorstehend. In seiner Tasche war genau die Miete für die kommende Woche, die bereits vor drei Tagen fällig gewesen war. In der Wohnung befand sich noch gerade so viel Essen, daß es bei einiger Sparsamkeit für einen Tag genügte. Die bescheidene Hotelrechnung des alten Seemanns war seit zwei Wochen nicht bezahlt, und das war ein ungeheurer Betrag; dazu hatte der alte Seemann nur noch ein paar Dollar in der Tasche, um dem schatzgierigen Doktor gegenüber den reichen Mann zu spielen.

Das Schrecklichste von allem war indessen die Tatsache, daß Dag Daughtry noch drei Liter an seiner täglichen Ration fehlten und er sich nicht am Mietsgeld vergreifen wollte, dem einzigen Bollwerk zwischen ihm und seiner Familie einerseits und der Straße andererseits. Daher saß er jetzt am Tisch mit Kapitän Jörgensen, der gerade mit einer Ladung Heu aus dem Tiefland von Petaluma zurückgekehrt war. Er hatte schon zweimal Bier ausgegeben und verriet kein weiteres Anzeichen von Durst. Statt dessen gähnte er und sah auf die Uhr. Und

Daughtry fehlten noch drei Liter. Dazu war Hanson noch nicht vertrimmt, so daß die Stellung als Koch auf dem Schoner noch in unabsehbar weiter Ferne lag.

In seiner Verzweiflung hatte Daughtry einen Einfall, durch den er zu einem neuen Glas Faßbier zu kommen hoffte. Er mochte Faßbier nicht, aber es war billiger als Lagerbier.

»Wissen Sie, Kaptän«, sagte er. »Sie ahnen gar nicht, wie pfiffig Killeny-Boy ist. Denken Sie, er kann ebensogut rechnen wie Sie und ich.«

»Hoho!« polterte Kapitän Jörgensen. »Ich habe das in Schaubuden gesehen. Das ist alles Humbug. Hunde und Pferde können nicht rechnen.«

»Dieser Hund doch«, beharrte Daughtry ruhig. »Sie können ihm nichts vormachen. Ich will auf der Stelle mit Ihnen wetten, daß ich so laut, daß er es hören und verstehen kann, zwei Bier bestelle, dem Kellner zuflüstere, daß er nur eines bringen soll, und wenn das eine dann kommt, wird Killeny-Boy Spektakel mit dem Kellner machen.«

»Hoho! Was gilt die Wette?«

Der Steward faßte nach einem Zehn-Cent-Stück in seiner Tasche. Wenn Killeny-Boy ihn enttäuschte, hieß das, daß er das Mietsgeld angreifen mußte, aber er sagte sich, daß Killeny-Boy ihn nicht enttäuschen würde, und antwortete: »Zwei Glas Bier.«

Nachdem der Kellner heimlich unterrichtet worden war, wurde Michael aus der Ecke, wo er zu Kwaques Füßen lag, gerufen. Als der Steward einen Stuhl für ihn an den Tisch rückte und ihn aufforderte, Platz zu nehmen, horchte er auf. Steward wollte offenbar etwas von ihm.

»Kellner«, rief Steward, und als der Kellner an ihren Tisch trat, sagte er: »Zwei Bier. Hast du verstanden, Killeny? Zwei Bier.«

Michael drehte und wand sich auf seinem Stuhl, legte eine eifrige Pfote auf den Tisch und streckte seinen Span von Zunge nach Stewards Gesicht aus, das sich dicht über ihn beugte.

»Er weiß Bescheid«, sagte Daughtry.

»Nicht, wenn wir reden«, lautete die Antwort. »Sie sollen sehen, wie wir Ihren Wauwau anführen. Ich sage also, daß Sie den Platz bekommen, sobald ich Hanson vertrimmt habe, und Sie sagen, daß ich Hanson jetzt vertrimmen soll. Aber ich sage, Hanson muß mir erst einen Anlaß geben. Und dann streiten wir uns wie zwei Blödsinnige und machen einen furchtbaren Spektakel! Einverstanden?«

Daughtry nickte, und nun folgte eine laute Diskussion, bei der Michael ernst von einem zum andern blickte.

»Ich habe Sie angeführt«, sagte Kapitän Jörgensen, als der Kellner mit nur einem Glas Bier ankam. »Der Wauwau hat es vergessen, wenn er es überhaupt je gewußt hat. Er glaubt, daß wir beide uns streiten, und unser Gerede hat in seinem Kopf die Erinnerung an das Bier ausgelöscht.«

»Ich erlaube mir zu glauben, daß er nicht zu rechnen vergißt, soviel Lärm wir auch machen«, sagte Daughtry laut, um sich Mut zu machen. »Passen Sie jetzt auf.«

Das große Bierglas wurde vor den Kapitän gestellt, und Michael, der wußte, daß man etwas von ihm wollte, stellte sich, wie eine Bogensehne gestrafft, auf die Zehenspitzen, um seinem Herrn zu dienen. Sich seiner alten Lehre von der Makambo erinnernd, spähte er vergebens nach einem Zeichen in Stewards unbeweglichem Gesicht, sah sich dann um und entdeckte nicht zwei, sondern nur ein Glas. So gut hatte er den Unterschied zwischen zwei und eins gelernt, daß es ihm sofort auffiel – wie, ja, das kann selbst der tiefsinnigste Psychologe ebensowenig erklären, wie er erklären kann, was ein Gedanke an sich ist –, daß es nur ein Glas war, obwohl zwei bestellt waren. Er sprang plötzlich hoch, legte beide Vorderpfoten auf den Tisch und bellte mit einer Stimme, die rauh vor Zorn war, den Kellner an.

Kapitän Jörgensen schlug mit der Faust auf den Tisch. »Sie gewinnen«, brüllte er. »Ich bezahle, Kellner, noch eins!«

Michael sah Steward an, als wollte er die Bestätigung erhalten, daß er seine Sache gut gemacht hatte, und Stewards Hand auf seinem Kopfe gab hinreichende Antwort.

»Wir versuchen es noch einmal«, sagte der Kapitän, der plötzlich wach geworden war und großes Interesse bezeigte, während er sich mit dem Handrücken den Bierschaum vom Bart wischte. »Eins und zwei mag er kennen. Aber wie steht es mit drei? Und mit vier?«

»Genau dasselbe, Schiffer. Er kann bis fünf zählen und sogar mehr als fünf unterscheiden, wenn er auch die Zahlen nur bis fünf bei Namen kennt.«

»He, Hanson«, brüllte Jörgensen durch die ganze Wirtschaft dem Koch der Howard zu. »He, Sie Dickschädel. Kommen Sie her und trinken Sie eins.«

Hanson kam und nahm sich einen Stuhl.

»Ich gebe aus«, sagte der Kapitän. »Aber Sie bestellen, Daughtry. Passen Sie auf, Hanson. Der Hund kann besser rechnen als Sie. Wir sind drei. Daughtry, bestellen Sie drei Bier. Der Wauwau hört drei. Ich halte zwei Finger hoch, daß der Kellner es sieht. So. Er bringt zwei. Aber der Wauwau macht einen Höllenspektakel mit dem Kellner. Passen Sie auf.«

Alles geschah. Michael war nicht zu beruhigen, ehe die Bestellung richtig ausgeführt war.

»Er kann nicht zählen«, meinte Hanson. »Er sieht einen Mann, der kein Bier hat. Das ist alles. Er weiß, daß jeder Mann sein Bier haben soll, deshalb bellt er.«

»Er kann noch viel mehr«, prahlte Daughtry. »Wir sind drei. Wir wollen vier bestellen. Dann hat jeder Mann sein Glas, aber Killeny-Boy wird dem Kellner doch Bescheid sagen.«

Und richtig, Michael, der jetzt wußte, worum es sich handelte, ließ dem Kellner keine Ruhe, bis er das vierte Glas gebracht hatte. Jetzt umstanden viele Menschen den Tisch. Und alle wollten Bier ausgeben, um Michael auf die Probe zu stellen.

»Gott sei Dank«, sagte Dag Daughtry bei sich. »Das ist eine merkwürdige Welt. Den einen Augenblick ist man durstig, und den nächsten ersäufen sie einen geradezu in Bier.«

Mehrere wollten sogar Michael kaufen und boten lächerliche Summen, fünfzehn oder zwanzig Dollar.

»Jetzt will ich Ihnen etwas sagen«, sagte Kapitän Jörgensen leise zu Daughtry, den er in eine Ecke gezogen hatte.

»Geben Sie mir den Wauwau, dann vertrimme ich Hanson sofort, und Sie kriegen den Platz – und treten morgen die Arbeit an.«

Der Wirt des »Rammbocks« zog Daughtry in eine andere Ecke und flüsterte ihm zu:

»Kommen Sie jeden Abend mit Ihrem Hund her. Das gibt ein Geschäft! Ich gebe Ihnen Freibier, soviel Sie wollen, und fünfzig Cent bar jeden Abend.«

Dieser Vorschlag gab Daughtry die Idee ein, die er Michael anvertraute, als sie wieder zu Hause waren und Kwaque ihm die Schuhe aufschnürte:

»Sieh, die Sache ist die, Killeny: Wenn du dem Wirt jeden Abend fünfzig Cent und Freibier wert bist, dann bist du es mir auch. Und mehr als das, mein Junge. Denn er sieht bei dir nur auf seinen Gewinn. Und du, Killeny-Boy, hast nichts dagegen, für mich zu arbeiten, das weiß ich. Wir brauchen Geld. Da sind Kwaque, Herr Greenleaf und Cocky, von dir und mir ganz zu schweigen, und wir essen schrecklich viel, und es ist schwer, das Geld für die Miete, und noch schwerer, Arbeit zu finden. Was meinst du dazu, mein Sohn, wenn wir beide morgen herumziehen und sehen, wieviel Geld wir zusammenkriegen?«

Und Michael, der auf Stewards Schoß saß, während Stewards Hände ihm die Schnauze gepackt hielten, drehte und wand sich vor Freude, ließ die Zunge spielen und wedelte mit der Rute. Was es nun auch sein mochte, es mußte gut sein, denn Steward hatte es gesagt.

Der grauhaarige Schiffssteward und der rauhhaarige irische Terrier wurden schnell bekannte Gestalten im Nachtleben des San Franziskoer Hafens. Daughtry verlieh dem Zahlenkunststück noch eine besondere Note, indem er Cocky daran teilnehmen ließ. Brachte ein Kellner zum Beispiel nicht die richtige Zahl Gläser, so blieb Michael ganz still sitzen, bis Cocky, auf einen heimlichen Wink Stewards, auf einem Bein stehend Michael mit der freien Kralle um den Hals griff und ihm scheinbar etwas ins Ohr flüsterte, worauf Michael die

Gläser auf dem Tisch ansah und wie gewöhnlich dem Kellner Vorwürfe machte.

Der entscheidende Schlag aber fiel, als Daughtry und Michael zum erstenmal »Fahr mit mir nach Rio« sangen. Das geschah in einem Tanzlokal für Seeleute in der Pazifikstraße, und alles hörte auf zu tanzen und verlangte ungestüm weitere Leistungen von dem singenden Hund. Der Wirt setzte auch kein Geld dabei zu, denn niemand ging, und die Zuhörerschar wuchs so, daß die Leute stehen mußten, während Michael sein ganzes Repertoire heruntersang.

Als Daughtry sich zum Gehen wandte, drückte ihm der Wirt drei Silberdollar in die Hand und bat ihn, am nächsten Abend mit dem Hund wiederzukommen. »Dafür?« fragte Daughtry und sah das Geld an, als wäre es ein verächtliches Angebot.

Der Wirt beeilte sich, noch zwei Dollar zuzulegen, und Daughtry versprach, zu kommen.

»Killeny-Boy, mein Sohn«, sagte er zu Michael, als sie zu Bett gingen. »Ich glaube, wir beide sind mehr wert als fünf Dollar den Abend. Ein wirklich singender Hund, der bald jede Melodie mit mir zusammen und ein halbes Dutzend Lieder allein singen kann. Es heißt, daß Caruso tausend für den Abend kriegt, nun, und du bist der Hundecaruso. Wenn wir nicht jeden Abend ein Zwanzigdollarstück verdienen können – ja, mein Sohn, dann müssen wir in eine bessere Gegend ziehen. Und der alte Herr im Bronxhotel soll ein feines Zimmer zur Straße hinaus haben, und Kwaque soll vom Kopf bis zu den Füßen neu eingekleidet werden. Killeny-Boy, mein Junge, wir wollen so reich werden, daß wir, wenn er keine Goldvögel fängt, selbst das Geld auf den Tisch legen, ihm einen Schoner kaufen und ihn für eigene Rechnung auf die Schatzsuche schicken können.«

Die »Barbarenküste« San Franziskos – in den Tagen, als San Franzisko für den berüchtigtsten Hafen der sieben Meere galt, die alte Seemannsstadt – hatte sich gleichzeitig mit der Geschäftsstadt entwickelt und bezog die Hälfte ihrer Einnahmen von den Bummlern, die sie besuchten und viel Geld ausgaben. In den besseren Kreisen war es üblich, sich nach dem Essen einige Stunden damit zu vertreiben, im Automobil von Tanzlokal zu Tanzlokal und von einem billigen Kabarett zum anderen zu fahren, namentlich wenn es galt, neugierige Gäste aus den Oststaaten zu unterhalten. Kurz, die Küste war eine Sehenswürdigkeit wie das chinesische Viertel und »Cliff House«.

Es dauerte nicht lange, so bekam Dag Daughtry seine zwanzig Dollar den Abend für zwei Nummern zu je zwanzig Minuten und mußte mehr Bier ausschlagen, als ein Dutzend Männer mit einem Durst, der sich mit dem seinen messen konnte, hätten trinken können. Noch nie hatte er so viel Glück gehabt, und man kann nicht leugnen, daß auch Michael sich darüber freute. Er freute sich hauptsächlich aber Stewards wegen, er diente Steward, und dieser Dienst war sein höchster Herzenswunsch.

Michael war jetzt tatsächlich der Versorger einer ganzen Familie. Kwaque blühte auf und glänzte mit rotbraunen Schuhen, steifem Filzhütchen und einem grauen Anzug mit tadellos gebügelten Hosen. Er liebte es, Kinos zu besuchen, opferte täglich zwanzig bis dreißig Cent darauf und ließ keine Wiederholung des Programms aus. Daughtry legte nicht viel Beschlag auf seine Zeit, denn sie hatten die Gewohnheit angenommen, in Restaurants zu essen. Der alte Seemann war nicht allein in ein teureres Zimmer nach der Straße hinaus im Bronxhotel gezogen. Daughtry wollte ihm auch durchaus mehr Taschengeld aufdrängen, damit er hin und wieder einen Bekannten in ein Theater oder Konzert einladen und im Taxameter heimfahren könnte.

»Das machen wir nicht in alle Ewigkeit so weiter, Killeny-Boy«, sagte Steward zu Michael, »nur bis der alte Herr eine neue Bande goldschnüffelnder Schatzjäger geangelt hat, länger nicht, dann – wuppdich, aufs blaue Meer hinaus, mein Sohn, ein gutes Schiff unter unseren Füßen schlingern spüren, die Seen auf Deck planschen hören und sie hin und wieder durch die Speigatten springen sehen.

Wir können ebensogut nach Rio fahren wie davon vor einer Versammlung blöder Gesellen singen. Laß sie ihre faulen Städte behalten, wir brauchen das Leben auf See – du und ich.

Killeny, mein Sohn, und auch der alte Herr und Kwaque und Cocky. Wir sind nicht für die Städte geschaffen. Die sind nicht gesund. Nein, du glaubst es vielleicht nicht, mein Sohn, aber ich verliere meine Elastizität. Das Pulver geht mir aus, ich bin so merkwürdig matt und müde davon, den ganzen Abend auf einem Stuhl zu hängen, ohne etwas zu tun. Ich werde ganz krank bei dem Gedanken, noch einmal den alten Herrn sagen zu hören: ›Ich glaube Steward, jetzt, vor dem Essen, würde mir einer von Ihren ausgezeichneten Cocktails gut tun.‹ Auf die nächste Reise wollen wir eine kleine Eismaschine mitnehmen und ihnen zeigen, was wir können.

Und sieh dir Kwaque an, Killeny, mein Junge. Das Klima hier ist nichts für ihn. Er kränkelt ja geradezu. Wenn er noch lange in den Kinos herumsitzt, kriegt er Tuberkulose.« Mit Kwaque, der nie klagte, ging es in Wirklichkeit schnell bergab. Eine Schwellung in seiner rechten Armhöhle, die sich anfangs langsam entwickelte und nicht schmerzte, war allmählich der Sitz eines leichten, aber anhaltenden Schmerzes geworden. Er konnte nicht mehr ungestört die Nacht durchschlafen. Obwohl er auf der linken Seite schlief, weckte der Schmerz ihn häufig. Wäre Ah Moy nicht längst von den Einwanderungsbehörden nach China zurückgeschickt worden, so hätte er ihm erzählen können, was die Schwellung bedeutete, wie er auch Dag Daughtry das Geheimnis der beständig an Umfang zunehmenden Hautverdickung auf der Stirn hätte erzählen können, wo die kleine senkrechte Löwenrunzel immer mehr hervortrat. Er hätte ihm auch erzählen können, was mit dem kleinen Finger seiner linken Hand los war. Daughtry hatte es zuerst für eine Sehnenzerrung gehalten, später stellte er die Diagnose auf chronischen Rheumatismus, eine Folge des feuchten nebligen Klimas San Franziskos. Dies war einer der Gründe, daß er wieder zur See gehen wollte, damit die Tropensonne den Rheumatismus aus ihm heraustriebe.

Als Steward war Dag Daughtry gewohnt, mit Männern und Frauen aus höheren Kreisen zu verkehren, aber zum erstenmal in seinem Leben stand er hier, in der Unterwelt San Franziskos, mit derartigen Leuten auf gleichem Fuße. In jedem prangenden Kabarett, wo Michael auftrat, umschmeichelten sie ihn, um aufgefordert zu werden, an seinem Tische Platz zu nehmen und Bier für ihn auszugeben. Sie würden den teuersten Wein für ihn bezahlt haben, wenn er sich nicht eigensinnig an sein Bier gehalten hätte.

Unter den vielen Menschen, die sie in ihrem Kabarettleben kennenlernten, waren zwei bestimmt, sehr bald eine wichtige Rolle im Leben Daughtrys und Michaels zu spielen. Der erste, ein Politiker und Arzt namens Dr. Emory – Walter Merritt Emory –, hatte mehrmals an Daughtrys Tisch gesessen, wo Michael wie gewöhnlich auf einem Stuhl neben ihm saß. Emory gab Daughtry in seiner Dankbarkeit für diese Freundlichkeit auch eine Karte mit der Adresse seiner Klinik und erbat sich die Gunst, Hund oder Herrn behandeln zu dürfen, falls sie je krank werden sollten. Daughtrys Ansicht nach war Dr. Emory ein scharfsinniger und tüchtiger Mann, aber selbstsüchtig wie ein hungriger Tiger. Das sagte er ihm denn auch mit der brutalen Aufrichtigkeit, die er sich jetzt unter so veränderten Verhältnissen erlauben konnte.

»Doktor, Sie sind ein Wunder. Das kann man mit halbem Auge sehen. Wenn Sie sich etwas wünschen, verschaffen Sie es sich ohne weiteres. Nichts kann Sie halten, außer ...«

»Außer«?

»Ach, außer, es wäre vernagelt oder abgeschlossen, oder ein Polizist stände daneben. Ich möchte wahrhaftig nichts haben, was Sie sich wünschten.«

»So, aber Sie haben etwas«, versicherte der Arzt ihm mit einem bedeutungsvollen Blick auf Michael, der auf dem Stuhl zwischen ihnen saß.

»Brrr«, sagte Daughtry schaudernd. »Sie lassen es mir kalt über den Rücken laufen. Wenn ich glaubte, daß es Ihr Ernst sei, würde ich keine zwei Minuten länger in San Franzisko bleiben.« Er grübelte einen Augenblick, in sein Bierglas starrend, lachte dann aber beruhigt. »Keiner kann mir den Hund nehmen. Ich muß Ihnen nämlich sagen, daß ich den Betreffenden vorher totschlagen würde. Sie wissen, daß es mein Ernst ist. Und das würde er auch verstehen. Denn sehen Sie, der Hund ...«

Dag Daughtry, der ganz außerstande war, seine tiefe Bewegung auszudrücken, stockte mitten im Satz und ertränkte ihn in seinem Bierglas.

Ein ganz andrer Typ war die zweite verhängnisvolle Person. Sie nannte sich Harry Del Mar; und Harry Del Mar war der Name, der auf dem Programm stand, wenn er im Orpheum auftrat. Der Mann lebte von der Vorführung dressierter Tiere, was Daughtry allerdings nicht wußte, weil Del Mar zur Zeit Ferien hatte. Auch er schmiß manche Runde an Daughtrys Tisch. Er war jung, nicht über dreißig, von dunkler Hautfarbe und hatte lange Wimpern und große braune, seiner Meinung nach magnetische Augen, dazu hatten sein Mund und die andern Gesichtszüge einen engelhaften Ausdruck; aber sein Äußeres entsprach sehr wenig dem rücksichtslosen, geschäftsmäßigen Ton, in dem er sprach.

»Sie haben aber nicht Geld genug, ihn zu kaufen«, antwortete Daughtry, nachdem der andre sein erstes Angebot auf Michael von fünfhundert auf tausend Dollar erhöht hatte.

»Die Tausend habe ich, wenn Sie das meinen.«

»Nein.« Daughtry schüttelte den Kopf. »Ich meine, daß er um keinen Preis zu kaufen ist. Was wollen Sie übrigens mit ihm?«

»Er gefällt mir«, antwortete Del Mar. »Ich wünsche ihn eben zu besitzen, und zwar für einen Preis von tausend Dollar. Sehen Sie den großen Diamanten an der Hand der Frau drüben. Ich bin ziemlich sicher, daß er ihr gefiel, daß sie ihn sich wünschte, und daß sie ihn bekam, ohne Rücksicht auf den Preis. Der Preis bedeutet für sie nicht soviel wie der Diamant. Und Ihr Hund ...«

»Dem gefallen Sie nicht«, unterbrach Daughtry ihn. »Was übrigens merkwürdig ist. Ihm gefällt fast jeder, aber wenn Sie kommen, sträuben sich ihm die Haare. Und es will doch niemand einen Hund haben, der ihn nicht leiden kann.«

»Das kommt hier nicht in Frage«, sagte Del Mar ruhig. »Er gefällt mir. Ob er mich leiden kann oder nicht, ist ja meine Sache, und die Schwierigkeit, glaube ich, werde ich noch überwinden.«

Daughtry schien es, als fühlte er hinter dem unerschütterlich heiteren Ausdruck des andern eine stahlharte, bodenlose Grausamkeit, die allerdings vom Verstand im Zaum gehalten wurde. Daughtry verlieh diesem Gefühl keinen Ausdruck. Es war ja nur ein Gefühl, und Gefühle bedürfen keiner Worte, um gespürt und verstanden zu werden.

»Es gibt eine Bank, die die ganze Nacht geöffnet ist«, fuhr der andere fort. »Wir können hingehen, ich erhebe einen Scheck und im Laufe einer halben Stunde haben Sie das Geld.«

Daughtry schüttelte den Kopf.

»Selbst als nur einleitendes, vorläufiges Gebot ist es unannehmbar«, sagte er. »Sehen Sie, der Hund verdient zwanzig Dollar den Abend. Sagen wir, daß er fünfundzwanzig Tage im Monat arbeitet. Das macht fünfhundert monatlich oder sechstausend jährlich. Nehmen wir nun, der leichten Rechnung halber, fünf Prozent an, so sind das die Zinsen eines Kapitals von hundertzwanzigtausend Dollar. Setzen wir die Ausgaben und das Honorar für mich auf zwanzigtausend an. Dann wäre der Hund also hunderttausend wert. Um aber nicht den Mund zu voll zu nehmen, wollen wir die Hälfte abziehen und sagen, daß der Hund fünfzigtausend wert ist. Und Sie bieten mir tausend.«

»Sie glauben vermutlich, daß er ewig dauert, wie ein Stück Land für dasselbe Geld«, lächelte Del Mar ruhig. Daughtry erkannte sofort den Kern der Sache.

»Sagen wir, er arbeitet fünf Jahre – das macht dreißigtausend. Sagen wir, er arbeitet ein Jahr, das macht sechstausend. Und Sie bieten mir tausend statt sechstausend. Das ist weder ein Geschäft für mich – noch für ihn. Und noch eins: Wenn er nichts mehr tun kann und nicht einen Cent wert ist, dann ist er für mich gerade eine ganze Million wert, böte mir aber jemand eine Million, so würde ich den Preis erhöhen.«

*

»Wir sprechen uns wieder«, sagte Del Mar am Ende des vierten Gesprächs, das er mit Daughtry über den Verkauf von Michael führte. Hierin irrte sich Harry Del Mar. Er sollte

Daughtry nie wiedersehen, weil Daughtry vorher Dr. Emory sah.

Kwaques wachsende Unruhe des Nachts infolge der Schwellung in seiner rechten Armhöhle hatte begonnen, Daughtry zu wecken. Nachdem das einige Male geschehen war, hatte der Steward über die Sache nachgedacht und war zu dem Ergebnis gekommen, daß Kwaque genug krank war, um einen Arzt zu brauchen. Daher nahm er eines Vormittags gegen elf Uhr Kwaque mit, begab sich in Walter Merritt Emorys Klinik und wartete in dem dichtgefüllten Wartezimmer, bis er an die Reihe kam.

»Ich glaube, er hat Krebs, Herr Doktor«, sagte Daughtry, während Kwaque Hemd und Unterjacke auszog. »Er hat nie gejammert. So sind die Neger ja. Ich hab' es erst bemerkt, als er mich nachts mit seinem Hin- und Herwerfen und seinem Stöhnen aufweckte – da! Wie nennen Sie das? Krebs oder Tumor – oder bedeutet das dasselbe?«

Aber die schnellen Augen Walter Merritt Emorys hatten nicht die Klauenfinger an Kwaques linker Hand übersehen. Sein Auge war nicht allein schnell, es war geradezu ein »Lepraauge«. Als junger Assistenzarzt auf den Philippinen hatte er Aussatz studiert und Gelegenheit gehabt, so viele Aussätzige zu sehen, daß er, wenn die Krankheit sich nicht im frühesten Anfangsstadium befand, unfehlbar durch einen einzigen Blick imstande war, die richtige Diagnose zu stellen. Von den gekrümmten Fingern, die die anästhetische, durch Nervendestruktion hervorgerufene Form der Krankheit darstellten, und der gerunzelten Löwenstirn schweifte sein Blick zu der Schwellung in der rechten Armhöhle, die er als die tuberkulöse Krankheitsform diagnostizierte.

Ebenso schnell schossen ihm zwei Gedanken durch den Kopf: der erste war der Grundsatz, wann und wo man einen Aussätzigen findet, soll man nach dem zweiten Aussätzigen suchen. Sein zweiter Gedanke galt dem irischen Terrier, der Daughtry, Kwaques langjährigem Herrn, gehörte. Dann aber stellte Walter Merritt Emory auch alle seine schnellen, untersuchenden Blicke ein. Er wußte nicht, wieviel oder wie wenig Daughtry vom Aussatz kannte, und wollte keinen Verdacht erregen. Wie zufällig zog er seine Uhr heraus, um zu sehen, wie spät es war, und wandte sich dann zu Daughtry: »Ich möchte annehmen, daß sein Blut nicht in Ordnung ist. Es geht bergab mit ihm. Er ist sein jetziges Leben oder seine jetzige Kost nicht gewöhnt. Um meiner Sache sicher zu sein, werde ich untersuchen, ob er Krebs hat, obwohl es kaum wahrscheinlich ist.« Und während er nur einen kurzen Augenblick stotternd sprach, heftete sich sein Blick auf die Stelle über und zwischen Daughtrys Augen. Das genügte. Sein »Lepraauge« hatte das Löwenzeichen gesehen.

»Sie sind selbst angegriffen«, fuhr er freundlich fort. »Ich wette, Sie sind nicht so recht auf dem Damm, nicht wahr?«

»Das kann ich wirklich nicht behaupten«, gestand Daughtry. »Ich vermute, daß ich wieder auf die See und in die Tropen gehen und mir den Rheumatismus herausbrennen lassen muß.«

»Wo sitzt es?« fragte Dr. Emory, fast zerstreut, und er spielte seine Rolle so gut, daß es aussah, als wolle er sich gleich wieder näher mit Kwaque beschäftigen und dessen Schwellung untersuchen.

Daughtry streckte die linke Hand aus und machte eine drehende Bewegung mit dem kleinen Finger, um den Sitz des Leidens zu zeigen. Walter Merritt Emory sah mit scheinbar gleichgültigem Blick unter halbgeschlossenen Lidern, daß der kleine Finger leicht geschwollen und leicht gekrümmt war und einen glatten, fast schimmernden, seidenartigen Hautüberzug hatte. Während er sich der Untersuchung Kwaques zuwandte, ließ er seinen Blick wieder einen Augenblick auf Daughtrys Stirn ruhen.

»Rheumatismus ist immer noch das große Mysterium«, wandte sich Dr. Emory wieder an Daughtry, als lenke der Gedanke ihn ab. »Es gibt so viele verschiedenartige Formen, daß er fast individuell ist. Jeder Mensch hat seine besondere Form. Keine Steifheit?« Daughtry bewegte versuchsweise den kleinen Finger. »Ja«, sagte er. »Er ist nicht so beweglich wie sonst.«

»Aha«, murmelte Walter Merritt Emory mit einem Übermaß von Sicherheit und Selbstgefühl. »Seien Sie so freundlich und setzen Sie sich auf diesen Stuhl. Vielleicht bin ich imstande, Sie zu heilen, jedenfalls aber verspreche ich Ihnen, daß ich Ihnen den Ort anweisen werde, der für Ihre Krankheit am besten ist. Schwester Grace!«

Und während die junge Dame in Schwesterntracht Daughtry auf den Untersuchungsstuhl half und er sich, der Anweisung folgend, zurücklehnte, und während der Arzt seine Finger in die stärkste antiseptische Lösung tauchte, die er in seiner Klinik hatte, stand vor den Augen Walter Merritt Emorys im Zentrum seines Hirns das leuchtende Bild eines ersehnten irischen Terriers, der in den Kabaretts des Hafenviertels Vorstellungen gab, und dessen Name Killeny-Boy war.

»Sie haben noch an andern Stellen Rheumatismus als nur an Ihrem kleinen Finger«, versicherte er Daughtry. »Ich wette, hier, gerade auf Ihrer Stirn, ist auch ein bißchen. Einen Augenblick, wenn Sie erlauben. Wenn es weh tut, bewegen Sie sich. Wenn nicht, dann sitzen Sie still. Es ist nicht meine Absicht, Sie zu quälen. Ich will nur sehen, ob meine Diagnose richtig ist. – Da, da ist es. Bewegen Sie sich, wenn Sie etwas fühlen. Rheumatismus hat merkwürdige Launen. – Sehen Sie her, Schwester Grace, ich möchte wetten, daß Sie diese Form von Rheumatismus noch nie gesehen haben. Sehen Sie, er fühlt nichts. Er glaubt, ich hätte noch nicht angefangen ...«

Und während er ununterbrochen und eifrig weitersprach, tat er etwas, das Daughtry nicht ahnte, etwas, das Kwaque, der zusah, fast glauben ließ, daß er träume, so unwirklich und unmöglich erschien es ihm, denn Dr. Emory untersuchte mit einer großen Nadel den dunklen Fleck zwischen den senkrechten Löwenrunzeln, und er begnügte sich nicht mit einer einfachen Untersuchung der Stelle. Er stach die Nadel von einer Seite unter die Stirnhaut und ließ sie in ihrer ganzen Länge unter dem gefühllosen, verdickten Gewebe verschwinden. Kwaque sah mit Augen zu, die vor Erstaunen aus den Höhlen traten; denn sein Herr verriet nicht mit dem geringsten Zittern oder Beben, daß er spüre, was mit ihm gemacht wurde.

»Warum fangen Sie nicht an?« fragte Daughtry ungeduldig. »Im übrigen spielt mein Rheumatismus gar keine Rolle. Es handelt sich um die Geschwulst des Niggers.«

»Sie brauchen eine Kur«, versicherte Doktor Emory. »Rheumatismus ist eine ernste Sache. Man darf ihn nicht einreißen lassen. Ich werde Ihnen eine Kur verschreiben, wenn Sie jetzt aber aufstehen wollen, werden wir uns Ihren schwarzen Diener ein bißchen ansehen.«

Bevor aber Kwaque sich auf den Stuhl zurücklehnte, warf Doktor Emory ein Laken über die Lehne, das roch, als wäre es fast bis zum Siedepunkt erhitzt worden. Als er sich anschicken wollte, Kwaque zu untersuchen, sah er mit einem leichten Stutzen auf die Uhr. Er erkannte, wie spät es war, stutzte noch mehr und wandte sich dann mit vorwurfsvoller Miene an seine Assistentin:

»Schwester Grace, Sie haben vergessen, mich zu erinnern. Sehen Sie, es ist zehn Minuten nach halb zwölf, und Sie wußten doch, daß ich pünktlich um halb zwölf mit Dr. Hadley konferieren wollte. Er wird schön geflucht haben! Sie wissen, wie brummig er ist.«

Schwester Grace nickte mit einem vollendeten Ausdruck von Reue und Unterwürfigkeit, als wüßte sie genau Bescheid, obwohl sie in Wirklichkeit bis zu diesem Zeitpunkt nie etwas davon gehört hatte, daß er um halb zwölf eine Konferenz haben sollte – sie kannte ihren Chef genau.

»Ich brauche nur durch den Vorraum zu gehen«, erklärte Doktor Emory Daughtry. »Es wird keine fünf Minuten dauern. Ich habe einen kleinen Streit mit ihm gehabt. Er hat einen Fall als Blinddarmentzündung diagnostiziert und will operieren. Ich habe Pyorrhöe, die vom Mund aus den Magen infiziert hat, angenommen und habe eine Emetin-Behandlung des Mundes vorgeschlagen. Das verstehen Sie natürlich nicht, aber jetzt habe ich Dr. Hadley überredet, den Zahn- und Pyorrhöe-Spezialisten Dr. Granville mitzubringen. Und die beiden haben jetzt zehn Minuten auf mich gewartet. Ich muß laufen.«

»In fünf Minuten bin ich wieder da«, sagte er, während er die Tür zum Vorplatz hinter sich schloß. – »Schwester Grace, seien Sie so gut und bitten Sie die Leute im Wartezimmer, etwas Geduld zu haben.«

Er ging auch zu Dr. Hadley, wenn auch niemand, der an Pyorrhöe litt oder operiert werden sollte, auf ihn wartete.

Statt dessen führte er zwei Ferngespräche: eines mit dem Vorsitzenden der Gesundheitskommission, das andere mit dem Polizeidirektor. Glücklicherweise traf er sie beide in ihren Bureaux an, nannte sie familiär beim Vornamen und sprach sehr eindringlich und vertraulich mit ihnen.

Als er sein Sprechzimmer wieder betrat, war er offenbar sehr stolz. »Ich habe ihnen Bescheid gesagt«, versicherte er Schwester Grace, zog aber in seiner Freude Daughtry mit ins Vertrauen. »Dr. Granville war derselben Ansicht wie ich. Nichts als Pyorrhöe natürlich. Mit der Operation ist es also Essig. Und jetzt sind sie schon dabei und behandeln ihm Zahnfleisch und Eiterbläschen mit Emetin. Ha! Es ist doch schön, wenn man recht behält. Ich habe eine Zigarre verdient. Haben Sie etwas dagegen, Herr Daughtry?«

Der Steward schüttelte den Kopf und Dr. Emory steckte sich eine große Havannazigarre an und schwelgte weiter in seinem erdichteten Triumph über den Kollegen. Über das Reden vergaß er das Rauchen, und indem er sich völlig zufrieden in seinen Sessel zurücklehnte, ließ er mit gespielter Nachlässigkeit die Glut seiner Zigarre auf einer von Kwaques krummen Fingerspitzen ruhen. Ein heimlicher Wink warnte Schwester Grace, die allein sah, was er tat.

»Wissen Sie, Herr Daughtry«, fuhr Walter Merritt Emory begeistert fort, während er den Blick des Stewards mit dem seinen festhielt und die ganze Zeit die Glut der Zigarre auf Kwaques Fingern ruhen ließ. »Je älter ich werde, desto überzeugter werde ich, daß viel zuviel unbedachte Operationen vorgenommen werden.«

Glut und Fleisch waren immer noch in Berührung miteinander, und eine kleine Rauchspirale, anders als der Zigarrenrauch, begann von Kwaques Fingerspitzen aufzusteigen.

»Nehmen wir zum Beispiel Dr. Hadleys Patienten. Ich habe ihm nicht nur das Risiko einer Blinddarmoperation, sondern auch das Operationshonorar und die Ausgaben für die

Klinik erspart. Ja, weiß Gott, ganz abgesehen von der Lebensgefahr und den damit verbundenen Unannehmlichkeiten, habe ich dem Manne alles in allem tausend blanke Dollars für Operation, Krankenhaus und Pflege erspart.«

Während er noch sprach und Daughtrys Blick festhielt, begann ein Geruch von versengtem Fleisch die Luft zu durchdringen. Doktor Emory sog eifrig die Luft ein. Auch Schwester Grace bemerkte den Geruch, aber sie war gewarnt und ließ sich nichts merken.

»Was brennt hier?« fragte Daughtry, indem er die Luft einsog und sich umsah.

»Eine scheußliche Zigarre«, meinte Dr. Emory, der sie jetzt, nachdem er sie von Kwaques Fingern entfernt hatte, mit kritischer Mißbilligung untersuchte. Er hielt sie dicht an seine Nase, und sein Gesicht drückte Ekel aus.

»Das ist das Ärgerliche, eine gute neue Zigarrenmarke wird auf den Markt gebracht, man macht Reklame für sie, stopft den besten Tabak hinein, und wenn die Zigarre bekannt und beliebt geworden ist, stopft man schlechten Tabak hinein, so daß sie einem nicht mehr schmeckt. Von heute an kaufe ich mir eine andere Marke.« Mit diesem Wortstrom warf er die Zigarre in einen Spucknapf. Kwaque aber, der sich auf dem merkwürdigsten Stuhl, auf dem er je gesessen, zurücklehnte, wußte nicht, daß die Spitze seines Fingers einen halben Zoll tief ins Fleisch verbrannt und gebraten war. Er dachte nur, wann der Medizinmann wohl mit Schwatzen aufhören und sich die Geschwulst, die ihn an der Seite, unter seinem Arm schmerzte, ansehen würde.

Und zum ersten und letzten Male in seinem Leben fiel Dag Daughtry nicht auf die Füße. Es war ein Fall, von dem er sich nicht wieder erheben konnte. Das Leben in Freiheit, auf dem wiegenden Meere, von einem Hafen zum andern zu kommen und zu gehen, hörte für ihn hier im Sprechzimmer Walter Merritt Emorys auf.

Dr. Emory schwatzte weiter und versuchte eine neue Zigarre, und trotz der Tatsache, daß sein Wartezimmer überfüllt war, hielt er ihnen einen langen, lebendigen und interessanten

Vortrag über Zigarren, Deckblätter und Füllungen sowie über ihre Pflege und Zubereitung.

»Und nun, was Ihre Schwellung betrifft«, sagte er, während er sich endlich an die Untersuchung von Kwaques Leiden machte, »so kann ich – wenn ich es nur ansehe – sagen, daß es weder Tumor noch Krebs, ja, nicht einmal eine Beule ist. Ich kann sagen ...«

Es klopfte an die Privattür, die zum Vorraum führte, und er richtete sich auf mit einer Ungeduld, die er nicht zu verhehlen trachtete. Er nickte Schwester Grace zu, sie öffnete die Tür, und herein traten zwei Schutzleute, ein Wachtmeister und ein Mann im Straßenanzug, mit einer Nelke im Knopfloch.

»Guten Morgen, Dr. Masters«, begrüßte Emory letzteren. Dann wandte er sich zu den andern: »Guten Morgen, Wachtmeister! Hallo, Tim! Hallo, Johnson! Seit wann sind Sie nicht mehr auf der Station im Chinesenviertel?«

Dann aber sagte Walter Merritt Emory, indem er seinen unterbrochenen Satz beendete und unabgewandt Kwaques Schwellung betrachtete:

»Ich kann sagen, was ich schon vorher sagte, daß dies die größte und bestentwickelte Beule des Bazillus Leprae ist, die je ein Franziskoer Arzt die Ehre gehabt hat, der Gesundheitskommission vorzuführen.«

»Aussatz!« rief Dr. Masters.

Und alle stutzten, als er das Wort aussprach. Der Wachtmeister und die beiden Schutzleute rückten ängstlich von Kwaque ab; Schwester Grace griff sich, einen halb erstickten Schrei ausstoßend, mit beiden Händen ans Herz; und Dag Daughtry fragte erschüttert, aber zweifelnd:

»Was sagen Sie, Herr Doktor?«

»Stehen Sie still! Rühren Sie sich nicht!« sagte Walter Merritt Emory in gebieterischem Ton zu Daughtry. »Wollen Sie bitte aufpassen«, wandte er sich zu den andern, indem er behutsam das glühende Ende seiner Zigarre über und zwischen die Augen des Stewards setzte.

»Rühren Sie sich nicht«, befahl er Daughtry, »warten Sie einen Augenblick. Ich bin noch nicht fertig.«

Und während Daughtry verwirrt und verlegen wartete und sich wunderte, daß der Arzt ihm nichts weiter tat, verbrannte die Glut ihm Haut und Fleisch, bis alle den Rauch und den Geruch spürten; mit einem harten, triumphierenden Lachen trat Dr. Emory zurück.

»Fangen Sie nur an mit dem, was Sie tun wollen«, knurrte Daughtry. Die Ereignisse waren sich zu schnell gefolgt und waren zu dunkel gewesen, als daß er sie hätte verstehen können. »Aber wenn Sie fertig sind, möchte ich doch um eine Erklärung bitten. Sie sagten etwas von Aussatz. Der Nigger gehört mir, und Sie können nicht derartige Beschuldigungen gegen ihn ... oder gegen mich aussprechen.«

»Meine Herren, Sie haben es gesehen«, sagte Dr. Emory. »Zwei unzweifelhafte Fälle, Herr und Diener, der Fall des Dieners vorgeschrittener, mit einer Kombination beider Krankheitsformen, der des Herrn nur in der anästhetischen Form – ein bißchen davon hat er auch am kleinen Finger. Schaffen Sie sie fort. Ich rate Ihnen eindringlich, Dr. Masters, die Ambulanz hinterher gründlich desinfizieren zu lassen.«

»Hören Sie ...« begann Daughtry kriegerisch.

Dr. Emory aber warf einen warnenden Blick auf Dr. Masters, und Dr. Masters sah gebieterisch den Wachtmeister an, der seinerseits wieder den beiden Schutzleuten einen Blick zuwarf. Aber sie gingen nicht auf Daughtry los. Statt dessen traten sie noch etwas weiter zurück, zogen ihre Stäbe und blickten ihn barsch an. Das Auftreten der Schutzleute wirkte überzeugender als alles andere auf Daughtry. Sie fürchteten offenbar eine Berührung mit ihm. Als er einen Schritt vorwärts tat, stießen sie ihm die ausgestreckten Stäbe in die Rippen, um ihn von sich fernzuhalten.

»Kommen Sie nicht näher«, sagte der eine warnend zu ihm und schwang seinen Stab, um ihn verstehen zu lassen, daß er Gefahr liefe, auf den Kopf geschlagen zu werden. »Bleiben Sie stehen, wo Sie sind, bis Sie weiteren Bescheid bekommen.«

»Ziehen Sie sich Ihr Hemd an und stellen Sie sich neben Ihren Herrn«, sagte Dr. Emory gebieterisch zu Kwaque und klappte den Stuhl so plötzlich hoch, daß der Schwarze ausrutschte.

»Aber was in aller Welt ...« begann Daughtry, aber sein früherer Freund überhörte ihn und sagte zu Dr. Masters:

»Die Pestbaracke ist seit dem Tode des Japaners nicht belegt worden. Ich rate Ihnen, Ihren Leuten diese Desinfektionsmittel hier mitzugeben, damit sie die Lokalitäten desinfizieren können, wenn sie hingehen.«

»Um Gottes willen«, bat Daughtry, den alle kriegerischen Gelüste verlassen hatten, und der jetzt, als er sich überzeugt hatte, daß er von der entsetzlichen Krankheit ergriffen war, verwirrt dastand. Er berührte die gefühllose Stirn mit dem Finger, roch daran und erkannte den Geruch seines verbrannten Fleisches, das er nicht brennen gefühlt hatte. »Um Gottes willen, übereilen Sie sich nicht. Wenn ich es bekommen habe, dann habe ich es eben bekommen, aber deshalb können wir einander doch als weiße Männer behandeln. Geben Sie mir zwei Stunden Zeit, und ich verlasse die Stadt und bin im Laufe von zwanzig Stunden aus den Staaten heraus. Ich lasse mich anheuern ...«

»Und bleiben eine Gefahr für die Öffentlichkeit, wo immer Sie sich befinden«, warf Dr. Masters ein, der im Geist bereits eine Spalte in den Abendzeitungen mit fetten Überschriften sah, in denen er als Held, als der St. Georg von San Franzisko auftrat, der sich mit erhobener Lanze zwischen die Bevölkerung und den Drachen des Aussatzes gestellt hatte.

»Führt sie ab«, sagte Walter Merritt Emory und vermied es, Dag Daughtry in die Augen zu sehen.

»Fertig, Marsch!« kommandierte der Wachtmeister, und die beiden Schutzleute näherten sich mit ausgestreckten Stäben Daughtry und Kwaque.

»Kommt uns nicht zu nahe, und geht ruhig weiter«, knurrte einer der Schutzleute barsch. »Und tut, wie wir sagen, sonst zerschlagen wir euch den Schädel. Also los, raus mit euch. Sagen Sie dem Nigger, daß er dicht neben Ihnen bleibt.«

»Herr Doktor, wollen Sie mich nicht einen Augenblick anhören«, sagte Daughtry flehend zu Emory.

»Es ist keine Zeit mehr zum Reden«, lautete die Antwort. »Jetzt ist es Zeit, abgesondert zu werden. – Dr. Masters, denken Sie an die Ambulanz, wenn Sie sie abgeliefert haben.«

Angeführt von dem Arzt der Gesundheitskommission und dem Wachtmeister und mit den Schutzleuten mit ihren schützenden, ausgestreckten Stäben als Nachtrab ging die Prozession hinaus.

Trotz der drohenden Gefahr, einen Schlag auf den Kopf zu bekommen, drehte Dag Daughtry sich auf der Schwelle schnell um und sagte:

»Herr Doktor! Mein Hund! Sie kennen ihn.«

»Ich schicke ihn Ihnen«, sagte Dr. Emory entgegenkommend. »Wie ist die Adresse?«

»Zimmer siebenundachtzig. Clay-Straße, Bowheads Privathotel, Sie kennen den Ort, der Eingang ist um die Ecke durch das Bowhead-Café. Schicken Sie ihn mir, wohin ich auch komme – wollen Sie?«

»Gewiß«, sagte Dr. Emory, »und haben Sie nicht auch einen Kakadu?«

»Natürlich, Cocky! Schicken Sie mir beide, wenn Sie so freundlich sein wollen.«

*

Der Hund erniedrigt den Menschen, wie das Pferd es tut. Da Walter Merritt Emory schon im voraus niedrig dachte, erniedrigte ihn der Wunsch, Michael zu besitzen, noch mehr. Wäre kein Michael gewesen, so würde sein Auftreten ein ganz anderes gewesen sein. Er würde Daughtry, um Daughtrys eigene Worte zu gebrauchen, wie einen weißen Mann behandelt haben. Er würde ihn auf seine Krankheit aufmerksam gemacht und ihm ermöglicht haben, sich nach den Südseeinseln, nach Japan oder einem andern Lande zu verheuern, wo die Aussätzigen nicht isoliert werden, und Daughtry und Kwaque wären nicht in die Hölle des San Franziskoer Pesthauses gekommen, in der sie, dank der Gemeinheit des Arztes, nun den Rest ihres Lebens verbringen sollten.

Wenn man zudem die Ausgabe für einen bewaffneten Posten, der das Pesthaus das ganze Jahr hindurch Tag und Nacht zu bewachen hatte, in Betracht zieht, hätte Walter

Merritt Emory den Steuerzahlern San Franziskos viele tausend Dollar ersparen können. Wenn Walter Merritt Emory so rücksichtsvoll gewesen wäre, würden aber nicht allein Daughtry und Kwaque übers Meer gesegelt sein, auch Michael hätte es getan.

Kein Wartezimmer voller Patienten ist wohl je schneller geleert worden als Dr. Emorys an diesem Tage. Und ehe er sich zu seinem Frühstück begab, fuhr Dr. Emory in seinem Auto nach der »Barbarenküste« und hielt vor der Tür von Bowheads Privathotel. Unterwegs war es ihm durch seine politischen Verbindungen geglückt, einen Inspektor der Geheimpolizei zu erwischen. Diese Maßregel erwies sich als notwendig, denn die Wirtin protestierte energisch dagegen, daß der Hund ihres Mieters entführt werde. Aber Milliken, der Inspektor der Geheimpolizei, war ihr nur allzu gut bekannt, und sie beugte sich vor dem Gesetz, dessen Symbol er war.

Als Michael an einer Leine aus dem Zimmer gezogen wurde, erklang ein kläglicher Mahnruf vom Fenster, wo ein schneeweißer kleiner Kakadu zusammengekrochen saß.

»Cocky«, rief der, »Cocky!«

Walter Merritt Emory sah sich um, zögerte aber nur einen Augenblick. »Den Vogel lassen wir später holen«, sagte er zu der Wirtin, die ihm immer noch milde Vorwürfe machte, während sie ihn die Treppe hinunterbegleitete. Sie hatte nicht bemerkt, daß der Inspektor der Geheimpolizei die Tür zu Daughtrys Zimmer nachlässig angelehnt ließ.

Aber Walter Merritt Emory war nicht der einzige niedrige Mensch, den die Begehrlichkeit nach Michael noch mehr erniedrigte. In einem tiefen Klubsessel, die Füße auf einem andern tiefen Klubsessel in einem Raum des Jachtklubs ruhend, gab Harry Del Mar sich der einschläfernden Beschäftigung hin, sein Frühstück zu verdauen, und guckte in die ersten Nachmittagszeitungen, als sein Blick auf eine große Überschrift mit fünf kurzen Zeilen darunter fiel. Augenblicklich zog er seine Füße vom Sessel und sprang auf. In einem Taxameter, der ihn nach der »Barbarenküste« trug, hatte Harry Del Mar goldene Visionen. Sie nahmen die Form von gelben

Zwanzigdollarstücken, von offiziell gestempelten, angeräucherten Papierscheinen der Vereinigten Staaten, von Bankbüchern und fetten, für die Schere reifen Rentencoupons an — und den Hintergrund von alledem bildete ein rauhhaariger irischer Terrier, der eine Reihe strahlend erhellter Ränge mit offenem Maul und hochgehobener Schnauze ansang, sang, wie man noch nie einen Hund hatte singen hören.

Cocky selbst war der erste, der entdeckte, daß die Tür nur angelehnt war, und der Betrachtungen darüber anstellte (wenn man das Wort Betrachtung in bezug auf den Geistesprozeß eines Vogels anwenden kann, der auf irgendeine rätselhafte Weise einen neuen Eindruck von seiner Umgebung aufnimmt und sich vorbereitet, demgemäß zu handeln oder nicht zu handeln). Menschliche Wesen tun genau dasselbe, und manche von ihnen gebrauchen in dieser Verbindung den Ausdruck »Freier Wille«. Cocky, der auf die offene Tür starrte, wollte gerade entscheiden, ob er diese Öffnung, die in die weite Welt hinausführte, untersuchen sollte oder nicht, als seine Augen den hereinstarrenden Augen eines anderen Entdeckers begegneten.

Diese anderen Augen waren grausam, grüngelb, und die Pupillen weiteten sich und zogen sich, scharfsichtig, schnell zusammen, während sie die hellen und dunklen Winkel des Zimmers erforschten. Auf den ersten Blick ahnte Cocky Gefahr – äußerste Gefahr. Dennoch tat er nichts. Sein Herz klopfte nicht in panischem Schrecken. Er blieb unbeweglich sitzen und wandte nur das eine Auge nach dem Spalt, aber dieses eine Auge sah Kopf und Augen der mageren, herrenlosen Katze, die sich plötzlich, wie ein Gespenst, im Türspalt gezeigt hatte.

Die Katze untersuchte das Zimmer mit wachsamen Augen, die sich weiteten und zusammenzogen, mit Pupillen, die senkrechte, kohlschwarze Spalten in der furchtbaren, regenbogenschimmernden, gelbgrünen Iris bildeten. Die Augen sahen Cocky. Sofort verriet der Kopf, daß die Katze sich zusammengekauert hatte, vor Spannung erstarrt war. Fast unmerklich erhielten die Augen der Katze einen spähenden Ausdruck, an den versteinerten Blick erinnernd, mit dem eine

Sphinx über die ewigen Sandwüsten hinausschaut. Die Augen sahen aus, als hätten sie Jahrhunderte und Jahrtausende gestarrt.

Cocky saß ebenso starr und gespannt da. Er legte weder den Kopf auf die Seite, noch ließ er das Nickhäutchen über die Augen fallen, und ebensowenig sträubte ihm das Furchtgefühl, das ihn überwältigte, eine einzige Feder. Beide Tiere waren versteinert und versunken in dem gegenseitigen Starren, das charakteristisch für den Jäger und sein Wild, für den Räuber und sein Opfer, für das Raubtier und seine Beute ist. Das Starren dauerte viele lange Minuten, bis der Kopf mit einer leichten Drehung in der Türöffnung verschwand. Hätte ein Vogel seufzen können, so würde Cocky jetzt geseufzt haben, aber er regte sich nicht, lauschte nur auf einen Mann, der draußen vorbeiging, und dessen langsame, schleppende Schritte sich in der Vorhalle verloren. Mehrere Minuten vergingen, dann zeigte sich das Gespenst ebenso plötzlich wieder – und diesmal kam nicht der Kopf allein, der ganze biegsame Körper glitt ins Zimmer und legte sich mitten auf den Fußboden. Die Augen ruhten unabgewandt auf Cocky, der ganze Körper befand sich in Ruhe, mit Ausnahme des langen Schwanzes, der unregelmäßig und wild, aber eintönig von einer Seite auf die andere und wieder zurück schlug. Ohne den Blick von Cocky zu wenden, rückte die Katze langsam näher, bis sie, keine sechs Fuß von ihm, haltmachte. Nur der Schwanz ging hin und her, die Augen funkelten wie Juwelen in dem starken Licht vom Fenster, in das sie hineinsahen, und die senkrechten Pupillen zogen sich zu kleinen schwarzen Spalten zusammen.

Und Cocky, der vom Tode zwar nicht die klare Vorstellung eines Menschen hatte, verstand dennoch, daß das Ende entsetzlich nahe war. Cocky behielt die Katze im Auge, und als sie sich jetzt nach reiflicher Überlegung zum Sprunge krümmte, verriet er zum erstenmal seine verzeihliche Angst. »Cocky! Cocky!« rief er klagend den nackten, gefühllosen Wänden zu.

Es war sein Notschrei an die ganze Welt, an alle Mächte und Dinge und zweibeinigen Menschenwesen und im besonderen an Steward, an Kwaque und Michael. Sein Notschrei bedeutete soviel wie: »Ich bin es, Cocky! Ich bin sehr klein und zart, und hier ist ein Ungeheuer, das mich vernichten will, aber ich liebe die helle, klare Welt, und ich möchte so gerne leben – weiterleben in dem klaren Tageslicht; ich bin ja nur so klein, und ich bin ein guter kleiner Bursche, mit einem guten, kleinen Herzen, aber ich kann nicht mit diesem Ungeheuer, diesem zottigen Ding kämpfen, das mich fressen will, und ich muß Hilfe haben, Hilfe, Hilfe. Ich bin Cocky. Alle kennen mich. Ich bin Cocky!«

Aber es kam keine Antwort von den nackten Wänden, von der Vorhalle oder der übrigen Welt, und als sein Angstanfall vorüber war, wurde Cocky wieder tapfer und ganz der alte. Unbeweglich saß er auf dem Fensterbrett, den Kopf auf die Seite gelegt, und sah mit einem festen Blick auf den Fußboden, wo der ewige Feind seines Geschlechts in so gefahrdrohender Nähe lag.

Seine menschliche Stimme hatte die Katze erschreckt, so daß sie den Sprung aufgab; statt dessen legte sie ihre gespitzten Ohren an den Kopf und drückte den Bauch fester auf den Fußboden. Und in der jetzt folgenden Stille summte ein blauer Brummer gegen ein Fenster in der Nähe und stieß hin und wieder hart gegen die Scheiben mit einem lauten Stoß, der erzählte, daß auch er seine Tragödie hatte und gefangen war, daß ihm von etwas Boshaftem, Durchsichtigem der Weg in die helle Welt, die so nahe auf der anderen Seite strahlte, versperrt war.

Auch die Katze war nicht unberührt von den Plagen und Widerwärtigkeiten des Lebens. Der Hunger peinigte sie und schmerzte in ihren mageren Zitzen, die voll hätten sein sollen zu Nutz und Freude ihrer sieben miauenden, schwachen kleinen Jungen, die ihre Ebenbilder waren, wenn sich ihre Augen auch noch nicht geöffnet hatten, und die noch so lächerlich unsicher auf ihren weichen zarten Beinchen standen. Sie dachte an sie dank der Qual in ihren Zitzen und kraft ihres Instinktes. Infolge der feindurchdachten Zusammensetzung ihres Hirns konnte sie sie durch den zerschlagenen Schirm über dem Ventilatorloch hindurch in dem dunklen

Schmutzwinkel unter der Kellertreppe sehen, wo sie sich in aller Heimlichkeit ihr Lager bereitet und ihren Wurf geboren hatte.

Und diese Vision sowie ihr quälender Hunger erregten sie wieder, so daß sie ihren Körper straffte und die Weite des Sprunges maß. Aber Cocky war wieder der alte.

»Teufel noch mal! Teufel noch mal!« schrie er so laut und kriegerisch wie möglich und schalt die Katze wie einen rechten Spitzbuben aus, so daß sie erschrocken auf dem Fußboden zusammenkroch, die Ohren flach an den Kopf legte, mit dem Schwanze schlug und den Kopf durch das Zimmer wandte, um das menschliche Wesen zu suchen, dessen Stimme gerufen hatte.

In der eingetretenen Stille stieß der Brummer noch einmal gegen seine unsichtbare Gefängniswand. Die Katze bereitete ihren Sprung vor, führte ihn mit einem plötzlichen Entschluß aus und landete dort, wo Cocky den Bruchteil einer Sekunde zuvor gesessen hatte. Cocky warf sich zur Seite, aber im selben Augenblick, als die Katze auf dem Fensterbrett landete, schoß ihre Pfote vor und warf Cocky hoch, daß er mit seinen Flügeln, die des Fliegens so ungewohnt waren in der Luft flatterte. Die Katze erhob sich auf den Hinterbeinen und schlug mit der Pfote in die Luft, etwa wie ein Kind, das mit einem Hut nach einem Schmetterling schlägt. Aber es lag Wucht in der Katzenpfote, und alle ihre Krallen waren wie Haken gespreizt.

Cocky fiel, in der Luft getroffen, wie ein kleines Flugzeug, dessen feine Maschinerie in Unordnung geraten und gesprengt ist, zu Boden, in einem Regen weißer Federn, die wie Schneeflocken langsam auf die Katze niederwirbelten. Die Katze war wie ein Stück Blei niedergefallen, und einige von den Flocken legten sich auf ihren Rücken, wo sie durch ihren schwachen Druck bewirkten, daß ihre Nerven sich wieder anspannten und sie mehr zusammenkroch, während sie einen schnellen Blick um sich warf, um jeder Gefahr, die ihr drohen mochte, zu begegnen.

*

Harry Del Mar fand nur ein paar weiße Federn auf dem Fußboden von Dag Daughtrys Zimmer in Bowheads Privathotel, und von der Wirtin erfuhr er, was Michael zugestoßen war. Das erste, was Harry Del Mar, der die Droschke nicht fortgeschickt hatte, tat, war, daß er Dr. Emorys Wohnung feststellte. Dort überzeugte er sich, daß Michael in einem Schuppen auf dem Hofe eingesperrt war. Hierauf löste er sich einen Fahrschein für den Dampfer Umatilla, der nach Tagesanbruch nach Seattle und Puget Sund abfuhr. Und schließlich packte er und bezahlte seine Rechnung. Inzwischen fand in Walter Merritt Emorys Sprechzimmer ein wortreicher Streit statt.

»Der Mann schreit sich zu Tode«, behauptete Dr. Masters. »Die Polizei mußte ihn mit ihren Stäben in den Krankenwagen prügeln. Er raste. Er wollte seinen Hund haben. Das geht nicht. Das ist roh. Sie können ihm seinen Hund nicht einfach stehlen. Er wird Spektakel in den Zeitungen machen.«

»Pah!« sagte Walter Merritt Emory. »Ich möchte den Reporter sehen, der Mut genug hätte, einem Aussätzigen im Pesthause so nahe auf den Leib zu rücken, daß er mit ihm reden kann. Und ich möchte den Reporter sehen, der nicht einen Brief aus dem Pesthaus (vorausgesetzt, daß er bei dem Wachtposten durchgeschmuggelt würde) im selben Augenblick verbrennen würde, in dem er sich darüber klar wäre, woher er stammt. Machen Sie sich keine Kopfschmerzen, Doktor. Es wird nicht den geringsten Lärm in den Zeitungen geben.«

»Aber Aussatz! Die öffentliche Gesundheit! Der Hund ist in ständiger Berührung mit seinem Herrn gewesen. Der Hund ist eine wandernde Ansteckungsquelle.«

»Ansteckungsträger ist ein besserer und fachlicherer Ausdruck, Doktor«, sagte Walter Merritt Emory beruhigend und in überlegenem Tone.

»Na, dann sagen wir Ansteckungsträger«, sagte Dr. Masters. »Man muß doch an das Publikum denken, das darf nicht Gefahr laufen, sich anzustecken.«

»Unsinn«, sagte Walter Merritt Emory. »Man hat immer wieder versucht, einem nicht menschlichen Wesen den dem

Menschen eigentümlichen Aussatz einzuimpfen, Pferden, Kaninchen, Ratten, Eseln, Affen, Mäusen und Hunden. Es ist nie geglückt.«

»Aber«, sagte Dr. Masters. »Aber der Mann ist einem Tode bei lebendigem Leibe, lebenslänglicher Einsperrung im Pesthaus überantwortet. Sie wissen, was für ein elendes Loch das ist. Er liebt den Hund. Er ist wahnsinnig vor Kummer. Schicken Sie ihm den Hund. Ich sage Ihnen offen, daß Ihr Benehmen gemein und grausam ist, und ich lasse es mir nicht gefallen.«

»Das werden Sie doch tun«, versicherte Walter Merritt Emory ihm kaltblütig. »Und ich werde Ihnen sagen, warum.« Und er sagte es ihm. Er sagte ihm Dinge, die ein Arzt dem andern nicht sagen sollte, die aber ein Politiker gut einem anderen Politiker sagen kann und oft gesagt hat – Dinge, die sich nicht wiederholen lassen, weil es zu demütigend für den Stolz des amerikanischen Durchschnittsbürgers wäre, wenn er sie erführe; Dinge, die bei seltenen Gelegenheiten teilweise ausgegraben, aber so schnell wie möglich wieder in Komitees und Kommissionen begraben werden. Und Walter Merritt Emorys Wunsch, Michael zu besitzen, wurde trotz Dr. Masters erfüllt; er aß am Abend mit seiner Frau bei Jules und ging mit ihr ins Theater, um den Sieg zu feiern; er kehrte um ein Uhr nachts heim und ging im Pyjama hinaus, um einen Blick auf Michael zu werfen, aber er fand keinen Michael.

Das San Franziskoer Pesthaus lag, wie alle Pesthäuser in amerikanischen Städten, auf dem trübseligsten, entlegensten, billigsten Stückchen Erde, das die Stadt besaß. Es war kaum geschützt gegen den Stillen Ozean, kalte Winde pfiffen, und dichte Nebel wirbelten melancholisch über die Dünen. Nie machte man im Sommer Ausflüge hierher, und nie kamen Knaben, um Vogelnester zu suchen oder Räuber und Soldaten zu spielen. Die einzigen Besucher, die kamen, waren Selbstmörder, die im Lebensüberdruß die schwermütigste Landschaft als passende Szenerie, um das Leben zu beenden, aufsuchten, und weil sie so endeten, wiederholten sie ihren Besuch nie.

Die Aussicht aus dem Fenster war nicht erheiternd. Eine Viertelmeile entfernt, zu beiden Seiten des durch die Dünen gebildeten Hohlweges, konnte Dag Daughtry die Schilderhäuser der Wachtposten und die Wachtposten selbst sehen, die bewaffnet waren und einen fliehenden Pestpatienten lieber getötet als Hand an ihn gelegt oder sich gar auf eine Diskussion mit ihm eingelassen hätten, ob es ratsam wäre, in das Gefängnis zurückzukehren.

Hinter der fensterlosen Rückwand standen Bäume. Es waren Eukalyptusbäume, aber keine königlichen Herrscher, wie ihre Brüder in ihrer Heimat. Schlecht gepflanzt, schlecht gepflegt, dezimiert und immer wieder dezimiert durch die feindlichen Kräfte ihrer Umgebung, reckten sie wie die wenigen Überlebenden einer Wachttruppe ihre krummen, verzerrten Arme, als ob sie sich in Todesqualen wänden. Sie bildeten ein Buschwerk, deren magere Nahrung zum größten Teil den Wurzeln zukam, die durch den unzureichenden Sand nach dem Meere krochen, um in den häufigen Stürmen einen Ankergrund zu finden.

Daughtry und Kwaque durften nicht einmal bis zu den Schilderhäusern gehen, sondern sich ihnen nur bis auf zweihundert Meter nähern. Dorthin kamen die Wachtposten, um hastig Nahrungsmittel, Medizin und schriftliche Anweisungen von den Ärzten niederzulegen und sich dann ebenso hastig wieder zurückzuziehen. Hier befand sich auch eine schwarze Tafel, auf die Daughtry mit Kreide seine Bedürfnisse und Wünsche mit so großen Buchstaben schreiben sollte, daß sie in einiger Entfernung zu lesen waren. Und auf diese Tafel schrieb er viele Tage lang nicht die Bitte um Bier, obwohl ihm die gewohnten sechs Liter täglich plötzlich entzogen worden waren, sondern Fragen wie folgende:

Wo ist mein Hund?

Er ist ein rauhhaariger irischer Terrier.

Er heißt Killeny-Boy.

Ich will meinen Hund haben.

Ich will mit Dr. Emory reden.

Dr. Emory soll mir über meinen Hund schreiben.

Eines Tages schrieb Dag Daughtry:

Wenn ich meinen Hund nicht bekomme, töte ich Dr. Emory.

Worauf die Zeitungen der Öffentlichkeit mitteilten, daß der traurige Fall mit den beiden Aussätzigen im Pesthaus noch tragischer geworden wäre, da der weiße Patient geisteskrank geworden sei. Bürger, die sich für das allgemeine Wohl interessierten, schrieben an die Zeitungen, eiferten gegen das Bestehen einer solchen Gefahr für die Allgemeinheit und verlangten, daß die Regierung der Vereinigten Staaten ein staatliches Leprahaus auf irgendeiner entlegenen Insel oder einem isolierten Bergesgipfel errichten sollte. Aber nach drei Tagen redete man bereits von anderen Dingen. Außer der Tatsache, daß sie im Gefängnis saßen, erlebten Dag Daughtry und Kwaque erst eines Nachts im Spätherbst etwas. Es zog zum Sturm auf und hatte schon zu wehen begonnen. Daughtry hatte in einem angeblich von den jungen Damen im Seminar des Fräulein Foote geschickten Obstkorb einen schlau im Gehäuse eines Apfels versteckten Zettel gefunden, der ihn aufforderte, am nächsten Freitag ein Licht in seinem Fenster brennen zu lassen. Um fünf Uhr morgens erhielt Dag Daughtry Besuch.

Es war Charles Stough Greenleaf, der alte Seemann, in eigener, hoher Person. Nach zweistündigem Waten durch den tiefen Sand des Eukalyptuswaldes erreichte er ermattet die Tür des Pesthauses. Als Daughtry öffnete, wurde ihm der alte Seemann durch einen nassen Windstoß des zunehmenden Sturmes entgegengeweht. Daughtry packte ihn und führte ihn zu einem Stuhl, dann aber fiel ihm seine Krankheit ein, und er ließ den alten Mann so plötzlich los, daß er sich hart auf den Stuhl niedersetzte.

»Donnerwetter, Herr«, sagte Daughtry. »Sie haben schönes Wetter mitgebracht. Hier, du fella Kwaque, dies fella triefend naß. Du fella ziehen Schuh aus sitzen bei ihm.«

Ehe Kwaque, der sofort niederkniete, jedoch die Schnürsenkel mit seinen Händen berührt hatte, stieß Daughtry, der daran dachte, daß auch Kwaque unrein war, ihn fort.

»Wahrhaftig, ich weiß nicht, was ich tun soll«, murmelte Daughtry und sah sich hilflos um, während er sich gleichzeitig klarmachte, daß dies ein Leprahaus war, daß der Stuhl, auf dem der alte Seemann saß, einem Aussätzigen gehörte, und daß selbst der Fußboden, auf dem seine Füße ruhten, vom Aussatz befleckt war.

»Ich freue mich, Sie zu sehen, freue mich schrecklich«, stöhnte der alte Seemann und streckte die Hand aus, um ihn zu begrüßen.

Dag Daughtry nahm sie nicht.

»Wie steht's mit der Schatzsuche?« warf er leicht hin.

Der alte Seemann nickte und flüsterte, allmählich wieder zu Atem kommend:

»Wir sind bereit, gleich nach Eintritt der Ebbe, jetzt um sieben Uhr, abzufahren. Das Schiff liegt draußen, ein reizender kleiner Schoner, Bethlehem, mit schönen Linien, gut gebaut und mit großen geräumigen Kajüten. Fuhr früher nach Tahiti, ehe die Konkurrenz mit den Dampfschiffen kam. Der Proviant ist gut, alles ausgezeichnet. Dafür habe ich gesorgt. Ich will nicht gerade behaupten, daß mir der Kapitän gefällt. Ich habe seinesgleichen schon früher getroffen. Sicher ein glänzender Seemann, aber ein alter Bullenbeißer. Der Geldmann ist auch nicht besser. Er ist schon bei Jahren, hat einen schlechten Ruf und ist alles eher als ein Gentleman, hat aber massenhaft Geld. Ein sehr unangenehmer, unsympathischer Mensch, aber er glaubt an das Glück und ist überzeugt, mindestens fünfzig Millionen bei unserem Abenteuer herauszuschlagen und mich um meinen Anteil zu betrügen. Er ist ein ebensolcher Seeräuber, wie der Kapitän, den er engagiert hat.«

»Herr Greenleaf, ich gratuliere Ihnen«, sagte Daughtry. »Es rührt mich, Herr, rührt mich tief, daß Sie den ganzen weiten Weg in einer solchen Nacht kommen und ein solches Risiko laufen, nur um dem armen Dag Daughtry, der es immer ziemlich ehrlich gemeint, aber Pech gehabt hat, Lebewohl zu sagen.«

Und während Daughtry bewegt so sprach, sah er vor seinem inneren Auge das ganze freie Leben an Bord eines Schoners auf der großen Südsee und fühlte, wie das Herz ihm sank bei dem Gedanken, daß ihm nichts geblieben war als das

Pesthaus, die Dünen und die traurigen Eukalyptusbäume. Der alte Seemann blickte starr vor sich hin.

»Mein Herr, Sie haben mich verletzt, aufs tiefste verletzt.«

»Es war wirklich nicht beleidigend gemeint, Herr«, stammelte Daughtry zu seiner Verteidigung, obwohl er sich wunderte, wodurch er die Gefühle des alten Herrn verletzt haben mochte.

»Sie sind mein Freund«, fuhr der andere ernst tadelnd fort. »Ich bin der Ihre, und sie glauben, ich sei in dieses verfluchte Loch gekommen, um Ihnen Lebewohl zu sagen. Ich bin gekommen, um Sie zu holen, Herr, Sie und Ihren Nigger, Herr. Der Schoner wartet auf Sie. Alles ist in Ordnung. Sie sind vom Heuerbaas angemustert, alle beide. Gestern mit Hilfe von Stellvertretern, die ich selbst verschafft habe, angemustert. Der eine war ein Nigger von Barbados. Ihn und den Weißen hab' ich in einem Seemannshotel in der Commercial Street gefunden und jedem fünf Dollar dafür bezahlt.«

»Aber du lieber Gott, Herr Greenleaf, verstehen Sie denn nicht, daß wir aussätzig sind!«

Der alte Seemann sprang wie der Blitz vom Stuhl auf, in seinen Augen glühte der Zorn einer edlen Seele, als er rief:

»Herrgott, Sie können offenbar nicht verstehen, daß Sie mein Freund sind, und daß ich der Ihre bin.«

Plötzlich streckte er, immer noch von Zorn erfüllt, seine Hand aus.

»Steward, Daughtry, Herr Daughtry, Freund, oder wie ich Sie nun nennen soll. Dies ist kein Abenteuer wie das im offenen Boot, mit den unnennbaren Kreuzpeilungen und dem Schatz einen Faden tief unterm Sande. Dies ist Wirklichkeit. Ich habe ein Herz. Hier, mein Herr«, – er fuchtelte mit seiner ausgestreckten Hand Daughtry unter der Nase herum – »ist meine Hand. Es gibt nur eines, das Sie tun können und müssen, und zwar sofort. Sie müssen diese Hand in die Ihre nehmen, sie schütteln und Ihr Herz in Ihre Hand legen, wie mein Herz in meiner Hand liegt.«

»Aber ... aber ...« stammelte Daughtry.

»Wenn Sie das nicht tun, verlasse ich diesen Ort nicht. Dann bleibe und sterbe ich hier. Ich weiß, daß Sie aussätzig sind. In der Beziehung können Sie mir nichts Neues erzählen. Hier ist meine Hand. Wollen Sie sie jetzt nehmen? Wenn Sie es nicht tun, sage ich Ihnen im voraus, daß ich auf diesem Stuhl sitzenbleibe, bis ich sterbe. Ich wünsche, daß Sie verstehen, daß ich ein Mann, ein Ehrenmann bin. Ich bin Ihr Freund, Ihr Kamerad. Ich fürchte nicht für meine Haut. Mein Leben ist in meinem Herzen. In meinem Hirn, mein Herr – nicht in diesem schwächlichen Leib, den ich vorübergehend bewohne. Nehmen Sie die Hand, hinterher werde ich mit Ihnen reden.«

Dag Daughtry streckte zögernd die Hand aus, aber der alte Seemann packte sie und drückte sie so heftig mit seinen mageren Greisenfingern, daß es schmerzte. »Jetzt können wir miteinander reden«, sagte er. »Ich habe mir alles überlegt. Wir fahren mit der Bethlehem. Wenn der Kerl merkt, daß von meinem fabelhaften Schatz nicht ein Pfennig zu holen ist, verlassen wir ihn. Er wird sich freuen, wenn er uns los wird. Wir, das heißt, Sie, ich und Ihr Nigger, gehen auf einer von den Marquesas an Land. Dort laufen die Aussätzigen frei herum. Es gibt keine Vorschriften. Das Land ist ein Paradies, und wir richten uns häuslich ein. Eine strohgedeckte Hütte – mehr brauchen wir nicht. Die Arbeit ist nicht der Rede wert. Das freie Ufer und das freie Meer und die freien Berge werden uns gehören. Sie können segeln, schwimmen, fischen, jagen. Es gibt Bergziegen, wilde Hühner und wildes Vieh, Bananen und Pisang werden über unseren Köpfen reifen – Avocados und Zimtäpfel. Der rote Pfeffer wächst vor der Tür, und wir werden Hühner und Eier haben. Kwaque besorgt das Kochen, und Bier wird auch noch zu beschaffen sein, sechs Liter täglich und mehr. Ihren unermeßlichen Durst habe ich längst bemerkt.

Schnell. Wir müssen fort. Es tut mir leid, Ihnen sagen zu müssen, daß ich Ihren Hund vergebens gesucht habe. Ich habe sogar Detektive engagiert. Die reinen Halsabschneider. Dr. Emory hat Ihnen Killeny-Boy gestohlen, aber am selben Tage wurde er ihm wieder gestohlen. Ich habe keine Anstrengung gescheut. Killeny-Boy ist verschwunden, und jetzt werden wir auch aus diesem abscheulichen Loch von Stadt verschwinden.

Ein Auto wartet auf uns. Der Chauffeur ist gut bezahlt. Im übrigen habe ich ihm versprochen, ihn totzuschlagen, wenn er mich im Stich läßt. Es hält drüben auf dem Wege, der hinter dem komischen Wald herumläuft ... Lassen Sie uns machen, daß wir fortkommen. Reden können wir hinterher. Sehen Sie! Der Tag bricht schon an! Die Wächter dürfen uns nicht sehen ...«

Hinaus in den Sturm gingen sie, Kwaque, der wild vor Freude war, als letzter. Anfangs versuchte Daughtry, Abstand zu wahren, als aber der erste heftige Windstoß den hinfälligen alten Mann fortzuwehen drohte, packte Daughtry seinen Arm, stemmte sich gegen ihn und stützte und führte ihn weiter durch den schweren Sand über die Hügel. »Danke, Steward, danke, mein Freund«, murmelte der alte Seemann, als die Windstöße einen Augenblick nachließen.

*

In der Dunkelheit der Nacht war Michael nicht ganz unwillig, Harry Del Mar zu folgen, obwohl er den Mann nicht mochte. Wie ein Einbrecher, der unendlich vorsichtig ist, um keinen Lärm zu machen, hatte sich der Mann zu dem Schuppen auf Dr. Emorys Hof geschlichen, wo Michael eingesperrt war. Del Mar kannte die Bühne zu gut, um sich auf einen so melodramatischen Effekt wie eine elektrische Lampe einzulassen. Er tastete sich in der Dunkelheit zur Schuppentür hin, schob den Riegel beiseite und fühlte sich mit den Händen vor, um den rauhhaarigen Pelz zu finden.

Michael, der vom Scheitel bis zur Zehe ein Menschenhund und ein Löwenhund war, sträubten sich augenblicklich die Haare beim Kommen des ungebetenen Gastes, aber er bellte nicht. Statt dessen beschnupperte und erkannte er ihn. Obwohl er den Mann nicht mochte, ließ er sich doch von ihm die Leine um den Hals knüpfen und folgte ihm schweigend auf die Straße, bis zur Ecke und in die wartende Droschke. Seine Schlüsse – wenn man seine Fähigkeit, Schlüsse zu ziehen, nicht bestreiten will – waren ganz einfach. Diesem Manne war er mehr als einmal in Stewards Gesellschaft begegnet.

Es hatte Freundschaft zwischen ihm und Steward geherrscht, denn sie hatten am selben Tische gesessen und miteinander getrunken. Steward war verschwunden. Michael wußte nicht, wo er ihn finden sollte, und er war selbst auf einem fremden Hofe gefangen. Was einmal geschehen war, konnte ein zweites Mal geschehen. Steward, Del Mar und Michael hatten am selben Tisch gesessen. Dies konnte und sollte wahrscheinlich auch jetzt wieder geschehen, er sollte noch einmal in dem hellerleuchteten Kabarett auf einem Stuhl zwischen Del Mar und dem geliebten Steward mit einem Bierglas sitzen.

Michael konnte ja indessen über diesen Schluß nicht in Worten denken. »Freundschaft« war zum Beispiel ein Wort, das in seinem Bewußtsein nicht zu finden war. Ob er über diesen Schluß in einer Reihe schnellgeformter Spiegelungen und Bilder nachdachte oder nicht, das ist ein Problem, das die Menschen noch lösen sollen. Die Hauptsache ist, daß er dachte. Bestreitet man seine Fähigkeit in dieser Richtung, so müßte er ganz instinktiv gehandelt haben, was von vornherein noch wunderbarer erscheint, als wenn er auf dunklen Wegen einen vagen Gedankenprozeß durchgeführt hätte.

Wie dem auch sei, jedenfalls lag Michael auf dem Wege durch das Straßenlabyrinth San Franziskos auf dem Boden der Droschke zu Del Mars Füßen, machte keine Annäherungsversuche, zeigte jedoch andererseits nicht, wie abgestoßen er sich von dem Manne fühlte. Denn Harry Del Mar, der ein schlechter Mensch war, und den sein habgieriges Verlangen nach dem Besitz Michaels noch schlechter gemacht hatte, war von Michael in bezug auf seine Gemeinheit von Anfang an durchschaut worden. Bei der ersten Begegnung im Kabarett an der Barbarenküste hatten sich Michael bei seinem Anblick die Haare gesträubt, und er hatte sich, als der Mann ihm die Hand auf den Kopf legte, kriegerisch steifgemacht. Michael hatte durchaus nicht über Del Mar nachgedacht und noch weniger versucht, ihn zu analysieren. Aber an der Hand war etwas gewesen, das nicht war, wie es sein sollte. An der Hand und an der gleichgültigen Art, wie sie ihn berührt hatte unter einem Anschein von Herzlichkeit, der vielleicht den Zuschauer täuschen konnte. Die Berührung war nicht angenehm gewesen. Es war keine Wärme, kein Herz darin, und sie hatte ihm keine Botschaft von echten, freundschaftlichen Gefühlen in der Seele des Mannes gebracht.

Elektrische Lampen, ein von Bergen von Gepäck und Gütern gefüllter Kai, Hafenarbeiter und Matrosen, die lärmten und arbeiteten, das stoßweise Schnaufen der Donkeymaschinen, Blockscheiben, die kreischten, wenn die Trossen durch die Blöcke liefen, eine Schar Stewards in weißen Jacken, die Handgepäck trugen, der Quartiermeister am Fuße der Laufbrücke, die steil zum Promenadendeck der Umatilla hinaufführte, mehrere Quartiermeister und goldbetreßte Offiziere am anderen Ende der Laufbrücke, und neue Scharen, die in bunter Mischung zusammengepreßt das schmale Deck versperrten – das alles bewies Michael, daß er wieder auf das Meer und seine Schiffe gekommen war, wo er, abgesehen von der soeben abgeschlossenen schrecklichen Periode in der großen Stadt, mit Steward gelebt hatte. Auch die Bilder Kwaques und Cockys huschten durch sein Bewußtsein. Er keuchte und zerrte an der Leine und setzte sich der Gefahr aus, von den vielen, wenig rücksichtsvollen, unruhigen, mit Lederschuhen bekleideten Menschenfüßen auf die empfindlichen Zehen getreten zu werden, während er nach Cocky und Kwaque, am meisten aber nach Steward spähte und schnupperte.

Michael ertrug mit Fassung seine Enttäuschung, daß er sie nicht sofort traf, denn seit er denken konnte, waren ihm die Grenzen und Beschränkungen, die für Hunde in ihrem Verhältnis zu den Menschen galten, in Form von Geduldsvorstellungen eingebleut worden. Er hatte gelernt, geduldig zu warten, wenn er selbst heimgehen wollte, Steward aber am Tisch sitzenblieb, redete und Bier trank, und Geduld hatten ihn auch die Leine um seinen Hals, das Gitter, das zu hoch war, um es zu überklettern, und das kleine Zimmer mit der verschlossenen Tür gelehrt, die er nie öffnen konnte, deren Klinke niederzudrücken aber Menschen so leicht fiel. Er ließ es sich daher gefallen, vom Schlachter des Schiffes fortgeführt zu werden, der alle Hundepassagiere an Bord der Umatilla in seiner Obhut hatte. In einem kleinen Zwischendecksverschlage eingesperrt, der zum größten Teil mit Kisten und Waren-ballen gefüllt war, und dazu noch mit einer Leine um den Hals festgebunden, erwartete er jede Minute, die Tür sich öffnen und Steward leibhaftig eintreten zu sehen.

Obwohl Michael damals noch nicht ahnte, daß es eine Art Machtentfaltung Del Mars war, öffnete ihm statt Steward der Schiffsschlachter, der ein gutes Trinkgeld erhalten hatte, die Tür, band ihn los und übergab ihn dann dem Kajütssteward, der ebenfalls ein gutes Trinkgeld erhalten hatte und ihn in Del Mars Kajüte führte. Bis zum letzten Augenblick war Michael überzeugt, daß er zu Steward gebracht würde. Statt dessen traf er in der Kajüte nur Del Mar. »Kein Steward«, dachte Michael, aber mit der Geduld, die die Grundstimmung seines Wesens war, fand er sich darein, noch einige Zeit auf die Begegnung mit seinem Gotte, seinem heißgeliebten Steward, warten zu müssen, der unter all den vielen Menschengöttern sein Auserwählter war.

Michael wedelte mit der Rute, legte die Ohren, selbst das verkümmerte, glatt an den Kopf und lächelte, schnupperte, um auch ganz sicher zu sein, daß keine Spur von Steward da war, und legte sich dann nieder. Als Del Mar ihn ansprach, blickte er auf und starrte ihn an.

»Ja, mein Junge, die Zeiten haben sich geändert«, sagte Del Mar in kaltem, hartem Ton zu ihm. »Ich gedenke, dich zu dressieren und auftreten zu lassen. Also zuerst: Herkom-men ... hierher!«

Michael gehorchte, ohne sich zu beeilen und ohne zu zö-gern, offenbar aber auch, ohne gerade zu sehr darauf verses-sen zu sein.

»Du wirst dich schon noch daran gewöhnen, mein Junge, und ein bißchen Dampf dahintermachen, wenn ich mit dir rede«, versicherte ihm Del Mar; und die Art, wie er es sagte, enthielt eine Drohung, die Michael nicht überhören konnte.

»Jetzt wollen wir nun mal versuchen, ob ich dich dazu kriegen kann, mir zu gehorchen. Hör' zu und sing', wie du es bei deinem aussätzigen Herrn getan hast.«

Er zog eine Mundharmonika aus der Westentasche, setzte sie an den Mund und begann den »Marsch durch Georgia« zu spielen.

»Setz' dich!« kommandierte er.

Wieder gehorchte Michael, obgleich alles in ihm protestierte, während die schrillen, süßen Töne aus den silbernen Zungen ihn durchrieselten. Jede Fiber in seiner Kehle und seiner Brust sehnte sich danach zu singen; aber er beherrschte sich, denn er wollte nicht für diesen Mann singen. Das einzige, was er von ihm wollte, war Steward.

»Ach, du bist eigensinnig, was?« lächelte Del Mar höhnisch. »Der Haken ist, daß du ein Vollbluthund bist. Na, mein Junge, zufällig kenne ich dich und deinesgleichen, und ich glaube, dich noch dazu zu kriegen, daß du dich zusammennimmst und ganz genau so gut für mich arbeitest, wie du es für den andern getan hast. Also los!«

Er wechselte die Melodie, aber mit Michael war nichts zu machen. Erst als die schmelzenden Töne von »Alt-Kentucky« ihn durchströmten, verlor er seine Selbstbeherrschung und erhob das weiche Geheul, mit dem er das vor Jahrtausenden verschwundene Rudel zu rufen pflegte. Von dieser aufreizenden Musik hypnotisiert, konnte er nicht anders, er brannte vor Sehnsucht nach dem fernen, vergessenen Leben, das das Rudel führte, als die Welt jung und das Rudel noch ein Rudel war, ehe es dank der Zähmung unzähliger Jahrhunderte für immer verschwand.

»Aha«, lachte Del Mar kaltblütig, ohne etwas von der fernen, ungeheuren Vorzeitperspektive zu ahnen, die er mit den Tönen seiner Harmonika beschwor.

Ein starkes Klopfen an der Wand verkündete ihm, daß ein schläfriger Mitpassagier Einspruch erhob.

»Für heute genug«, sagte er barsch und setzte die Mundharmonika ab. Und Michael schwieg und haßte ihn. »Ich denke, ich weiß Bescheid. Aber glaube nicht, daß du hier liegen und schlafen, dir deine Höhe kratzen und mich im Schlafe stören sollst.«

Er drückte auf den Klingelkontakt, und als der Steward kam, übergab er ihm Michael, der ihn in dem überfüllten Hundeverschlag unter Deck anbinden mußte.

Bei diesem Aufenthalt an Bord der Umatilla, der mehrere Tage und Nächte dauerte, lernte Michael Harry Del Mar richtig kennen, ohne doch etwas von seiner Vergangenheit zu wissen. So wußte er zum Beispiel nicht, daß Del Mars wirklicher Name Percival Grunsky lautete. Michael wußte auch nicht, daß er, als er die Volksschule kaum zur Hälfte durchgemacht hatte, in die Fürsorgeanstalt gekommen war; auch nicht, daß er nach zwei Jahren aus der Anstalt von Harris Collins übernommen worden, der davon lebte und heute noch ausgezeichnet davon lebt, Tiere zu Kunststücken abzurichten. Noch viel weniger konnte er etwas davon wissen, daß Del Mar sechs Jahre lang als Collins Assistent Tiere dressiert hatte und dabei selbst dressiert worden war. Was Michael hingegen wußte, war, daß Del Mar keinen Stammbaum hatte, sondern im Vergleich mit Vollblutmenschen wie Steward, Kapitän Kellar und Herrn Haggin auf Meringe ein sehr gewöhnlicher Mensch war. Und das lernte er schnell und ganz natürlich. Am Tage wurde Michael von einem Steward geholt und aufs Deck zu Del Mar gebracht, der stets von begeisterten jungen und älteren Damen umringt war, die Michael mit Liebkosungen überhäuften. Das ließ er sich gefallen, wenn es ihn auch im höchsten Maße langweilte; was ihn aber unsagbar ärgerte, waren die heuchlerischen Liebkosungen, die Del Mar an ihn verschwendete. Er wußte, welch hartherzige Falschheit dahinterlag, denn abends, wenn er in Del Mars Kajüte gebracht war, hörte er ihn nur in seinem kalten, harten Ton reden, fühlte nur das gefahrdrohende Unbehagen, das von seiner Person ausging, spürte, wenn die Hand des Mannes ihn berührte, nur Härte und Kälte, die ihn an Stahl und Holz erinnerte, da ihr jede Zartheit des Herzens und der Seele fehlte. Dieser Mann hatte zwei Gesichter, zweierlei Benehmen. Ein Vollblutmensch hat stets nur ein Gesicht und ein Wesen. In diesem gewöhnlichen Burschen aber steckte keine Ehrlichkeit. Ein Vollblutmensch hatte Leidenschaften kraft seines heißen Blutes; dieser Kerl aber hatte keine Leidenschaften. Sein Blut war ebenso kalt wie seine Ruhe, und alles, was er unternahm, geschah erst nach reiflicher Überlegung. All das dachte Michael nicht. Er hatte nur das lebhafte Gefühl, daß es so war, wie jedes Tier fühlt, wenn es sich um lieben oder nicht lieben handelt.

Das schlimmste war, daß in der letzten Nacht an Bord Michaels Vollbluttemperament gegenüber diesem Manne, der selbst kein Temperament besaß, durchging. Es kam zum Kampfe. Michael kämpfte königlich und griff immer wieder an, obgleich er zweimal durch einen Schlag der flachen Hand unters Ohr zu Boden geworfen wurde. Wenn Michael auch schnell war, so konnte er doch diesen Mann, der sechs Jahre lang unter Leitung Harris Collins mit Tieren umgegangen war, nicht packen. Sobald er auf die rechte Hand Del Mars losfuhr, packte der ihn, noch in der Luft, am Unterkiefer und warf ihn hintenüber, daß er rücklings auf dem Fußboden landete. Wieder sprang er an, wurde aber so hart zu Boden geschleudert, daß ihm fast der letzte Rest von Atem ausging. Der nächste Sprung wäre beinahe sein letzter gewesen. Er wurde an der Kehle gepackt. Zwei Daumen preßten ihm den Hals zu beiden Seiten der Luftröhre gerade auf den Schlagadern, unterbanden die Blutzufuhr zum Gehirn und erregten einen unerträglichen Schmerz. Ihm wurde schwarz vor Augen, und er verlor das Bewußtsein. Als er wieder zu sich kam, lag er zitternd auf dem Fußboden und sah undeutlich die erleuchteten Kabinenwände und Del Mar, der sich eine Zigarette anzündete, ihn aber sorgsam dabei im Auge behielt.

»Komm du nur«, sagte Del Mar herausfordernd. »Ich kenne deinesgleichen. Du wirst nicht mit mir fertig. Fertig werde ich mit dir vielleicht auch nicht, aber ich kriege dich schon so weit, daß du für mich arbeitest. Komm!«

Und Michael kam. Als Vollbluthund sprang er mit entblößten Zähnen auf ihn los, um ihn an der Kehle zu packen, obgleich er wußte, daß er ebensogut die Kabinenwände, einen Baumstamm oder einen Felsen mit seinen Zähnen hätte angreifen können. Das, worauf er lossprang, war nichts als Übung und Formeln. Und es erging ihm ganz wie zuvor. Er wurde an der Kehle gepackt, die Daumen schnitten ihm die

Blutzufuhr zum Gehirn ab, ihm wurde schwarz vor Augen. Hier war etwas Unangreifbares, Unbezwingliches. Das konnte er ebensowenig besiegen wie den zementierten Bürgersteig in einer Stadt. Das Ding war ein Teufel mit der ganzen Härte und Kälte, Schlechtigkeit und Klugheit eines Teufels. Es war ebenso schlecht, wie Steward gut war. Beide waren zweibeinig, beide waren Götter, aber das hier war ein böser Gott.

Dies alles oder auch nur etwas davon dachte er nicht. Aber in menschliche Ausdrücke für Denken und Verstehen umgesetzt, ergibt es doch ein treffendes Bild seiner Gefühle Del Mar gegenüber. Würde Michael mit einem warmblütigen Gott gekämpft haben, so hätte er wütend und blind kämpfen, in der Hitze des Gefechts manchen Stoß geben und nehmen können, wie ein solcher warmblütiger Gott Stöße gegeben und genommen hätte, weil er alles in allem auch nur ein lebendes, atmendes Wesen aus Fleisch und Blut war. Dieser zweibeinige Gott-Teufel aber wütete nicht blind und war nicht imstande, sich leidenschaftlich zu erwärmen. Er war eine fein durchdachte, massiv stählerne Maschine, er tat Dinge, die Michael nicht ahnen konnte, und die im übrigen wenige Menschen im allgemeinen, wohl aber alle Tierbändiger tun: Er sorgte dafür, daß sein Gedanke dem Michaels stets voraus war, und war daher imstande, stets zu wissen, was er tun mußte, um Michaels nächster Handlung vorzugreifen. Das war es, was Harris Collins ihm beigebracht hatte, der ein sanfter, zärtlicher Gatte und Vater und zugleich ein Erzteufel war, wenn es Tiere außerhalb des menschlichen Geschlechtes galt, und der in einer Tierhölle herrschte, die er selbst geschaffen und zu einem einträglichen Geschäft gemacht hatte.

Michael ging in Seattle an Land. Er war mit Ungeduld geladen, zerrte an seiner Leine, bis er fast vor Husten erstickte, und wurde von Del Mar kräftig verflucht. Denn Michael war wie besessen in seiner Erwartung, jetzt Steward zu treffen, und er hielt an der ersten Straßenecke und später an allen andern Straßenecken mit unvermindertem Eifer nach ihm Ausschau. Aber unter all den vielen Menschen befand sich kein Steward. Statt dessen wurde er in den Keller des Neuen Washington-Hotels geführt und unter Aufsicht des Hausknechts gehörig mit einer Leine um den Hals angebunden, inmitten einer Alpenkette von Koffern, die beständig abgeladen, durchsucht, heruntergeholt, fortgeschleppt und durch neue vermehrt wurden.

Drei Tage mußte er dieses traurige Dasein ertragen. Die Hausknechte befreundeten sich mit ihm und brachten ihm reichlich gekochtes Fleisch von den Überresten aus dem Speisesaal. Michael war zu enttäuscht und zu traurig über Stewards Abwesenheit, um viel zu fressen, aber Del Mar schnauzte die Hausknechte mächtig an, weil sie die Fütterungsvorschriften übertreten hatten.

»Ein widerlicher Kerl«, sagte der erste Hausknecht zu seinem Gehilfen, als Del Mar gegangen war. »Er ist fett. Ich habe nie einen brünetten Menschen leiden können, der fett war. Meine Frau ist brünett, aber Gott sei Dank nicht fett.«

»Aber sicher«, räumte der Gehilfe ein. »Ich kenne seinen Typ. Du kannst Gift drauf nehmen, wenn du ihn mit einem Messer stichst, fließt kein Blut. Nur Schweinefett, reines Schmalz.«

Worauf beide sofort Michael große Fleischportionen brachten, die er nicht fressen konnte, weil die Sehnsucht nach Steward ihn überwältigte.

Unterdessen gab Del Mar zwei Telegramme nach New York auf. Das erste an Harris Collins' Schule für Tierdressur, wo seine Hundetruppe während der Ferien untergebracht war:

»Verkauft meine Hunde. Ihr wißt, was sie können und wert sind. Bin fertig mit ihnen. Abzieht Pension und verwahrt Rest bis Wiedersehen. Habe hier fabelhaften Hund. Schlägt alle meine früheren Nummern. Wird Knallerfolg. Wartet, bis Ihr ihn seht.«

Das zweite an seinen Agenten:

»Setzt mich voran auf Liste. Macht tüchtig Reklame. Habe Nummer bereit. Schlager. Ganz fabelhaft. Prima Reklame genügt nicht. Unvergleichlich mehr. Bereitet sie auf Hund vor, bis ich diese unerhörte Glanznummer anbiete. Ihr kennt mich. Bekommt sie baldigst. Wird überall Hauptnummer im Programm.«

*

Es kam die Lattenkiste. Da Del Mar sie in den Gepäckraum brachte, hegte Michael Verdacht gegen sie. Eine Minute
später wurde sein Verdacht bestätigt. Del Mar forderte ihn
auf, in die Lattenkiste zu gehen, aber er weigerte sich. Mit
einem schnellen, gewandten Griff in das Halsband hinten am
Halse erschütterte Del Mar seine Stellung und schleuderte ihn
hinein, oder vielmehr fast hinein, denn es glückte Michael,
seine Vorderpfoten auf den Rand der Packkiste zu pflanzen.
Der Tierbändiger verlor keine Zeit. Mit der freien Faust
schlug er zweimal auf Michaels Pfoten. Und in seinem
Schmerz ließ Michael seinen Halt fahren. Im nächsten Augenblick war er hineingeschleudert, fletschte die Zähne vor
Zorn und Wut und warf sich gleichzeitig gegen die Latten,
während Del Mar die feste Tür abschloß.

Dann wurde die Lattenkiste hinausgeschafft und mit einer
Anzahl Koffer auf einen Expreßwagen geladen. Del Mar war
verschwunden, und die beiden Männer in dem Wagen, der
jetzt über das Pflaster donnerte, waren Michael fremd. Es war
gerade soviel Platz in der Kiste, daß Michael aufrecht zu stehen vermochte, wenn er auch den Kopf nur bis zur Schulter-
höhe heben konnte. Und wie er so dastand, den Kopf gegen
den Kistendeckel gepreßt, geriet der Wagen in ein Gleis auf
der Straße und rumpelte so stark mit seinem Inhalt, daß Michael sich heftig den Kopf stieß.

Die Kiste war nicht ganz so lang wie Michael, so daß er
gezwungen war, das Ende seiner Schnauze gegen die Kisten-
wand zu pressen. Ein Automobil kam aus einer Seitenstraße,
und der Kutscher mußte unvermittelt anhalten und die Bremse gebrauchen. Dadurch wurde Michaels Körper nach vorn
geschleudert. Er wurde durch keine Bremse aufgehalten,
wenn man nicht seine weiche Schnauze als Bremse betrachtet,
denn sie fing den Stoß auf.

Auf dem beschränkten Platz versuchte er, sich niederzulegen, und fühlte sich besser dabei, obwohl seine Lippen bis
aufs Blut zerschnitten waren, weil sie so hart gegen seine
Zähne gepreßt worden waren. Aber das Schlimmste sollte
noch kommen. Eine seiner Pfoten glitt durch die Latten hin-

durch und blieb auf dem Boden des Wagens liegen, wo die Koffer pfiffen, kreischten und hüpften. Wieder geriet der Wagen in eine Schiene, und der zunächstliegende Koffer stellte sich hochkant, ruschte herunter und fiel gerade auf Michaels Pfote. Das geschah so unerwartet und quetschte ihn so heftig, daß er bellte und die Pfote instinktiv mit aller Kraft zurückzog. Dadurch verrenkte er sich die Schulter und fügte einen neuen Schmerz zu dem, den er bereits in der eingeklemmten Pfote fühlte.

Ein blinder Schrecken überkam Michael, ein Schrecken, der tief in allen Tieren und selbst im Menschen steckt – der Schrecken vor der Falle. Vollkommen außer sich, warf er sich wie wahnsinnig vor und zurück, straffte die Sehnen und Muskeln an Schultern und Beinen und beschädigte dadurch den eingeklemmten Fuß noch mehr. In seiner Qual griff er sogar die Latte mit seinen Zähnen an, um das Ungeheuer draußen, das ihn hielt und nicht mehr loslassen wollte, zu packen. Eine neue Schiene rettete ihn indessen, indem sie den Koffer gerade so weit hochwippte, daß es dem Hunde gelang, mit einer gewaltsamen Anstrengung den Fuß an sich zu ziehen.

Auf dem Bahnhof ging der Träger so nachlässig mit der Lattenkiste um, daß sie ihm halb aus den Händen glitt, sich seitwärts überschlug und erst gegriffen wurde, als sie schon an den Knien des Mannes vorbeigeglitten war, aber noch nicht den Zementboden erreicht hatte.

»Hu!« sagte Del Mar kurz darauf zu Michael, als er auf den Bahnsteig kam, wo die Lattenkiste mit anderm Gepäck, das mit dem Zuge fort sollte, auf einem Blockwagen aufgestapelt war. »Der Fuß ist kaputt. Schön, das wird dich lehren, die Füße drinnen zu halten.«

»Die Kralle ist hin«, sagte einer von den Gepäckträgern.

Del Mar bückte sich, um eine genauere Untersuchung anzustellen. »Der ganze Zeh auch«, sagte er, zog sein Taschenmesser heraus und klappte es auf. »Das ist sofort gemacht, wenn Sie mir behilflich sein wollen.« Er öffnete die Kiste und zog Michael mit dem gewöhnlichen Würgegriff am Hals heraus.

Michael drehte und wand sich und schlug mit beiden Pfoten, der verwundeten und unverwundeten, um sich, was seinen Schmerz noch vermehrte.

»Halten Sie das Bein hoch«, befahl Del Mar. »Er tut nichts, wenn man ihn so gepackt hat. Es dauert nur eine Sekunde.«

Es dauerte auch nicht länger. »Als der wütende Michael sich wieder in der Kiste befand, fehlte an der Zahl der Zehen, mit denen er zur Welt gekommen war, eine. Er blutete stark nach der rohen, aber wirksamen Operation und leckte sich die Wunde, von bangen Ahnungen erfüllt, daß irgendein furchtbares Schicksal – er wußte nicht, welches – seiner wartete und nicht mehr fern war. Noch nie war er in seinem Zusammenleben mit den Menschen so behandelt worden, und die Einsperrung im Korbe begann ihn wahnsinnig zu machen, weil sie ihm das Gefühl einflößte, in einer Falle gefangen zu sein. In einer Falle gefangen war er ja auch, und hilflos dazu, und das letzte Unglück des Lebens mußte Steward getroffen haben, der offenbar von dem Nichts verschlungen war, das Meringe, die Eugénie, die Makambo, Australien und die Mary Turner verschlungen hatte.

Plötzlich ertönte ein Stückchen weiter ein tollhausartiger Spektakel, der Michael in Erwartung neuen Ungemachs die Ohren spitzen ließ, daß sich ihm die Haare sträubten. Es war ein wirres Gemisch von Heulen, Kläffen und Bellen vieler Hunde.

»Herrgott – das sind die verfluchten Zirkushunde«, brummte der Oberträger seinem Kameraden zu. »Das ist doch zu arg.« »Es ist Petersons Truppe«, sagte der andere. »Ich hatte Dienst, als sie vorige Woche kamen. Einer von ihnen lag tot in seiner Kiste, und es sah sehr danach aus, daß er zu Tode geprügelt worden war.«

Der Lärm wuchs, als die Tiere von den Wagen auf den Blockwagen geschafft wurden, und als der Blockwagen vorrollte und neben dem Michaels stehenblieb, sah er, daß Kisten mit eingesperrten Hunden darauf aufgestapelt waren. Es waren fünfunddreißig Hunde aller Arten und Rassen, meistens aber gewöhnliche Köter, und daß sie alles eher als glücklich waren, ging aus ihrem Benehmen deutlich hervor. Einige heulten, einige winselten, andere knurrten und wüteten gegeneinander durch die Latten, und viele hatten sich stumm in ihr Elend ergeben. Mehrere leckten sich ihre zerquetschten Füße. Kleinere Hunde, die nicht so kampflustig waren, hatte man zu mehreren in einer Kiste zusammengepfercht. Ein halbes Dutzend Windhunde war in einer größeren Kiste verstaut, die aber bei weitem nicht groß genug war.

»Das sind die Springhunde«, sagte der Oberträger. »Aber sieh, wie sie zusammengequetscht sind. Peterson will nicht mehr Fracht bezahlen, als gerade notwendig ist. Sie haben nicht Platz genug, um aufzustehen. Es muß die reine Hölle für sie sein.«

Diese Hunde waren Gefangene auf Lebenszeit. Nur wenn sie auftreten sollten, wurden sie aus ihren Käfigen genommen. Es lohnte sich geschäftlich nicht, gute Pflege für sie zu opfern. Da diese Köter nicht viel Geld kosteten, war es billiger, sie, wenn sie starben, durch neue zu ersetzen, als sie so gut zu pflegen, daß sie nicht starben.

Unter diesen fünfunddreißig Hunden befand sich nicht ein einziger Überlebender von der Truppe, mit der Peterson vor vier Jahren angefangen hatte. Keiner der ursprünglichen Hunde war ausrangiert worden; sie waren alle gestorben. Von alledem wußte Michael ebensowenig wie der Träger. Das einzige, was er wußte, war, daß hier Heulen und Zähneklappern herrschten, und daß er zu demselben Schicksal bestimmt schien.

Als die Hunde unter verstärktem Heulen und Kläffen in den Güterwagen geladen worden waren, wurde Michaels Käfig mitten auf die anderen gestellt. Und einen Tag und fast zwei Nächte blieb er in dieser Hölle, während sie nach Osten reisten, dann wurden die anderen in irgendeiner großen Stadt ausgeladen, und Michael setzte die Reise unter ruhigeren, angenehmeren Verhältnissen fort.

Er nahm das alles als ein Unglück und Elend hin, war aber ebensowenig imstande, dies Unglück zu erklären wie die Verletzung seiner Pfote. Derlei kam eben vor. Das war das Leben, und das Leben enthielt viel Unglück. Ein Warum an die Dinge zu knüpfen, fiel ihm nie ein. Was war, das war eben. Wasser war naß, Feuer heiß, Eisen hart, Fleisch gut. Er nahm diese Dinge ganz einfach hin, wie er das ewige Wunder von Licht und Dunkelheit hinnahm, das in seinen Augen kein größeres Wunder war als sein eigener rauhhaariger Pelz, sein klopfendes Herz oder sein denkendes Hirn.

In Chikago wurde er auf einen Blockwagen geladen, durch die lärmenden Straßen der großen Stadt gefahren und in einem anderen Güterwagen verstaut, der schnell die Reise nach Osten fortsetzte. Das bedeutete wieder mehrere fremde Männer, die mit dem Gepäck hantierten, und dasselbe wiederholte sich in New York, wo er vom Gepäckraum der Eisenbahn in einen Expreßwagen geschafft und, immer noch als Gefangener in einer Kiste, nach Long Island geschickt wurde.

Hier gab es einen gewissen Harris Collins und die Tierhölle, in der er herrschte. Aber ein weniger wichtiges Ereignis soll zuerst erzählt werden. Michael sah Harry Del Mar nicht wieder. Wie die anderen Menschen, die er gekannt, aus seinem Leben gegangen waren, so verließ auch Harry Del Mar sowohl Michaels Bereich wie das Leben selbst. Ein Zusammenstoß der Hochbahn, und Harry Del Mar war verschwunden in dem Nichts, das die Menschen Tod nennen.

Harris Collins war zweiundfünfzig Jahre alt. Er war schlank und behende und seinem Aussehen und Auftreten nach so sanft und mild, daß er fast einen weibischen Eindruck machte. Man hätte ihn für den Vorsteher einer Mädchenschule oder Vorsitzenden eines Wohltätigkeitsvereins halten können.

Er hatte einen rosigen Teint, Hände, so weich wie die seiner Töchter, und wog hundertundzwölf Pfund. Er fürchtete sich vor seiner Frau, vor einem Schutzmann, vor physischer Gewalt und lebte in einer ständigen Angst vor Einbrechern. Das einzige, was er nicht fürchtete, waren wilde Tiere, wie Löwen, Tiger, Leoparden und Jaguare. Er kannte sein Geschäft und konnte den widerspenstigen Löwen mit einem Besenstiel bezwingen – im verschlossenen Käfig.

Seinen Beruf hatte er von seinem Vater gelernt. Dieser, Noel Collins, war ein erfolgreicher Tierbändiger in England gewesen, dann nach Amerika ausgewandert, und hier hatte er die große Dressurschule in Cedarwild gegründet, die von seinem Sohn später ausgebaut wurde. Harris Collins hatte auf der von seinem Vater gelegten Grundlage so gut weiter gebaut, daß sein Unternehmen als mustergültig in bezug auf sanitäre Verhältnisse und Humanität betrachtet wurde. Das bezeugten viele Besucher, die von der milden, reinen Atmosphäre der Anstalt begeistert waren. Sie sahen indessen nie die wirkliche Dressur. Gelegentlich wurde eine Vorstellung abgerichteter Tiere gegeben, die all ihre freundlichen Eindrücke von der Schule bestätigte. Hätten sie aber die Dressur der ungeübten Anfänger gesehen, so würden sie anders gedacht haben. Möglicherweise hätte es Spektakel gegeben. Die Anstalt war ein zoologischer Garten mit freiem Eintritt; denn außer den Tieren, die Harris Collins gehörten und die er dressierte, kaufte und verkaufte, bestand das Geschäft zu einem großen Teil darin, dressierte Tiere und Tiertruppen für ihre Besitzer, wenn sie kein Engagement hatten, in Pension zu nehmen. Von Mäusen und Ratten bis zu Kamelen und Elefanten, ja, hin und wieder sogar bis zu Nashörnern oder einem Paar Flußpferden, konnte er auf Wunsch jedes beliebige Tier liefern.

Die Tierbändiger des ganzen Landes erkannten ihn nicht allein als den reichsten in ihrem Fach an, sondern als den König der Dresseure und als den mutigsten Mann, der je seine Füße in einen Käfig gesetzt hatte. Und wer ihn bei der Arbeit gesehen, schwor darauf, daß er keine Seele hatte. Seine Frau und seine Kinder aber und der kleine Kreis, der seinen täglichen Umgang ausmachte, waren anderer Meinung. Da sie ihn nie bei der Arbeit gesehen hatten, waren sie überzeugt, daß nie ein edlerer Mann mit einem mutigeren Herzen gelebt hatte. Seine Stimme war leise und sanft, seine Handbewegungen waren so abgerundet, seine Anschauungen von Leben, Welt, Religion und Politik die denkbar mildesten. Ein freundliches Wort brachte ihn zum Schmelzen. Eine Entschuldigung besiegte ihn. Er gab allen Wohltätigkeitsanstalten der Stadt

und war eine ganze Woche tief niedergeschlagen, als die Tita-
nic unterging.

Seine Kinder liebte er so, daß er ihnen verbot, je seiner
Arbeit beizuwohnen. Er hatte Höheres mit ihnen im Sinne.
John, der Älteste, besuchte die Yale-Universität. Er wollte
Wissenschaftler werden, hielt sich sein eigenes Auto und lebte
auf entsprechendem Fuße in der Universitätsstadt New Ha-
ven. Harald und Friedrich besuchten eine Akademie für Milli-
onärssöhne in Pennsylvanien, und Clarence, der Jüngste,
befand sich auf einer Vorbereitungsschule in Massachusetts
und schwankte noch, ob er Arzt oder Flieger werden sollte.
Seine drei Töchter ließ er zu feinen Damen erziehen. Elsie
sollte in allernächster Zeit ihr Examen an der Vassar-
Universität machen. Mary und Madeleine, die Zwillinge waren, bereiteten sich an einem der feinsten und teuersten Semi-
narien für die Universität vor. Alles das kostete Geld, worüber
Harris Collins nicht murrte, obwohl es seine Dressurschule
stark in Anspruch nahm. Er mußte schwer arbeiten, obwohl
seine Familie in dem Glauben lebte, daß er kraft seiner über-
legenen Klugheit nur die Oberleitung hatte, und sie wären tief
erschüttert gewesen, hätten sie ihn, eine Keule in der Hand,
vierzig aufgeregte und unlenksame Köter bei der Dressur
prügeln sehen.

Ein großer Teil der Arbeit wurde von seinen Gehilfen ge-
leistet, aber Harris Collins unterwies sie beständig, und wenn
es sich um wichtigere Tiere handelte, tat er die Arbeit selbst
und ging ihnen mit gutem Beispiel voran. Seine Gehilfen
waren ausnahmslos junge Menschen, die er mit scharfem
Blick, rein intuitiv auf Erziehungsanstalten ausgewählt hatte.
Er verlangte nichts von ihnen, als daß sie sich ihm unterord-
neten und Klugheit und Gefühllosigkeit zeigten, aber die
Vereinigung dieser Eigenschaften mußte natürlich Grausamkeit ergeben. Heißes Blut, edles Denken und Empfindsamkeit
paßten nicht zu seinem Geschäft, und die Cedarwild-
Tierschule war von A bis Z Geschäft. Kurz, Harris Collins
brachte alles in allem größeres Elend und größere Leiden über
die Tiere als alle Vivisektionslaboratorien der ganzen Chris-
tenheit.

Und in diese Tierhölle stieg Michael hinab – nachdem er eine Strecke von dreitausendfünfhundert Meilen in einer Kiste transportiert worden war. Nicht ein einziges Mal war er während der Reise aus der Kiste herausgekommen, und er war daher schmutzig und verzweifelt. Dank seiner gesunden Natur heilte die Wunde an dem amputierten Zeh normal. Aber er klebte vor Schmutz und wimmelte von Flöhen.

Äußerlich war Cedarwild alles eher als eine Hölle. Samtartige Rasenflächen, kiesbestreute Gänge und Fahrwege führten zwischen künstlerisch angelegten Blumenbeeten hindurch zu einem Komplex langer, niedriger Gebäude, von denen einige aus Fachwerk, andere aus Beton erbaut waren. Aber Michael wurde nicht von Harris Collins empfangen, der in diesem Augenblick gerade mit Harry Del Mars Telegramm vor sich auf dem Schreibtisch in seinem Privatkontor saß und im Begriff war, seinem Sekretär eine Anfrage an die Eisenbahn und die Expreßgesellschaft zu diktieren, wo der Hund blieb, den Harry Del Mar in einer Lattenkiste nach Cedarwild geschickt hätte. Ein helläugiger achtzehnjähriger Bursche nahm Michael in Empfang, quittierte für ihn und trug seine Kiste in einen gemauerten Raum mit schrägem Fußboden, wo es ekelhaft nach Desinfektionsmitteln roch.

Die neue Umgebung machte Eindruck auf Michael, aber er fühlte sich nicht von dem jungen Burschen angezogen, der sich die Ärmel aufkrempelte und eine große Wachstuchschürze vorband, ehe er die Kiste öffnete. Michael sprang heraus und schwankte auf seinen armen Beinen, die er mehrere Tage nicht bewegt hatte. Dieser besondere zweibeinige Gott war uninteressant. Er war so kalt wie der Zementboden, so methodisch wie eine Maschine, und ganz wie eine Maschine begann er, Michael zu waschen, zu schrubben und zu desinfizieren. Denn Harris Collins war in bezug auf die Behandlung der Tiere ein Anhänger wissenschaftlicher und antiseptischer Methoden, und Michael wurde nach allen Regeln der Wissenschaft gesäubert, ohne überlegte Härte, aber auch ohne eine Spur von Freundlichkeit und Rücksicht.

Natürlich verstand er nichts davon. Obwohl er aber weder Henkersknechte noch Folterkammern kannte, hatte er nach alledem doch das Gefühl, daß dieser nackte, zementierte, nach Chemikalien duftende Raum vielleicht der Schauplatz für die letzte Katastrophe seines Lebens werden, und daß dieser junge Bursche der Gott sein sollte, der ihn in das Dunkel schickte, das alle, die er gekannt und geliebt, verschlungen hatte. Was Michael aber jedenfalls verstand, war, daß dies alles kalt, unheilverkündend und erschreckend seltsam war. Er fand sich darein, daß die Hand des jungen Gottes ihn am Nacken faßte, nachdem das Halsband abgenommen war; als er aber die Spritze auf ihn richtete, wurde er zornig und leistete Widerstand. Der junge Mann, der ausschließlich nach den erhaltenen Anweisungen arbeitete, packte Michaels Fell am Halse fester und hob ihn vom Boden auf, während er gleichzeitig mit der anderen Hand den Wasserstrahl mit voller Kraft in sein Maul lenkte. Michael wehrte sich und wurde zum Lohn für alle seine Anstrengungen fast ertränkt, bis er, halb erstickt, hilflos nach Luft schnappte. Nach dieser Behandlung leistete er keinen Widerstand mehr und wurde gewaschen, geschrubbt und gesäubert mit der Spritze, einer großen harten Bürste und einer reichlichen Menge Karbolseife, deren brennender Schaum ihm in Augen und Nase kam und ihn weinen und heftig niesen ließ. Ängstlich, was der nächste Augenblick bringen würde, aber doch klar darüber, daß der junge Mann weder gut noch schlecht war, ließ sich Michael weiter ohne Widerstand behandeln, bis er sauber und neubelebt in einen angenehmen, sauberen Stall gebracht wurde, wo er schlief und für eine Weile vergessen wurde. Es war das Hospital oder die Quarantäneabteilung, und hier verbrachte er eine Woche, in der nichts geschah, als daß er regelmäßiges und gutes Futter und reines Wasser erhielt und vollkommen von jeder Verbindung mit allem Leben abgeschnitten war, abgesehen von dem jungen Gott, der ihn wie ein Automat versorgte.

Michael hatte Harris Collins noch nicht gesehen, wohl aber seine Stimme, die nicht laut, aber sehr gebieterisch war, oft aus der Ferne gehört. Daß der, dem diese Stimme gehörte, ein hochstehender Gott war, verstand Michael sofort, als er sie hörte. Sie war gewohnt zu befehlen.

Es war gegen elf Uhr vormittags, als der blasse junge Gott Michael mit Halsband und Leine versah, ihn zur Quarantäneabteilung hinausführte und einem dunklen jungen Gott übergab. Als Gefangener an einer Leine traf Michael unterwegs andere Gefangene, die in derselben Richtung wie er selber gingen. Er hatte nie ihresgleichen gesehen. Es waren drei schlurfende, schlendernde, ungeheure Bären, und bei ihrem Anblick sträubten sich Michael die Haare, und er stieß ein ganz leises Knurren aus, denn er erkannte sie instinktiv als uralte Feinde aus der Wildnis. Aber er hatte zuviel gesehen und war zu vernünftig, um sie anzugreifen. Statt dessen folgte er seinem Wächtergott an der Leine, auf steifen Beinen und äußerst vorsichtig, während er gierig den merkwürdigen Geruch der Tiere einschnupperte. Viele Gerüche füllten seine Nüstern. Wenn er auch nicht durch die Wände sehen konnte, so witterte er doch Gerüche, die er später wiedererkannte, und zwar als die Witterung von Löwen, Leoparden, Affen, Pavianen sowie von Seehunden und Seelöwen. Alles das bewirkte, daß er wach, gleichzeitig aber auch sehr vorsichtig wurde. Es war, als ginge er durch einen neuen, mit Ungeheuern bevölkerten Dschungel, dessen Wege und Bewohner er nicht kannte.

Als er die Manege betreten sollte, wollte er, noch steifbeiniger als zuvor, seitwärts ausbrechen, die Haare sträubten sich ihm auf Hals und Rücken, und er knurrte leise und tief in der Kehle. Denn aus der Manege kamen fünf Elefanten, kleine Elefanten, aber ihm erschienen sie wie die größten Ungeheuer und konnten seiner Meinung nach nur mit der Walkuh verglichen werden, die er flüchtig auf dem Wasser gesehen hatte, als sie die Mary Turner vernichtete. Die Elefanten nahmen jedoch keine Notiz von ihm. Sie gingen, jeder den Rüssel am Schwanz des Vorangehenden, wie sie es gelernt hatten, wenn sie zum Schluß abmarschieren sollten. Er kam in die Manege, die Bären dicht hinter ihm.

Es war ein mit Sägespänen bestreuter Kreis von der Größe einer Zirkusmanege, in einem quadratischen, mit einem Glasdach überdeckten Gebäude. Aber es gab keine Sitzgelegenheiten, da keine Zuschauer geduldet wurden. Nur Harris

Collins und seine Gehilfen sowie Käufer und Verkäufer von Tieren und Fachleute durften zusehen, wie die Tiere gequält wurden, wenn sie Kunststücke lernten, die das Publikum vor Staunen und Lachen stumm machen sollten. Michael vergaß die Bären, die schnell auf der entgegengesetzten Seite des Kreises an die Arbeit gestellt wurden. Einige Männer, die starke, buntbemalte Fässer anrollten, welche, ohne zu zerbrechen, die Elefanten tragen konnten, nahmen für einen Augenblick seine Aufmerksamkeit in Anspruch. Als sein Wächter dann einen Augenblick stehenblieb, betrachtete er mit großem Interesse ein falbes Shetland-Pony. Es lag auf dem Boden. Ein Mann saß auf ihm. Und immer wieder hob es den Kopf von den Sägespänen und küßte den Mann. Das war alles, was Michael sah, aber dennoch fühlte er, daß etwas dabei nicht stimmte. Er wußte nicht, wieso, hatte keinen Anhaltspunkt, aber er spürte, daß Grausamkeit, Herrschsucht und Falschheit dahintersteckten. Was er nicht sah, war die lange Nadel in der Hand des Mannes. Jedesmal, wenn er das Pony in die Schulter stach, hob es vor Schmerz mit einer Reflexbewegung den Kopf, und der Mann begegnete schnell dem Maul des Ponys mit seinem Munde. Ein Zuschauerkreis hätte den Eindruck gehabt, daß das Pony auf diese Weise seine Liebe zu seinem Herrn ausdrücken wollte.

Kaum zehn Schritt weiter benahm sich ein anderes Shetland-Pony, ein kohlschwarzes, ebenso merkwürdig, wie es behandelt wurde. An seine Vorderbeine waren Leinen gebunden, deren jede von einem Gehilfen gehalten wurde, der kräftig daran zog, während ein dritter Mann, vor dem Pony stehend, es mit einer kurzen steifen Peitsche aus spanischem Rohr über die Knie schlug, worauf das Pony vor dem Mann mit der Peitsche in den Sägespänen niederkniete. Dem Pony war das nicht angenehm, zuweilen widersetzte es sich mit gespreizten Beinen und gespannten Muskeln so gut, daß es dem Zerren an den Leinen widerstand, dann aber wurde es seitwärts geschwungen, daß es schwer niederfiel und erst wieder aufstehen konnte, wenn die straffen Leinen gelockert wurden. Und immer wieder wurde es mit Hilfe der Leinen auf die Knie geworfen, Angesicht zu Angesicht mit dem Mann, der es mit der Peitsche schlug. Es lernte auf diese Weise knien, was stets das Publikum erfreut, das nur die Ergebnisse des Unterrichts sieht, sich aber nie träumen läßt, auf welche Weise der Unterricht erfolgt. Kurz, diese Tierschule von Cedarwild war eine Schule des Leidens.

Harris Collins nickte den braunen, jungen Gott zu sich heran und betrachtete Michael untersuchend und abschätzend.

»Del Mars Hund, Herr Collins«, sagte der Führer.

Collins Augen leuchteten auf, und er sah sich Michael genauer an.

»Weißt du, was er kann?« fragte er.

Der junge Bursche schüttelte den Kopf.

»Harry war ein gerissener alter Junge«, fuhr Collins fort, offenbar zu dem jungen Gott gewandt, aber doch mehr für sich – er war gewohnt, laut zu denken. »Er schrieb, der Hund wäre eine Glanznummer. Aber was kann er? Das ist die Frage. Der arme Harry ist weg, und wir wissen nicht, was das Vieh kann. – Mach' die Leine los.«

Als Michael losgebunden war, sah er den Obergott an und wartete, was geschehen würde. Der durch die Manege dringende Schmerzensschrei eines der Bären gab ihm eine Ahnung dessen, was er zu erwarten hatte.

»Hierher«, kommandierte Collins in seinem kalten, harten Ton.

Michael ging hin und stellte sich vor ihm auf.

»Hinlegen!«

Michael legte sich, tat es aber langsam und mit deutlichem Unwillen.

»Verdammt vollblütig«, höhnte Collins. »Magst die Glieder nicht gern schmieren, was? Schön, das kriegen wir schon. Aufstehen! – Hinlegen! – Aufstehen! – Hinlegen! – Aufstehen! – Hinlegen!«

Seine Befehle kamen abgerissen wie Revolverschüsse oder Peitschenknallen, und Michael gehorchte wie zuvor auf seine langsame, unwillige Art.

»Englisch versteht er jedenfalls«, sagte Collins. »Gott weiß, ob er einen doppelten Salto machen kann«, fügte er hinzu und

drückte mit diesen Worten den goldenen Traum aller Hunde-
dresseure aus. »Legt ihm die Leinen an. – Komm her, Jimmy.
Noch eine Leine.« Ein anderer junger Schüler der Reform-
schule gehorchte und schnallte Michael einen Gurt, an dem
eine dünne Leine befestigt war, um die Lenden.

»Strafft die Leinen«, befahl Collins. »Fertig? Los!«

Und Michael wurde jetzt ein Gegenstand der erstaunlichs-
ten, verblüffendsten und gemeinsten Behandlung. Auf den
Befehl »Los!« wurde die Leine an seinem Halsband angeruckt,
wodurch er hochflog, während gleichzeitig die Leine um sein
Hinterteil ihn vor- und hochzog und der kurze steife Stock in
Collins Hand ihn unter die Schnauze traf. Hätte er das Manö-
ver gekannt, so würde er sich wenigstens einen Teil des
Schmerzes erspart haben, indem er hochgesprungen wäre und
sich rücklings in die Luft geworfen hätte. Jetzt hatte er das
Gefühl, als würde er in Stücke gerissen, und der Schlag unter
die Schnauze betäubte ihn fast. Er wirbelte heftig durch die
Luft und schlug mit dem Hinterkopf voran in die Sägespäne.

Wütend, mit gesträubten Nackenhaaren, flog er hoch,
knurrend und mit gefletschten Zähnen, bereit zu beißen, und
er hätte seine Zähne auch in das Fleisch des Obergottes gebohrt, wäre er nicht das Opfer tückischer Kniffe gewesen.
Die zwei jungen Burschen wußten, was sie zu tun hatten. Der
eine straffte die Leine vorn, der andere hinten, und Michael
knurrte, und seine Haare sträubten sich in ohnmächtiger Wut.
Er konnte nichts tun, weder vor- noch zurückgehen oder sich
seitwärts werfen. Er konnte weder den jungen Mann hinter
ihm, noch den vor ihm oder Collins angreifen, der, wie Michael deutlich merkte, der Urheber all dieser Bosheit und Pein
war.

Michaels Zorn war ebenso groß wie seine Hilflosigkeit. Er
konnte nichts tun, als seine Wut mit gesträubten Haaren an
seinen Stimmbändern auslassen. Für Collins aber war dies ein
wohlbekanntes, ermüdendes Erlebnis.

»Ach, du Vollblut«, höhnte er Michael. »Lockert die Leine!
Los!« Im selben Augenblick, als die Leine gelockert wurde,
flog Michael auf Collins los, der aber trat zurück und versetzte

ihm einen Tritt unters Kinn, daß er rücklings in die Sägespäne flog.

»Halt!« kommandierte Collins. »Strafft seine Leinen!« Und die beiden jungen Burschen, die jeder nach einer Seite an den Leinen zogen, hielten ihn rettungslos fest.

»Ich glaube, er hat noch nie einen Salto geschlagen«, meinte Collins, der für einen Augenblick zu dem Problem Michael zurückkehrte. »Nimm deine Leine ab, Jimmy. Geh hinüber und hilf Smith. – Johnny, halt ihn ein bißchen auf der Seite und achte auf deine Beine.«

Er zog Del Mars Telegramm aus der Tasche, las es wieder und warf zwischendurch ab und zu einen Blick auf Michael. »Del Mar war fabelhaft«, sagte er zu Johnny, der Michael an der Leine hielt. »Wenn er mir telegraphierte, daß ich seine Hunde verkaufen sollte, so bedeutete das, daß er eine bessere Nummer hatte, und hier ist nur ein einziger Hund, der die ganze Nummer repräsentiert, und dazu ein Vollblut. Aber worin in Gottes Namen besteht denn die Nummer? Er hat nie in seinem Leben einen Salto gemacht, und noch weniger einen doppelten, was meinst du, Johnny? Denk' nach!«

»Vielleicht kann er zählen«, meinte Johnny.

»Mit Hunden, die zählen können, ist der Markt schon überfüllt, na, aber wir können ja mal versuchen.«

Aber Michael, der ohne einen Irrtum zählen konnte, weigerte sich, eine Probe seiner Kunst zu geben.

»Wenn er ein ordentlicher Hund ist, kann er jedenfalls gehen«, sagte Collins, der eine neue Idee hatte.

Und Michael mußte die demütigende Probe über sich ergehen lassen, von Johnny auf die Hinterbeine gezerrt zu werden, während Collins ihm mit dem Stock unter die Schnauze und über die Knie schlug. In seiner Wut versuchte er den Obergott zu beißen, wurde aber an der Leine fortgezogen und fast erwürgt.

»Laß es genug sein«, sagte Collins müde. »Wenn er nicht auf den Hinterbeinen stehen kann, kann er auch keine Tonnensprünge machen. – Du hast wohl von Ruth gehört, Johnny. Die war großartig. Konnte auf den Hinterbeinen in Tonnen hinein- und wieder herausspringen, ohne je die Vorderpfoten zu benutzen. Sie war eine Goldmine; aber Carson verstand sie nicht zu behandeln, und sie krepierte am Cripple Creek an Lungenentzündung.«

»Ob er nicht Teller auf der Schnauze schnurren lassen kann?« meinte Johnny.

»Kann ja nicht auf den Hinterbeinen stehen«, lehnte Collins ab. »Außerdem ist an einer solchen Nummer nichts Besonderes. Der Hund hat eine Spezialität, und die müssen wir herauskriegen. Ich muß mich seiner schon selber annehmen. Nimm ihn weg, Johnny. Bring' ihn nach Nummer achtzehn. Später können wir ihn in eine Einzelabteilung stecken.«

*

Nummer achtzehn war eine große Abteilung oder ein großer Käfig im Hundegang, groß genug, um einen einigermaßen angenehmen Aufenthalt für ein Dutzend irischer Terrier wie Michael abzugeben. Harris Collins verfuhr nämlich nach wissenschaftlichen Prinzipien. Für Hunde, die in der Cedarwild-Schule in Pension waren, wurde alles getan, so daß sie sich nach den Widerwärtigkeiten und der Mühsal, die sie sechs Monate bis zu einem Jahr oder länger auf der Landstraße hatten erdulden müssen, erholen konnten. Dies war der Grund, daß die Schule so populär als Pensionat für auftretende Tiere war, wenn die Besitzer Ferien hatten oder ohne Engagement waren. Harris Collins hielt seine Tiere sauber und in gutem Stande und beschützte sie vor ansteckenden Krankheiten. Kurz, er brachte sie auf die Beine, bis sie wieder auftreten und Kunststücke machen mußten.

Links von Michael, auf Nummer siebzehn, befanden sich fünf merkwürdig geschorene französische Pudel. Michael konnte sie nur sehen, wenn er in den Käfig gebracht oder herausgeholt wurde, aber er konnte sie riechen und hören, und in seiner Einsamkeit begann er sogar knurrend und scheltend eine Fehde mit Pedro, dem größten von ihnen, der in ihrer Nummer den Clown spielte. Sie waren die Aristokraten unter den auftretenden Tieren, und Michaels Fehde mit Pedro war eigentlich nicht ernst gemeint. Wären er und Pedro zusammengebracht worden, so würden sie sofort gute Freunde gewesen sein. In den langen, einförmigen Stunden aber gaben sie sich einer vorgetäuschten Aufregung hin und fanden es interessant, sich zu zanken, obgleich sie beide im Innersten gut wußten, daß es gar kein Streit war. Auf Nummer neunzehn, rechts von Michael, hauste eine trübselige Gesellschaft. Es waren Köter, die schimmernd und chemisch rein gehalten wurden, aber noch nicht für ein besonderes Fach bestimmt waren. Sie bildeten eine Art Rohmaterialreserve, die abgerichtet und als Ersatz in bereits existierende Truppen eingereiht werden konnte. Die Stelle, wo dieses Training stattfand, war die Hölle in der Manege.

In freien Augenblicken prüften Collins und seine Assistenten sie auch immer in allen möglichen Künsten, um zu untersuchen, ob sie irgendwie im Besitz besonderer Anlagen wären. So wurde ein Köter, der einige Ähnlichkeit mit einem Zwergwachtelhund hatte, mehrere Tage lang als Ponyreiter geprüft, der vom Rücken des Ponys durch Papierreifen springen und sich wieder auf den Rücken des Ponys fallen lassen mußte. Nach verschiedenen Stürzen und schmerzhaften Kontusionen wurde er als ungeeignet für das Kunststück kassiert und mußte eine Probe als Balancekünstler mit Tellern ablegen. Als auch das fehlschlug, wurde er zum Schaukelbretthund gemacht, der in einer Truppe von zwanzig Hunden bis zum Ende der Vorführung im Hintergrund figurierte. Nummer neunzehn war eine Abteilung, die ewig von Streit und Leiden erfüllt war. Hunde, die beim Training zu Schaden gekommen waren, leckten sich ihre Wunden, jammerten oder heulten und regten sich bei dem geringsten Anlaß unsagbar auf. Wenn ein neuer Hund seinen Einzug hielt – und das war eine alltägliche Begebenheit, da andere Hunde immer wieder fortgeholt wurden, um auf Reisen zu gehen –, wurde der Käfig stets von Streit und Kampf erschüttert, bis der neue Hund sich seinen Platz durch Kampf erzwungen oder ihn durch Nachgiebigkeit angewiesen erhalten hatte.

Michael ignorierte die Bewohner von Nummer neunzehn. Sie konnten ihn kriegerisch anschnaufen und knurren, er nahm keine Notiz von ihnen, sondern widmete sich lediglich Pedro und seinem unablässigen Zank mit ihm. Michael war auch häufiger und längere Zeit hintereinander in der Manege als sie.

»Ich traue Harry nicht zu, daß er sich in einem Hunde irren konnte.« Das war Collins' Standpunkt, und er suchte immer wieder herauszufinden, was Del Mar veranlaßt haben mochte, Michael für einen so einzigdastehenden Hund zu erklären.

Während dieser Versuche mußte sich Michael die unwürdigste Behandlung gefallen lassen. Sie prüften, ob er Hürdensprung machen, ob er auf den Vorderbeinen spazieren, Ponyreiten, Purzelbäume schießen oder mit andern Hunden Clownkunststücke machen könnte. Er mußte Walzer tanzen, und sie zogen, ruckten und zerrten mit vier Leinen an allen seinen Beinen. Bei einigen der Versuche gaben sie ihm ein Stachelhalsband, um ihn zu hindern, von einer Seite zur andern zu schwingen, oder vorn- oder hintenüber zu fallen. Sie gebrauchten Peitsche und spanisches Rohr und schnürten ihm die Schnauze zusammen. Sie schleppten ihn Leitern hinauf, damit er den Kopf in einen Wassertank steckte.

Sie versuchten ihn sogar im »Looping-the-loop« auftreten zu lassen – stürzten ihn eine schräge, offene Rinne hinunter, so daß seine Beine, von Peitschenschlägen angetrieben, sich so schnell bewegten, daß er mit der Anfangsgeschwindigkeit, die er hatte, und wenn er mit Leib und Seele gewollt hätte, die Innenseite der Schleife hätte hinauflaufen und, den Rücken abwärts, wie eine Fliege an der Decke, die Schleife hätte durchlaufen können. Aber er wollte nicht mit Leib und Seele, und wenn er sich nicht gleich zu Beginn durch einen Seitensprung aus der schrägen, offenen Rinne retten konnte, stürzte er jedesmal schwer auf die Innenseite der Schleife und zog sich Quetschungen und Wunden zu.

»Ich glaube nicht, daß es so etwas war, woran Harry dachte«, sagte Collins, denn er trat seinen Gehilfen gegenüber stets belehrend auf. »Aber vielleicht kann ich dadurch einen Wink über seine Spezialität erhalten.«

Aus Liebe, und wenn der Gott seiner Liebe, Steward, es gewünscht hätte, würde Michael sich bemüht haben, diese Kunststücke zu lernen, und er würde bei den meisten Erfolg gehabt haben. Hier aber, in Cedarwild, gab es keine Liebe, und seine Vollblutnatur ließ ihn sich unter dem Zwange eigensinnig weigern, zu tun, was er freudig aus Liebe getan hätte. Und da Collins kein Vollblutmensch war, war die Folge, daß die Zusammenstöße zwischen ihnen eine Zeitlang häufig und heftig waren. In diesen Kämpfen hatte Michael – das merkte er schnell – keine Möglichkeit. Er war stets im voraus zur Niederlage verurteilt. Es glückte ihm nicht ein einziges Mal, Collins oder Johnny mit den Zähnen zu fassen. Er war zu vernünftig, um einen Kampf fortzusetzen, in dem er zweifellos körperlich und seelisch zugrunde gegangen und zum Wahnsinn gebracht worden wäre. Statt dessen zog er sich in sich selber zurück, wurde traurig, blieb aber ruhig, und obwohl er sich nach keiner Niederlage je duckte, beherrschte er doch seinen Zorn.

Nach einiger Zeit, nachdem er kaum mehr in neuen Kunststücken geprüft worden war, wurde er die Leine samt Johnny los und war alle Zeit, die Collins in der Manege verbrachte, mit ihm zusammen. Nach mancher Lektion lernte er, daß er Collins überallhin folgen mußte; und er folgte ihm auch, haßte ihn aber unaufhörlich und vergiftete sein eigenes Gemüt. Immer mehr zog er sich in sich selber zurück, wurde traurig und grübelte viel. Und das alles war ungesund für seinen Geist. Er, der eine Frohnatur gewesen war, begann mürrisch, verschlossen und reizbar zu werden. Er fühlte keinen Drang mehr, zu spielen, sich zu tummeln und herumzulaufen. Er wurde körperlich ebenso still beherrscht wie geistig. Über Sträflinge in den Gefängnissen der Menschen kommt dieselbe schlaffe Ruhe. Er konnte stundenlang hinter Collins stehen, ohne sich für irgend etwas zu interessieren, während Collins irgendeinen Köter quälte und zu Kunststücken zwang.

Collins war immer belehrend. Ein aus seiner Schule hervorgegangener Schüler oder ein Gehilfe, der eine Empfehlung von ihm hatte, wurde als Inhaber eines Auszeichnungsdiploms in der Welt der Tierbändiger betrachtet.

»Es gibt keinen Hund, der von selber auf den Hinterfüßen ginge, geschweige denn auf den Vorderbeinen«, sagte Collins. »Hunde sind nicht dazu geschaffen. Sie müssen eben umgeschaffen werden, das ist das ganze Geheimnis der Tierdressur. Sie müssen umgeschaffen werden, und das sollen Sie, meine Herren, tun, das ist Ihre Aufgabe. Wer das nicht kann, der ist in dieser Fabrik nicht zu gebrauchen.

Bastarde und Köter, das ist es, was wir brauchen, Charles. Nicht ein einziger von zehn Vollbluthunden wird zu etwas, wenn er nicht feige ist. Und das ist es gerade, was sie von Kötern und Bastarden unterscheidet. Sie sind heißblütig wie Rennpferde. Sie sind empfindlich und haben Stolz, und das ist das schlimmste. Ich bin im Geschäft groß geworden und habe es mein ganzes Leben lang studiert. Ich habe Glück gehabt. Und das hat nur einen Grund: Ich kenne mein Geschäft. Denk' daran. Ich kenne mein Geschäft. Dazu kommt noch, daß Bastarde und Köter billiger sind. Du brauchst dir nichts draus zu machen, wenn du sie verlierst oder kaputt arbeitest. Du kannst immer wieder neue kriegen, und zwar billig, und ihre Dressur macht nicht viel Mühe.

Gib einem Köter eine ordentliche Tracht Prügel, und was tut er? Er leckt dir die Hand, ist gehorsam, kriecht auf dem Bauche und tut, was du willst. Sie sind Sklavenhunde, diese Köter. Sie sind nicht mutig, und du brauchst auch keinen Mut bei einem Hunde, der auftreten soll. Was du brauchst, ist Furcht und Beben. Gib einem Vollbluthund eine Tracht Hiebe, und du wirst sehen, was geschieht. Ich habe welche gekannt, die starben. Und wenn sie nicht sterben, was dann? Entweder werden sie eigensinnig oder boshaft oder beides. Manchmal beißen und schäumen sie direkt. Du kannst sie töten, aber du kannst sie nicht hindern, zu beißen und zu rasen. Dann werden sie nur eigensinnig, bodenlos eigensinnig. Es ist passive Resistenz. Sie wehren sich nicht. Du kannst sie totschlagen, aber es nützt dir nichts. Sie sind wie die Christen, die auf dem Scheiterhaufen verbrannt oder in Öl gesotten wurden. Sie haben ihre eigenen Gedanken, und von denen lassen sie nicht. Eher sterben sie ... und das tun sie auch. Ich kenne die Sorte.

»Sieh nun mal diesen Terrier«, sagte Collins und deutete mit einem Kopfnicken auf Michael, der mehrere Schritt hinter ihm stand und traurig die Vorgänge in der Manege verfolgte.

»Ich habe ihm nie eine ordentliche Tracht Prügel gegeben und tue es auch nicht. Es wäre Zeitverschwendung. Er ist zu vernünftig, um auf dich loszugehen, wenn du ihn nicht zu hart anpackst. Tust du es aber, dann wird er einfach eigensinnig und weigert sich überhaupt, etwas zu lernen. Ich würde ihn auf der Stelle laufen lassen, wüßte ich nicht, daß Del Mar unfehlbar war. Der arme Harry wußte, daß er eine Spezialität ersten Ranges hatte. Und jetzt muß ich eben sehen, es herauszufinden.«

»Vielleicht ist er ein Löwenhund«, meinte Charles.

»Er gehört zu denen, die keine Furcht vor Löwen haben«, räumte Collins ein. »Aber was für ein besonderes Kunststück könnte er mit Löwen machen? Ihnen den Kopf in den Rachen stecken? Ich habe nie von einem Hund gehört, der das tat. Aber es ist ja eine Idee, und wir könnten es mit ihm versuchen. Alles andere haben wir ja bald mit ihm probiert.«

»Wir haben ja zum Beispiel den alten Hannibal«, sagte Charles.

»Er pflegte den Kopf einer Dame in den Rachen zu nehmen, als er in der Menagerie vom alten Sales-Sinker war.«

»Aber der alte Hannibal beginnt launisch zu werden«, wandte Collins ein. »Ich habe ihn beobachtet. Jedes Tier läuft Gefahr, daß mal eine Schraube bei ihm losgeht. Namentlich wilde Tiere. Ihr Leben ist ja nicht natürlich. Wenn das aber geschieht, dann gute Nacht. Du verlierst das Geld, das du in dem Tier angelegt hast, und wenn du deine Sache nicht verstehst, noch vielleicht dein Leben dazu.«

Und Michael wäre vielleicht mit Hannibal zusammen geprüft worden und Gefahr gelaufen, seinen Kopf in dem gewaltigen Rachen des Tieres zu verlieren, wäre ihm nicht ein glücklicher Zufall zu Hilfe gekommen. Denn gerade in diesem Augenblick empfing Collins eine hastige Mitteilung von seinem Löwen- und Tigerwärter.

»Der alte Hannibal wird verrückt«, lautete die traurige Meldung.

»Unsinn«, sagte Harris Collins. »Du wirst alt. Du wirst nicht mehr mit ihm fertig. Ich will es dir zeigen. Kommt alle mit. Wir wollen eine Viertelstunde Pause machen. Ich werde euch eine Nummer zeigen, wie ihr sie noch nie in einer Menagerie gesehen habt.«

Der Löwen- und Tigerwärter, dessen Gesicht Spuren von Tierkrallen trug, protestierte jammernd, als er seinen Chef Vorbereitungen machen sah, in Hannibals Käfig zu gehen, denn die ganze Vorbereitung bestand darin, daß er sich mit einem Besenstiel versah.

Hannibal war alt, aber er galt für den größten Löwen in Gefangenschaft und hatte noch alle Zähne. Er wanderte auf und ab und maß schwer und schwingend die Länge des Käfigs, wie gefangene Tiere zu tun pflegen, als sich plötzlich die unerwartete Zuschauerschar vor seinem Käfig zeigte. Er nahm jedoch nicht die geringste Notiz von ihr, wanderte nur weiter auf und ab, schwang den Kopf hin und her und drehte sich, sobald er das Ende des Käfigs erreicht hatte, geschmeidig und mit geschäftiger Miene um.

»So geht er schon zwei Tage«, jammerte sein Wärter. »Und wenn man zu ihm tritt, langt er gleich nach einem aus. Sehen Sie, was er mir getan hat.« Der Mann hielt den rechten Arm hoch. Hemd und Wolljacke waren zerfetzt, und rote, mit geronnenem Blut gefüllte Rinnen zeigten, wo die Krallen die Haut zerrissen hatten. »Und ich war nicht drinnen. Er tat es mit einem einzigen Schlag durch die Stäbe, als ich seinen Käfig säubern wollte. Wenn er nur brüllen wollte. Aber er gibt keinen Laut von sich, geht nur auf und ab.«

»Wo ist der Schlüssel?« fragte Collins. »Schön, laß mich ein, schließ hinter mir ab und zieh den Schlüssel heraus. Verlier ihn, vergiß ihn, wirf ihn fort. Ich habe Zeit zu warten, bis ihr ihn findet und mich wieder herausläßt.«

Und Harris Collins, der in Todesangst lebte, daß die Mutter seiner Kinder ihm bei Tisch einen Teller heißer Suppe an den Kopf werfen würde, ging im Beisein des Personals und der Tierbändiger in den Käfig, nur mit einem Besenstiel bewaffnet. Dann wurde die Tür hinter ihm zugeschlagen.

Ein dutzendmal wanderte der Löwe auf und ab, ohne Notiz von dem ungebetenen Gast nehmen zu wollen. Als er ihm aber wieder den Rücken kehrte, trat Collins vor und stellte sich ihm mitten in den Weg. Als Hannibal zurückkam und den Weg versperrt fand, brüllte er nicht. Seine Muskeln spielten seidenweich unter dem hellbraunen Fell, und er schlug nach dem Hindernis, das ihm im Wege stand. Collins aber, der früher als der Löwe selbst wußte, was das Tier tun würde, schlug dem Tier zuerst mit dem Besenstiel über die empfindliche Schnauze. Hannibal wich mit kurzem Knurren zurück und langte blitzschnell mit seiner mächtigen Tatze zu einem neuen Schlage aus. Aber Collins kam ihm zuvor, und ein neuer Schlag über die Schnauze ließ ihn zurückweichen.

»Ich muß ihm den Kopf unten halten, darauf beruht die Sicherheit«, murmelte der Meister gedämpft. »Ach, das wolltest du? Da, nimm das.«

Hannibal, der sich in seinem Zorn zum Sprunge duckte, hatte den Kopf gehoben. Der gleich darauf folgende Schlag über die Schnauze zwang den Kopf zu Boden, und der König der Tiere zog sich, immer die Schnauze auf dem Boden, knurrend zurück.

»Der Mensch ist Herr und Meister, weil er einen Kopf hat, der denkt«, dozierte Collins; »er braucht bloß seinen Körper durch seinen Kopf beherrschen zu lassen, so daß er dem Tier immer einen Gedanken voraus ist. Jetzt sollt ihr sehen, wie ich mit ihm fertig werde. Er ist kein so hartgesottener Verbrecher, wie er sich selbst einzubilden versucht. Man muß ihm nur die Idee, die er sich in den Kopf gesetzt hat, austreiben. Das kann der Besenstiel. Paßt auf.«

Mit immer neuen Schlägen trieb er das Tier durch den Käfig zurück. Hannibal duckte zähnefletschend, knurrend und fauchend den Kopf und versuchte mit kleinen Tatzenschlägen den zudringlichen Besenstiel zu parieren, während er den Hinterleib zusammenzog und die Glieder einzuziehen versuchte, um der schmerzvollen Züchtigung zu entgehen. Die Schnauze hielt er dicht am Boden und war dadurch außerstande, zu springen. Schließlich hob er langsam den Kopf und gähnte.

»Jetzt ist er mürbe«, erklärte Collins zum erstenmal mit kräftiger Stimme, der keine Anstrengung anzumerken war. »Wenn ein Löwe mitten im Kampf gähnt, so weiß man, daß er nicht verrückt ist. Er muß vernünftig sein, sonst würde er lossspringen, statt zu gähnen. Er weiß, daß er Prügel gekriegt hat, und das Gähnen bedeutet im Grunde nur: Ich gebe es auf; um alles in der Welt, laß mich in Frieden. Meine Schnauze tut mir schrecklich weh. Ich möchte dich gern packen, aber ich kann nicht. Ich will alles tun, was du wünschst, und ich will schrecklich artig sein, aber schlag mich nicht mehr auf meine empfindliche Schnauze.

Aber der Mensch ist Herr und Meister und kann das nicht so leicht nehmen. Man muß feststellen, daß man der Meister ist. Man muß es ihm mit Löffeln eingeben. Nicht aufhalten, wenn er aufgibt. Er muß die Medizin schlucken und den Löffel ablecken. Er muß den Fuß küssen, der ihn in den Staub drückt. Er muß den Stock küssen, mit dem er geprügelt wurde. Paßt auf!«

Und Hannibal, der größte Löwe in der Gefangenschaft, im Besitz aller seiner Zähne, ausgewachsen in dem Dschungel gefangen, ein wirklicher König der Tiere, Hannibal zog sich immer tiefer in die Ecke zurück, bedroht und bezwungen von einem kleinen Männlein mit einem Besenstiel in der Hand, und zog den Kopf immer tiefer auf die Brust zurück, ließ sein Gewicht auf den Ellbogen ruhen und schützte seine arme Schnauze mit den starken Tatzen, die mit einem einzigen Schlage das Leben aus Collins zitterndem Körper hätten reißen können.

»Jetzt hat er vielleicht noch Mucken«, sagte Collins, »aber er soll doch meinen Fuß und den Stock küssen. Paßt auf!«

Er hob seinen Fuß, nicht prüfend und zögernd, sondern schnell und fest, setzte ihn auf den Hals des Löwen und hob dabei den Stock zum Schlage.

Und Hannibal tat, was der Meister vorausgesehen. Sein Kopf mit den gewaltigen, weit aufgerissenen Kiefern fuhr hoch, daß man die schimmernden Zähne sah. Aber es kam nicht zum Biß, der wartende Besenstiel fuhr ihm über die Schnauze, daß er den Kopf wieder sinken ließ.

Wieder reizte Collins Hannibal mit dem Ende des Besenstiels und hob ihn jedesmal hinterher zum Schlage. Und der große Löwe brüllte hilflos und hob jedesmal nur die Schnauze ein wenig höher, bis er schließlich die rote Zunge zwischen den Zähnen ausstreckte, den Schuh, der nicht besonders sanft auf seinem Hals ruhte, und hinterher den Besenstiel leckte, der ihm die Lektion erteilt hatte.

»Wirst du jetzt wieder ein guter Löwe sein?« fragte Collins und rieb mit seinem Fuß kräftig den Hals Hannibals.

Hannibal konnte sich nicht enthalten, vor Haß zu knurren.

»Wirst du ein guter Löwe sein?« wiederholte Collins und rieb noch kräftiger mit seinem Fuße.

Und Hannibal hob die Schnauze und leckte mit seiner roten Zunge wieder den braunen Schuh und die braune seidenbekleidete Fessel, die er mit einem einzigen Biß hätte zermalmen können.

Michael fand unter den vielen Tieren, die er in der Cedarwild-Tierschule traf, eine Freundin, aber es war eine merkwürdige, traurige Freundschaft. Sie wurde Sara genannt und war eine kleine grüne südamerikanische Äffin, die von Natur hysterisch, verdrießlich und ohne Sinn für Humor zu sein schien. Wenn Michael Collins durch die Manege folgte, traf er sie zuweilen, während sie auf die Probe in irgendeiner neuen Nummer wartete. Denn obwohl sie außerstande war, zu proben, und auch keine Lust dazu hatte, mußte sie es doch immer wieder, oder sie wurde, ohne selbst viel dabei zu tun zu haben, als Lückenbüßer unter bedeutenderen Artisten verwandt.

Aber sie rief stets nur Verwirrung hervor, indem sie lachte, vor Angst kreischte, oder sich mit den andern stritt. Jedesmal, wenn man versuchte, sie etwas tun zu lassen, protestierte sie beleidigt; und wenn man Gewalt anwenden wollte, beunruhigte ihr Kreischen und Schreien alle Tiere in der Manege und hielt die Arbeit auf.

»Macht nichts«, sagte Collins schließlich. »Sie wird in die nächste Affengruppe gesteckt, die wir zusammenstellen.«

Das war das letzte, schreckliche Los, das einem Affen auf der Bühne begegnen konnte: eine hilflose Puppe zu werden, die mit Hilfe verborgener Stöcke und Schnüre gezwungen wurde, eine ganze Nummer lang zu spielen.

Michael machte jedoch ihre Bekanntschaft, ehe dieses Urteil über sie gesprochen war. Bei ihrer ersten Begegnung sprang sie plötzlich wie ein schreiender, lachender kleiner Teufel auf ihn los und drohte ihm mit Nägeln und Zähnen. Aber Michael, der schon tief in Traurigkeit versunken war, sah sie nur ruhig an, ohne daß seine Nackenhaare sich sträubten oder seine Ohren sich im geringsten spitzten.

Einen Augenblick später sah sie, wie er, ohne sich um ihren Lärm und ihre Wut zu kümmern, den Kopf abwandte. Das brachte sie zum Schweigen. Wäre er auf sie losgesprungen, hätte er geknurrt, Zorn oder Wut gezeigt, wie die andern Hunde es taten, so würde sie geschrien und gebrüllt und ihm einen Schwall lärmender Vorwürfe entgegengeschleudert, um Hilfe gerufen und alle Welt zu Zeugen angerufen haben, daß sie ungerecht angegriffen worden war.

Jetzt schien Michaels ungewöhnliches Benehmen ihr zu gefallen. Sie näherte sich ihm prüfend, ohne weiteren Lärm, und der Junge, der auf sie aufpaßte, lockerte die dünne Leine, die sie hielt.

»Ich hoffe, daß er ihr das Rückgrat bricht«, war sein gottloser Wunsch, denn er haßte Sara und wollte lieber zu Löwen und Elefanten, als einer aufsässigen Äffin aufzuwarten, mit der nichts anzustellen war.

Und da Michael keine Notiz von Sara nahm, begann sie ihm den Hof zu machen. Es dauerte nicht lange, so berührte sie ihn schon, und kurz darauf legte sie ihm die Arme um den Hals und drückte ihren Kopf zärtlich gegen den seinen. Dann begann die endlose Erzählung ihrer Geschichte. Tag für Tag paßte sie ihm zu allen möglichen Zeiten in der Manege auf, klammerte sich an ihn und erzählte ihm leise, fast ohne nur je Atem zu schöpfen, ununterbrochen etwas, das, soweit er verstand, ihre Geschichte war. Jedenfalls klang es wie ein Bericht all ihres Unglücks und all der schändlichen Behandlung, deren Gegenstand sie war. Es war eine einzige bange Klage, und etwas davon mochte vielleicht von ihrer Gesundheit handeln, denn sie keuchte und hustete ziemlich viel, und ihre Brust schien stets zu schmerzen, nach ihrer Gewohnheit zu urteilen, immer die Handflächen behutsam dagegen zu pressen. Zuweilen hörte sie jedoch mit Klagen auf und streichelte und liebkoste ihn, wobei sie hin und wieder eine Reihe sanfter, weicher Laute ausstieß, die wie Summen klangen.

Ihre Hand war die einzige zärtliche Hand, mit der er auf Cedarwild in Berührung kam. Sie war immer freundlich, kniff ihn nie und zog ihn nie an den Ohren. Andererseits war er der einzige Freund, den sie hatte; und schließlich sehnte er sich morgens während der Arbeit nach ihr – und das, trotzdem jede Begegnung mit einer Szene endete, in der sie mit ihrem Wärter kämpfte, um nicht fortgebracht zu werden. Ihre Schreie und Proteste wurden von Wimmern und Jammern abgelöst, während die Leute ringsumher über das eigentümliche Liebesverhältnis zwischen ihr und dem Irischen Terrier lachten.

Harris aber duldete die Freundschaft der beiden und begünstigte sie sogar.

»Die beiden Sauertöpfe werden am besten miteinander fertig«, sagte er, »und es tut ihnen gut. Sie haben etwas, wofür sie leben, und das ist gesund. Aber eines schönen Tages, denkt an meine Worte, wird sie auf ihn losgehen und ihn ihre Liebe fühlen lassen, und die Freundschaft wird mit einem Knall bersten.«

Und was er prophezeite, ging halbwegs in Erfüllung, denn wenn sie auch nie auf ihn losging, war der Augenblick doch nicht fern, an dem ihre Freundschaft wirklich von einem furchtbaren Schlage getroffen werden sollte.

Am selben Tage verkaufte Harris Collins einen wertvollen Wink an einen Löwenbesitzer, der ohne Engagement war, und dessen drei Löwen sich auf Cedarwild in Pension befanden. Ihre Nummer war aufregend, ja, fast schreckenerregend, wenn man sie vom Zuschauerraum aus sah. Denn sie war so arrangiert, daß es, wenn die Tiere herumsprangen und brüllten, aussah, als wollten sie die schlanke kleine Dame vernichten, die mit ihnen zusammen auftrat, und sie, ausschließlich durch ihren unbeugsamen Mut und mit einer kleinen Reitpeitsche in der Hand, in Schach zu halten schien. »Das Dumme ist, daß sie anfangen, sich daran zu gewöhnen«, klagte der

Mann. »Isadora ist nicht mehr imstande, sie zu reizen. Sie wollen einfach nicht auftreten.«

»Ich kenn sie«, sagte Collins. »Sie sind ja schon ziemlich alt und schlaff. Sehen Sie nur den alten Sark dort. Ihm sind so viele Platzpatronen ins Ohr gefeuert, daß er stocktaub ist. Und Selim – der hat sein Temperament mit seinen Zähnen verloren. Dafür kann er dem Portugiesen danken, mit dem er bei Barnum zu tun hatte. Sie haben wohl davon gehört?«

»Nein, ich habe mich oft darüber gewundert«, sagte der Mann kopfschüttelnd. »Es muß einen Zusammenstoß gegeben haben.«

»Eben. Der Portugiese machte es mit einer Eisenstange. Selim war schlechter Laune und langte mit der Tatze nach ihm aus, und der Mann schlug ihm die Eisenstange ins Maul, als er es gerade öffnen wollte, um zu brüllen. Der Mann hat es mir selbst erzählt. Selims Zähne rasselten wie Dominosteine auf den Boden. Aber er hätte es nicht tun sollen. Das hieß wertvollen Besitz vernichten. Jedenfalls wurde er deswegen entlassen.«

»Sie sind alle drei nicht mehr viel wert für mich«, sagte der Besitzer. »Sie wollen nicht mehr bei Isadora brüllen und zum Schlusse wild werden. Das war ja der Haupteffekt der Nummer. Es war unser Finale, und wir ernteten immer starken Beifall damit. Sagen Sie, was soll ich machen? Streichen? Oder ein paar junge Löwen anschaffen?«

»Für Isadora ist es sicherer mit den alten«, sagte Collins.

»Gewiß«, wandte Isadoras Mann ein. »Natürlich würde bei jungen Löwen die Arbeit und die Verantwortung auf mir ruhen. Aber wir müssen doch leben.«

Harris Collins schüttelte den Kopf.

»Was meinen Sie? – Haben Sie eine Idee?« fragte der Mann eifrig.

»Die Tiere werden noch viele Jahre leben«, erklärte Collins. »Wenn Sie Ihr Geld in junge Löwen stecken, laufen Sie Gefahr, daß die Tiere auf Sie losgehen. Und Sie können die Nummer ausgezeichnet weiter geben mit dem Material, das Sie haben; Sie müssen nur meinen Rat befolgen ...« Der Meister hielt inne, und der Löwenbesitzer öffnete den Mund, um etwas zu sagen.

»Was Sie«, fuhr Collins ruhig fort, »– sagen wir, dreihundert Dollar kosten wird.«

»Nur der Rat?« fragte der andere schnell.

»Der Ihnen unter Garantie nutzen wird. Sie wissen, was Sie für drei junge Löwen bezahlen müßten. Die dreihundert sind gut angelegt.«

»Das ist mir zu teuer«, wandte der andere ein. »Ich muß doch leben.«

»Das muß ich auch«, versicherte ihm Collins. »Deshalb bin ich hier. Ich bin Spezialist, und Sie bezahlen einen Spezialistenpreis.«

»Wenn der Rat aber nichts taugt?« kam es fragend und zweifelnd.

»Wenn er nichts taugt, bezahlen Sie nicht.«

»Na, also her damit.« Der Löwenbesitzer ergab sich. »Elektrizität in den Käfig.«

Zuerst verstand der Mann ihn nicht, dann aber ging ihm ein Licht auf.

»Sie meinen ...?«

»Ja, eben«, nickte Collins. »Und niemand braucht es zu wissen. Trockenelemente genügen vollkommen. Sie können sie glänzend unter dem Fußboden des Käfigs anbringen. Isadora hat nichts zu tun, als auf den Schalter zu treten; und wenn die Biester nicht, wenn sie einen elektrischen Schlag in die Füße kriegen, hochfliegen, rasen und brüllen, daß sie die Musik übertönen, dann können Sie nicht allein Ihre dreihundert behalten, sondern sollen noch dreihundert von mir dazu kriegen. Es ist genau, als tanzten sie auf einem rotglühenden Ofen. Sie springen, und jedesmal, wenn sie niederfallen, verbrennen sie sich die Tatzen wieder.

Aber Sie müssen sie ganz allmählich reizen«, ermahnte ihn Collins. »Ich werde Ihnen zeigen, wie Sie die Leitung anlegen müssen. Anfangs, zum Einarbeiten, nur ein schwacher Strom und dann immer kräftiger, bis der Vorhang fällt. Und das stumpft sie nie ab. Solange sie leben, werden sie ebenso lebhaft tanzen wie das erstemal. Was meinen Sie dazu?«

»Das ist sicher die dreihundert wert«, räumte der Mann ein. »Wenn ich mir mein Geld nur ebenso leicht verdienen könnte.«

Ich glaube, ich werde sehen müssen, ihn los zu werden«, sagte Collins zu Johnny. »Ich weiß, daß Del Mar recht gehabt haben muß, wenn er sagte, daß er einzig wäre, aber ich kann die Lösung nicht finden.«

Das wurde nach einem Kampf zwischen Michael und Collins gesagt. Michael, trauriger als je, war jetzt sogar jähzornig geworden und hatte, fast ohne gereizt zu sein, den Mann, den er haßte, angegriffen, dafür aber nur ein paar kräftige Fußtritte unter das Kinn geerntet.

»Er ist eine Goldmine«, sagte Collins; »aber wenn ich gehenkt werden soll, ich kann's nicht herauskriegen. Und er wird mit jedem Tag bissiger. Seht ihn an, warum wollte er jetzt auf mich losgehen? Ich habe ihm nichts getan. Er speichert soviel Wut in sich auf, daß er eines Tages selbst auf einen Schutzmann losgehen wird.«

Einige Minuten später bat ihn einer seiner Kunden, ein blonder, junger Mann, der drei dressierte Leoparden zum Training auf Cedarwild in Pension gegeben hatte, ihm einen Airedale zu leihen.

»Ich habe nur noch einen«, erklärte er »und kann nicht ohne zwei fertig werden.«

»Was ist denn mit dem andern passiert?« fragte der Meister.

»Alphonso – das ist das große Leopardenmännchen – wurde heute morgen böse und machte Hackfleisch aus ihm. Ich mußte ihn von seinen Leiden erlösen. Ihm war der Leib aufgerissen wie bei einem Pferd beim Stiergefecht. Aber er hat mich gerettet. Wäre er nicht gewesen, so würde es mir schlimm ergangen sein. Alphonso hat ein bißchen zu oft solche schlechten Perioden. Das ist der zweite Hund, den er mir getötet hat.«

Collins schüttelte den Kopf: »Ich habe keinen Airedale.« Aber in diesem Augenblick fiel sein Auge zufällig auf Michael.

»Versuchen Sie es mit dem Irischen Terrier. Die haben dasselbe Naturell wie Airedales. Sind jedenfalls nahe Verwandte.«

»Ich nehme am liebsten Airedales als Löwenhunde«, wandte der Leopardenmann ein.

»Ein Irischer Terrier ist ein Löwenhund. Sehen Sie ihn sich an. Beachten Sie seine Größe und sein Gewicht. Und glauben Sie mir, er hat Temperament! Er will mit jedem kämpfen. Versuchen Sie es mit ihm. Ich leihe ihn Ihnen. Taugt er, so verkaufe ich ihn Ihnen billig. Ein Irischer Terrier als Leopardenhund, das wäre etwas Neues.«

»Wenn er sich bei den Katzen mausig macht, ist es aus mit ihm«, sagte Johnny zu Collins, als Michael von dem Leopardenmann fortgeführt wurde.

»Dann verliert die Bühne vielleicht einen Stern«, antwortete Collins achselzuckend. »Aber ich will ihn jedenfalls los sein. Wenn ein Hund so unverbesserlich mürrisch wird, ist er fertig. Man kann nichts mit ihm anstellen. Ich kenne das.«

Und Michael ging fort, um die Bekanntschaft Jacks, des überlebenden Airedales, zu machen, und um täglich mit den Leoparden trainiert zu werden. In den großen gefleckten Katzen erkannte er den Erbfeind, und noch ehe er in den Käfig geschoben wurde, war sein Nacken schon eine einzige Bürste, seine Haare sträubten sich nervös, und seine Augen waren starr. Es war ein nervenaufreizender Augenblick für alle Anwesenden, als der neue Hund im Käfig präsentiert wurde. Der blonde Leopardenmann, der auf den Plakaten Raoul Castlemon genannt wurde, unter seinen Freunden aber Ralf hieß, befand sich schon im Käfig. Der Airedale stand neben ihm, während draußen verschiedene Männer mit eisernen Stangen und langen, stählernen Gabeln standen. Diese Waffen wurden, zu augenblicklichem Gebrauch bereit, durch die Stangen gesteckt als Drohung für die Leoparden, die sehr wider Willen Kunststücke machen sollten.

Sie wurden sofort zornig über Michaels Zudringlichkeit, fauchten, schlugen mit den langen Schwänzen und kauerten sich zum Sprung zusammen. Aber im selben Augenblick sagte der Dompteur etwas in scharfem gebieterischem Ton und hob die Peitsche, während die Leute draußen ihre eisernen

Geräte hoben und sie drohend in den Käfig steckten. Die Leoparden, die diese Geräte aus bitterer Erfahrung kannten, blieben in ihrer zusammengekauerten Stellung, obwohl sie immer noch fauchten und den Boden wütend mit den Schwänzen fegten.

Michael war kein Feigling. Er schlich sich nicht schutzsuchend hinter den Mann. Andererseits war er zu vernünftig, um das furchtbare Geschöpf anzugreifen. Statt dessen ging er mit gesträubtem Nackenhaar steifbeinig durch den Käfig, blickte der Gefahr ins Auge, ging steif wieder zurück und blieb neben Jack stehen, der ihn mit freundlichem Schnüffeln begrüßte.

»Der hat Mark in den Knochen«, murmelte der Dompteur gespannt, »läßt sich nicht einschüchtern.«

Die Situation war mit gutem Grunde spannend, und Ralf brachte sie mit Behutsamkeit und Vorsicht zur Entwicklung und hütete sich, eine plötzliche Bewegung zu machen, aber seine Augen waren wachsam überall, bei den Hunden, den Leoparden und den Leuten, die mit ihren Gabeln und Stangen draußen standen. Er ließ die zornigen Katzen sich aus ihrer zusammengekauerten Stellung erheben und trieb sie auseinander. Auf sein Kommando begab Jack sich zwischen sie. Michael folgte ihm aus eigenem Antrieb. Und wie Jack, ging auch er sehr steif und sehr vorsichtig auf seinen Posten. Einer von ihnen, Alphonso, fauchte ihn plötzlich an. Er fuhr nicht zusammen, obgleich sich sein Haar kräuselte, sondern fletschte nur seine Zähne mit leisem Knurren. Im selben Augenblick schoben sich die Eisenstangen in drohende Nähe Alphonsos, der seine gelben Augen von Michael zur Stange und wieder zurückschweifen ließ, aber nicht nach ihm schlug.

Der erste Tag war der schwerste. Später fanden sich die Leoparden mit Michael ab, wie sie sich mit Jack abgefunden hatten. Auf keiner Seite waren die Gefühle besonders freundlich, und es war auch nie die Rede von irgendeiner freundschaftlichen Annäherung. Michael wurde sich schnell darüber klar, daß es Mann und Hunde gegen die Katzen galt und daß Mann und Hunde zusammenhalten mußten. Täglich verbrachte er ein bis zwei Stunden im Käfig und beobachtete die

Proben, ohne daß er und Jack etwas anderes zu tun hatten, als wachsam auf dem Posten zu sein. Zuweilen, wenn die Leoparden etwas besserer Laune zu sein schienen, ermutigte Ralf sogar die Hunde, sich hinzulegen. An unruhigen Tagen aber paßte er auf, daß sie stets sprungbereit waren für den Fall, daß er angegriffen werden sollte. Die übrige Zeit des Tages teilte Michael seinen großen Stall mit Jack. Wie für alle Tiere auf Cedarwild wurde auch für sie gut gesorgt, sie wurden häufig gewaschen und frei von Ungeziefer gehalten. Für einen nur dreijährigen Hund war Jack sehr gesetzt. Entweder hatte er nie gelernt, zu spielen, oder es schon wieder vergessen. Andererseits war er gutmütig, blieb immer gleich und fühlte sich verletzt durch das mürrische Benehmen, das Michael anfangs an den Tag legte. Aber Michael blieb nicht lange mürrisch, sondern fand Gefallen an ihrem stillen Zusammenleben. Sie zeigten ihre Gefühle nicht. Sie begnügten sich damit, stundenlang mit einem angenehmen Gefühl ihrer gegenseitigen Nähe wachzuliegen.

Hin und wieder konnte Michael hören, wie Sara in der Ferne lockende Rufe ausstieß, die, wie er wußte, für ihn bestimmt waren. Einmal entwischte sie ihrem Wärter und entdeckte Michael, der gerade aus dem Leopardenkäfig kam. Mit einem schrillen Freudenschrei flog sie auf ihn zu, klammerte sich an ihn und berichtete ihm hysterisch alle Widerwärtigkeiten, die sie seit ihrer Trennung erfahren hatte. Der Leopardenmann sah nachsichtig zu und ließ sie die wenigen Minuten genießen. Zuletzt riß ihr Wärter sie von Michael los, an den sie sich anklammerte, während sie wie eine alte Vettel aufkreischte. Wütend sprang sie auf den Mann los, und ehe er sie an der Gurgel packen konnte, um sie zur Unterwerfung zu zwingen, hatte sie schon ihre Zähne in seinen Daumen und sein Handgelenk gebohrt. Alles das rief große Heiterkeit unter den Zuschauern hervor, während ihr Geschrei die Leoparden aufregte, daß sie fauchend gegen das Gitter sprangen. Und während sie fortgetragen wurde, jammerte sie still, fast wie ein verzweifeltes Kind. Obwohl Michaels Debüt bei den Leoparden so erfolgreich war, kaufte Raoul Castlemon ihn doch nicht. Mehrere Tage darauf wurde eines Morgens die Manege von Lärm und Aufruhr in den Tierkäfigen erschüttert. Die Unruhe, die mit einem Revolverschuß begann, verbreitete sich überall. Die verschiedenen Löwen begannen ein mächtiges Gebrüll, und die vielen Hunde wurden wie rasend. Alle Künstler in der Manege hielten in der Arbeit inne, weil die Nerven der Tiere erschlafften, so daß sie nicht imstande waren, weiter zu arbeiten. Mehrere Leute, unter ihnen Collins, liefen nach den Käfigen. Der Wächter Saras ließ ihre Leine los, um ihnen zu folgen.

»Das ist Alphonso – ich möchte darauf wetten«, rief Collins einem seiner Gehilfen zu, der neben ihm lief. »Er wird sich doch auf Raoul gestürzt haben.«

Der Kampf war schon vorbei, als Collins hinzukam. Castlemon wurde gerade herausgezogen, und im Laufen konnte Collins sehen, wie zwei Mann ihn auf den Boden legten, um die Käfigtür zuschlagen zu können. Im Käfig waren Alphonso, Jack und Michael zusammen eingeschlossen, aber in einem so wild kämpfenden, wirren Klumpen, daß schwer zu unterscheiden war, aus welchen Tieren er bestand. Vor dem Käfig tanzten die Leute herum, steckten eiserne Stangen hinein und versuchten die Tiere zu trennen. Am äußersten Ende des Käfigs lagen die beiden anderen Leoparden, leckten ihre Wunden, knurrten und schlugen nach den Eisenstangen, die sie vom Kampfe fernhielten.

Saras Ankunft und, was darauf folgte, dauerte nur wenige Sekunden. Die Kette nachschleppend, sprang die kleine grüne Äffin, dies geschwänzte weibliche Wesen, das sowohl lieb wie hysterisch sein konnte und eine Art Halbkusine des Menschenweibchens war, zu den engen Gitterstäben des Käfigs hinauf und zwängte sich hindurch. Gleichzeitig erfolgte eine heftige Umwälzung in dem kämpfenden, wirren Klumpen. Von einer Kraft geschleudert, als sollte er an der Wand des Käfigs zerschmettert werden, fiel Michael auf den Boden, versuchte aufzuspringen, brach aber zusammen und sank nieder, während das Blut ihm aus seiner furchtbar zugerichteten rechten Schulter strömte. Sara sprang zu ihm, schlang die Arme um ihn und drückte ihn zärtlich an ihre kleine, flache, behaarte Brust. Sie stieß betrübte Schreie aus, und als Michael sich auf seinem verletzten Bein zu erheben versuchte, schalt sie ihn mit barscher Zärtlichkeit und versuchte, ihn mit ihren Armen vom Kampfe fernzuhalten. In einer Pause plapperte sie auch in ihrer Wut scharfe, durchdringende Flüche gegen Alphonso, während ihre Augen boshaft funkelten.

Ein Brecheisen, das ihm in die Seite gestoßen wurde, nahm die Aufmerksamkeit des großen Leoparden in Anspruch. Er schlug mit der Tatze nach der Waffe, warf sich, als sie wieder gegen ihn gestoßen wurde, darüber und biß mit seinen Zähnen in das blanke Eisen. Dann stürzte er sich wieder gegen die Stangen des Käfigs und riß mit einem einzigen Tatzenschlage den Arm des Mannes nieder, der ihn gestoßen hatte. Das Brecheisen fiel zu Boden, und der Mann sprang zur Seite. Alphonso stürzte sich wieder auf Jack, der jetzt ein kläglicher Gegner war und nichts als stöhnen und zittern konnte, wo er oder vielmehr sein trauriger Überrest in einer Blutlache lag.

Es war Michael geglückt, auf seine drei Beine zu kommen, und jetzt versuchte er trotz Sara, die ihn festzuhalten versuchte, vorwärts zu wanken. Der wütende Leopard wollte gerade auf ihn losspringen, als seine Aufmerksamkeit durch einen neuen Stoß des Eisens abgelenkt wurde. Diesmal ging er geradeswegs auf den Mann los und stieß mit einer solchen Wucht gegen die Käfigstangen, daß das Gebäude zitterte. Mehrere Leute begannen ihn mit neuen Stangen zu bearbeiten, aber Alphonso ließ sich nicht halten. Sara sah ihn kommen und schrie ihn so schrill und wild an, wie sie konnte. Collins entriß einem der Leute einen Revolver.

»Töten Sie ihn nicht«, rief Castlemon und packte Collins Arm.

Der Leopardenmann war selbst übel zugerichtet. Der eine Arm hing ihm hilflos herab, und um sehen zu können, mußte er seine Augen, in die das Blut aus einer Kopfwunde lief, an der Schulter des Meisters reiben.

»Er ist mein Eigentum«, protestierte er. »Und er ist mehr wert als hundert kranke Affen und schlechtgelaunte Terriers. Und wir retten sie schon noch. Lassen Sie mir noch eine Chance. – Kann mir nicht jemand das Auge auswischen? Ich kann nicht sehen. Ich habe alle Platzpatronen verbraucht. Hat keiner welche?«

In diesem Augenblick schob Sara ihren Körper zwischen Michael und den Leoparden, der immer noch von den Stößen der Eisenstangen zurückgehalten wurde. Und im nächsten Augenblick begann sie ihn wie eine gefangene Katze anzuschreien, als könnte sie ihn durch einen bloßen Wutanfall verscheuchen.

Michael zog sie knurrend und mit gesträubtem Haar mit und hinkte ein paar Schritte vorwärts, dann aber gab die zerschmetterte Schulter nach, und er brach zusammen. Da geschah es, daß Sara ihre Großtat verrichtete. Mit einem letzten leidenschaftlichen Schrei sprang sie der ungeheuren Katze mitten ins Gesicht, riß und kratzte mit allen vier Händen und grub ihre Zähne in die Wurzeln seiner stumpfen Ohren. Der verblüffte Leopard erhob sich auf den Hinterbeinen, schlug mit der Vordertatze nach dem kleinen Teufel, der nicht loslassen wollte, und zerfetzte ihn.

Kampf und Leben der kleinen grünen Äffin dauerten zehn kurze Sekunden, aber das genügte, daß Collins die Tür ein wenig aufschieben, Michael mit einem schnellen Griff am Hinterbein packen und herausziehen konnte.

Auf Cedarwild kannte man keine so rohe Chirurgie wie die von Del Mar, sonst wäre Michael nicht am Leben geblieben. Ein wirklich tüchtiger, kühner Chirurg nahm fast eine Vivisektion mit ihm vor, setzte ihm die verstümmelte Schulter instand und unternahm Dinge, die er bei keinem Menschen gewagt hätte, die sich aber bei Michael als angebracht erwiesen. »Er wird lahm bleiben«, sagte der Arzt, während er sich die Hände abtrocknete und Michael betrachtete, der, fast den ganzen Körper in Gips, als unbeweglicher Gefangener dalag. »Was heilen soll, und das ist gesegnet viel, muß von selber heilen. Wenn seine Temperatur steigt, müssen wir seinem Elend ein Ende machen. Was ist er wert?«

»Kunststücke kann er nicht machen«, antwortete Collins. »Fünfzig Dollar vielleicht, jetzt aber bestimmt weniger. Lahmen Hunden kann man keine Kunststücke beibringen.« Die

Zeit sollte zeigen, daß beide Männer unrecht hatten. Michael war nicht zu dauernder Lahmheit bestimmt, obwohl seine Schulter in den kommenden Jahren immer noch empfindlich war und er bei feuchtem Wetter ein bißchen hinkte. Im Gegenteil, Michael war dazu bestimmt, einen hohen Preis zu erzielen und ein Künstler ersten Ranges zu werden, wie Harry Del Mar es ihm prophezeit hatte. Vorläufig aber lag er viele traurige Tage in Gips, ohne daß seine Temperatur zu beunruhigender Höhe stieg. Die Pflege, die man ihm angedeihen ließ, war vortrefflich. Aber nicht aus Liebe und Ergebenheit. Sie war nur ein Teil des Systems auf Cedarwild, das dem Institut einen so großen Ruf verschafft hatte. Als er aus dem Gips genommen war, wurde ihm das instinktive Behagen, das alle Tiere darin finden, ihre Wunden zu lecken, aber noch vorenthalten, denn er blieb in fachmännisch angelegten Bandagen eingespannt und gewickelt, und als sie schließlich entfernt wurden, gab es keine Wunden mehr zu lecken, obwohl noch monatelang tief in der Schulter etwas schmerzte. Harry Collins quälte ihn nicht mehr mit Versuchen, ihm neue Kunststücke beizubringen, sondern überließ ihn eines Tages einem Ehepaar, das drei Tiere seiner Truppe an Lungenentzündung verloren hatte.

»Wenn es mit ihm geht, sollen Sie ihn für zwanzig Dollar haben«, sagte Collins zu dem Manne, Wilton Davis.

»Aber wenn er um die Ecke geht?« fragte Davis.

Collins zuckte die Achseln. »Ich werde mich nicht um ihn grämen. Ihm ist nichts beizubringen.«

Und als Michael Cedarwild in einer Lattenkiste verließ, war die Wahrscheinlichkeit groß, daß er nie zurückkehren würde, denn Wilton Davis war unter den Tierbändigern für seine Grausamkeit gegen Hunde bekannt. Er konnte gewissen Hunden, die besonders hervorragende Künstler waren, einige Sorgfalt angedeihen lassen, aber die gewöhnlicheren Statistenhunde bekam er zu billig. Sie kosteten drei bis fünf Dollar das Stück, und für Michael, der nichts gekostet hatte, war es noch schlimmer. Wenn er starb, bedeutete das für Davis nur die Mühe, sich einen neuen Hund zu suchen.

Im ersten Stadium seines neuen Abenteuers widerfuhr Michael kein besonderes Mißgeschick, trotz der Tatsache, daß er in einer Lattenkiste zusammengepreßt lag, ohne aufstehen zu können, und daß das Rumpeln der Kiste unzählige für seine Schulter schmerzhafte Rucke verursachte. Die Reise ging nur bis Brooklyn, wo er ordnungsgemäß an ein Etablissement zweiten Ranges abgeliefert wurde; Wilton Davis war ein so minderwertiger Dompteur, daß es ihm nie glückte, an einem erstklassigen Unternehmen engagiert zu werden. Die Widerwärtigkeiten in dem engen Käfig begannen, als Michael in einem großen Raum gegenüber der Bühne zu ungefähr zwanzig auf ähnliche Weise eingesperrten Hunden geschafft worden war. Das war eine traurige Versammlung, lauter gewöhnliche Köter, und die meisten von ihnen geistig niedergebrochen und elend. Mehrere hatten häßliche Kopfwunden, weil Davis sie geschlagen hatte. Es wurde keine Rücksicht auf diese Wunden genommen, und sie heilten nicht durch die Kreide, mit der man sie verschmierte, um sie zu verbergen, wenn die Hunde auftraten. Einige von ihnen heulten zeitweise jämmerlich, und jeden Augenblick fielen sie alle in ein Gebell ein, als wäre das das einzige, was sie in ihren engen Zellen noch tun könnten.

Michael war der einzige, der sich an diesem Chor nicht beteiligte. Er hatte längst – eine der Eigentümlichkeiten seines zunehmend mürrischen Wesens – aufgehört zu bellen. Er war unzugänglich geworden und nahm nicht mehr an derartigen Demonstrationen teil; er folgte auch nicht dem Beispiel, das die wütenden Hunde hier gaben, die immer durch die Stäbe ihrer Käfige schalten und knurrten. Michaels schlechte Laune war so eingewurzelt, daß er sich nicht einmal mehr streiten mochte. Sein einziger Wunsch war, in Frieden gelassen zu werden, und das wurde er in den ersten achtundvierzig Stunden zur Genüge.

Wilton war mit seiner Truppe zu früh eingetroffen, so daß sie fünf Tage Zeit hatten, ehe das neue Programm in Kraft trat. Da er die Pause benutzen wollte, um die Familie seiner Frau in New Jersey zu besuchen, hatte er einen Angestellten des Etablissements gemietet, um seine Hunde zu füttern und zu tränken. Das würde der Mann auch getan haben, hätte er nicht das Pech gehabt, mit dem Besitzer einer Wirtschaft in Streit zu geraten, einen Streit, der mit einem Schädelbruch und einer Fahrt mit dem Krankenwagen nach dem Hospital endete. Zu alledem wurde das Theater drei Tage geschlossen, um gewisse, von der Baupolizei verlangte Veränderungen vorzunehmen.

Keine Seele kam in die Nähe des Raumes und nach einigen Stunden begann Michael Hunger und Durst zu fühlen. Die Zeit verging, und der Drang nach Futter wurde durch den Drang nach Wasser verdrängt. Gegen Abend setzte ein anhaltendes Bellen und Kläffen der Hunde ein, das aber in den langen Nachtstunden in Wimmern und Jaulen überging. Michael allein verhielt sich schweigend und erduldete sein Elend still.

Der Morgen des zweiten Tages brach an; langsam schlichen die Stunden der nächsten Nacht zu; und die Dunkelheit senkte sich über eine Szene, die an sich genügt hätte, um alle Tierdressurnummern in allen Varietes und allen Gauklerzelten der ganzen Welt zu richten. Ob Michael träumte oder sich in einem Zustand nahe dem Delirium befand, davon erzählt die Geschichte nichts; wie dem nun aber auch sein mochte, so durchlebte er fast sein ganzes früheres Leben noch einmal. Er spielte wieder als kleines Hündchen auf der breiten Veranda von Herrn Haggins Plantagenbungalow in Meringe; schlich sich mit Jerry in den Dschungel am Ufer, um den Krokodilen aufzulauern; lernte von Herrn Haggins und Bob, das Beispiel Biddys und Terrences vor Augen, schwarze Menschen als geringere, verächtliche Götter zu betrachten, die stets mit Nachdruck in ihren Grenzen zu halten waren.

An Bord des Schoners Eugénie fuhr er mit Kapitän Kellar, seinem zweiten Herrn, und am Strande von Tulagi verlor er sein Herz an Steward mit den magischen Fingern und fuhr mit ihm und Kwaque auf dem Dampfer Makambo davon. Steward war es, der am häufigsten in seinen Visionen vor einem trüben Hintergrund von Schiffen und Menschen auftauchte, ebenso der alte Seemann, Simon Nishikanta, Grimshaw, Kapitän Doane und der kleine alte Ah Moy. Und zuletzt, aber am seltensten, tauchten Scraps auf und Cocky, das kleine, mutige daunenweiche Tier, das sich tapfer durch sein kurzes Lebensabenteuer in der klaren Sonne des Tages hindurchkämpfte. Und es schien Michael, als klammere Cocky sich von einer Seite an ihn und plappere ihm sein Kauderwelsch in die Ohren, und als klammere sich Sara von der andern Seite an ihn und erzähle ihm kichernd ihre endlose, unverständliche Lebensgeschichte. Und zuletzt schien es ihm, als spüre er tief an den Wurzeln seiner Ohren die magischen, liebkosenden Finger des geliebten Stewards.

»Ich habe wirklich kein Glück«, sagte Wilton Davis niedergeschlagen und starrte auf seine Hunde, während die Luft noch von den Flüchen zitterte, die er ausgestoßen hatte.

»Das kommt davon, wenn man sich auf einen versoffenen Theaterknecht verläßt«, bemerkte seine Frau sanft. »Es sollte mich nicht wundern, wenn die Hälfte von ihnen jetzt verreckte.«

Er ließ Eimer auf Eimer voll Wasser aus dem Hahne in der Ecke laufen und goß sie in einen großen verzinkten Kübel. Beim Geräusch des rinnenden Wassers begannen die Hunde zu winseln, zu kläffen und zu jammern. Einige versuchten ihm mit ihren geschwollenen Zungen die Hände zu lecken, als er sie barsch aus ihren Käfigen zog. Die Schwächeren krochen auf dem Bauch zum Kübel und wurden von den Starken niedergetreten. Sie hatten nicht alle Platz, die Stärkeren tranken zuerst, kämpfend, streitend und beißend. Unter den Vordersten befand sich Michael, der biß und wieder gebissen wurde, dem es aber doch glückte, einige schnelle Schlucke von dem lebenspendenden Wasser zu nehmen. Davis teilte nach rechts und links Fußtritte aus, damit alle etwas bekämen. Seine Frau half ihm, indem sie mit einem Schwapper dazwischenfuhr. Es war eine Hölle von Leiden, denn als ihr brennender Schlund vom Wasser erfrischt war, konnten die Tiere ihre Qual und ihr Elend wieder kläffend und heulend zum Ausdruck bringen.

Mehrere von ihnen waren zu schwach, um zum Wasser zu gelangen, so daß sie hingetragen wurden und es in den Mund gespritzt bekamen. Es war, als könnten sie nie genug bekommen. Sie lagen überall im Raum zusammengebrochen, aber jeden Augenblick kroch bald der eine, bald der andere zum Kübel und versuchte, noch mehr zu trinken. Inzwischen hatte Davis Feuer gemacht und einen großen Kessel mit Kartoffeln gefüllt.

»Hier riecht es wie in einem Stinktierbau«, bemerkte Frau Davis, während sie einen Augenblick innehielt, um sich mit der Puderquaste über die Nasenspitze zu fahren. »Liebster, wir müssen sie waschen.«

»Stimmt, Liebling«, stimmte ihr Mann ihr bei. »Und je schneller, desto besser. Wir können es tun, während die Kartoffeln kochen und abkühlen. Ich werde sie schrubben, und du kannst sie abtrocknen. Denk an die Lungenentzündung und reibe sie gründlich trocken.«

Es war ein schnelles, rauhes Bad. Er packte die Hunde und warf sie der Reihe nach in den Kübel, aus dem sie getrunken hatten. Wenn sie sich fürchteten oder irgendwie Einwände machten, schlug er sie mit der Scheuerbürste und der gelben Seifenstange, mit der er sie einseifte, auf den Kopf. Einige Minuten genügten für jeden Hund.

»Sauf, du Vieh, sauf – noch einen Tropfen«, sagte er und tauchte ihre Köpfe in das schmutzige Seifenwasser. Er schien sie für den schrecklichen Zustand, in dem sie sich befanden, verantwortlich zu machen und ihren Schmutz als eine persönliche Beleidigung zu betrachten.

Michael wehrte sich nicht, als er in den Kübel geworfen wurde. Er erkannte an, daß Bäder unumgänglich waren, wenn sie auch auf Cedarwild nach einem weit besseren Prinzip verabreicht wurden, und wenn Kwaque und Steward das Baden auch zu einer Art Liebeszeremonie gemacht hatten. So fand er sich denn nach Möglichkeit darein, abgeschrubbt zu werden, und alles wäre vielleicht gut abgelaufen, hätte Davis ihn nicht untergetaucht. Michaels Kopf kam mit einem warnenden Knurren hoch. Davis hielt die schwere Bürste zurück, mit der er ihm gerade einen Schlag versetzen wollte, und stieß einen leisen Pfiff aus.

»Hallo!« sagte er, »sieh mal her, Schatz, das ist der Irische Terrier, den ich von Collins kriegte. Er taugt nichts. Das sagte Collins. Nur zum Ausfüllen. – Mach', daß du wegkommst!« befahl er Michael. »Diesmal sollst du so davonkommen, Herr Frechdachs. Aber du kannst dich drauf verlassen, ich werde sehr bald ein Wörtchen mit dir reden, daß dir der Schädel brummt.«

Während die Kartoffeln abkühlten, verscheuchte Frau Davis die hungrigen Hunde mit scharfen Schreien. Michael lag finster brütend ein wenig abseits und beteiligte sich nicht am Wettlauf, als der Trog freigegeben wurde.

»Wenn sie nach allem, was wir für sie getan haben, noch Spektakel machen, dann gib ihnen einen Tritt in die Rippen, mein Schatz«, sagte Davis zu seiner Frau. »Da, nimm! So, das wolltest du?« sagte er zu einem großen Hund, indem er ihm einen heftigen Tritt in die Seite versetzte. Das Tier heulte vor Schmerz auf, floh und sah, als es sich in Sicherheit gebracht hatte, traurig nach dem dampfenden Futter hinüber. Als die Kartoffeln aufgefressen waren, wurden die Hunde wieder auf weitere vierundzwanzig Stunden in ihre Käfige gesperrt. Es wurde Wasser in ihre Trinkschalen gegossen, und abends wurden sie, immer noch in ihren Käfigen, reichlich mit gekochter Kleie und Hundekuchen gefüttert. Das war Michaels erste Mahlzeit, denn er hatte sich mürrisch von den Kartoffeln ferngehalten.

Die Probe fand auf der Bühne statt, und für Michael begannen gleich die Widerwärtigkeiten. Wenn der Vorhang aufging, sollten die zwanzig Hunde in einem Halbkreis auf Stühlen sitzen. Während sie hingesetzt wurden, fand vor dem Vorhang die vorhergehende Nummer statt, und es war daher durchaus notwendig, daß strengstes Schweigen beobachtet wurde. Wenn der Vorhang dann aufging und die ganze Bühne sichtbar wurde, waren die Hunde dazu abgerichtet, in ein starkes Bellen auszubrechen. In seiner Eigenschaft als »Füller« hatte Michael nichts zu tun, als auf einem Stuhl zu sitzen. Aber er mußte ja erst auf den Stuhl hinauf, und als Davis es ihm befahl, begleitete er die Order mit einer Ohrfeige. Michael knurrte drohend.

»Ach so!« höhnte der Mann. »Frechdachs macht sich mausig. Na, auch gut, dann haben wir's gleich hinter uns. Und ich kann dich umtaufen und dich ›guter Hund‹ nennen. Liebling, achte einen Augenblick auf die andern Hunde, ich will dem Frechdachs die Anfangsgründe beibringen.«

Je weniger wir von der Abstrafung, die folgte, reden, desto besser. Michael kämpfte einen hoffnungslosen Kampf und wurde furchtbar verprügelt. Zerschlagen und brütend saß er auf dem Stuhl, ohne sich aktiv an der Nummer zu beteiligen, und arbeitete sich nur in immer tieferen, bitteren Gram hinein. Schweigsam zu bleiben, bis der Vorhang aufging, fiel ihm nicht schwer. Als der Vorhang aber aufging, weigerte er sich, an dem rasenden Bellen und Kläffen der anderen Hunde teilzunehmen.

Die Hunde verließen auf Kommando ihre Stühle, zuweilen einzeln, zuweilen zu zweien, zu dreien, oder in größeren Gruppen, und führten die gewöhnlichen Hundekunststücke aus, wie auf den Hinterbeinen gehen, springen, hinken, walzen und Salto mortales schlagen. Wilton Davis' Geduld war nicht groß, und seine Hand fiel während der ganzen Proben immer wieder schwer nieder, wie das schrille Schmerzensgekläff der Trägen und Dummen bezeugte.

Im Laufe dieses und am Vormittag des nächsten Tages fanden im ganzen drei Proben statt. Michaels Widerwärtigkeiten hörten vorläufig auf. Auf Kommando nahm er schweigend seinen Platz auf dem Stuhle ein und blieb still sitzen. »Da siehst du wieder, Liebling, was der Stock zuwege bringt«, prahlte Davis vor seiner Frau. Keiner der beiden Ehegatten ließ sich träumen, welchen Skandal Michael bei der ersten Vorstellung verursachen sollte.

Hinter dem Vorhang war alles auf der Bühne bereit. Die Hunde saßen in kläglichem Schweigen auf ihren Stühlen, während Davis und seine Frau ihnen andauernd drohten, damit sie stillblieben, und Dick und Daisy Bell vor dem Vorhang das Publikum der Matinee durch ihren Gesang und Tanz erfreuten. Und alles ging gut, und niemand im Publikum würde geahnt haben, daß die ganze Bühne hinter dem Vorhang voller Hunde war, hätten nicht Dick und Daisy angefangen, mit Orchesterbegleitung »Fahr' mit mir nach Rio«, zu singen.

Michael konnte nichts dafür. Wie einst durch die Maultrommel Kwaques, durch die Liebe Stewards und durch die Harmonika Del Mars, wurde er jetzt durch das Orchester und die Männer- und die Frauenstimme mitgerissen, die die Töne des Liedes trällerten, das Steward ihn gelehrt hatte. Gegen seinen Willen und trotz seiner schlechten Laune riß es ihm mit zwingender Kraft die Kiefer auseinander und ließ die ganze Kehle mitsingend vibrieren. Jenseits des Vorhangs ertönte ein Kichern von Kindern und Frauen, das zu einem Rauschen anwuchs und die Stimmen Dicks und Daisys übertönte. Wilton Davis fluchte wild, er sprang über die Bühne zu Michael. Aber Michael heulte weiter, und das Publikum lachte. Michael hatte noch nicht mit dem Heulen aufgehört, als der kurze Knüppel ihn traf. Der Schlag und der Schmerz ließen ihn innehalten und einen unwillkürlichen Schmerzensschrei ausstoßen.

»Reiß ihm den Kopf ab, Liebster«, rief Frau Davis, und nun folgte ein heftiger Kampf. Davis versetzte dem Hund wohlberechnete Schläge, die man ebensogut hören konnte wie das Knurren Michaels. Das Publikum achtete, von der Komik der Situation ergriffen, weder auf Dick noch auf Daisy Bell. Deren Nummer war verdorben. Und die Davis'sche Nummer war lächerlich gemacht, wie Wilton sich ausdrückte. In übertragenem Sinne riß er Michael den Kopf ab, aber das Publikum jenseits des Vorhangs war erbaut und begeistert. Dick und Daisy konnten nicht fortfahren. Das Publikum wollte nicht sehen, was vor, sondern was hinter dem Vorhang geschah. Michael wurde, halb erwürgt, von einem Hausknecht abgeführt, und der Vorhang hob sich vor der vollzähligen Schar – das heißt vollzählig bis auf den einen leeren Stuhl. Die Jungens im Publikum waren die ersten, die die Verbindung zwischen dem leeren Stuhl und dem früheren Lärm entdeckten, und sie begannen nach dem abwesenden Hund zu rufen, das Publikum nahm den Ruf auf, die Hunde bellten noch erregter. Die Heiterkeit verzögerte um fünf Minuten die Vorstellung, die, als sie endlich in Gang kam, seitens der Hunde von Heiserkeit und Unruhe und seitens Wilton Davis von ausgesprochen schlechter Laune geprägt war.

Als der Vorhang vor dem heiteren Publikum gefallen war und die Hunde hinter die Bühne gebracht worden waren, ging Wilton Davis hinunter, um nach Michael zu sehen, der, statt in einer Ecke zusammenzukriechen, noch zitternd von der Mißhandlung zwischen den Beinen des Hausknechts stand und drohte, sich kräftiger als je zu verteidigen, wenn er angegriffen werden sollte. Unterwegs begegnete Davis dem singenden und tanzenden Paar. Die Frau befand sich in einer tränenvollen Wut, die des Mannes war trockener.

»Sie sind ein schöner Hundedresseur«, erklärte er kriegerisch.

»Hier haben Sie, was Sie verdienen.«

»Bleiben Sie fort, oder ich schlage Sie nieder«, antwortete Wilton Davis desperat und schwang eine kurze Eisenstange in der Rechten. »Wenn Sie übrigens wollen, so warten Sie nur ein bißchen, dann werd' ich's Ihnen zeigen. Zuerst aber muß ich den Hund totschlagen. Kommen Sie mit, wenn Sie es sehen wollen. – Der Teufel soll ihn holen. Wie konnte ich das ahnen. Er war ganz neu. Auf den Proben hat er nicht gemuckst. Wie konnte ich ahnen, daß er heulen würde, wenn wir hinter Ihnen standen?«

»Sie haben ja einen Höllenspektakel gemacht.« Mit diesen Worten begrüßte der Direktor des Etablissements Davis, als der mit Dick auf den Fersen zu Michael trat, der zwischen den Beinen des Hausknechts lag und dem sich die Haare sträubten.

»Nichts gegen das, was ich jetzt zu tun gedenke«, antwortete Davis, packte die Eisenstange fester und hob sie. »Ich will ihn totschlagen, ich will ihm das Leben zum Leibe herausprügeln.«

Michael, der die Drohung erkannte, knurrte, krümmte sich zum Sprunge und hielt die Augen fest auf die eiserne Waffe gerichtet. »Ich glaube, Sie werden das nicht tun«, versicherte der Hausknecht Davis.

»Er gehört mir«, behauptete der Dompteur mit überzeugender Kraft.

»Ja, aber gegen Ihr Besitzrecht stelle ich Ihren gesunden Menschenverstand«, antwortete der Hausknecht. »Rühren Sie ihn nur ein einziges Mal an, dann werden Sie etwas erleben. Sie dürfen nicht so roh gegen den Hund sein. Er war das erstemal in seinem Leben auf der Bühne, nachdem er zwei Tage gehungert und gedurstet hatte, o ja, ich weiß Bescheid, Herr Direktor.«

»Wenn Sie den Hund totschlagen, kostet es Sie einen Dollar für den Abdecker, um den Kadaver fortzuschaffen«, warf der Direktor ein.

»Den will ich mit Freuden bezahlen«, sagte Davis und hob wieder die eiserne Stange.

»Ihre Tierquälerei ist zum Kotzen«, sagte der Hausknecht. »Aber alles hat seine Grenzen. Und ich sage Ihnen: Versuchen Sie nur ein einziges Mal, ihn mit der eisernen Stange anzurühren, dann rühre ich Sie an, und zwar hart genug, daß ich meine Stellung verliere und Sie ins Krankenhaus geschickt werden.«

»Hören Sie mal, Jackson ...« begann der Direktor drohend.

»Sie brauchen mir nichts zu sagen«, lautete die Antwort, »ich habe meinen Entschluß gefaßt. Wenn der Mistkerl den Hund auch nur mit einem Finger anrührt, dann bin ich ganz sicher, daß ich meine Stellung verliere. Ich hab' es satt, diese Kerle die Hunde zu Tode prügeln zu sehen.«

Der Direktor sah Davis an und zuckte hilflos die Achseln. »Lassen Sie es nicht zum Äußersten kommen«, ermahnte er. »Ich möchte Jackson nicht verlieren, und wenn er erst einmal anfängt, bringt er Sie ins Krankenhaus. Schicken Sie den Hund wieder dorthin, wo Sie ihn hergeholt haben. Ihre Frau hat mir von ihm erzählt. Stecken Sie ihn in eine Kiste und schicken Sie ihn per Nachnahme zurück. Collins wird nichts dagegen haben. Er wird ihm das Singen austreiben und etwas aus ihm machen.«

Davis schielte noch einmal nach dem grimmig aussehenden Jackson, konnte sich aber nicht entschließen.

»Ich will Ihnen etwas sagen«, fuhr der Direktor überredend fort. »Jackson wird alles besorgen, ihn in die Kiste stecken und wegschicken – nicht wahr, Jackson?«

Der Hausknecht nickte mürrisch, streckte dann die Hand aus und streichelte freundlich Michaels zerschlagenen Kopf.

»Na ja«, sagte Davis, indem er sich zum Gehen wandte. »Laß ihn sich für den Hund zum Narren machen, wenn er mag. Aber wenn Sie ebensolange beim Bau wären wie ich, dann ...«

Eine Postkarte von Davis an Collins erklärte die Gründe für die Rückkehr Michaels. »Er singt zuviel für meinen Geschmack«, drückte Davis es aus und gab damit ahnungslos Collins den Schlüssel zu dem, was er vergebens gesucht hatte, was er allerdings, ebenso ahnungslos, nicht verstand, als er zu Johnny sagte:

»Nach den Prügeln, die er gekriegt hat, ist es kein Wunder, daß er gesungen hat. Diese Menschen verstehen nicht, mit ihren Tieren umzugehen. Sie schlagen ihnen beinahe den Kopf ab und ärgern sich, daß sie nicht lustig wie die Engel sind. Nimm ihn mit, Johnny.

Wasch ihn und leg' ihm überall, wo die Haut zerschunden ist, den gewöhnlichen Verband an.

Ich gebe ihn auf, aber ich werde ihn in der nächsten Hundetruppe unterbringen.«

Zwei Tage später entdeckte Harris Collins durch einen reinen Zufall selbst, wozu Michael taugte. In einer Pause in der Manege hatte er ihn holen lassen, um vor dem Besitzer einer Hundetruppe, der mehrere Hunde zum Auffüllen brauchte, eine Probe abzulegen. Außer dem, was er bereits konnte, wie auf Kommando aufstehen, sich niederlegen, kommen und gehen, hatte Michael es abgelehnt, auch nur die einfachsten Anfängerkunststücke, die jeder Varietehund kennen muß, zu lernen. Collins ließ ihn stehen, um sich nach der andern Seite der Manege zu begeben, wo ein Affenorchester in einer Art mimischer Szene aufgestellt und eingeübt wurde.

Obgleich die Affen erschrocken und aufsässig waren, wurden sie doch gezwungen, ihre Nummer auszuführen, indem man sie an ihre Stühle und Instrumente festband und mit Schnüren an ihnen zerrte und zog. Der Dirigent, ein älterer, hitziger Affe, saß auf einem Drehstuhl, auf dem er gehörig angebunden war. Wenn er mit langen Stangen von der Bühne fortgestoßen wurde, bekam er einen hysterischen Wutanfall. Gleichzeitig wurde sein Stuhl durch eine Schnurmaschinerie herumgewirbelt. Auf das Publikum mußte das einen Eindruck machen, als ob er wütend über die Fehler seines Orchesters wäre, und das Publikum mußte diese Wut äußerst komisch finden. Wie Collins sagte:

»Ein Affenorchester hat immer Erfolg. Man lacht darüber, und Lachen bringt Geld. Die Leute müssen unwillkürlich über die Affen lachen, weil sie ihnen selbst so ähnlich sehen, und weil die Leute sich ihnen doch für überlegen halten. Wir können nicht sehen, was für Narren wir selber sind. Darum bezahlen wir dafür, die Affen Torheiten machen zu sehen.«

Man konnte kaum von einer Dressur der Affen sprechen, eher von einer Dressur der Männer, die den geheimen Schnurmechanismus bedienten. Hier setzte Harris Collins seine Kräfte ein.

»Es ist gar nicht ausgeschlossen, daß Sie sie dazu kriegen können, eine richtige Melodie zu spielen, meine Herren. Das steht ganz in Ihrer Macht und hängt nur davon ab, wie Sie die Schnüre ziehen. Also los jetzt. Lassen Sie uns irgendeine Melodie versuchen, die alle kennen. Und denken Sie daran, daß Ihnen das wirkliche Orchester immer weiterhelfen wird. Na, welche kennen Sie alle? Wissen Sie nicht irgendeine leichte, die das Publikum auch kennt?«

Er ging ganz in seiner Idee auf und ließ einen Kunstreiter kommen, dessen Nummer darin bestand, auf dem Rücken eines galoppierenden Pferdes Geige zu spielen und dabei Saltos zu schlagen. Diesen Mann ließ er in langsamem Takt leichte Melodien spielen, so daß die Gehilfen folgen und entsprechend an den Schnüren ziehen konnten.

»Natürlich können Sie sie auch schauerlich falsch spielen lassen«, sagte Collins zu ihnen, »und dann ziehen sie alle wie wahnsinnig an den Schnüren, stoßen den Dirigenten und lassen ihn herumschnurren, das gibt einen Knalleffekt. Das Publikum glaubt, er habe ein wirklich feines musikalisches Gehör und sei wütend, weil das Orchester so falsch spielt.« Mitten in dieser Arbeit kamen Johnny und Michael. »Der

Mann sagt, er will ihn nicht geschenkt haben«, sagte Johnny zu seinem Chef.

»Schön, schön, führ' ihn in den Stall zurück«, befahl Collins eilig. »Na, meine Herren, halten Sie sich bereit. ›Heimat, süße Heimat!‹ Los, Fisher! Takt halten, ihr andern! So! Bei vollem Orchester müssen sie Bewegungen machen, die der Melodie entsprechen. Schneller, Sie da, Simmons. Sie hinken immer nach.«

Aber da geschah das Unerwartete. Statt sofort zu gehorchen und Michael fortzuschaffen, zögerte Johnny in der Hoffnung, zu sehen, wie der Dirigent auf seinem Stuhl herumgewirbelt wurde. Der Geiger, der ein paar Schritt von Michael niederhockte, spielte »Heimat, süße Heimat« laut, langsam und mit deutlicher Betonung.

Und Michael konnte nicht anders. Ebensowenig hätte er das Knurren lassen können, wenn er mit einem Knüppel bedroht wurde; ebensowenig hätte er es lassen können, Dick und Daisy Bells Nummer zu verderben, als er von den Tönen von »Fahr' mit mir nach Rio« hingerissen wurde; er konnte sich ebensowenig beherrschen wie Jerry, der auf dem Deck der Ariel singen mußte, wenn Villa Kennan die Arme um ihn schlang, ihn so herrlich in die Wolke ihres Haares hüllte und durch ihren Gesang in den Morgen der Zeiten zurückführte, wo er mit dem alten Rudel der Vorfahren gejagt hatte. Wie auf Jerry wirkte auch auf Michael Musik als ein Zaubermittel, das ihn träumen ließ. Auch er erinnerte sich des entschwundenen Rudels und rief es klagend, und während er die nackten, schneebedeckten Hügel und die Sterne, die in der kalten, dunklen Nacht funkelten, zu sehen meinte, glaubte er ein schwaches Antwortgeheul von den andern Hügeln zu hören, wo das Rudel sich versammelte.

Und in seine Wachträume von einem früheren Dasein mischte sich die Erinnerung an Steward und die Liebe für Steward, von dem er eben die Reihe Töne singen gelernt hatte, die jetzt von dem geigenden Kunstreiter wiederholt wurde. Und Michaels Kinn senkte sich, sein Hals vibrierte, seine Vorderfüße machten kleine unruhige Bewegungen, als wäre er auch im Begriff, wieder durch alle Zeiten zu dem schattenhaften entschwundenen Rudel zurückzukehren und mit ihm über die schneebedeckten Einöden nach Beute zu jagen.

Alle die geisterhaften Gestalten des entschwundenen Rudels waren um ihn her, während er sang. Der Geiger hielt überrascht inne, die Leute stießen den Affendirigenten des Affenorchesters und ließen ihn auf seinem Drehstuhl schnurren, daß er vor Wut raste, und Johnny lachte. Harris Collins aber spitzte die Ohren. Er hatte gehört, daß Michael genau der Melodie folgte. Er hatte ihn singen hören, nicht nur heulen, sondern singen. Es wurde ganz still. Der Affendirigent hörte auf, sich zu drehen und zu schimpfen, die Leute, die ihn gestoßen hatten, hielten Stangen und Schnüre in Ruhe, und das übrige Affenorchester zitterte nur aus Furcht, welche neue Grausamkeit es jetzt wohl erleiden sollte. Der Geiger starrte. Johnny wand sich immer noch vor Lachen. Harris Collins aber grübelte tief, kratzte sich den Kopf und grübelte weiter.

»Ihr wollt mir doch nichts erzählen«, begann er unsicher. »Ich weiß. Ich hab' es gehört. Der Hund hat mitgesungen. Oder nicht? Ich richte die Frage an euch alle. Tat er es, oder nicht? Der verfluchte Köter hat gesungen. Darauf möchte ich den Kopf wetten. – Wartet, Jungens; laßt die Affen pausieren. Das müssen wir ein bißchen näher untersuchen. – Herr Geiger, spielen Sie noch einmal ›Heimat, süße Heimat‹.

Los! Spielen Sie kräftig, laut und langsam. – Jetzt paßt alle auf und hört zu und sagt mir, ob ich verrückt geworden bin, oder ob der Hund nicht der Melodie folgt. – Was meint ihr? Tut er's nicht?«

Es war kein Zweifel. Sobald die ersten Takte gespielt waren, senkte sich Michaels Unterkiefer, und seine Vorderfüße begannen unruhig zu trippeln. Harris Collins trat dicht zu ihm und sang mit ihm.

»Harry Del Mar hatte recht, als er sagte, der Hund sei einzig, und als er seine Truppe verkaufte. Er wußte Bescheid. Das ist ein Caruso-Hund. Nicht die Spur wie die Hunde in dem Heulchor, mit dem Kingman herumzuziehen pflegte. Nein, dies ist ein wirklicher Sänger, ein Solist. Kein Wunder, daß er kein Kunststück lernen wollte, er hatte ja seine Spezialität. Und den hatte ich dem Hundemörder Wilton Davis so gut wie geschenkt! Na, er ist ja Gott sei Dank wiedergekommen. – Johnny, du mußt jetzt besonders gut auf ihn aufpassen. Bring ihn mir heute nachmittag in meine Villa, dann werde ich ihn richtig prüfen. Meine Tochter spielt Geige. Wir werden sehen, welche Stücke er mit ihr singen kann. Der Hund ist eine Goldgrube, darauf könnt ihr euch verlassen.«

So wurde Michael entdeckt. Die Probe am Nachmittag fiel teilweise gut aus. Nachdem Collins vergebens versucht hatte, ihm unbekannte Stücke vorzuspielen, kam er zu dem Ergebnis, daß er noch zwei weitere Lieder singen konnte und wollte. Viele Stunden und viele Tage wurden eingehender Untersuchung geopfert. Er versuchte tagelang, Michael neue Melodien beizubringen, aber Michael war eigensinnig. Sobald jedoch eines der Lieder gespielt wurde, die er vom Steward gelernt hatte, gab er nach. Er konnte nicht anders. Der Zauber der Töne war stärker als er. Schließlich hatte Collins fünf von den sechs Liedern entdeckt, die er konnte! Nur »Shenandoah« sang Michael nie, weil Collins und seine Tochter das alte Seemannslied nicht kannten und daher nicht imstande waren, es ihm vorzuspielen.

»Fünf Lieder genügen, wenn er auch nicht eine Note mehr dazulernt«, erklärte Collins. »Die machen ihn überall zum größten Schlager. Er ist eine Goldgrube. Weiß Gott, wenn ich jung und frei wäre, ich würde selbst mit ihm auf die Reise gehen.«

Und es endete damit, daß Michael für zweitausend Dollar an einen gewissen Jakob Henderson verkauft wurde. »Für den Preis schenke ich ihn Ihnen beinahe«, sagte Collins. »Wenn Sie sich nach sechs Monaten nicht weigern, ihn für fünftausend zu verkaufen, dann verstehe ich das Geschäft nicht mehr. Er wird Ihrem letzten rechnenden Hund völlig den Wind aus den Segeln nehmen, und Sie brauchen nicht mehr selbst jede Minute, die die Nummer dauert, zu arbeiten. Wenn Sie ihn nicht mit fünfzigtausend versichern, sobald er Erfolg gehabt hat, sind Sie dümmer, als erlaubt ist. Ich sage Ihnen, wenn ich jung und frei wäre, könnte ich mir nichts Besseres wünschen, als selbst mit ihm auf die Reise zu gehen.«

Es zeigte sich, daß Henderson ganz anders war als die Herren, die Michael bisher gehabt hatte. Der Mann war eine Art neutralen Wesens. Er war weder gut noch schlecht, er trank weder, noch rauchte oder fluchte er. Er ging weder in die Kirche, noch war er Temperenzler. Er war Vegetarianer, aber kein fanatischer, liebte das Kino, wenn es fremde Gegenden und Städte zeigte, und verwandte den größten Teil seiner Zeit darauf, Swedenborg zu lesen. Er war völlig leidenschaftslos. Keiner hatte ihn je in Wut geraten sehen, und alle erklärten, daß er geduldig wie Hiob sei. Er hatte sogar Hemmungen gegenüber Schutzleuten, Güterexpedienten und Zugführern, wenn er sie auch nicht fürchtete. Er fürchtete überhaupt nichts, sowenig er etwas liebte, außer seinem Swedenborg. Sein Charakter war ebenso farblos wie die neutralen Anzüge, die er trug, wie das neutrale Haar, das seinen Scheitel bedeckte, und wie die neutralen Augen, mit denen er die Welt betrachtete. Er war weder dumm, noch klug oder gelehrt. Er opferte dem Leben nur wenig, verlangte nur wenig vom Leben und lebte in der Artistenwelt so unangefochten wie ein Einsiedler mitten im Getriebe der Welt. Michael liebte ihn weder, noch haßte er ihn, sondern nahm ihn im Grunde einfach als etwas Gegebenes hin. Sie durchreisten die Städte und hatten nie einen Streit miteinander. Nicht ein einziges Mal sprach Henderson mit Michael in einem strengen Ton, und nicht ein einziges Mal knurrte Michael ihn drohend an. Sie fanden sich einfach ineinander, lebten zusammen, weil der Strom des Lebens sie nun einmal zusammengeführt hatte. Das Verhältnis zwischen ihnen war selbstverständlich kein herzliches. Henderson war der Herr, Michael war Hendersons Gut und Eigentum. Michael war für ihn etwas ebenso Totes, wie er selbst es allen Dingen gegenüber war.

Jakob Henderson war jedoch ehrlich und rechtschaffen, geschäftstüchtig und methodisch. Wenn sie nicht mit den ewigen Zügen reisten, badete er Michael einmal täglich gründlich und trocknete ihn hinterher ebenso gründlich ab. Er war beim Baden nie grob oder heftig. Michael wurde sich nie recht klar darüber, ob er dieses Bad mochte oder nicht. Es gehörte, wie alles andere, zu seinem Los hier auf Erden, wie es zu dem Hendersons gehörte, ihn zu baden.

Michaels Arbeit selbst war ziemlich leicht, aber einförmig. Abgesehen von der Zeit, die er auf den ewigen Reisen, mit den unaufhörlichen Fahrten von Stadt zu Stadt verbrachte, trat er einmal jeden Abend, sieben Abende in der Woche, und zweimal wöchentlich des Nachmittags auf. Wenn der Vorhang aufging, stand er allein und in Gala auf der Bühne, wie es sich für einen Solisten ersten Ranges gehörte. Henderson stand, ungesehen vom Publikum, in der Kulisse und sah zu. Das Orchester spielte vier von den Liedern, die Michael von Steward gelernt hatte, und Michael sang sie, denn sein moduliertes Geheul war wirklich Gesang. Er ließ sich nie dazu herab, mehr als eine Zulage zu geben, und die war stets »Heimat, süße Heimat«. Wenn sie vorbei war und das Publikum durch Klatschen und Trampeln seinem Beifall und seiner Begeisterung über den Caruso-Hund Luft machte, zeigte Jakob Henderson sich auf der Bühne, verbeugte sich, lächelte unbeweglich froh und dankbar und ließ seine rechte Hand auf Michaels Schulter ruhen, wie um ihr kameradschaftliches Verhältnis anzudeuten, worauf beide, Henderson und Michael, sich verbeugten, und der Vorhang dann unwiderruflich fiel.

Und doch war Michael ein Gefangener, Gefangener auf Lebenszeit. Er wurde gut gefüttert, regelmäßig gebadet und bekam reichliche Bewegung, hatte aber nie eine Minute Freiheit. Auf den Reisen verbrachte er Tage und Nächte im Käfig, der jedoch so bequem eingerichtet war, daß er in seiner vollen Höhe aufrecht darin stehen und sich umdrehen konnte, ohne sich die Glieder allzusehr zu verrenken. In den Hotels der Provinzstädte wurde er zuweilen aus seiner Kiste herausgelassen und teilte das Zimmer mit Henderson. Sonst durfte er, wenn nicht im selben Etablissement andere Tiere auftraten, frei in den Ställen herumlaufen. Seine Gastspiele dauerten von drei Tagen bis zu einer Woche. Aber er hatte nie Gelegenheit, auch nur einen Augenblick frei herumzulaufen, ohne in seinen Bewegungen von den Wänden eines Raumes oder von einer an dem Halsband um seine Kehle befestigten Kette gehemmt zu sein. War das Wetter gut, so ging Henderson oft am Nachmittag mit ihm spazieren. Aber er war stets an der Leine, und der Weg führte fast immer in irgendeinen Park, wo Henderson die Leine an der Bank befestigte und seinen Swedenborg vornahm. Michael war nicht imstande, auch nur eine einzige wirklich freie Handlung zu unternehmen. Andere Hunde liefen frei umher, spielten miteinander oder stritten sich. Näherten sie sich in der Absicht, ihn zu untersuchen oder seine Bekanntschaft zu machen, so unterbrach Henderson unweigerlich seine Lektüre, bis er sie verjagt hatte.

Als lebenslänglicher Gefangener mit einem apathischen Wächter wurde das Leben für Michael grau und einförmig. Seine Verdrießlichkeit wurde zu tiefwurzelnder Melancholie. Er hörte auf, sich für das Leben und die Freiheit des Lebens zu interessieren. Nicht, daß er das Leben, das sich um ihn her regte, mit galligen Blicken betrachtet hätte, man könnte eher sagen, daß seine Augen es nicht mehr sahen. Vom Leben ausgeschlossen, übersah er das Leben. Er entwickelte sich zu einem rein mechanischen Sklaven, der fraß, badete, in seinem Käfig reiste, regelmäßig auftrat und viel schlief.

Er hatte Stolz – den Stolz des Vollblutgeschöpfes, den Stolz des nordamerikanischen Indianers, der als Sklave nach den westindischen Plantagen geschickt wurde, aber klaglos und ungebrochen starb. Michael erging es ebenso. Er fand sich in den Käfig und die Kiste, weil sie seinen Kräften und seinen Zähnen zu stark waren. Er vollführte seine Sklavenarbeit, trat auf und war Jakob Henderson gehorsam; aber er liebte seinen Herrn weder, noch fürchtete er ihn, und die Folge von alledem war, daß seine Seele sich nach innen gegen sich selber kehrte. Er schlief viel, sank oft in Gedanken und litt, ohne Aufhebens davon zu machen, unter einem unendlichen Einsamkeitsgefühl. Hätte Henderson einen Versuch gemacht, sein Herz zu gewinnen, so würde er sicher darauf eingegangen sein; aber Henderson interessierte sich nur für die phantastischen geistigen Schnörkel Swedenborgs, während Michael ihm nur sein tägliches Brot verschaffte.

Zuweilen gab es Ungemach. Michael fand sich auch darein. Besonders unangenehm waren ihm die Eisenbahnfahrten im Winter. Dann konnte es geschehen, daß er direkt nach dem letzten Auftreten in einer Stadt abends stundenlang in seiner Kiste auf einem Blockwagen stehen mußte, um auf den Zug zu warten, der ihn nach der nächsten Stadt bringen sollte. Auf dem Bahnsteig in Minnesota geschah es eines Nachts, daß zwei Hunde einer Truppe auf einem Blockwagen neben ihm erfroren. Er war selbst völlig durchfroren, und die Kälte biß scharf in seiner von dem Leoparden zerfetzten Schulter; aber seine bessere Konstitution und die größere Sorgfalt, die er im allgemeinen genoß, ließen ihn die Nacht überstehen.

Im Vergleich mit andern auftretenden Tieren wurde er gut behandelt.

Er sah Grausamkeiten, ohne sie persönlich kennenzulernen. Und er nahm sie hin als etwas, das eben mit zum Leben gehörte, wie er Tag und Dunkelheit, die schneidende Kälte auf den rauhen, zugigen Bahnsteigen und die mystische andere Welt, die er in seinen Träumen ahnte, hinnahm, und wie er beim Singen das ebenso mystische große Nichts hinnahm, in dem die Meringe-Plantage, Schiffe, Ozeane, Menschen und Steward verschwunden waren.

Zwei Jahre lang sang Michael sich durch die Vereinigten Staaten hindurch und erntete Ruhm für sich und ein Vermögen für Jakob Henderson. Freie Zeit kannte er nicht. Sein Erfolg war so groß, daß Henderson lachend alle Angebote ausschlug, über den Atlantischen Ozean zu gehen und in Europa zu reisen.

Es war im Orpheum in Oakland in Kalifornien, und Harley Kennan war im Begriff, die Hand nach seinem Hut unter dem Nebensitz auszustrecken, als seine Frau sagte: »Aber Lieb, es ist keine Pause jetzt. Es kommt noch eine Nummer.«

»Eine Hundenummer«, antwortete er und verlor sich in Erklärungen, denn er pflegte stets bei Vorführungen dressierter Tiere das Theater zu verlassen. Villa Kennan warf einen schnellen Blick in das Programm.

»Natürlich«, sagte sie und fügte dann hinzu: »Aber es ist ein singender Hund, ein Caruso-Hund, und es steht da, daß niemand auf der Bühne ist als der Hund allein. Laß uns dies eine Mal bleiben und sehen, wie er im Vergleich mit Jerry ist.«

»Irgendein armes Tier, das durch Folter zum Heulen gebracht wird«, brummte Harley.

»Aber er ist allein auf der Bühne«, wandte Villa Kennan ein. »Außerdem können wir ja gehen, wenn es zu arg wird. Ich begleite dich natürlich. Aber ich möchte gern hören, wieviel besser Jerry singen kann als der hier. Und hier steht auch, daß er ein Irischer Terrier ist.«

Es endete damit, daß Harley Kennan blieb. Die zwei geschwärzten Komiker beendeten ihre Nummer nebst drei Zugaben, und dann ging der Vorhang vor der ganz leeren Bühne auf. Ein rauhhaariger Irischer Terrier kam ruhig hereinspaziert, begab sich ruhig in die Mitte der Bühne, bis fast ganz an das Rampenlicht, und stellte sich dem Kapellmeister gegenüber. Wie im Programm erwähnt, stand er allein auf der Bühne.

Das Orchester spielte die ersten Takte eines Liedes, der Hund gähnte und setzte sich. Aber das Orchester war ein für allemal instruiert, die Anfangstakte immer wieder zu spielen, bis der Hund einfiel, ihn dann jedoch zu begleiten. Das drittemal öffnete der Hund das Maul und begann. Es war kein bloßes Heulen. Es war zu weich und gedämpft, als daß man es überhaupt Heulen nennen konnte. Es war auch mehr als rhythmisches Geräusch. Die Töne, die der Hund sang, waren rein, und es war die richtige Melodie.

Aber Villa Kennan hörte kaum hin.

»Der ist viel besser als Jerry«, flüsterte Harley ihr zu.

»Sag' mal«, flüsterte sie gespannt zurück. »Hast du den Hund je gesehen?«

Harley schüttelte den Kopf.

»Du hast ihn schon gesehen«, behauptete sie. »Sieh das verkümmerte Ohr. Denk' nach! Erinnere dich!«

Der Mann schüttelte immer noch den Kopf.

»Denk' an die Salomoninseln«, sagte sie eindringlich. »Denk' an die Ariel. Denk' daran, wie wir aus Malaita, wo wir Jerry fanden, nach Tulagi zurückkamen, denk' daran, daß er dort einen Bruder, einen Niggerjäger auf einem Schoner, hatte.«

»Und der hieß Michael. – Nur weiter.«

»Und der hatte dasselbe verkümmerte Ohr«, fügte sie hastig hinzu. »Und er war rauhhaarig, und er war der leibhaftige Bruder Jerrys, und seine Eltern waren Terrence und Biddy auf Meringe. Und Jerry ist unser Singvögelchen. Und dieser Hund singt. Und er hat ein verkümmertes Ohr. Und er heißt Michael.«

»Unmöglich«, sagte Harley.

»Erst wenn das Unmögliche sich ereignet, wird das Leben lebenswert«, wandte sie ein. »Und das hier ist gerade eine der amüsanten Unmöglichkeiten. Ich weiß es.«

Der Mann in ihm sagte immer noch, daß es unmöglich sei, und das Weib in ihr behauptete immer noch, daß hier das Unmögliche sich einmal ereignet hätte. Der Hund auf der Bühne sang jetzt »God save the King«.

»Das zeigt, daß ich recht habe«, behauptete Villa. »Kein Amerikaner würde in Amerika einen Hund ›God save the King‹ lehren. Ursprünglich hat der Hund einem Engländer gehört, der ihm das Lied beigebracht hat. Die Salomoninseln sind englisch.«

»Die sind ein gutes Stück weg«, sagte er lächelnd. »Was ich aber auffällig finde, ist das Ohr. Jetzt erinnere ich mich. Ich weiß noch, wie wir mit Jerry am Strande von Tulagi waren und sein Bruder in einem Walboot von der Eugenie an Land kam, und dieser Bruder hatte dasselbe schiefe, verkümmerte Ohr.«

»Und noch etwas«, sagte Villa. »Wie viele singende Hunde haben wir je gekannt. Nur einen! Jerry! Offenbar ist das eine große Seltenheit. Es ist wahrscheinlicher, daß ein und dieselbe Familie ähnliche Typen hervorbringt, als daß verschiedene Familien es tun. Jerry gehört zu der Familie von Terrence und Biddy, und das hier ist Michael.«

»Er war rauhhaarig und hatte zudem ein verkümmertes Ohr«, antwortete Harley in Gedanken versunken. »Ich kann ihn deutlich vor mir sehen, wie er im Vordersteven des Walboots stand, und wie er mit Jerry den Strand entlang lief.«

»Wenn Jerry morgen mit ihm den Strand entlang liefe, wärst du dann überzeugt?«

»Das war seine Gewohnheit, und Terrence und Biddy hatten vor ihnen dieselbe Gewohnheit«, räumte er ein. »Aber es ist weit von den Salomons nach den Vereinigten Staaten.«

»Jerry ist ja genau so weit hergekommen«, antwortete sie. »Und wenn Jerry von den Salomoninseln nach Kalifornien kommen konnte, ist es da merkwürdiger, daß Michael es auch konnte? – Oh, hör' nur!«

Der Hund auf der Bühne sang jetzt seine Zugabe »Heimat, süße Heimat«. Als das Lied zu Ende war, trat Jakob Henderson unter stürmischem Beifall aus der Seitenkulisse auf die Bühne und verbeugte sich zusammen mit dem Hunde. Villa und Harley schwiegen einen Augenblick. Dann sagte Villa plötzlich und ganz ohne Anlaß:

»Ich bin jetzt so dankbar für etwas ganz Bestimmtes.«

Er sah sie erwartungsvoll an.

»Nämlich, daß wir so ekelhaft reich sind«, erklärte sie.

»Und das heißt, daß du den Hund haben willst und mußt, und daß du ihn auch bekommst, nur weil ich es mir leisten kann, mich dir zu fügen«, neckte er sie.

»Weil du nicht anders kannst«, antwortete sie. »Du mußt dir doch klar darüber sein, daß es Jerrys Bruder ist. Du mußt doch wenigstens einen geheimen Verdacht haben ...?«

»Den habe ich auch«, nickte er. »Das Unmögliche geschieht ja auch hin und wieder einmal, und vielleicht gerade jetzt. Natürlich ist es nicht Michael. Aber andererseits, warum sollte er es nicht sein? Laß uns hinter die Bühne gehen und uns erkundigen.«

»Wieder ein paar Mitglieder vom Tierschutzverein«, dachte Jakob Henderson, als der Herr und die Dame vom Direktor des Theaters in seine kleine Garderobe geführt wurden. Michael, der im Halbschlaf auf einem Stuhl lag, nahm keine Notiz von ihnen. Während Harley mit Henderson sprach, untersuchte Villa Michael, aber Michael hatte kaum die Augen geöffnet, als er sie auch schon wieder schloß. Die Menschenwelt war ihm zu gleichgültig, und er war zu verdrießlich, um höflich zu sein, wie er es in alten Tagen Menschen gegenüber gewesen war, die zufällig zu ihm kamen und ihm den Kopf streichelten, törichte Dinge sagten und ihrer Wege gingen, um ihn nie wieder zu sehen.

Villa Kennan gab, schmerzlich enttäuscht, ihre Annäherungsversuche auf und lauschte auf das, was Jakob Henderson von dem Hunde zu erzählen hatte. Harry Del Mar, ein Tierbändiger, hätte – das erfuhr sie – den Hund irgendwo an der pazifischen Küste, wahrscheinlich in San Franzisko, gefunden; er hätte den Hund mit nach dem Osten genommen, sei aber durch einen Unfall in New York ums Leben gekommen, ehe er irgend jemand etwas von dem Tier erzählt hätte. Das sei alles, abgesehen davon, daß Henderson einem gewissen Harris Collins zweitausend Dollar bezahlt habe und diese Geldanlage für die beste seines Lebens hielte.

Villa Kennan wandte sich wieder dem Hunde zu.

»Michael«, flüsterte sie zärtlich. Und Michaels Augen öffneten sich halb, er zitterte und die Muskeln an den Ohrwurzeln strafften sich.

»Michael«, wiederholte sie.

Diesmal sah Michael sie mit gehobenem Kopf, offenen Augen und steifen, gespitzten Ohren an. Seit damals am Strande von Tulagi hatte er diesen Namen nicht aussprechen hören. Von jenseits der Jahre und Meere erreichte ihn das Wort wie eine Botschaft von allem Vergangenen. Die Wirkung war elektrisierend, denn im selben Augenblick strömte alles, was hinter dem Worte »Michael« lag, wieder in sein Bewußtsein. Er sah wieder Kapitän Kellar von der Eugénie, der ihn zuletzt mit diesem Namen gerufen hatte, und Herrn Haggin, Derby und Bob auf der Meringe-Plantage und Biddy und Terrence und unter diesen Schatten aus der entschwundenen Vergangenheit und vor allem auch seinen Bruder Jerry.

Aber war es die entschwundene Vergangenheit? Der Name, den er seit Jahren nicht gehört, war zurückgekehrt, war mit diesem Herrn und dieser Dame ins Zimmer gekommen. All das dachte er nicht, aber zweifellos handelte er ganz, wie wenn er es gedacht hätte. Er sprang vom Stuhl und lief zu der Dame. Er schnupperte an ihrer Hand, während sie ihn streichelte. Und als er sie dann wiedererkannte, wurde er ganz toll.

Er sprang davon, stürzte durch das Zimmer, schnupperte unter dem Waschtisch und schnüffelte in allen Ecken. Wie in einem Wahnsinnsanfall kehrte er zu der Dame zurück und winselte ungeduldig, während sie ihn liebkoste. Einen Augenblick darauf schoß er, immer noch von Wahnsinn ergriffen, davon und jagte durchs Zimmer.

Jakob Henderson sah mit milder Mißbilligung zu.

»Sonst pflegt er so etwas nicht zu tun«, sagte er. »Er ist ein sehr ruhiger Hund. Vielleicht sind Krämpfe im Anzug, obwohl er noch nie Krämpfe gehabt hat.«

Niemand verstand es, nicht einmal Villa Kennan. Nur Michael. Er suchte nach der entschwundenen Welt, die zurückgekommen war und sich ihm durch den Klang seines früheren Namens aufgedrängt hatte. Wenn dieser Name aus dem großen Nichts zu ihm wiederkehren konnte wie diese Dame, die er einmal am Strande von Tulagi gesehen hatte, so konnten auch alle anderen Dinge von Tulagi und aus dem großen Nichts wiederkehren. Wie sie leibhaftig hier vor ihm stand und ihn bei Namen rief, so konnten auch Kapitän Kellar und Herr Haggin und Jerry irgendwo in ebendiesem Zimmer oder vor der Tür stehen.

Er lief zur Tür, winselte und kratzte daran.

»Vielleicht denkt er, daß irgend jemand draußen steht«, sagte Henderson und öffnete ihm die Tür.

Und das war es gerade, was Michael dachte. Er war selbstverständlich darauf vorbereitet, durch die offene Tür die Südsee wogen zu sehen, auf ihrem Busen Schoner, Schiffe, Inseln und Riffe und all die Menschen und Tiere und Dinge tragend, die er einmal gekannt, geliebt und nicht vergessen hatte.

Aber nichts von dem Vergangenen schwamm zur Tür herein. Draußen war nichts als das Gewöhnliche. Niedergeschlagen kam er wieder zu der Dame, die ihn immer noch Michael nannte und streichelte. Sie war doch jedenfalls wirklich. Dann begann er den Herrn zu beschnuppern und setzte ihn sofort mit dem Strande von Tulagi und dem Deck der Ariel in Verbindung, und seine Erregung nahm wieder zu.

»Ach, Harley, ich weiß, daß er es ist!« rief Villa. »Kannst du ihn nicht prüfen? Kannst du nicht beweisen, daß er es ist?«

»Aber wie?« fragte Harley grübelnd. »Er scheint seinen Namen wiederzuerkennen. Das regt ihn auf. Und obwohl er uns nie so genau gekannt hat, scheint er sich unserer doch zu erinnern und sich darüber aufzuregen. Wenn er nur sprechen könnte ...«

»Ach, sprich! Sprich!« sagte Villa flehend zu Michael, indem sie ihm mit den Händen Kopf und Schnauze umfaßte und ihn hin und her schob.

»Passen Sie auf, gnädige Frau«, warnte Henderson sie. »Er ist ein sehr mürrischer Hund und liebt nicht, daß man sich etwas Derartiges mit ihm herausnimmt.«

»Mir erlaubt er es schon«, lachte sie aufgeregt. »Mich kennt er ... Harley!« sie unterbrach sich im selben Augenblick, als ihr leise eine Idee dämmerte. »Ich weiß, wie wir ihn prüfen können. Hör zu! Erinnerst du dich, Jerry war Niggerjäger, ehe wir ihn bekamen. Und Michael war auch Niggerjäger. Versuch' Trepang-Englisch mit ihm zu reden. Tu, als seiest du auf irgendeinen Nigger böse und sieh, was er tut.«

»Ich muß gründlich nachdenken, ehe ich etwas Trepang-Englisch ausgraben kann«, sagte Harley und nickte beifällig zu ihrem Vorschlage.

»Ich werde seine Aufmerksamkeit ablenken«, sagte sie eifrig. Sie setzte sich und beugte sich zu Michael hinab, daß sein Kopf, in ihrem Arm verborgen, an ihrer Brust lag, und während sie ihn hin und her zu wiegen begann, summte sie leise, wie sie es mit Jerry zu tun pflegte. Er wurde auch nicht zornig über das, was sie sich herausnahm, im Gegenteil, wie Jerry gab er sich ihrem Summen hin und begann leise mit ihr zusammen zu summen.

»Mein Wort!« begann Harley Kennan in zornigem Ton. »Was Name du fella Junge bleiben dies fella Ort. Du machen mich cross auf dich zuviel!«

Und bei diesen Worten sträubten sich Michael die Haare, er entzog sich den Händen der Dame, die ihn zurückhielten, und machte knurrend kehrt, um den schwarzen Nigger zu sehen, der in diesem Augenblick ins Zimmer gekommen und den weißen Gott erzürnt haben mußte. Aber kein Schwarzer war zu sehen. Immer noch mit gesträubten Haaren blickte er zur Tür. Harley richtete selbst den Blick auf die Tür, und Michael wußte ohne den Schatten eines Zweifels, daß draußen ein Nigger von den Salomons stand.

»He! Michael!« rief Harley. »Jag' das schwarze fella Junge über Bord.«

Mit einem wilden Knurren warf Michael sich gegen die Tür. Sein Anprall war so wütend und kräftig, daß die Tür aufsprang. Die leere Türöffnung, die er von einem Nigger ausgefüllt zu sehen erwartet hatte, erschreckte ihn, und er kroch zusammen, krank und schwindlig von diesem täuschenden Etwas, das sich bald offenbarte und bald verschwand und seinen Spott mit ihm trieb.

»Und jetzt«, sagte Harley zu Jakob Henderson, »wollen wir geschäftlich miteinander reden ...«

Als der Zug in Glen Ellen im Mondtal ankam, war es Harley Kennan selbst, der die Seitentür des Gepäckwagens aufschob und Michael heraushob. Es war das erstemal, daß Michael eine Eisenbahnfahrt gemacht hatte, ohne in einer Lattenkiste eingesperrt zu sein. Nur mit Halsband und Kette versehen, hatte er die Reise von Oakland hierher gemacht. In dem wartenden Automobil fand er Villa Kennan, und nachdem ihm die Kette abgenommen war, durfte er zwischen ihr und Harley sitzen. Während der Wagen den zwei Meilen langen Weg entlang surrte, der sich den Sonoma hinaufwand, sah Michael kaum die Bäume und Lichtungen des Waldes, an denen sie vorbeiglitten. Er war seit drei Jahren in den Vereinigten Staaten und die ganze Zeit sorgsam in Gefangenschaft gehalten worden, Käfig, Lattenkiste und Kette waren sein Los gewesen, enge Räume, Gepäckwagen und Bahnsteige. Am nächsten war er dem Lande noch gekommen, wenn er an Bänken in den verschiedenen Parks angebunden war, während Henderson seinen Swedenborg las. Bäume, Berge und Felder bedeuteten ihm daher nichts mehr. Sie waren unzugänglich, ebenso unzugänglich wie das Blau des Himmels und die treibenden wolligen Wolken.

»Du scheinst nicht begeistert über das Gut zu sein, wie, Michael?« bemerkte Harley.

Beim Klang seines alten Namens blickte er auf und bezeigte seine Erkenntlichkeit, indem er die Ohren zurücklegte, sie ein klein wenig zittern ließ und Harleys Schultern mit der Schnauze berührte.

»Sehr demonstrativ scheint er auch nicht zu sein«, meinte Villa. »Wenigstens im Vergleich mit Jerry.«

»Warte, bis sie sich treffen«, lächelte Harley im Gedanken an das, was kommen sollte. »Jerry wird Lärm genug für beide machen.«

»Wenn sie sich nach so langer Zeit noch aneinander erinnern«, sagte Villa.

»Ich bin gespannt, ob sie es tun werden.«

»In Tulagi taten sie es,« erinnerte er sie, »und damals waren sie schon ausgewachsene Hunde und hatten sich seit ihrer Welpenzeit nicht gesehen. Denk' daran, wie sie bellten und über den ganzen Strand galoppierten. Michael machte den meisten Lärm, wenigstens doppelt soviel wie Jerry.«

»Jetzt aber tut er so furchtbar erwachsen und zahm.«

»Drei Jahre können ihn schon zahm gemacht haben«, behauptete Harley.

Aber Villa schüttelte den Kopf.

Als der Wagen vor dem Hause vorfuhr und Kennan als erster ausstieg, ertönte das winselnde frohe Willkommengebell eines Hundes, das Michael nicht ganz unbekannt war. Das frohe Bellen verwandelte sich in ein mißtrauisches, eifersüchtiges Knurren, als Jerry an der streichelnden Hand Kennans die Anwesenheit eines anderen Hundes witterte. Einen Augenblick später entdeckte er, daß das Geschöpf, von dem die Witterung ausging, sich im Automobil befand, und er sprang hinein. Michael, der knurrend vorsprang, hatte nicht Zeit genug, dem wütenden Angriff zu begegnen, und wurde auf dem Boden des Wagens umgeworfen.

Die Natur des Irischen Terriers, der stets und in einem Maße wie nur wenige andere Hunderassen umgänglich und bereit ist, seinem Herrn zu gehorchen, kam sofort bei Jerry und Michael zum Ausbruch, als sie Harley Kennans Stimme hörten. Sie ließen voneinander ab und enthielten sich trotz dem gedämpften, polternden Knurren in ihren Kehlen eines neuen Angriffs. Der kleine Auftritt hatte nur so wenige Sekunden oder Bruchteile von Sekunden gedauert, daß sie, ehe sie aus dem Auto herausgekommen waren, keine Zeit hatten, zu zeigen, ob sie sich erkannten. Sie waren immer noch komisch steifbeinig, und die Haare sträubten sich ihnen, während sie abseits standen und witterten.

»Sie kennen sich!« rief Villa. »Laß uns warten und sehen, was sie tun werden.«

Was Michael betraf, so beruhigte er sich ohne Überraschung mit der unzweifelhaften Tatsache, daß Jerry aus dem großen Nichts zurückgekehrt war. Derartige Dinge geschahen jetzt zu häufig, aber es waren nicht die Dinge selbst, sondern alles, was in und hinter ihnen lag, das ihn fast betäubte. Wenn der Herr und die Dame, die er zuletzt auf Tulagi gesehen hatte, jetzt aus dem großen Nichts zurückgekehrt waren, so konnte und mußte auch der geliebte Steward jeden Augenblick auftauchen.

Statt die Annäherungsversuche Jerrys zu erwidern, schnupperte Michael und sah sich suchend nach Steward um. Jerrys erster freundschaftlicher Gruß bestand darin, daß er den Wunsch nach einem Wettlauf ausdrückte. Er bellte den Bruder herausfordernd an, galoppierte davon und machte ein Dutzend Sprünge, galoppierte wieder zurück und berührte gemütlich mit seiner einen Vorderpfote Michael, um seiner Aufforderung weiteren Nachdruck zu verleihen, ehe er wieder fortgaloppierte.

Michael war so viele Jahre nicht mit einem andern Hund zusammen gelaufen, daß er Jerrys Aufforderung zuerst nicht recht verstand. Nichtsdestoweniger war ein solcher Wettlauf der allgemeine Ausdruck für Freude und Freundschaft in der Hundewelt, und seine diesbezügliche Neigung war besonders ausgeprägt gewesen, weil er sie von Terrence und Biddy, den beiden bekannten, verliebten Vagabunden auf den Salomoninseln geerbt hatte.

Als Jerry ihn das nächste Mal mit der Pfote berührte, bellte und in einem verlockenden Halbkreis davonjagte, setzte

Michael ihm unwillkürlich, wenn auch langsam nach. Aber er bellte nicht, und nach einem Dutzend Sprüngen blieb er plötzlich stehen und sah Villa und Harley an, als wolle er sie um Erlaubnis bitten.

»Ganz recht, Michael«, rief Harley freundlich, und indem er die Hand ausstreckte, um Villa aus dem Auto zu helfen, kehrte er ihm den Rücken, um ihm noch deutlicher sein Einverständnis zu zeigen. Und Michael sprang wieder fort und fühlte dunkel eine altbekannte Freude, als er Jerry puffte, der ihn wieder puffte, während sie Seite an Seite dahinliefen. Aber die Freude war am größten bei Jerry, und er war es auch, der am wildesten lief und galoppierte, am eifrigsten puffte, sich wand und drehte, die Ohren spitzte und kläffende Schreie ausstieß. Jerry bellte auch, Michael aber nicht.

»Er pflegte zu bellen«, sagte Villa. »Viel mehr als Jerry«, fügte Harley hinzu.

»Dann haben sie ihm das Bellen abgewöhnt«, schloß sie. »Er muß furchtbare Prüfungen durchgemacht haben, daß er das Bellen vergessen hat.«

Der grüne Frühling Kaliforniens wurde vom gelbbraunen Sommer abgelöst, während Jerry, der immer umherschweifte, Michael die fernsten und höchsten Stellen des Kennanschen Gutes im Mondtal zeigte. Die Pracht der wilden Blumen verschwand, bis schließlich auf den sonnenverbrannten Bergesseiten nichts übrig war als gelber Mohn, der zu dem blassesten Goldschimmer verblichen war, und Mariposa-Lilien, die verweht auf schlanken Stengeln im trockenen Grase standen, Mariposa-Lilien, glühend wie die schönpunktierten Schmetterlinge, wenn sie eine Weile reglos zwischen den Flügelschlägen schwebten.

Und Michael, der sich stets der Führung des überströmenden Jerry anvertraute, suchte das ganze Jahr hindurch, was er nicht finden konnte.

»Er sucht etwas, er sucht etwas«, sagte Harley zu Villa. »Es existiert nicht mehr. Es ist nicht hier. Was mag er wohl suchen?«

Es war Steward, aber Michael fand ihn nie. Das große Nichts hatte ihn verschlungen und wollte ihn nicht loslassen.

Hätte Michael aber eine zehntätige Dampferreise über die Südsee nach den Marquesas unternommen, so würde er Steward und mit ihm Kwaque und den alten Seemann gefunden haben, die alle drei als Lotusesser am paradiesischen Strande von Taiohae lebten. Michael würde auch in dem grasbedeckten Bungalow unter den hohen Avocados oder ringsumher manch fremdes Getier gefunden haben – Katzen und Küken, Schweine, Esel und Ponies, ein paar Sperlingspapageien und ein oder zwei boshafte Affen; aber keinen einzigen Hund und keinen Kakadu. Denn Dag Daughtry hatte feierlich alle Hunde für Tabu erklärt. Nach Killeny-Boy, versicherte er, wolle er keinen anderen Hund haben. Und Kwaque widerstand ohne Worte der Versuchung, einen der weißen Kakadus zu erwerben, die von den Matrosen der Handelsschoner an Land gebracht wurden.

Aber es verging lange Zeit, ehe Michael seine Suche nach Steward aufgab, und wenn er über die Bergpfade lief oder in die tiefen Felsspalten kletterte, war er stets erwartungsvoll und darauf vorbereitet, Steward oder die unverkennbare Fährte, die zu ihm führen sollte, zu finden.

»Er sucht etwas, er sucht etwas«, murmelte Harley Kennan neugierig, während er neben Villa ritt und Michaels unaufhörliches Suchen beobachtete. »Jerry ist jetzt auf Kaninchen und Fuchsfährten aus, aber Michael interessieren die nicht besonders, wie du siehst. Er benimmt sich wie jemand, der einen großen Schatz verloren hat und nicht weiß, wo er ihn suchen soll.«

Michael lernte bei dem abwechslungsreichen Leben im Wald und auf den Feldern viel von Jerry. Das Umherschweifen mit Jerry war offenbar das einzige Vergnügen, denn er spielte nie. Die Spiellust in ihm war erloschen. Die Jahre, die er als dressiertes Tier auf der Bühne und in Harris Collins' Leidensschule verbracht, hatten ihn nicht eigentlich verdrossen oder schwermütig gemacht, aber er war gedämpft und bedrückt. Seine Elastizität, seine unmittelbare Frische waren verschwunden. Wie der Leopard seine Schulter mit den Klauen gezeichnet hatte, so daß feuchtes und kaltes Wetter die alte Wunde wieder schmerzen ließ, so war auch sein Gemüt von dem gezeichnet, was er durchgemacht hatte. Er hatte Jerry gern, freute sich, daß er mit ihm Zusammensein und mit ihm laufen konnte; aber es war immer Jerry, der anführte, immer Jerry, der den Jagd- und Verfolgungsschrei erhob, der zornig, eifrig und lüstern ein Eichhörnchen anbellte, das in einem Baum, vierzig Fuß über dem Boden, Zuflucht gesucht hatte. Michael sah und hörte zu, beteiligte sich aber nicht an diesem Begeisterungsanfall. Ebenso sah er zu, wenn Jerry furchtbar komische Kämpfe mit »Normannen-Häuptling«, dem großen Hengst, ausfocht. Es war nur Scherz, denn Jerry und Normannen-Häuptling waren erprobte Freunde, und obwohl der große Hengst mit zurückgelegten Ohren und offenem, bißbereitem Maul Jerry in rasendem Kreislauf durch das ganze Gehege jagte, dachte er doch nicht daran, ihm etwas zu tun, sondern wollte nur seine Rolle in dem fingierten Kampfe spielen. Aber dennoch vermochte keine Aufforderung Jerrys Michael zu bewegen, mitzumachen. Er begnügte sich damit, außer Reichweite sitzend, zuzusehen.

»Warum spielen?« hätte Michael fragen können, da alle Lust zum Spielen ihm vergangen war.

Wenn es aber ernste Arbeit gab, war er Jerry sogar überlegen. Wegen der Maul- und Klauenseuche und der Schweinecholera war fremden Hunden der Zutritt zu Kennans Gut untersagt. Das hatte Michael bald gelernt, und wildernden Hunden gab er nicht lange Bedenkzeit. Ohne auch nur warnend zu bellen oder zu knurren, fuhr er unter tödlichem Schweigen auf sie los, biß und riß sie, rollte sie immer wieder in den Staub und verjagte sie vom Gute. Das war, wie Niggerjagd, eine Arbeit, die für die Götter besorgt werden mußte, die er doch liebte, und auf deren Wunsch er die Jagd unternahm.

Er liebte Villa und Harley nicht heiß und leidenschaftlich, wie er Steward geliebt hatte, aber er hegte bald eine tiefe, schlichte Liebe für sie. Er bemühte sich nicht, sie an den Tag zu legen, indem er sich wand und drehte und winselnde, kläffende Annäherungsversuche machte. Das überließ er Jerry. Aber er war immer wirklich froh, wenn er mit Villa und Harley Zusammensein konnte, und wenn ihm, gleich nach

Jerry, ihre Anerkennung zuteil wurde. Augenblicke tiefster Zufriedenheit hatte er, wenn er neben Villa und Harley vor dem offenen Kamin saß, seinen Kopf gegen ein Knie lehnte und hin und wieder eine Hand spürte, die sich ihm auf den Kopf legte oder behutsam mit seinem verkümmerten Ohr spielte.

Jerry ließ sich sogar herab, mit Kindern zu spielen, die hin und wieder zu Besuch kamen und unter der Obhut der Familie Kennan lebten. Michael ließ sich Kinder gefallen, solange sie ihn nicht störten. Wurden sie zudringlich, so warnte er sie, indem er mit gesträubtem Haar einen knurrenden Kehllaut ausstieß; dann erhob er sich und ging würdig fort. »Ich verstehe es nicht«, sagte Villa. »Er war so voll von Spaßen, Witzen und Streichen wie nur einer. Er war viel toller und unruhiger als Jerry und viel lärmender. Wenn er nur sprechen könnte, hätte er sicher eine furchtbare Geschichte von all dem zu erzählen, was ihm zugestoßen ist, seit wir ihn auf Tulagi sahen, und bis wir ihn im Orpheum wiederfanden.«

»Das hier gibt vielleicht einen Wink«, antwortete Harley und zeigte auf Michaels Schulter, wo der Leopard ihm die Wunde geschlagen an jenem Tage, als Jack, der Airedale, und Sara, die grüne Äffin, starben.

»Er pflegte zu bellen. Ich weiß, daß er bellte«, fuhr Villa fort. »Warum bellt er nicht mehr?«

Und Harley zeigte auf die Narbe an der Schulter und sagte: »Das hier erklärt es vielleicht, und möglicherweise hundert ähnliche Dinge, deren Narben wir nicht sehen.«

Aber die Zeit sollte kommen, da sie ihn wieder bellen hörten – nicht einmal, sondern zweimal. Und beide Male war es nur der Vorgeschmack einer anderen, ernsten Stunde, in der er, ohne Bellen, mit der Tat zeigen sollte, wie er die liebte und ehrte, die ihn von der Kiste und dem Rampenlicht erlöst und ihm die Freiheit im Mondtal geschenkt hatten. Unterdessen lernte er bei seinem unaufhörlichen Umherschweifen mit Jerry alle Wege und alles Leben auf dem Gute kennen, vom Hühnerhof und Ententeich bis zum höchsten Gipfel des Sonoma. Er lernte, wo die Hirsche zu finden waren, wenn ihre Zeit kam, wenn sie die Pflaumengärten, Weinberge und

Apfelbäume plünderten, wenn sie die tiefsten Felsschluchten und die geheimsten Dickichte aufsuchten, und wenn sie stampfend die offenen Lichtungen betraten und auf den nackten Bergesseiten klappernd im Kampfe die Zacken gegeneinanderstießen. Unter Jerrys Führung, immer auf den schmalen Pfaden hinter ihm herlaufend, wie es sich für einen gesetzten Hund schickte, lernte er Launen und Gewohnheiten von Füchsen, Waschbären und Wieseln und von der ringelschwänzigen Katze kennen, die aussah wie eine Mischung von Katze, Waschbär und Wiesel. Er lernte die Vögel kennen, die auf dem Erdboden ihr Nest bauten, und lernte die Gewohnheiten von Feldwachteln, Bergwachteln und Fasanen unterscheiden. Die Eigentümlichkeiten und Verstecke der verwilderten Hauskatzen lernte er ebenso kennen wie die leichtsinnigen Liebesabenteuer der Bergfarmerhunde mit schweifenden Präriewölfen.

Ehe das erste Kurzhornkalb getötet wurde, wußte er schon Bescheid mit dem Berglöwen, der auf gut Glück aus dem Mendocino-Distrikt herabgekommen war, er kehrte zerschrammt und blutend von dem Zusammenstoß heim, als lebhaftes Zeugnis dessen, was er entdeckt hatte, und veranlaßte dadurch Harley Kennan, am nächsten Tage zu Pferd, eine Büchse quer über dem Sattelknopf, die Fährte zu verfolgen. Ebenso entdeckte Michael, was Harley Kennan nicht ahnte, und was es seiner Ansicht nach nicht auf seinem Gute gab – den vorspringenden Felsen im dichtesten Dickicht des Bergwaldes, wo zwanzig Klapperschlangen ihren Winterschlaf hielten und sich in der Sonne wärmten.

Der Winter hielt, freudig wie gewöhnlich, seinen Einzug im Mondtal. Die letzten Mariposa-Lilien verschwanden in dem verbrannten Grase, während der kalifornische Spätsommer in der stillen Luft in Purpurnebel traumhaft zu Ende ging. Zuerst kamen einige milde Regenschauer, dann fiel Schnee auf dem Gipfel des Sonoma. Beim Hause war die Luft morgens frisch und trocken, mittags aber freute man sich doch über den Schatten, und draußen im Freien blühten unter der Wintersonne die Rosen, und die Apfelsinen und Zitronen reiften goldgelb. Aber tausend Fuß tiefer, auf dem Grunde des Tales, waren die Morgen weiß von Reif.

Und Michael bellte zweimal. Das erstemal, als Harley Kennan auf einem feurigen jungen Fuchs über einen schmalen Bach setzen wollte. Villa hielt, auch zu Pferde, auf der anderen Seite, sah in das kleine Tal hinab und wartete, was das Pferd tun würde. Michael wartete auch, stand aber näher. Anfangs lag er am Ufer des Baches, keuchend nach dem schnellen Lauf. Aber er wußte nicht viel von Pferden, und seine Angst um Harley Kennans Wohlergehen brachte ihn bald auf die Beine.

Harley sprach dem Pferd freundlich zu und war die Geduld selbst, während er es zum Sprunge anzutreiben suchte. Aber das Tier blieb jedesmal, wenn es abspringen sollte, plötzlich stehen, und das Vollblut in seinen Adern ließ es schwitzen und schäumen. Das sammetweiche junge Gras wurde von seinen Hufen aufgerissen, und seine Angst vor dem Bach war so groß, daß es, wenn es in einem kurzen Galopp bis zum Ufer gekommen war, plötzlich erstarrt stehenblieb und sich dann bäumte. Das war zuviel für Michael. Als das Pferd die Vorderfüße wieder auf den Boden setzte, sprang er auf den einen Huf los und bellte. Sein Bellen enthielt Tadel und Drohung, und als das Pferd sich wieder bäumte, sprang er ihm nach, und seine Zähne schnappten gerade vor der Nase des Pferdes zusammen.

Villa kehrte um und ritt auf der anderen Seite des Baches den Hang hinab. »Wahrhaftig«, rief sie. »Hör« nur! Er bellt wirklich!«

»Er glaubt, das Pferd will mir etwas tun«, sagte Harley. »Es ist eine Herausforderung. Er hat das Bellen nicht vergessen. Er sagt dem Pferd Bescheid.«

»Wenn er es ins Maul schnappt, wird es schlimm«, warnte Villa. »Sei vorsichtig, Harley, sonst geht er auf das Pferd los.«

»Na, Michael, hinlegen, brav sein«, befahl Harley. »Es ist alles in Ordnung, sag' ich dir. Alles in Ordnung. Hinlegen.«

Michael legte sich gehorsam, aber unter Protest nieder, und er folgte mit den Augen dem Bocken des Pferdes, während alle seine Muskeln angespannt und sprungbereit waren für den Fall, daß das Pferd Harley Kennan bedrohen sollte.

»Ich kann ihm seinen Willen jetzt nicht lassen, sonst nimmt er nie ein Hindernis«, sagte Harley zu seiner Frau, indem er kehrtmachte, um auf passenden Abstand vom Bach zurückzugaloppieren. »Entweder kriege ich ihn hinüber, oder ich falle herunter.«

In voller Fahrt kam er zurück, und wider Willen hob sich das Pferd, außerstande, anzuhalten, kam hinüber, und zwar so gut, daß es wohl vier Meter jenseits landete.

Das zweitemal bellte Michael, als Harley, dasselbe feurige Pferd reitend, auf dem höchsten Punkt eines steilen Bergwaldpfades ein Gatter zu schließen versuchte, das nicht richtig hing. Michael sah so lange wie möglich mit Ruhe die Gefahr an, in der sein Menschengott schwebte, sprang aber zuletzt, wütend und bellend, nach dem Kopf des Pferdes.

»Jedenfalls hat sein Bellen geholfen«, räumte Harley ein, während er das Gatter schloß. »Michael hat dem Pferd zweifellos erzählt, daß es mit ihm zu tun kriegte, wenn es sich nicht ruhig verhielte.« »Auf alle Fälle ist er nicht stumm«, lachte Villa. »Wenn er auch nicht gerade redselig ist.«

Und redseliger wurde Michael nie. Nur bei diesen beiden Gelegenheiten, als sein Herr und Gott in Gefahr schien, hörte man ihn bellen. Er bellte weder den Mond noch das Echo von den Bergen oder sonst etwas Verborgenes an. Ein bestimmtes Echo, das man direkt vom Hauptgebäude des Gutes hören konnte, war eine unerschöpfliche Quelle der Aufregung für Jerry. Wenn Jerry es anbellte, lag Michael mit verdrießlichem Ausdruck daneben und wartete, bis das Duett vorbei war.

Er bellte auch nicht, wenn er fremde Hunde angriff, die auf dem Gute umherschweiften.

»Er schlägt sich wie ein Veteran«, sagte Harley, als er einen solchen Zusammenstoß miterlebt hatte. »Er ist kaltblütig, vollkommen ruhig.«

»Er ist vorzeitig alt geworden«, sagte Villa. »Er hat keine Lust mehr zum Spielen und macht sich nichts daraus, etwas

zu sagen. Aber gleichviel, ich weiß, daß er dich und mich liebt
—«

»Ohne viele Worte darüber zu verlieren«, vollendete ihr
Mann den Satz für sie.

»Das kannst du aus seinen ruhigen Augen strahlen sehen«,
fügte sie hinzu.

»Er erinnert mich immer an einen der Überlebenden von
Leutnant Greeleys Expedition, den ich einmal gekannt habe«,
räumte er ein. »Er war ein geworbener Soldat und einer der
wenigen Überlebenden. Er hatte soviel durchgemacht, daß er
genau so still und schweigsam wie Michael war. Er langweilte
die meisten Menschen, die ihn nicht verstehen konnten. In
Wirklichkeit war es selbstverständlich umgekehrt. Sie lang-
weilten ihn. Sie kannten so wenig vom Leben, daß er im voraus wußte, was sie zu sagen hatten. Und man konnte kaum
ein Wort aus ihm herausbringen. Nicht, daß er das Reden
vergessen hatte, er sah nur nicht ein, warum er reden sollte,
wenn ihn doch keiner verstehen wollte. Er war tatsächlich
unter allzu bitteren und schmerzlichen Erfahrungen erstarrt.
Aber man brauchte nur ihn und seine erstaunliche Ruhe an-
zusehen, um zu fühlen, daß er durch tausend heiße und kalte
Höllen geschritten war. Seine Augen harten denselben ruhigen Blick wie die Michaels, und sie waren ebenso klug. Ich
möchte jede Summe geben, um zu erfahren, wie er die Narbe
an der Schulter bekam. Es muß ein Tiger oder ein Löwe gewesen sein.«

Wie der Berglöwe, mit dem Michael einen Zusammenstoß
in den Bergen gehabt hatte, war der Mann auf gut Glück aus
dem Mendocino-Distrikt herabgekommen, indem er die un-
ebensten Bergesstrecken überquert und bei Nacht das weite
Tal passiert hatte, wo die Anwesenheit von Menschen eine
Gefahr für ihn bedeutete. Wie der Berglöwe war der Mann
Menschenfeind, und alle Menschen waren seine Feinde, die
sein Leben forderten, das er durch weit furchtbarere Taten
verspielt hatte als der Löwe, der nur aus Hunger Kälber tötete.

Wie der Berglöwe war der Mann ein Mörder. Aber im
Gegensatz zum Löwen standen sein unsicheres Signalement

und der Bericht über seine Taten in allen Zeitungen, und die Menschen interessierten sich für ihn bedeutend mehr als für den Löwen. Der Löwe hatte Kälber auf den Weiden des Hochlandes getötet, der Mann aber hatte, um zu rauben, eine ganze Familie getötet – den Postmeister, seine Frau und ihre drei Kinder in dem Bergdorf Chisholm.

Zwei Wochen lang hatte der Mann sich einer scharfen Verfolgung entzogen. Zuletzt war er vom Russenfluß aus durch das Santa-Rosa-Tal mit seinen verstreut liegenden Höfen nach den Sonomabergen gegangen. Zwei Tage hatte er sich an den wildesten, unzugänglichsten Stellen des Kennanschen Gutes versteckt, ausgeruht und viel geschlafen. Er hatte Kaffeebohnen mitgebracht, eine Beute aus dem letzten Hause, das er geplündert hatte. Die Zeiger hatten sich viermal um das Zifferblatt der Uhr bewegt, während er, furchtbar ermattet, schlief und nur hin und wieder aufstand, um gierig vom Ziegenfleisch zu essen, große Mengen warmen oder kalten Kaffees zu trinken und dann wieder in einen tiefen, von schweren Träumen geplagten Schlaf zu fallen. Und inzwischen war ihm die Zivilisation mit ihrer kräftigen Organisation und ihren verwickelten Erfindungen, einschließlich der Elektrizität, auf den Fersen. Die Elektrizität hatte ihn umzingelt. Man wußte, daß er sich in den wilden Felsschluchten des Sonomaberges aufhielt, und der Berg war von einer Kette bewaffneter Polizisten und von Abteilungen bewaffneter Farmer besetzt. Für sie war ein Mörder, der in ihrer Gegend umherschweifte, weit furchtbarer als ein Löwe. Das Telephon auf Kennans Gut und die Telephone auf allen andern Gütern, die an den Sonomaberg grenzten, hatten oft geklingelt und zielbewußte Gespräche und Verabredungen weiterbefördert.

Als die Streitkräfte begonnen hatten, die Bergwälder zu durchdringen, und der Mann gezwungen wurde, bei hellem Tage einen Vorstoß ins Mondtal zu machen, um die sicheren Berge zu erreichen, die zwischen ihm und dem Napatal lagen, ritt Harley Kennan zufällig auf dem feurigen jungen Pferde aus, das er gerade zuritt. Er war nicht ausgeritten, um den Mann zu verfolgen, der den Postmeister und seine Familie ermordet hatte. Der Berg wimmelte von Menschenjägern, was ihm nicht unbekannt war, da zwei Dutzend von ihnen die Nacht auf seinem Hofe geschlafen und gegessen hatten. Die Begegnung zwischen Harley und dem Manne war daher ganz zufällig, aber verhängnisvoll! Es war nicht die erste Begegnung mit Menschen, die der Mann an diesem Tage hatte. In der Nacht zuvor hatte er mehrere von den Lagerfeuern der Streitkräfte bemerkt. Bei Tagesanbruch war er bei dem Versuch, auf dem südwestlichen Hang nach Petaluma durchzubrechen, nicht weniger als fünf verschiedenen Abteilungen von Meiereibesitzern mit Winchesterbüchsen und Schrotflinten begegnet. Als er, scharf verfolgt, zurückfloh, war er einer Schar Dorfburschen aus Glen Ellen und Caliente in die Arme gelaufen. Die Schüsse aus ihren Eichhorn- und Vogelflinten hatten ihn nicht getötet, aber sein Rücken war an Dutzenden von Stellen mit Schrotkörnern gepfeffert, die kleinen Bleistücke waren ihm auf unglaublich schmerzhafte Weise unter die Haut gedrungen.

Bei seinem hastigen Rückzug in die Schlucht hinab war er mitten in eine Herde Kurzhornstiere geraten, die ihn, weit erschrockener als er selber, auf dem Waldboden umgerissen, in ihrem panischen Schrecken über ihn hinweggetrampelt und seine Büchse unter ihren Klauen zerbrochen hatten. Waffenlos, verzweifelt und von stechenden Schmerzen in den Hautwunden und Quetschungen gepeinigt, hatte er die Waldhänge auf Wildwechseln umgangen, zwei Felsschluchten passiert und wollte gerade den Reitweg, den er in der dritten Felsschlucht fand, hinabsteigen. Auf diesem Wege traf er den Reporter, der heraufgestiegen kam. Der Reporter war – nun ja, eben ein Reporter aus der Stadt, der nur das Stadtleben kannte und noch nie Teilnehmer an einer Menschenjagd gewesen war. Sein Pferd, das er sich im Tal gemietet hatte, war ein abgearbeitetes, schlaffes Tier mit krummen Knien, das ruhig stehenblieb, während sein Reiter von dem wildaussehenden, gewalttätigen Manne, der auf einer scharfen Biegung des Weges vorsprang, von seinem Rücken gezerrt wurde. Der Reporter schlug seinen Angreifer einmal mit der Reitpeitsche. Hierauf erhielt er eine Tracht Prügel von der Art, wie er sie oft bei Matrosenprügeleien und in Wirtshäu-

sern in seinen jungen Reporterjahren gesehen und geschildert
hatte, die er aber jetzt zum ersten Male selber zu schmecken
bekam.

Der Mann entdeckte zu seinem großen Ärger, daß der
Reporter bis auf einen Bleistift und einen Block Schreibpapier
unbewaffnet war. In seiner Enttäuschung darüber, daß er
keine Waffe erhielt, verprügelte er den Reporter noch einmal
und ließ ihn dann jammernd in den Farren liegen; und auf
dem Pferde des Reporters, das er mit der Reitpeitsche des
Reporters antrieb, setzte er seinen Weg fort.

Jerry, auf der Jagd immer der eifrigste, war weiter umher-
geschweift als Michael, als sie beide Harley Kennan auf seinem frühen Morgenritt begleiteten. Gerade deshalb sah oder
verstand Michael, der seinem Herrn auf den Fersen folgte,
nicht, wie die Katastrophe begann. Und das tat Harley Kennan im übrigen auch nicht. An einer Stelle, wo eine steile, acht
Fuß hohe Böschung zu dem Wege, auf dem er ritt, abfiel,
wurden Harley und das unruhige junge Pferd von etwas überrascht, das die Manzanitabüsche über ihnen durchbrach.
Aufblickend sah er ein widerspenstiges Pferd und einen kräftigen Mann aus der Luft auf sich herabstürzen. Bei dem flüchtigen Blick, zu dem ihm Zeit blieb, während er das Pferd
anhielt und ihm dann die Sporen gab, damit es seitwärts
sprang, bemerkte Harley Kennan die zerschrammte Haut und
die zerrissenen Kleider, die wildbrennenden Augen und die
ausgezehrten, von einem zottigen Bart bedeckten Züge des
gejagten Mannes.

Das Mietspferd hatte Ursache, sich gegen den Sprung zu
sträuben. Es war sich nur allzu klar darüber, wie sehr sein
armes Knie und seine rheumatischen Gelenke den Sprung
büßen würden, und so schlug es die Hufe in den moosbe-
deckten Hang und setzte nur eben weit genug vom Hange ab,
um nicht zu stürzen. Aber selbst so schlug seine Schulter auf
die des unruhigen, jungen Pferdes und warf es um. Harley
Kennans Bein geriet unter das Pferd und brach, und das junge
Pferd stürzte so unglücklich, daß es sich das Rückgrat brach.

Der von allen bewaffneten Männern der Gegend verfolgte
Mann sah zu seinem größten Ärger, daß Harley Kennan, sein

letztes Opfer, wie der Reporter unbewaffnet war. Als er abgestiegen war, fauchte er vor Wut und Enttäuschung und gab dem hilflosen Mann mit voller Überlegung einen Tritt in die Seite. Er wollte ihm gerade einen zweiten Tritt versetzen, als Michael sich einmischte und ihm seine Zähne in den Schenkel bohrte.

Mit einem Fluch riß der Mann sein Bein los, aber Michaels Zähne zerrissen ihm Fleisch und Hosen.

»Guter Hund, Michael«, rief Harley beifällig, der hilflos unter dem Pferde eingeklemmt lag. »He! Michael!« fuhr er fort und ging zu Trepang-Englisch über. »Jag' das fella weiße Mann zu Hölle aus Busch hier heraus!«

»Ich werde dir zum Lohn dafür den Kopf zertreten«, sagte der Mann zähneknirschend zu Harley.

So roh die Taten und Worte des Mannes auch waren, hätte er doch fast geweint. Die lange Verfolgung, auf der er gegen alle und alle gegen ihn kämpften; hatte ihn zu entkräften begonnen. Er war von Feinden umgeben. Selbst Knaben hatten sich gegen ihn erhoben und ihm Schrot in den Rücken geschossen, und Schlachtvieh hatte ihn zu Boden getreten und seine Büchse zerstampft. Alles verschwor sich gegen ihn. Und jetzt kam ein Hund und zerriß ihm das Bein. Er ging dem Tode entgegen. Noch nie war ihm das so klar gewesen. Alles war gegen ihn. Sein Drang zu weinen war hysterisch, und Hysterie kann einen Verzweifelten zu furchtbaren Gewalttaten bringen. Trotz der Sinnlosigkeit war er bereit, seine Drohung, Harley Kennan totzutreten, auszuführen. Nicht, weil Kennan ihm etwas getan hatte. Im Gegenteil, er hatte ja Kennan angegriffen und ihn zu Boden geschleudert, daß er sich das Bein unter dem Pferde brach. Aber es schwebte ihm dunkel vor, daß er, wenn er Harley Kennan tötete, sich an der ganzen Menschheit im allgemeinen rächte. Ging er selbst in den Tod, so wollte er doch so viele wie möglich in den blutigen Untergang mit hineinziehen.

Ehe er jedoch den Mann am Boden treten konnte, ging Michael wieder auf ihn los. Das zweite Bein wurde samt der Hose zerrissen, als er ihn abschüttelte. Dann gab er Michael mitten im Sprunge einen Tritt, der ihn unter die Brust traf und den Hang hinabfliegen ließ. Das Unglück wollte, daß Michael den Boden nicht erreichte. Krachend flog er durch einen Manzanitabusch und blieb in einer spitzen Astgabel, zwei Meter über dem Boden, hängen.

»Jetzt«, sagte der Mann grimmig zu Harley, »werde ich tun, was ich sage. Jetzt werd' ich dir den Kopf zertreten.«

»Ich habe Ihnen doch nicht das Geringste getan«, versuchte Harley zu verhandeln. »Ich habe nicht viel dagegen, ermordet zu werden, möchte aber doch gern wissen, warum.«

»Weil ihr mich gejagt und mir nach dem Leben getrachtet habt«, knurrte der Mann und kam näher. »Ich kenne euch. Ihr seid alle mit dabei gewesen. Du sollst mir für alle andern büßen.«

Kennan war sich vollkommen klar darüber, in welch ernster Gefahr er sich befand. Er selbst war hilflos, und ein wahnsinniger Mörder stand im Begriff, ihn zu töten, und zwar auf eine entsetzliche Weise. Michael konnte ihm nicht zu Hilfe kommen, er hing kopfüber im Manzanitastrauch gefangen, die Lenden in der Astgabel eingeklemmt, und mühte sich vergebens, loszukommen. Den ersten Tritt, den der Mann auf sein Gesicht zielte, wehrte Harley mit den Armen ab; und ehe der Mann zum zweiten Male treten konnte, zeigte Jerry sich plötzlich auf dem Schauplatz. Er bedurfte keiner Ermutigung oder Anweisung seines geliebten Herrn. Blitzschnell fuhr er auf den Mann los und bohrte ihm, ohne Schaden anzurichten, die Zähne in den nicht ausgefüllten Teil der Hosen über der Hüfte, zog ihn jedoch durch sein Gewicht halb zu Boden.

Und der Mann kehrte sich mit doppelter Wut gegen Jerry. Wahrlich, die ganze Welt war gegen ihn. Die Gegend selbst ließ Hunde auf ihn herabregnen. Von den Hängen des Sonomaberges aber drangen jetzt Rufe der bewaffneten Verfolger an sein Ohr und hinderten ihn, seinen Beschluß auszuführen. Sie stellten den Tod dar, der ihn verfolgte, und sie waren es, vor denen er fliehen mußte. Mit einem zweiten Tritt befreite er sich von Jerry und sprang auf das Pferd des Reporters, das ohne Zeichen von Unruhe noch stand, wo es gelandet war.

Das Pferd galoppierte unwillig und steifbeinig davon, während Jerry fauchend und knurrend folgte.

»Es wird alles gut, Michael«, sagte Harley beruhigend. »Reg' dich nicht auf. Es ist schon gut. Das Schlimmste ist vorbei. Es wird schon jemand kommen und uns aus der Klemme helfen.«

Aber der kleinere der beiden Äste, die die Gabel bildeten, brach, Michael fiel kopfüber zu Boden und blieb einen Augenblick bestürzt liegen. Gleich darauf aber war er wieder auf den Füßen und schoß den Weg entlang, in der Richtung, wo er Jerry bei der Verfolgung bellen hörte. Jerrys Bellen endete plötzlich in einem lauten Schmerzensschrei, der Michael Flügel verlieh. Michael schoß an ihm vorbei und sah ihn heulend auf der Erde liegen. Das Mietspferd war in seinem steifbeinigen Galopp gestolpert und hatte, als es zappelnd wieder auf die Beine kam, Jerry getreten und ihm das eine Vorderbein gebrochen.

Der Mann jedoch, der sich umsah und merkte, daß Michael ihm dicht auf den Fersen war, kam zu dem Ergebnis, daß wieder ein neuer Hund ihn angriff. Aber er fürchtete Hunde nicht. Er fürchtete nur Menschen mit Büchsen und Schrotflinten, die das letzte, endgültige Unglück über sein Haupt bringen sollten. Der Schmerz in seinem blutenden Bein, das von Jerry und Michael zerrissen war, vermehrte noch seine Wut gegen die Hunde.

»Wieder ein Hund«, dachte er grimmig, beugte sich vor und schlug Michael mit der Peitsche ins Gesicht. Zu seiner Überraschung krümmte der Hund sich nicht unter dem Schlage. Er kläffte und heulte nicht vor Schmerz. Er bellte weder, noch knurrte oder fauchte er. Er benahm sich, als hätte er keinen Schlag erhalten. Als Michael nach dem rechten Bein des Mannes sprang, traf ihn die Peitsche von oben herab zwischen Schnauze und Augen. Michael wurde seitwärts geschleudert, landete wieder auf dem Boden und schoß in weiten Sprüngen hinterher, um ihn einzuholen und wieder anzuspringen.

Aber der Mann hatte noch etwas bemerkt. Wenn er aus dieser Nähe mit der Peitsche zuschlug, mußte er sehen, daß Michael während des Schlages die Augen offen hielt. Er krümmte sich weder, noch blinzelte er, wenn die Peitsche auf ihn niedersauste. Das war unheimlich. Michael sprang wieder zu, und wieder gab der Mann ihm einen wohlgezielten Schlag mit der Peitsche. Nicht mit einem Blinzeln verriet der Hund, daß der Schlag getroffen hatte.

Und nun überschlich eine ganz neue Angst den Mann. Sollte das nach allem, was er durchgemacht hatte, das Ende sein? War dieser tötend schweigsame rauhhaarige Terrier das Wesen, das bestimmt war, ihn zu vernichten, ihn, den die Menschen nicht hatten fassen können? Er war nicht einmal sicher, ob es ein wirklicher Hund war. War es vielleicht irgendein furchtbarer Rächer aus der mystischen Welt jenseits des Lebens, gesandt, um ihn auf diese Art endgültig abzutun? Der Hund lebte nicht, der einen mit voller Kraft geführten Peitschenschlag hinnehmen konnte, ohne sich zu krümmen oder zurückzuweichen.

Zweimal noch schleuderte er den Hund, als er ansprang, mit einem wohlgezielten Peitschenschlag zur Seite. Aber der Hund kam immer wieder mit derselben Sicherheit und mit demselben Schweigen. Da übermannte ihn der Schrecken, er jagte dem Pferd die Fersen in die alten Rippen, schlug es mit der Peitsche auf den Kopf und unter den Bauch, bis es galoppierte, wie es seit Jahren nicht galoppiert war. Das Pferd raste dahin, es spürte die Angst des Mannes, der seine Rippen mit den Absätzen peinigte und es grausam über Nase und Ohren schlug.

Die größte Schnelligkeit, die das Pferd leisten konnte, war nicht so groß, daß es Michael hätte entkommen können. Aber bei jedem Sprung begegnete der Hund dem unabwendbaren Peitschenschlage, der ihn durch seine Kraft seitwärts schleuderte. Obwohl seine Zähne jedesmal in bedenklicher Nähe von dem Bein des Mannes zusammenschlugen, mußte er doch immer wieder aus aller Kraft laufen, um den entsetzten Mann und das wahnsinnig galoppierende Pferd einzuholen.

Enrico Piccolomini beobachtete die Jagd und nahm selbst zum Schluß an ihr teil; und dieses sein einziges großes Abenteuer in dieser Welt brachte ihm Wohlstand und Unterhaltungsstoff bis ans Ende seiner Tage. Enrico Piccolomini war Holzhauer auf Kennans Gut. Auf einer runden Felskuppe, von der man den Weg übersehen konnte, hatte er zuerst die galoppierenden Hufe und das Klatschen der Peitschenhiebe gehört. Einen Augenblick später hatte er den Wettlauf zwischen Mann, Pferd und Hund gesehen. Als sie gerade unter ihm waren, keine zwanzig Fuß entfernt, sah er, wie der Hund auf seine seltsame schweigende Art direkt in die niedersausende Peitsche sprang und seine Zähne in das Bein des Reiters bohrte. Er sah, wie der Hund den Mann durch sein Gewicht halb aus dem Sattel zog. Er sah, wie der Mann sich an den Zügel klammerte, um das Gleichgewicht zu bewahren, und er sah, wie das Pferd, sich bäumend, wankend und stolpernd, den Mann das letzte bißchen Gleichgewicht verlieren ließ, so daß er mit dem Hunde zu Boden stürzte.

»Und dann sind sie wie zwei Hunde, wie zwei Bestien«, pflegte er viele Jahre später bei einem Glase Wein in seinem kleinen Gasthaus in Glen Ellen zu berichten. »Der Hund läßt das Bein des Mannes los und springt, um den Mann an der Kehle zu packen. Und der Mann wälzt sich herum und packt den Hund an der Kehle. Und der Hund macht keinen Lärm. Er gibt keinen Ton von sich. Weder vorher noch nachher. Da die zwei Hände des Mannes ihm den Atem nehmen, kann er keinen Lärm mehr machen. Aber solch ein Hund ist er nicht. Er will keinen Lärm machen, und das Pferd steht da und sieht zu, und das Pferd hustet. Es ist sehr merkwürdig, was ich sehe.

Und der Mann ist toll. Nur ein toller Mann kann tun, was ich ihn tun sehe. Ich sehe, wie der Mann die Zähne fletscht wie ein anderer Hund und den Hund in Pfoten, Schnauze und Leib beißt. Wenn er den Hund in die Schnauze beißt, beißt der Hund ihn in die Backe. Und Mann und Hund schlagen sich wie die Teufel, und der Hund kratzt mit den Hinterbeinen wie eine Katze. Und wie eine Katze reißt er dem Mann mit seinen Krallen das Hemd von der Brust und reißt ihm die Haut von der Brust, bis er über und über rot von Blut ist. Und der Mann heult und kreischt und macht einen Lärm wie ein wilder Berglöwe. Und immer noch würgt er den Hund. Es ist ein höllischer Kampf.

Und der Hund gehört Herrn Kennan – einem feinen Mann –, ich habe zwei Jahre für ihn gearbeitet. Und ich will deshalb nicht zusehen, wie Herrn Kennans Hund totgeschlagen und zerrissen wird von dem Mann, der wie ein Berglöwe kämpft. Ich laufe den Berg hinunter, aber ich bin aufgeregt und vergesse meine Axt. Und der Hund ist fast erledigt, die Zunge hängt ihm bis zum Hals heraus, und seine Augen sind wie von Spinnweben bedeckt. Aber er kratzt immer noch die Brust des Mannes mit seinen Hinterbeinen auf, und der Mann heult wie ein Berglöwe.

Was soll ich tun? Und ich habe meine Axt vergessen. Der Mann will den Hund töten. Ich sehe mich nach einem großen Stein um. Es gibt keinen Stein. Ich sehe mich nach einem Knüppel um. Ich kann keinen Knüppel finden. Und der Mann will den Hund töten. Ich will Ihnen erzählen, was ich tue. Ich bin kein Dummkopf. Ich trete den Mann. Meine Schuhe sind sehr schwer, nicht wie die, die ich jetzt trage. Es sind Holzhauerschuhe mit sehr dicker Sohle und aus hartem Leder mit vielen eisernen Nägeln. Ich trete dem Mann ins Gesicht, auf den Hals, gerade hinterm Ohr. Ich trete einmal. Es ist ein guter Tritt. Es genügt. Ich kenne die Stelle. Gerade unterm Ohr.

Und der Mann läßt den Hund los. Er schließt die Augen, öffnet den Mund und liegt ganz still da. Und der Hund beginnt wieder zu atmen. Und mit dem Atem kommt das Leben wieder, und gleich will er den Mann töten. Aber ich sage: ›Nein‹, obwohl ich bange vor dem Hund bin. Und der Mann kommt wieder zu sich. Er öffnet die Augen, und er sieht mich an wie ein Berglöwe. Und ich bin bange vor ihm, wie vor dem Hunde. Was soll ich tun? Ich habe die Axt vergessen. Ich will Ihnen erzählen, was ich tue. Ich trete den Mann noch einmal unters Ohr. Dann nehme ich meinen Gürtel und mein Taschentuch und binde ihn. Und die ganze Zeit sage ich ›nein‹ zu dem Hunde, er soll den Mann in Frieden lassen. Und der Hund sieht mich an. Er weiß, daß ich den Mann binde und sein Freund bin. Und der Hund beißt mich nicht, obgleich ich sehr bange bin. Der Hund ist ein furchtbarer Hund. Weiß ich das nicht? Hab' ich nicht gesehen, wie er einen starken Mann aus dem Sattel zieht? – Einen Mann, der wie ein Berglöwe ist?

Aber dann kommen Leute. Sie haben alle Schießwaffen – Büchsen, Schrotflinten, Revolver und Pistolen. Und ich denke gleich, daß die Gerechtigkeit sehr schnell ist in den Vereinigten Staaten. Ich habe soeben einem Mann an den Kopf getreten, und eins, zwei, drei, gerade so schnell kommen Männer mit Büchsen, um mich ins Gefängnis zu bringen, weil ich einen Mann an den Kopf getreten habe. Zuerst verstehe ich nicht recht. Die vielen Männer sind böse auf mich. Sie schelten mich aus und sagen häßliche Dinge; aber sie verhaften mich nicht. Oh! Ich fange an zu verstehen! Ich höre sie von dreitausend Dollar reden. Ich habe ihnen dreitausend Dollar genommen. Das ist nicht wahr, das sage ich ihnen auch. Ich sage, daß ich noch nie einem Manne auch nur einen Cent genommen habe. Da lachen sie. Und mir ist wohler, und ich verstehe besser. Die dreitausend Dollar sind die Belohnung der Regierung für diesen Mann, den ich mit meinem Gürtel und meinem Taschentuch gebunden habe. Und die dreitausend Dollar gehören mir, weil ich dem Mann an den Kopf trat und seine Hände und Füße band.

Und so arbeite ich nicht mehr für Herrn Kennan. Ich bin ein reicher Mann. Dreitausend Dollar, die alle mein sind, von der Regierung, und Herr Kennan sorgt dafür, daß sie mir von der Regierung bezahlt und nicht von den Männern mit den Büchsen genommen werden. Nur weil ich dem Mann, der wie ein Berglöwe war, an den Kopf trat. Das nenne ich Glück. Das ist Amerika. Und ich freue mich, daß ich von Italien hergereist bin, um auf Herrn Kennans Gut Holz zu hauen. Und ich eröffne dies Gasthaus in Glen Ellen für die dreitausend Dollar. Ich weiß, das ist viel Geld für ein Gasthaus. Hatte mein Vater nicht, als ich ein Junge war, ein Gasthaus in Napoli? Jetzt habe ich zwei Töchter auf dem Gymnasium. Ich habe auch ein Automobil.«

»Du lieber Gott, das ganze Gut ist ein Hospital«, rief Villa Kennan später, als sie auf die breite Schlafveranda trat und Harley und Jerry ausgestreckt liegen sah, den einen mit geschientem Bein, den andern das Bein in Gips gelegt. »Sieh

Michael an«, fuhr sie fort. »Ihr seid nicht die einzigen mit gebrochenen Knochen! Ich habe eben entdeckt, daß seine Nase, wenn sie nicht gebrochen ist, es eigentlich hätte sein müssen nach all den Schlägen, die er darauf bekommen hat. Ich habe ihm jetzt eine Stunde lang heiße Umschläge gemacht. Sieh nur!«

Michael, der auf ihre Aufforderung hin mitgekommen war, zeigte eine lächerlich geschwollene Nase, als er schnüffelnde Grüße mit Jerry austauschte und mit der Stummelrute wedelte, um Harley zu begrüßen, der seinerseits wiedergrüßte, indem er ihm eine Hand auf den Kopf legte.

»Er muß es im Kampf gekriegt haben«, meinte Harley. »Der Kerl schlug ihn immer wieder mit der Peitsche, sagte Enrico Piccolomini, und selbstverständlich gerade auf die Schnauze, wenn er ihn ansprang.«

»Und Piccolomini sagt, daß er nicht ein einzigesmal heulte, wenn er geschlagen wurde, sondern nur weiter lief und sprang«, fuhr Villa begeistert fort. »Denk' nur, ein Hund, nicht größer als Michael, zieht einen Mörder, den Dutzende von Polizisten nicht fangen konnten, aus dem Sattel!«

»Und für uns hat er noch mehr getan«, fügte Harley hinzu. »Wäre Michael nicht gewesen – und Jerry übrigens auch – wären sie beide nicht gewesen, so glaube ich wirklich, der tolle Kerl hätte mir den Kopf zertreten, wie er wollte.«

»Die gesegneten Tiere!« rief Villa mit strahlenden Augen, während ihre Hand mit einem schnellen, tiefdankbaren Druck die ihres Mannes ergriff. »Das letzte Wort ist noch nicht gesprochen über das Wunder der Hunde«, fügte sie hinzu, indem sie mit einem schnellen Blinzeln die Tränen zurückdrängte und ihre Bewegung beherrschte.

»Das letzte Wort vom Wunder des Hundes wird nie gesprochen werden«, sagte Harley, indem er ihren Händedruck erwiderte und ihre Hand losließ, um ihr zu helfen.

»Und deshalb wollen wir jetzt etwas Richtiges sagen«, lächelte sie. »Jerry, Michael und ich. Wir haben in aller Heimlichkeit geübt, um dich zu überraschen. Bleib nur liegen und hör' zu. Es ist der Lobgesang. Lach' nicht.«

Sie beugte sich vom Stuhl, auf dem sie saß, herab und zog Michael an sich, so daß er zwischen ihren Knien saß, während ihre Hände ihm Kopf und Kiefer umfaßten, und seine Schnauze halb unter ihrem Haar begraben war.

»Nun, Jerry«, rief sie streng, wie wohl eine Gesanglehrerin gerufen hätte. Jerry wandte aufmerksam den Kopf, sah sie an, lächelte verständnisvoll mit den Augen und wartete.

Villa stimmte den Lobgesang an, aber die Hunde fielen schnell mit ihrem leisen, weichen Geheul ein, wenn man es überhaupt Heulen nennen konnte, so leise, weich und genau war es. Und alles, was in dem großen Nichts verschwunden war, tauchte beim Singen in der Seele der beiden Hunde auf, und sie sangen sich zurück durch das große Nichts in das Land der Vorzeit, liefen noch einmal mit dem entschwundenen Rudel und waren dabei doch nicht ganz ohne Gefühl von dem gegenwärtigen, unzweifelhaften zweibeinigen Gott, der Villa hieß, und der mit ihnen sang und sie liebte.

»Warum wollen wir kein Quartett daraus machen?« sagte Harley Kennan und fiel mit seiner eigenen Stimme ein.

Nachwort

Sehr früh in meinem Leben empfand ich Widerwillen gegen die Vorführung dressierter Tiere. Die Ursache war möglicherweise meine unersättliche Neugier, sie verdarb mir diese Art Vergnügen, denn es reizte mich, hinter die Kulissen zu sehen und zu erfahren, wie die Dressurnummer entstanden war. Und was ich hinter der glänzenden Vorführung fand, war nicht schön. Es war ein Abgrund so entsetzlicher Grausamkeit, daß meiner Überzeugung nach kein normaler Mensch je Vergnügen daran finden könnte, einer Vorstellung dressierter Tiere als Zuschauer beizuwohnen, wenn er sich nur einmal hierüber klar geworden ist.

Ich bin durchaus nicht sentimental. Kritiker und empfindsame Menschen betrachten mich sogar als eine Art primitiven Tiers, das seine Freude an bluttriefenden Gewalttaten und Schrecken hat. Ich will dem Rufe, den ich in dieser Beziehung habe und den ich richtig abzuschätzen weiß, nicht widersprechen, möchte aber doch hinzufügen, daß ich wirklich das Leben in einer sehr strengen Schule kennengelernt und mehr als die meisten an Unmenschlichkeit und Grausamkeit gesehen habe, in der Back und im Gefängnis, im Armenviertel und in der Wüste, auf dem Schafott und im Leprahospital, auf dem Schlachtfeld und im Lazarett. Ich habe entsetzliche Todeskatastrophen und Verstümmelungen gesehen. Ich habe Schwachsinnige hängen sehen, weil sie sich als Schwachsinnige keinen Rechtsanwalt leisten konnten. Ich habe gesehen, wie starke Männer zerschmettert und wie andere durch Mißhandlung in unheilbaren heulenden Irrsinn getrieben wurden. Ich habe Alte und Junge, ja, selbst Kinder Hungers sterben sehen. Ich habe gesehen, wie Männer und Frauen mit Peitschen, Keulen und Fäusten traktiert, und wie Nilpferdpeitschen so kräftig um die nackten Körper von Negern geschlagen wurden, daß jeder Schlag die Haut in einem ganzen Kreise abschälte. Und doch sage ich: Nie war ich so entsetzt und erschüttert über die Grausamkeit der Welt, wie inmitten eines frohen, lachenden, klatschenden Publikums, wenn dressierte Tiere in der Arena vorgeführt wurden.

Besitzt man ein ruhiges Temperament und starke Nerven, so erträgt man möglicherweise ein ganz Teil der unbewußten und unüberlegten Grausamkeit und Tortur, die in dieser Welt der Heftigkeit und Dummheit begangen werden. Ich besitze ein ruhiges Temperament und starke Nerven. Was mich aber in Wut bringen kann und mir das Herz im Leibe umdreht, das ist die kalte, bewußte, überlegte Grausamkeit und Qual, die hinter neunundneunzig von hundert Vorstellungen dressierter Tiere offen zutage tritt. Grausamkeit als erhabene Kunst hat ihre prachtvollste Blüte in der Tierdressur getrieben.

Aber trotz meinem ruhigen Temperament und meiner starken Nerven habe ich doch in meinen reiferen Jahren bemerkt, daß ich mich unbewußt gegen diese qualvolle Vorführung dressierter Tiere wehrte, indem ich mich jedesmal erhob und das Lokal verließ, wenn eine solche Vorstellung auf der Bühne begann. Ich sage: unbewußt. Hiermit meine ich, daß mir nie einfiel, mein Auftreten könne möglicherweise den Vorführungen dressierter Tiere den Todesstoß versetzen. Ich entzog mich nur der Qual, einer Sache beizuwohnen, von der ich wußte, daß sie mich verletzen würde. Später bin ich jedoch in meiner Beurteilung der menschlichen Natur zu der Einsicht gelangt, daß kein normaler, gesunder Mensch solche Darbietungen ertragen würde, wüßte er um die furchtbare Grausamkeit, die hinter ihr liegt und sie ermöglicht. Ich habe daher Mut und Lust bekommen, hier an dieser Stelle dreierlei vorzuschlagen.

Erstens, laßt alle Menschen sich selbst von der unvermeidlichen, ewigen Grausamkeit überzeugen, ohne die ein Tier nicht gezwungen werden kann, vor einem zahlenden Publikum aufzutreten.

Zweitens schlage ich vor, daß alle Männer und Frauen, Knaben und Mädchen, die sich derart mit der Triebfeder der »edlen« Kunst der Tierdressur bekannt gemacht haben, Mitglieder der lokalen und nationalen humanen Vereine zum Schutz der Tiere gegen Grausamkeit werden mögen.

Dem dritten Vorschlag muß ich eine Einleitung vorausschicken. Wie hundert und tausend andere habe ich auf manch anderem Gebiete gearbeitet und mich bemüht, Bewegungen ins Leben zu rufen, um Unglück und Elend zu mildern. So schwer das auch zu erreichen ist, so ist es doch noch schwerer, Menschen zu überreden, sich zu einer Bewegung zu organisieren, um die Leiden der Tiere zu mildern. Tatsächlich würden wir alle Blut und salzige Tränen weinen, wenn wir die unvermeidliche Grausamkeit und Brutalität der Tierdressur kennenlernten. Aber nicht ein Zehntel von uns würde sich einer Organisation zur Verhinderung der Grausamkeit gegen Tiere anschließen und durch Worte, Taten und Beiträge daran arbeiten, diesen Grausamkeiten vorzubeugen. Das ist eine in unserer menschlichen Natur begründete Schwäche. Wir müssen das erkennen, wie wir Wärme und Kälte, die Dunkelheit in den undurchsichtigen und ewigen Gesetzen von Fall und Schwere erkennen. Und doch steht uns, den neunundneunzig neun Zehnteln von uns, selbst wenn wir uns nicht die Mühe machen, unsere eigene Schwäche zu überwinden, ein anderer Weg offen: Wir können mit Leichtigkeit dem Wunsche Ausdruck verleihen, die Grausamkeit aus der Welt zu schaffen, die einige von uns, um die übrigen zu unterhalten, an dressierten Tieren ausüben. Tieren, die schließlich nur geringere Tiere als wir auf der Oberfläche des Erdballs sind. Es ist so leicht. Wir brauchen nicht an Vereinsbeiträge oder Kassierer zu denken. Wir brauchen an nichts zu denken, brauchen unsere Gedanken nicht zu belasten, außer wenn eine Vorstellung dressierter Tiere in einem Varieté oder auf einem Vergnügungsplatz stattfindet. In einem solchen Falle können wir ohne langes Gerede unsere Mißbilligung einer solchen Vorführung ausdrücken, indem wir uns von unseren Plätzen erheben und das Lokal verlassen, um ein bißchen frische Luft zu schnappen, um, wenn die Nummer vorbei ist, zurückzukehren und uns an dem weiteren Programm zu erfreuen. Dies und nichts als dies ist es, was wir zu tun haben, um ein für allemal mit Vorführungen dressierter Tiere in allen Vergnügungsstätten verschont zu werden. Zeigt der Direktion, daß derartige Vorführungen unbeliebt sind, und im selben Augenblick wird die Direktion aufhören, sich nach solchen Nummern umzuschauen.

Glen Ellen, Sonoma Country, California